Prépa BAC

T^le^ GÉNÉRALE

SES

SPÉCIALITÉ

Réussir l'examen

- **Séverine Bachelerie-Marteau**
  Professeure agrégée de SES
  Lycée Sacré-Cœur La Salle (Angers)
- **Sylvie Godineau**
  Professeure agrégée de SES
  Lycée Les Bourdonnières (Nantes)
- **Sylvain Leder**
  Professeur agrégé de SES
  Lycée Edgar-Poe (Paris)
- **Céline Le Feuvre**
  Professeure certifiée de SES
  Lycée français international de Tokyo (Japon)
- **Denis Martin**
  Inspecteur d'académie – Inspecteur pédagogique régional
  Académie de Nantes et de Guyane
- **François Porphire**
  Professeur certifié de SES
  Lycée Prepasup (groupe Ipesup – Paris)
- **Franck Rimbert**
  Professeur agrégé de SES
- **Gilles Seurin**
  Professeur certifié de SES
  Lycée français Saint-Exupéry (Brazzaville, Congo)

Avec la collaboration de Denise Maréchal

ISBN : 978-2-401-09463-5

Hatier

Mode d'emploi

Comment utiliser votre Prépabac tout au long de l'année ?

Commencez par évaluer votre niveau de connaissance grâce au **TEST** en début de chaque chapitre : votre score vous permet d'établir **votre parcours de révision** dans le chapitre.

TEST

moins de 50 % du score total :

PARCOURS PAS À PAS

FICHES DE COURS

SUJETS GUIDÉS & CORRIGÉS

OBJECTIF BAC

50 % ou plus du score total :

PARCOURS EXPRESS

MÉMO VISUEL & VIDÉOS

SUJETS GUIDÉS & CORRIGÉS

OBJECTIF BAC

Comment vous organiser dans la dernière ligne droite ?

- Ciblez vos révisions et exercez-vous en priorité avec les **sujets OBJECTIF BAC** que vous n'avez pas encore traités.
- Pour préparer le **Grand Oral** sur une question de SES, consultez le chapitre 13.

Il ne vous reste plus qu'à vous lancer !

SOMMAIRE

Pour l'épreuve écrite du bac :

– les chapitres suivis d'un astérisque* sont au programme uniquement les années impaires ;

– les chapitres suivis d'un double astérisque** sont au programme uniquement les années paires ;

– les autres chapitres sont au programme chaque année.

Pour le Grand Oral, tous les chapitres doivent être maîtrisés.

Économie

1 Sources et défis de la croissance

TEST Pour vous situer et identifier les fiches à réviser ... 10

FICHES DE COURS

1 Les sources de la croissance économique ... 12
2 Progrès technique et croissance ... 14
3 État, institutions et croissance ... 16
4 Progrès technique et inégalités de revenu ... 18
5 La soutenabilité de la croissance ... 20

MÉMO VISUEL ... 22

SUJETS GUIDÉS & CORRIGÉS OBJECTIF BAC ... 24

2 Le commerce international*

TEST Pour vous situer et identifier les fiches à réviser ... 36

FICHES DE COURS

6 Les déterminants des échanges entre pays différents ... 38
7 Les déterminants des échanges entre pays comparables ... 40
8 Aux sources de la compétitivité des pays ... 42
9 Aux sources des chaînes de valeur mondiales (CVM) ... 44
10 Le débat opposant libre-échange et protectionnisme ... 46

MÉMO VISUEL ... 48

SUJETS GUIDÉS & CORRIGÉS OBJECTIF BAC ... 50

3 La lutte contre le chômage*

TEST Pour vous situer et identifier les fiches à réviser 62

FICHES DE COURS

11 Définir et mesurer le chômage 64
12 Le chômage structurel : des causes multiples 66
13 Le chômage conjoncturel : les causes 68
14 Les principales politiques de lutte contre le chômage 70

MÉMO VISUEL 72

SUJETS GUIDÉS & CORRIGÉS OBJECTIF BAC 74

4 Crises financières et régulation**

TEST Pour vous situer et identifier les fiches à réviser 84

FICHES DE COURS

15 Les crises financières 86
16 Les bulles spéculatives 88
17 Les crises bancaires 90
18 La transmission des crises financières à l'économie réelle 92
19 La régulation du système financier 94

MÉMO VISUEL 96

SUJETS GUIDÉS & CORRIGÉS OBJECTIF BAC 98

5 Les politiques économiques dans l'UE**

TEST Pour vous situer et identifier les fiches à réviser 110

FICHES DE COURS

20 Intégration européenne et croissance économique 112
21 La politique européenne de la concurrence 114
22 La politique économique conjoncturelle 116
23 Spécificités et défauts de coordination des politiques économiques de l'UE 118

MÉMO VISUEL 120

SUJETS GUIDÉS & CORRIGÉS OBJECTIF BAC 122

Sociologie

6 La structure de la société française actuelle

TEST Pour vous situer et identifier les fiches à réviser 134

FICHES DE COURS

24 La société française : un espace social hiérarchisé 136
25 Les évolutions de la structure socioprofessionnelle en France 138
26 Les analyses fondatrices de la stratification sociale 140
27 La pertinence de l'approche en termes de classes sociales 142

MÉMO VISUEL 144

SUJETS GUIDÉS & CORRIGÉS OBJECTIF BAC 146

7 L'action de l'École*

TEST Pour vous situer et identifier les fiches à réviser 156

FICHES DE COURS

28 Le rôle de l'École dans les sociétés démocratiques 158
29 L'évolution de l'accès à l'École et à l'enseignement supérieur 160
30 Les facteurs d'inégalités de réussite scolaire 162

MÉMO VISUEL 164

SUJETS GUIDÉS & CORRIGÉS OBJECTIF BAC 166

8 La mobilité sociale*

TEST Pour vous situer et identifier les fiches à réviser 178

FICHES DE COURS

31 Définitions et formes de la mobilité sociale 180
32 Les tables de mobilité : instrument de mesure de la mobilité sociale 182
33 L'exploitation des tables de mobilité 184
34 Les déterminants de la mobilité sociale 186

MÉMO VISUEL 188

SUJETS GUIDÉS & CORRIGÉS OBJECTIF BAC 190

9 Les mutations du travail et de l'emploi**

TEST Pour vous situer et identifier les fiches à réviser 202

FICHES DE COURS

35 Les frontières de l'activité professionnelle 204
36 L'évolution des modèles d'organisation du travail 206
37 Les conséquences des nouveaux modes d'organisation du travail 208
38 Le rôle du travail et de l'emploi dans l'intégration sociale 210

MÉMO VISUEL 212

SUJETS GUIDÉS & CORRIGÉS OBJECTIF BAC 214

Science politique

10 L'engagement politique*

TEST Pour vous situer et identifier les fiches à réviser 228

FICHES DE COURS

39 Les formes de l'engagement politique 230
40 Les déterminants de l'engagement politique 232
41 Objets, acteurs et répertoires de l'action collective 234

MÉMO VISUEL 236

SUJETS GUIDÉS & CORRIGÉS OBJECTIF BAC 238

Regards croisés

11 Inégalités et justice sociale**

TEST Pour vous situer et identifier les fiches à réviser 250

FICHES DE COURS

42 L'évolution des inégalités économiques depuis le début du XXe siècle 252
43 Le caractère multiforme et cumulatif des inégalités économiques et sociales 254
44 Les principaux outils de mesure des inégalités 256
45 Les différentes conceptions de la justice sociale 258
46 Pouvoirs publics et justice sociale 260

MÉMO VISUEL 262

SUJETS GUIDÉS & CORRIGÉS OBJECTIF BAC 264

12 L'action publique pour l'environnement*

TEST Pour vous situer et identifier les fiches à réviser 274

FICHES DE COURS

47 Coopérations et conflits entre les acteurs 276
48 L'efficacité des instruments des pouvoirs publics 278
49 Les limites des instruments des pouvoirs publics 280
50 Les contraintes pesant sur les accords internationaux 282

MÉMO VISUEL 284

SUJETS GUIDÉS & CORRIGÉS OBJECTIF BAC 286

Le Grand Oral

13 Préparer le Grand Oral sur une question de SES

FICHES DE COURS

51 Choisir une question d'oral en SES 296
52 Concevoir sa présentation 298
53 Préparer efficacement l'exposé 300
54 Présenter la question au jury 302
55 Répondre aux questions en lien avec la présentation 304
56 Défendre son projet d'orientation 306

SUJETS GUIDÉS & CORRIGÉS

OBJECTIF BAC Simulation d'un Grand Oral sur une question de SES : la croissance est-elle compatible avec l'environnement ? 308

Annexes

LES MÉTHODES DE L'ÉPREUVE ÉCRITE

FICHES MÉTHODE

- Mobilisation des connaissances 312
- Étude d'un document 313
- Raisonnement s'appuyant sur un dossier documentaire 314
- Dissertation s'appuyant sur un dossier documentaire 316

CORRIGÉS DES TESTS 318

Les vidéos de l'ouvrage

Retrouvez l'ensemble de ces vidéos
sur la chaîne Youtube **annabac**

Pour réviser rapidement

- Comment l'innovation peut-elle contribuer à repousser les limites écologiques de la croissance ?
  hatier-clic.fr/ses_Tb_01
- Comment expliquer l'internationalisation de la chaîne de valeur ?
  hatier-clic.fr/ses_Tb_02
- Quelles sont les principales politiques de lutte contre le chômage ?
  hatier-clic.fr/ses_Tb_03
- Comment expliquer la formation et l'éclatement des bulles spéculatives ?
  hatier-clic.fr/ses_Tb_04
- Comment fonctionne la politique européenne de la concurrence ?
  hatier-clic.fr/ses_Tb_05
- Quelles sont les grandes évolutions de la structure socioprofessionnelle en France ?
  hatier-clic.fr/ses_Tb_06
- Quels sont les facteurs d'inégalités de réussite scolaire ?
  hatier-clic.fr/ses_Tb_07
- Quels sont les principaux facteurs qui expliquent la mobilité sociale ?
  hatier-clic.fr/ses_Tb_08
- Le travail est-il toujours source d'intégration sociale ?
  hatier-clic.fr/ses_Tb_09
- Comment l'action collective s'est-elle transformée ?
  hatier-clic.fr/ses_Tb_10
- Comment les inégalités économiques et sociales se cumulent-elles ?
  hatier-clic.fr/ses_Tb_11
- Les pouvoirs publics disposent-ils d'instruments efficaces pour protéger l'environnement ?
  hatier-clic.fr/ses_Tb_12

Pour mieux comprendre

- SES Tle, le cours complet
  hatier-clic.fr/ses_Tb

Économie

1 Les sources et les défis de la croissance économique

La croissance économique est aujourd'hui confrontée à un défi majeur : découvrir et exploiter des technologies qui permettent de continuer à produire plus tout en préservant l'environnement pour les générations futures, comme ici, en Floride, avec cette installation photovoltaïque dans une centrale électrique.

TEST

Pour vous situer et identifier les fiches à réviser 10

FICHES DE COURS

1 Les sources de la croissance économique 12
2 Progrès technique et croissance 14
3 État, institutions et croissance 16
4 Progrès technique et inégalités de revenu 18
5 La soutenabilité de la croissance 20
MÉMO VISUEL 22

SUJETS GUIDÉS & CORRIGÉS

OBJECTIF BAC

1 **RAISONNEMENT** | Le rôle des institutions dans la croissance 24
2 **DISSERTATION** | Les défis de la croissance économique 28

TESTEZ-VOUS

→ CORRIGÉS P. 318-320

Faites le point sur vos connaissances, puis établissez votre **parcours de révision** en fonction de votre score.

1 Les sources de la croissance économique

→ FICHE 1

1. Une croissance qui repose sur l'augmentation de la quantité de facteurs de production utilisés pour produire est…

☐ a. une croissance réelle.

☐ b. une croissance intensive.

☐ c. une croissance extensive.

2. Vrai ou faux ? Cochez la case qui convient.

	V	F
a. Le PIB permet une mesure imparfaite de la croissance.	☐	☐
b. La croissance réelle se calcule en gommant l'inflation.	☐	☐
c. L'investissement permet l'accumulation du capital.	☐	☐
d. L'augmentation de la productivité globale des facteurs est une mesure du progrès technique.	☐	☐

3. La productivité globale des facteurs mesure…

☐ a. la quantité de facteurs de production totale utilisée pour produire.

☐ b. la production réalisée grâce aux facteurs de production.

☐ c. l'efficacité des facteurs de production et de leur combinaison.

…/3

2 Progrès technique et croissance

→ FICHE 2

1. Les dépenses de recherche et développement permettent…

☐ a. d'innover.

☐ b. de générer des externalités positives.

☐ c. de remplacer du travail par du capital.

2. Complétez le texte avec les mots qui conviennent.

Pour J. A. Schumpeter, le progrès technique est le .... de la croissance : des innovations .... bouleversent l'économie et permettent l'émergence d'innovations ....

Ces .... d'innovation sont à l'origine de phases d' ....

…/2

3 État, institutions et croissance

→ FICHE 3

1. L'État favorise l'accumulation du capital humain en...

☐ a. améliorant la formation de la main-d'œuvre.

☐ b. construisant des infrastructures routières.

☐ c. accordant des brevets d'innovation.

2. Complétez le texte avec les mots qui conviennent.

Les brevets sont des .... sur les innovations qui garantissent à leur détenteur le .... d'exploitation de ces innovations. Les brevets .... ainsi les innovateurs et les .... à .... et à innover.

Ils font partie des .... favorables à la croissance.

.../2

4 Progrès technique et inégalités de revenu

→ FICHE 4

Vrai ou faux ? Cochez la case qui convient.	**V**	**F**
a. Les gains de productivité sont versés aux actionnaires.	☐	☐
b. Le progrès technique est biaisé en faveur du travail non qualifié.	☐	☐
c. Le progrès technique accroît les inégalités salariales.	☐	☐
d. Le progrès technique détruit des emplois peu qualifiés.	☐	☐

.../1

5 La soutenabilité de la croissance

→ FICHE 5

1. Un bien commun est...

☐ a. un bien non rival et excluable.

☐ b. un bien rival et non excluable.

☐ c. un bien non rival et non excluable.

2. Associez chaque notion aux éléments qui lui correspondent.

a. soutenabilité forte •

b. soutenabilité faible •

• capitaux substituables
• capitaux non substituables
• le capital naturel doit être préservé
• le progrès technique compense la dégradation du capital naturel

.../2

Score total .../10

Parcours PAS À PAS ou EXPRESS ? → MODE D'EMPLOI P. 3

1 Les sources de la croissance économique

En bref *La croissance économique est un objectif central des économies contemporaines. Elle correspond à une création de richesses nouvelles et se mesure à l'aide du PIB. Elle trouve sa source dans les facteurs de production.*

I Qu'est-ce que la croissance économique ?

1 La croissance : une création de richesses nouvelles

■ La croissance correspond à l'augmentation soutenue et durable des richesses créées dans une économie. Elle se mesure en calculant le taux de croissance du PIB sur une année. Pour mieux évaluer l'augmentation en volume des richesses créées dans une économie, on utilise le PIB réel qui gomme les effets de l'inflation. On parle de **croissance réelle**.

■ Le PIB est un agrégat qui mesure les richesses créées par les unités de production résidentes sur le territoire national durant une année. Il intègre la **production marchande** et la **production non marchande** et se calcule en effectuant la somme des valeurs ajoutées réalisées par les agents productifs.

2 La difficile mesure de la croissance économique

■ Le PIB offre une mesure imparfaite de la croissance car il ne comptabilise pas toutes les sources de richesse (économie souterraine, production domestique, etc.) et ne prend pas en compte les **externalités négatives** liées à la croissance (destruction de ressources naturelles, pollution...).

■ Le PIB ne prend pas en compte les différences de niveau de prix entre les pays ce qui fausse les comparaisons internationales. Pour gommer les différences de prix entre pays, il faut calculer le **PIB PPA** (parité des pouvoirs d'achat).

II D'où vient la croissance économique ?

1 De l'augmentation de la quantité des facteurs de production

■ La production de richesse s'obtient en combinant les **facteurs de production**. La croissance va donc être permise par l'augmentation de la quantité de facteurs de production mobilisés. Ainsi, si globalement plus de travail et plus de capital sont utilisés, la production augmente. On parle de **croissance extensive**.

> **MOT CLÉ**
> Les **facteurs de production** sont les éléments durables utilisés pour produire : le travail (activité humaine) et le capital fixe (machines, bâtiments...).

- L'augmentation de la quantité de travail utilisée est entraînée par la hausse de la population active occupée (plus de travailleurs produisent plus de richesses) ou par celle de la durée légale du travail.
- L'investissement est l'opération par laquelle l'entreprise achète du capital. Il permet l'accumulation du capital et favorise la croissance.

2 De l'amélioration de l'efficacité des facteurs de production

- Les facteurs de production contribuent également à la croissance en devenant plus efficaces. L'investissement permet l'utilisation de machines plus performantes. Il est favorable à l'amélioration de la productivité du travail : mieux doté en capital, le travail est plus efficace. La productivité du travail s'améliore également grâce à la formation de la main-d'œuvre et à une meilleure organisation du travail.
- La part de la croissance qui ne s'explique pas par l'accumulation des facteurs de production est attribuée au progrès technique. En générant des gains de productivité, le progrès technique permet de produire davantage avec la même quantité de facteurs de production : la **productivité globale des facteurs (PGF)** augmente.
- Une croissance qui repose sur des gains de productivité est qualifiée de croissance intensive.

MOT CLÉ

La **productivité globale des facteurs (PGF)** mesure l'efficacité des facteurs de production et l'efficacité de leur combinaison. Elle se calcule en rapportant la production à la quantité totale de facteurs nécessaires à sa réalisation.

zoom

La contribution (en points de pourcentage) des facteurs de production à la croissance (2015)

	France	États-Unis
Heures travaillées totales	0,2	1,4
Capital	0,5	0,5
Productivité globale des facteurs	0,4	0,6
PIB en %	1,1	2,5

Source : d'après l'OCDE, 2017.

- En 2015, le PIB français a augmenté de 1,1 %. 0,2 point de cette croissance s'explique par l'augmentation de la quantité de travail et 0,5 par l'accumulation du capital. On peut attribuer 0,4 point de croissance à l'augmentation de la productivité globale des facteurs.
- La croissance de la France est plus intensive que celle des États-Unis : elle repose davantage sur l'augmentation de la PGF que celle des États-Unis qui s'appuie plus sur l'accumulation des facteurs de production.

2 Progrès technique et croissance

En bref *Le progrès technique est l'un des moteurs de la croissance. Les économistes s'interrogent sur son origine, sa contribution à la croissance et ses effets sur le rythme de la croissance.*

I L'origine du progrès technique

- Le progrès technique désigne l'ensemble des **innovations** qui permettent de produire davantage avec la même quantité de facteurs travail et capital. Il améliore donc la productivité globale des facteurs (PGF).

- Dans les années 1950, les théories de la croissance présentent le progrès technique comme un résidu, c'est-à-dire la part inexpliquée de la croissance après la prise en compte des effets de l'augmentation de la quantité des facteurs de production. C'est un progrès technique exogène et autonome, qui n'est pas dû au comportement des agents économiques.

- Les théories contemporaines de la croissance montrent que le progrès technique n'est pas autonome et peut s'expliquer par des choix économiques, notamment des choix d'investissement. Le progrès technique est donc généré par l'activité économique, il est alors endogène.

MOT CLÉ
On distingue les **innovations** de produits (nouveaux produits), de procédé (nouvelle méthode de production qui améliore la productivité) ou encore de nouvelles manières d'organiser le travail.

II Le progrès technique endogène, source de croissance

- Le progrès technique endogène peut s'expliquer par des investissements en **recherche et développement**. Ces dépenses de R&D sont à l'origine d'inventions qui peuvent trouver une application dans le champ économique et constituer des innovations. Elles sont alors une nouvelle source de création de richesse lorsqu'elles sont exploitées économiquement.

- L'accumulation d'innovations et de connaissances nouvelles permet de générer des externalités positives : elles bénéficient à d'autres agents sans qu'ils supportent le coût de leur découverte. Ces innovations génèrent des rendements croissants en facilitant l'acquisition de nouvelles connaissances. Les facteurs de production deviennent de plus en plus efficaces permettant ainsi à la croissance de se maintenir.

- La croissance apparaît alors comme un phénomène endogène et cumulatif : elle génère des ressources financières pour investir en recherche et développement permettant ainsi le progrès technique, source de croissance.

MOT CLÉ
Les activités de **recherche et développement (R & D)** se composent de la recherche fondamentale (nouvelles connaissances), de la recherche appliquée (inventions) et du développement (création de prototypes).

III Le progrès technique et l'instabilité de la croissance

- J. A. Schumpeter, économiste autrichien (1883-1950), distingue les innovations majeures qui bouleversent l'économie des innovations mineures qui en découlent et leur apportent des modifications secondaires. Ces **grappes d'innovations** constituent le moteur de la croissance.

- La conséquence de l'innovation est un processus permanent de **destruction créatrice** : les activités rendues obsolètes par le progrès technique disparaissent et cèdent leur place aux nouvelles. Par exemple, les services de VOD remplacent peu à peu les DVD qui ont eux-même succédé aux cassettes vidéo ; les smartphones se substituent progressivement aux appareils photo numériques.

- La diffusion des innovations s'accompagne d'une période de croissance économique, l'expansion. Lorsque l'innovation a été pleinement exploitée et que le marché est saturé, l'expansion laisse sa place à une période de **récession**, jusqu'à ce qu'une innovation majeure relance la croissance : la discontinuité du progrès technique donne un caractère **cyclique** à la croissance.

MOT CLÉ
Une **récession** désigne une période de baisse de l'activité économique qui se traduit par un ralentissement de la croissance. Pour J. A. Schumpeter, cette phase du cycle dure entre 20 et 25 ans avant l'apparition d'une innovation majeure.

zoOm

Le cycle de Schumpeter de l'innovation

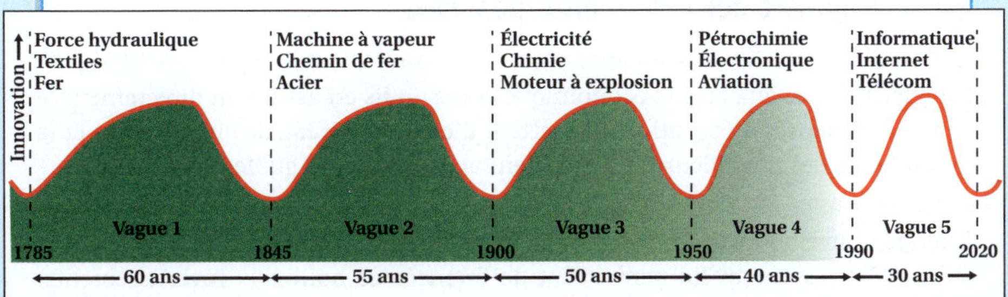

Source : Edelson Institute.

- Des **innovations majeures** donnent naissance à une grappe d'innovations, moteurs de la croissance. Par exemple, Internet a permis l'émergence de nombreuses activités créatrices de valeur ajoutée : le commerce en ligne, les réseaux sociaux, les films en VOD…
- Le rythme de ces innovations majeures semble s'**accélérer** : 55 ans séparent la découverte de la machine à vapeur et celle de l'électricité, mais seulement 40 ans l'électronique de l'informatique.

3 État, institutions et croissance

En bref *L'État peut favoriser la croissance en prenant en charge certaines activités ou en favorisant l'émergence du progrès technique. Les institutions, en créant un cadre favorable, s'avèrent bénéfiques à la croissance.*

I L'État et la croissance économique

1 L'État contribue à l'accumulation de capitaux nécessaires à la croissance…

- Par ses investissements, l'État contribue à l'accumulation de capitaux. En investissant dans l'éducation et dans la santé, il favorise ainsi l'accumulation de **capital humain**. Plus qualifiés et en bonne santé, les travailleurs deviennent plus productifs, ce qui est source de croissance.
- En investissant dans la recherche fondamentale, coûteuse et incertaine, les centres de recherche publics font émerger des découvertes utiles aux agents productifs permettant ainsi l'émergence du progrès technique et l'accumulation d'un capital technologique, tous deux sources de croissance.

> **MOT CLÉ**
> Le **capital humain** désigne l'ensemble des capacités physiques et intellectuelles des individus utilisées pour produire. Investir en capital humain peut signifier investir dans la formation.

- Enfin, en investissant dans des infrastructures (hôpital, routes, écoles…), l'État contribue à l'accumulation de capital public et stimule l'activité économique (construction, équipement…).

2 … et génère des externalités positives

- Ces différents investissements sont à l'origine d'externalités positives. Ils bénéficient ainsi aux agents économiques sans qu'ils en assument directement le coût. Les dépenses d'éducation permettent d'élever le niveau de qualification et la productivité des travailleurs et bénéficient aux entreprises qui les emploient.
- La croissance qui résulte de cet investissement public permet à l'État de bénéficier de nouvelles ressources grâce aux impôts prélevés sur les nouvelles richesses créées. Ces ressources lui permettent de financer de nouveaux investissements, sources de croissance. La croissance est alors auto-entretenue.

II Institutions et croissance économique

1 De « bonnes institutions » sont nécessaires à la croissance

- Les institutions désignent l'ensemble des règles formelles (lois, règlements) ou informelles (pratiques, conventions) qui s'imposent aux individus et encadrent leurs interactions.

■ De « bonnes institutions » sont nécessaires à la croissance économique. L'existence d'un État de droit, le respect du **droit de propriété**, le paiement en monnaie sont autant d'institutions nécessaires aux échanges et à la croissance.

■ Ces règles, si elles sont respectées, permettent de créer un climat de confiance favorable à l'activité économique : elles diminuent l'incertitude et garantissent aux agents qu'ils peuvent mener des opérations économiques en toute sécurité.

MOT CLÉ

Le **droit de propriété** est le droit, garanti par l'État, de pouvoir utiliser, tirer profit ou disposer (c'est-à-dire vendre ou transformer) des biens tant que l'usage que l'on en fait reste dans le cadre de la loi.

2 Les institutions incitent les agents économiques à investir et innover

■ L'existence de droits de propriété est une incitation à investir et à innover. L'entrepreneur, protégé par les lois, est incité à développer son activité et à en tirer un bénéfice sans craindre d'être dépossédé du résultat de son travail.

■ Les brevets protègent les innovateurs : ce sont des droits de propriété sur l'invention qui leur garantissent le monopole de leur exploitation. C'est une incitation à supporter le coût de la recherche car l'entreprise est assurée qu'elle pourra la rentabiliser en étant seule à en tirer profit.

zoOm

L'Institut national de la propriété industrielle (INPI)

■ L'INPI est une organisation publique française chargée de collecter les dépôts de brevets et de les délivrer. Ces brevets protègent leurs détenteurs pour une période de 20 ans. En 2021, l'INPI a reçu 14 758 demandes de brevets.

■ Une fois accordé, le brevet et son utilisation relèvent du droit de la propriété industrielle. Son non-respect est passible de sanctions pénales.

4 Progrès technique et inégalités de revenu

En bref *Les gains liés au progrès technique ne sont pas répartis de manière égalitaire. Le progrès technique peut ainsi renforcer les inégalités de revenu. Dans un contexte de concurrence exacerbé, il bénéficie davantage à certains secteurs.*

I Progrès technique et inégalités dans la répartition des revenus

1 Le progrès technique favorise les revenus du capital au détriment de ceux du travail

- Le progrès technique est à l'origine de gains de productivité qui permettent d'augmenter la valeur ajoutée. Celle-ci est répartie sous forme de revenus entre les travailleurs et les apporteurs de capitaux (propriétaires de l'entreprise et créanciers). Cette répartition peut être inégalitaire et favoriser le versement de dividendes au détriment des revenus du travail.

MOT CLÉ
Il existe différents types de **revenus**. On distingue les revenus du travail (salaires) des revenus du capital (intérêts versés aux banques, dividendes versés aux actionnaires).

- Certaines innovations permettent de substituer du capital au travail. Elles augmentent l'intensité capitalistique de la production : la part du travail utilisé pour produire diminue au profit de celle du capital.

- Ainsi, le progrès technique se traduit par une destruction d'emplois. Il permet l'automatisation des tâches simples et répétitives qui vont être effectuées par des machines. La part des salaires dans la valeur ajoutée diminue alors au profit de la rémunération du capital : les inégalités de revenu augmentent.

2 Le progrès technique augmente les inégalités salariales

- Le progrès technique contribue à l'accroissement des inégalités salariales car les nouvelles technologies (informatique, logiciels perfectionnés...) favorisent les travailleurs qualifiés. Ceux qui utilisent ces nouvelles technologies (comptables, traders...) voient leur productivité et donc leur rémunération augmenter alors que les travailleurs moins qualifiés (aides-soignants, cuisiniers...), qui ne les utilisent pas, ne bénéficient pas de cette hausse de la productivité du travail.

- L'utilisation de l'outil informatique s'étend à tous les secteurs et nécessite un niveau élevé de qualification. Ainsi la demande de travail peu qualifié diminue alors que la demande de travail qualifié augmente. Du fait de la loi de l'offre et de la demande, les salaires des travailleurs peu qualifiés ont tendance à stagner ou à baisser tandis que ceux des plus qualifiés augmentent : les écarts se creusent.

II Le rôle de la mondialisation et de la concurrence

1 La mondialisation renforce les effets du progrès technique sur les inégalités

- La mondialisation incite les entreprises à **innover** car elle exacerbe la concurrence entre les entreprises : pour être plus compétitives et rentables, celles-ci cherchent à améliorer leurs techniques de production.
- Cet effort d'innovation contribue à l'augmentation de la demande de **travail qualifié** et contribue à augmenter les inégalités de revenu.

2 Le progrès technique accroît les inégalités entre secteurs d'activité

- L'exacerbation de la concurrence pousse les entreprises à vouloir se démarquer en innovant : les inégalités se creusent entre les **secteurs innovants** qui génèrent des profits importants et ceux qui sont en perte de vitesse, devenant ainsi de moins en moins profitables.
- À court terme, seules les entreprises innovantes bénéficient du progrès technique et des revenus qu'il génère. Les **entrepreneurs** prennent le **risque** d'innover pour augmenter leur profit et bénéficier d'une rente liée à la protection que leur confèrent les brevets. Les **revenus de l'innovation** contribuent de manière importante à l'augmentation des inégalités de revenu entre secteurs d'activité.

MOT CLÉ

Pour J. A. Schumpeter, l'**entrepreneur** est un acteur majeur de l'économie. C'est un aventurier qui prend le risque d'innover. Le profit est alors la rémunération du risque pris par l'entrepreneur.

zoOm

Hauts revenus et innovation

- Jeff Bezos, fondateur d'Amazon, a fait fortune en exploitant une innovation : le **commerce électronique**.
- Il est aujourd'hui 2,6 millions de fois plus **riche** qu'une famille américaine moyenne. Sa fortune personnelle qui s'élève à plus de 121,3 milliards de dollars est essentiellement alimentée par les revenus de son patrimoine : il possède la majorité des actions d'Amazon.

5 La soutenabilité de la croissance

En bref *La croissance économique a des effets néfastes. Elle se heurte en effet à des limites écologiques qui posent la question de sa soutenabilité.*

I Quelles sont les limites écologiques de la croissance ?

1 La croissance à l'origine d'externalités négatives

- L'activité industrielle se traduit par l'émission de **gaz à effet de serre** liée à l'utilisation d'énergies fossiles (charbon, pétrole). Au niveau mondial, la croissance économique se traduit par une augmentation de ces émissions polluantes.
- Celles-ci sont à l'origine d'un **réchauffement climatique** car elles renforcent l'effet de serre. L'augmentation des températures moyennes a un fort impact écologique : élévation du niveau des océans, dérèglements climatiques...
- La croissance s'accompagne d'une **surexploitation** des ressources naturelles. Ainsi, les prélèvements sur le capital naturel s'intensifient et les ressources non renouvelables comme le pétrole s'épuisent.

2 L'environnement, un bien commun difficile à protéger

- L'environnement est un **bien commun** qui peut être consommé sans limite par les agents économiques puisqu'ils n'ont pas à payer pour l'utiliser → FICHE 50. Cependant, une surexploitation de ces ressources (comme les ressources halieutiques accessibles librement et surexploitées) conduit à une « tragédie des biens communs ». La **biodiversité** est ainsi mise en danger par la destruction d'espèces animales et végétales.
- La **biocapacité mondiale** est dépassée. Il faudrait aujourd'hui l'équivalent de 1,7 planète pour produire ce que consomme l'humanité pour son alimentation, ses déplacements ainsi que pour absorber ses déchets : nous prélevons donc plus que les ressources disponibles de la planète et nous les épuisons.

MOT CLÉ

La **biodiversité** désigne la diversité des espèces vivantes, végétales ou animales, présentes dans un milieu terrestre ou aquatique. Sa préservation est un enjeu majeur du développement durable.

II L'innovation peut-elle faire reculer ces limites ?

1 Les conditions d'une croissance soutenable

- La croissance soutenable s'inscrit dans la recherche d'un **développement durable**. Elle doit permettre de satisfaire les besoins des générations présentes sans compromettre la capacité des générations futures à satisfaire les leurs.

- Elle passe par la transmission aux générations futures d'un **stock de capitaux** au moins constant qui les assurera de pouvoir satisfaire leurs besoins.

> **MOT CLÉ**
> Le **stock de capitaux** transmis aux générations futures est composé de capital physique, humain, institutionnel et naturel. Leur bien-être dépendra du volume et de la qualité des stocks transmis.

2 Innovation et soutenabilité

- L'innovation peut constituer un moyen de rendre la croissance soutenable : en utilisant de nouvelles technologies, plus économes en ressources naturelles ou en découvrant de nouvelles sources d'énergie, non polluantes et renouvelables, le progrès technique peut repousser les limites de la croissance.
- Si l'on considère que les capitaux sont substituables, la dégradation du capital naturel peut-être compensé par l'accumulation d'autres capitaux (humain, technologique) : la croissance est soutenable malgré la diminution du stock de capital naturel grâce au progrès technique (thèse de la soutenabilité faible).
- Cependant, certains économistes soutiennent que les différents types de capitaux ne sont pas substituables et que les atteintes au capital naturel sont irréversibles : le progrès technique ne peut assurer à lui seul la soutenabilité de la croissance (thèse de la soutenabilité forte).

zoom

Dépenses publiques de R&D dans les énergies renouvelables en France

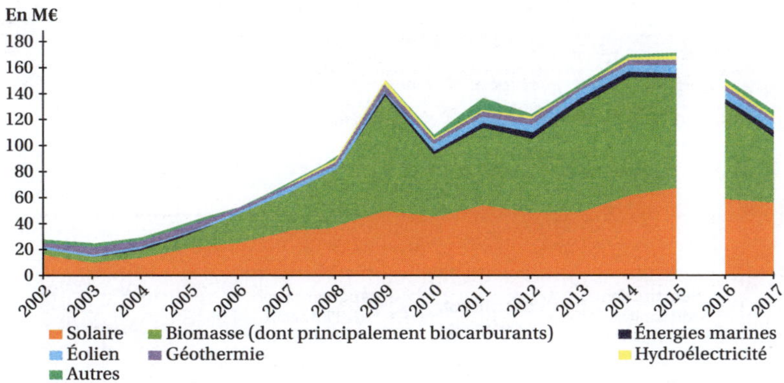

Note : la forte baisse observée entre 2015 et 2016 est liée à une modification des modes de comptabilisation qui a réduit le champ des dépenses allouées à la catégorie des énergies renouvelables.

Source : SDES, Les dépenses publiques de R&D en énergie en 2017.

- Le progrès technologique a permis de développer l'exploitation de sources d'énergie renouvelables et non polluantes (panneaux photovoltaïques, éoliennes).
- La part des énergies renouvelables est passée de 9,3 % en 2006 à 19,1 % en 2020.

MÉMO VISUEL

SOURCES ET DÉFIS

Les sources de la croissance

Sources économiques

- Accumulation des facteurs de production : croissance extensive
- Progrès technique et gains de productivité : croissance intensive

Sources institutionnelles

- État : investissements publics
  → externalités positives
- Institutions : cadre favorable
  → incitations à investir et à innover

Le progrès technique, source d'inégalités de revenus

Augmentation des revenus du capital

Substitution du capital au travail + Destruction d'emplois + Augmentation de l'intensité capitalistique → **Baisse de la part des revenus du travail**

Augmentation des inégalités salariales

- Progrès technique nécessite un haut niveau de qualification
- Augmentation des salaires des travailleurs les plus qualifiés
- Diminution des salaires des travailleurs les moins qualifiés

Comment l'innovation peut-elle contribuer à repousser les limites écologiques de la croissance ?

DE LA CROISSANCE

Le progrès technique, moteur de la croissance

Innovations

Innovations majeures / mineures de produit + Innovations majeures / mineures de procédé → Phénomène de destruction créatrice

Progrès technique et croissance endogène

Investissements en recherche et développement → Progrès technique → Externalités positives / Hausse de la PGF → Croissance économique → (retour vers) Investissements en recherche et développement

Le défi de la soutenabilité de la croissance

Externalités négatives de la croissance

- Émissions de gaz à effet de serre
- Réchauffement climatique
- Surexploitation des ressources naturelles

Une croissance soutenable

- Satisfaction des besoins des générations présentes
- Protection de l'environnement pour les générations futures

Le progrès technique, une solution ?

Soutenabilité faible	Soutenabilité forte
• Compensation de la destruction du capital naturel par le progrès technique • Capitaux substituables	• Irréversibilité de la destruction du capital naturel • Capitaux non substituables

SUJET 1 | **OBJECTIF BAC**

RAISONNEMENT 2 h 30

Le rôle des institutions dans la croissance

La croissance n'est-elle qu'un phénomène économique ? Le marché, si on le laisse fonctionner sans règles, permettra-il la mobilisation des facteurs de production et l'émergence du progrès technique ?

LE SUJET

À l'aide de vos connaissances et du dossier documentaire, vous montrerez que les institutions et les droits de propriété jouent un rôle dans la croissance économique.

Document 1 Brevets et incitation à investir et à innover

Au sens de la propriété industrielle, le brevet protège une invention technique, c'est-à-dire un produit ou un procédé qui apporte une nouvelle solution technique à un problème technique donné.

En effet, vous ne pouvez pas protéger une idée par un brevet ! Seuls les moyens techniques mis en œuvre pour la concrétiser le seront. [...]

– En déposant votre brevet à l'Institut national de la propriété intellectuelle, vous obtenez un monopole d'exploitation sur le territoire d'une durée maximale de 20 ans.

– Vous êtes ainsi le seul à pouvoir l'utiliser et vous pouvez interdire toute exploitation (utilisation, fabrication, importation...) de votre invention effectuée sans votre autorisation. Vous pouvez poursuivre les contrefacteurs[1] devant les tribunaux.

– Le brevet renforce la valeur de votre entreprise [...].

– Il vous donne les moyens de conquérir de nouveaux marchés par des dépôts à l'étranger et des concessions de licence.

– Grâce au brevet, vous rentabilisez une partie de la recherche effectuée et générez des revenus.

1. Personnes qui exploitent une invention sans l'autorisation de l'inventeur.

Source : Inpi.fr.

Document 2 **PIB par habitant et maîtrise de la corruption en 2013**

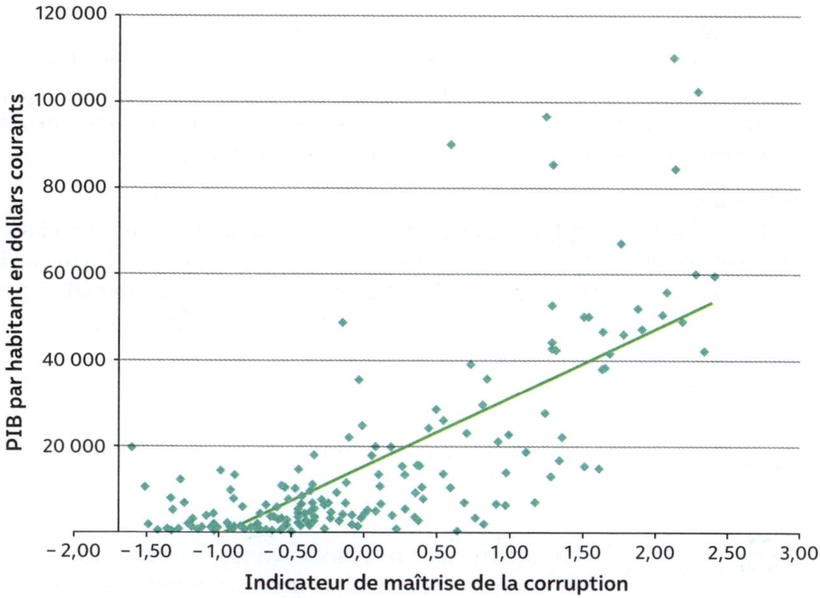

Notes : Chaque point représente un pays.
L'indicateur de maîtrise de la corruption mesure la capacité d'un pays à contrôler la corruption des pouvoirs publics. Sur une échelle de –2,5 à 2,5, plus l'indicateur est élevé, plus la corruption est maîtrisée.
Si la corrélation entre le PIB par habitant et l'indicateur de maîtrise de la corruption était parfaite, alors tous les points se situeraient sur la droite représentée sur le graphique.

Source : Banque mondiale, 2015.

LES CLÉS POUR RÉUSSIR

Reportez-vous à la méthode générale du raisonnement p. 314.

Analyser les termes du sujet et mobiliser ses connaissances

Analyse du sujet

institutions
Ensemble de règles, formelles ou informelles, qui s'imposent aux individus.
Organisations chargées de les faire respecter.

croissance économique
Augmentation soutenue des richesses créées dans une économie.

droits de propriété
Droit de choisir les usages d'un bien (l'utiliser, le céder, en tirer un revenu) dans le cadre de la loi.

Exploiter les documents

Document 1

Le document 1 est un texte qui présente des droits de propriété particuliers : les **brevets**. Sur quoi portent les brevets présentés ? Quels sont les avantages qu'ils confèrent à leurs détenteurs ? Quels sont les recours possibles si ces brevets sont exploités illégalement ? Pourquoi incitent-ils à innover ?

Document 2

Le document 2 est un graphique permettant de faire apparaître une **corrélation** entre la maîtrise de la corruption et le niveau du PIB par habitant. Cette corrélation est-elle positive ou négative ? Quel lien peut-on établir entre maîtrise de la corruption et niveau du PIB par habitant ? Y a-t-il des exceptions ?

Définir les arguments

Argument 1 — De « bonnes institutions » créent un **cadre favorable** à la croissance économique. **(doc. 2)**

Argument 2 — Les institutions peuvent favoriser l'émergence du **progrès technique**, source de croissance. **(doc. 1)**

CORRIGÉ

Les titres en couleur ne doivent pas figurer sur la copie.

Introduction

Les institutions désignent l'ensemble des règles formelles et informelles qui encadrent les interactions humaines ainsi que les organisations chargées de les faire respecter. Ainsi les droits de propriété, les tribunaux, la monnaie, les pouvoirs publics sont des institutions qui peuvent s'avérer favorables à la croissance, c'est-à-dire à l'augmentation durable des richesses créées dans une économie. En effet, elles créent un cadre favorable à la croissance et peuvent stimuler le progrès technique, lui-même source de croissance.

I. De « bonnes institutions » créent un cadre favorable à la croissance

LE SECRET DE FABRICATION

Après avoir expliqué ce que sont de « bonnes institutions » et fait le lien avec la croissance, il faudra utiliser le document 2 pour illustrer l'argumentation.

- Pour connaître la croissance, une économie a besoin d'institutions qui permettent le développement des activités économiques. Ainsi la monnaie est une institution nécessaire au développement des échanges marchands. L'existence de droits de propriété et de tribunaux chargés de les faire respecter garantit aux entrepreneurs de pouvoir conserver le profit qu'ils tirent de leurs activités, ce qui les incite à investir. Ces institutions constituent donc un **cadre juridique favorable** à la croissance économique.
- Un contexte politique stable et démocratique crée un climat de confiance propice à la croissance. Le **document 2** fait apparaître une **corrélation nette** entre la maîtrise de la corruption et le niveau du PIB par habitant : plus la corruption est maîtrisée et plus le niveau de vie s'accroît. En parvenant à lutter contre la **corruption** et le **clientélisme**, les pouvoirs publics diminuent le degré d'incertitude et de défiance. Les agents économiques sont incités à développer leurs activités.

MOTS CLÉS

- La **corruption** désigne le fait d'accepter de ne pas appliquer ou faire respecter une règle en échange d'une rétribution.
- Le **clientélisme** peut être associé à la notion de favoritisme.

II. Les institutions peuvent favoriser l'émergence du progrès technique, source de croissance

- Le rendement privé des innovations est souvent plus faible que leur rendement social puisqu'elles peuvent bénéficier à des agents économiques qui n'en ont pas supporté le coût. Les **brevets**, garantis par les pouvoirs publics, assurent à leurs détenteurs le monopole de l'exploitation de leurs innovations. Ces derniers sont alors certains de pouvoir rentabiliser leurs investissements et de conserver le bénéfice de leurs recherches (**doc. 1**). Les brevets sont donc favorables à l'innovation et à la croissance.
- Les institutions publiques peuvent également participer à l'effort de **recherche et développement** au sein de laboratoires publics ou subventionner les entreprises privées pour les inciter à innover et stimuler le progrès technique. En investissant dans l'enseignement supérieur et dans la recherche, l'État concourt à l'émergence de connaissances nouvelles qui viendront, à long terme, renforcer la croissance économique.

À NOTER

En France, en 2018, les dépenses de **recherche et développement** représentaient 2,2 % du PIB, ce qui plaçait la France au 7e rang des pays de l'Union européenne.

Conclusion

Les institutions qui permettent de garantir un cadre juridique et politique sûr et stable créent donc un climat de confiance propice au développement des échanges marchands et à la croissance. En stimulant le progrès technique directement (recherche publique) ou indirectement (brevets et subventions), les institutions publiques contribuent à dynamiser l'économie et à rendre la croissance possible à long terme.

SUJET 2 | OBJECTIF BAC

DISSERTATION ⏱ 4 h 00

Les défis de la croissance économique

Les marches pour le climat qui mobilisent de nombreux jeunes dans le monde révèlent une inquiétude croissante vis-à-vis de l'avenir de notre planète. Peut-on continuer à produire toujours plus sans la mettre en danger ?

LE SUJET

La croissance économique peut-elle être écologiquement soutenable ?

Document 1 **Évolution mondiale de l'extraction de ressources naturelles, du PIB et de la population, 1980-2013 (1980 : indice base 100)**

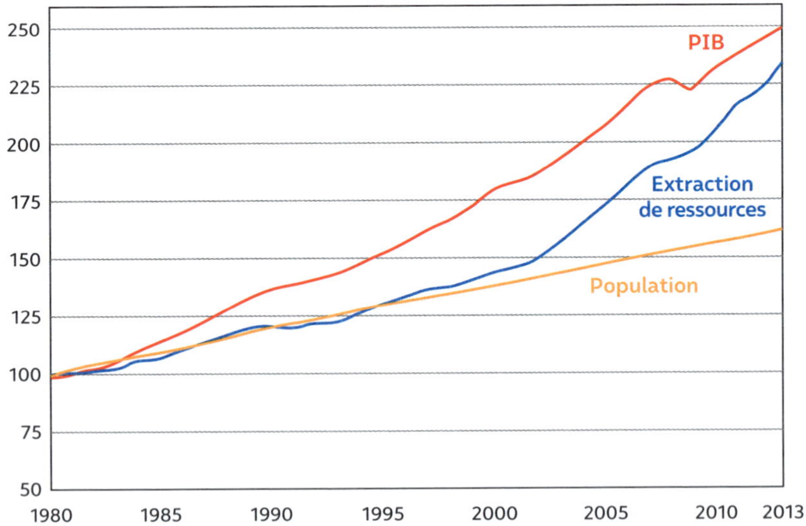

Source : Cécile Désaunay et Éric Vidalenc, « Ressources naturelles : pénurie ou abondance ? », *Futuribles*, octobre 2016.

Document 2 **Répartition géographique des émissions de CO_2[1] (en millions de tonnes de CO_2)**

	1990	2013	2014	Part 2014 (%)	Évolution 2013-2014 (%)	Évolution 1990-2014 (%)
Amérique du Nord	5 726	6 315	6 357	17,8	+ 0,7	+ 11,0
Dont : États-Unis	4 988	5 286	5 335	15	+ 0,9	+ 6,9
Amérique centrale et du Sud	647	1 291	1 306	3,7	+ 1,1	+ 101,8
Dont : Brésil	217	485	501	1,4	+ 3,3	+ 130,5
Europe et ex-URSS	8 353	6 403	6 142	17,2	− 4,1	− 26,5
Dont : Russie	2 379	1 792	1 766	5,0	− 1,4	− 25,7
Europe à 28	4 345	3 608	3 415	9,6	− 5,4	− 21,4
Afrique	667	1 162	1 188	3,3	+ 2,3	+ 78,1
Moyen-Orient	814	2 193	2 272	6,4	+ 3,6	+ 179,1
Dont : Arabie Saoudite	168	463	495	1,4	+ 7,0	+ 194,3
Asie	5 378	16 543	16 833	47,2	+ 1,8	+ 213,0
Dont : Chine	2 411	10 448	10 541	29,6	+ 0,9	+ 337,1
Océanie	304	461	454	1,3	− 1,6	+ 49,4
Soutes internationales[2]	626	1 109	1 117	3,1	+ 0,7	+ 78,2
Monde	22 516	35 477	35 669	100	+ 0,5	+ 58,4

1. Le CO_2 est un gaz à effet de serre qui contribue au réchauffement climatique.

2. Les soutes internationales correspondent aux émissions de CO_2 des transports internationaux maritimes et aériens non comptabilisés dans les totaux nationaux.

Source : Ministère de l'Écologie, du Développement durable et de l'Énergie, 2017.

Document 3 Évolution du nombre de brevets déposés dans les technologies liées au climat en France

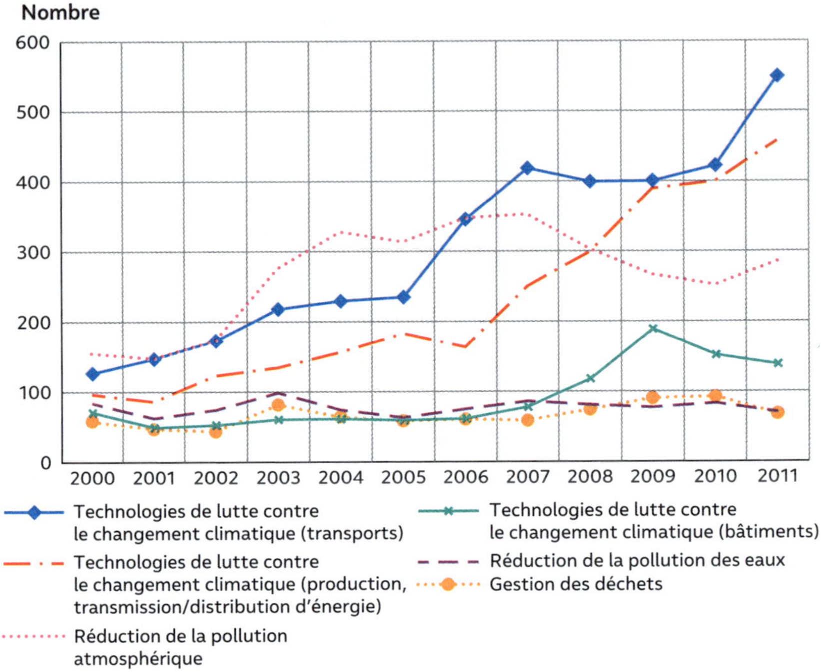

Source : Examens environnementaux, OCDE, France 2016.

LES CLÉS POUR RÉUSSIR

Reportez-vous à la méthode générale de la dissertation p. 316.

Analyser la consigne et dégager une problématique

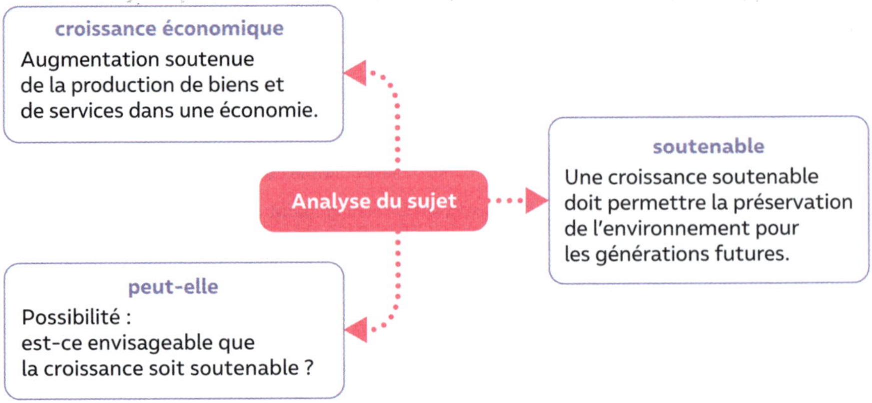

Problématique. Le sujet questionne la compatibilité possible de la croissance et de la préservation de l'environnement.

Exploiter les documents

Document 1

Le document 1 montre que la croissance économique entre 1980 et 2013 (augmentation du PIB de 150 %) s'accompagne de **prélèvements croissants sur le capital naturel** (augmentation de 130 %) : l'extraction de ressources naturelles progresse fortement, à un rythme proche de celui de la croissance économique.

Document 2

- Le document 2 montre une **augmentation des émissions de CO_2** au niveau mondial entre 1990 et 2014. Les plus fortes augmentations des émissions de CO_2 concernent des régions où la croissance est forte. La croissance s'accompagne d'une dégradation de l'environnement.
- Les régions qui ont connu une croissance plus précoce ont tendance à connaître une diminution de leurs émissions. Lorsque la croissance permet d'atteindre un certain niveau de vie, la pression sur l'environnement diminue.

Document 3

Le document 3 montre l'augmentation du nombre de brevets déposés dans les technologies liées au climat entre 2000 et 2011 en France. Il permet de mettre en évidence le **développement de technologies** qui permettent de lutter contre le réchauffement climatique.

Définir le plan

1 La croissance génère des dégâts non compatibles avec la préservation de l'environnement

- Montrez les **limites environnementales** de la croissance. **(doc. 1 et 2)**
- En quoi remettent-elles en cause l'idée d'une **croissance soutenable** ?

2 Le progrès technique peut permettre de rendre la croissance soutenable

- Montrez que le **progrès technique** peut diminuer la pression environnementale de la croissance. **(doc. 3)**
- Peut-on envisager alors une **croissance soutenable** ? **(doc. 2)**

CORRIGÉ

Les titres en couleur ou entre crochets ne doivent pas figurer sur la copie.

Introduction

[accroche] Dès 1972, le rapport Meadows intitulé « Halte à la croissance » révèle une prise de conscience des limites de la croissance économique.

[présentation du sujet] La croissance économique, augmentation durable et soutenue de la production dans une économie, s'accompagne de dégâts environnementaux qui viennent soulever la question de la soutenabilité de la croissance, c'est-à-dire sa capacité à préserver l'environnement pour les générations futures. Pour autant, des avancées technologiques permises par la croissance elle-même semblent permettre d'envisager une croissance compatible avec la préservation de l'environnement.

[problématique] La croissance économique peut-elle assurer la satisfaction des besoins des générations présentes tout en préservant l'environnement pour les générations futures ? Le progrès technique peut-il permettre d'assurer la soutenabilité de la croissance ? **[annonce du plan]** Nous verrons d'abord que la croissance économique est difficilement compatible avec la préservation de l'environnement, puis nous montrerons que le progrès technique peut permettre de dépasser ces limites et rendre la croissance soutenable.

I. La croissance génère des dégâts non compatibles avec la préservation de l'environnement

LE SECRET DE FABRICATION

Pour structurer de manière cohérente cette partie, il faut commencer par présenter les effets de la croissance sur l'environnement avant de faire le lien avec la notion de soutenabilité. On montrera alors qu'actuellement, la croissance n'est pas soutenable.

1. La croissance nuit à l'environnement

- La croissance économique s'accompagne d'une **surexploitation des ressources naturelles.** L'environnement peut être assimilé à un bien commun : il peut ainsi être consommé sans limite par les agents économiques. Les activités humaines à l'origine de la croissance économique entraînent donc un épuisement des ressources naturelles non renouvelables. Ainsi, les ressources énergétiques tendent à s'épuiser. On constate que l'extraction de ressources naturelles augmente rapidement, à un rythme proche de celui de la croissance : entre 1980 et 2013, le PIB mondial a crû de 150 % et l'extraction de ressources naturelles de 130 % environ (**doc. 1**).
- La croissance est aussi un **danger pour la biodiversité** : déforestation, extension des surfaces agricoles, utilisation de produits phytosanitaires entraînent la disparition irrémédiable d'espèces animales et végétales.

▸ Elle engendre également de **dégâts environnementaux**. La croissance économique est source de nombreuses externalités négatives : l'utilisation d'énergies fossiles s'accompagne d'émissions croissantes de gaz à effet de serre (GES) à l'origine de la pollution de l'air et du réchauffement climatique. Au niveau mondial, ces émissions ont augmenté de 58,4 % entre 1990 et 2014. Elles se sont fortement accrues en particulier dans les pays émergents, dont la forte croissance économique repose sur l'utilisation d'énergies fossiles : + 130,5 % au Brésil, + 337,1 % en Chine **(doc. 2)**. De plus, la croissance économique entraîne un mode de consommation propice à la multiplication des déchets, source de pollution.

2. La destruction du capital naturel ne permet pas d'envisager une croissance soutenable

▸ Une **croissance soutenable** doit permettre de produire suffisamment de richesses pour satisfaire les besoins des générations présentes et améliorer le niveau de vie des populations, dans le respect de l'environnement pour les générations futures. Cet objectif repose sur la mobilisation de différents types de capitaux : physique, naturel, humain et institutionnel. La soutenabilité de la croissance peut être évaluée en fonction de ses effets sur ces différents types de capitaux et leur transmission aux générations futures.

▸ Dans l'optique de la **soutenabilité forte**, les différents capitaux ne sont pas substituables et le capital naturel a un statut particulier. Les atteintes à ce capital sont irrémédiables, c'est pourquoi il doit être préservé. La croissance n'est alors soutenable que si le stock de capital naturel transmis aux générations futures reste au moins identique. Les dégradations et destructions du capital naturel observées remettent donc en cause la soutenabilité de notre mode de croissance.

> **À NOTER**
> La notion de **croissance soutenable** est proche de celle de développement durable créée par le PNUD en 1987.
> Elle a donc une dimension économique (produire plus de richesses), sociale (les répartir équitablement) et environnementale (protéger l'environnement pour les générations futures).

II. Le progrès technique peut permettre de rendre la croissance soutenable

1. Le progrès technique est susceptible d'apporter des solutions aux problèmes environnementaux

▸ Pour les partisans de la **soutenabilité faible**, le capital naturel est un capital comme les autres qui, à ce titre, peut être remplacé par d'autres formes de capitaux. Ainsi s'il se raréfie, son prix deviendra plus élevé et les agents économiques seront incités à **développer des technologies** plus économes en ressources naturelles. La croissance est alors soutenable si on peut compenser la dégradation du capital naturel par l'accumulation d'autres formes de capitaux.

▸ Des avancées technologiques permettent ainsi de réduire la pression de la croissance sur l'environnement : de nouvelles sources d'énergie, renouvelables et peu polluantes sont exploitées, de nouvelles techniques de production, plus économes en énergie, se développent. On constate une forte augmentation du nombre de brevets déposés dans les technologies liées au climat entre 2000 et 2011. Par exemple, le nombre de brevets liés aux technologies de lutte contre le changement climatique dans le secteur des transports a été multiplié par 5 entre 2000 et 2011, par 4,5 dans le secteur de l'énergie **(doc. 3)**.

À NOTER
À l'inverse de la soutenabilité faible, la **soutenabilité forte** remet en cause l'idée que le progrès technique permettra de dépasser les limites environnementales de la croissance : l'accumulation de capital technologique n'empêchera pas la disparition de certaines ressources.

2. La croissance peut, par elle-même, offrir des solutions aux enjeux environnementaux

- La croissance permet de dégager les ressources nécessaires aux investissements dans les technologies nouvelles : en permettant le financement de la recherche, elle est elle-même source d'un **progrès technique endogène**. Si ce progrès technique est orienté vers la préservation de l'environnement, elle serait donc soutenable.
- De plus, si dans un premier temps la croissance économique se traduit par de fortes pressions sur l'environnement, l'**augmentation du niveau de vie** permet à partir d'un certain seuil de relâcher cette pression grâce aux modifications de la structure productive et au développement d'activités tertiaires moins polluantes. Ainsi, dans le monde, les pays ayant connu une croissance plus précoce et ayant un niveau de vie plus élevé ont vu, pour certains, diminuer leurs émissions de GES : – 21,4 % pour l'Europe à 28 entre 1990 et 2014. Les zones ayant connu une croissance plus tardive et dont les activités sont davantage industrielles émettent une part importante des GES aujourd'hui : 29,6 % pour la Chine en 2014 **(doc. 2)**. Avec l'augmentation du niveau de vie, les consommateurs sont également plus sensibles aux problèmes environnementaux : de nouveaux modes de consommation, plus soucieux de l'environnement, se développent (alimentation biologique, utilisation d'énergies renouvelables, véhicules électriques...).

Conclusion

[bilan] Ainsi, la croissance économique se traduit aujourd'hui par une surexploitation des ressources naturelles, une augmentation de la pollution et une mise en danger de la biodiversité. En détruisant le capital naturel, elle menace les générations futures : elle n'est pas soutenable. Cependant, la croissance économique permet l'émergence d'un progrès technique qui peut se traduire par un relâchement de la pression environnementale qu'elle exerce. Il est alors possible d'envisager une croissance soutenable plus économe en énergie et moins polluante, qui s'accompagne d'une prise de conscience et d'une modification des modes de consommation.

[ouverture] On peut se demander si les mécanismes de marché, à eux seuls, permettront cette orientation, ou si l'intervention des pouvoirs publics, à travers des politiques économiques adaptées, s'avérera indispensable.

Économie

2 Les fondements du commerce international et de l'internationalisation de la production

La guerre commerciale qui oppose les États-Unis et la Chine se poursuit au-delà du mandat de Donald Trump (à gauche). Le président américain Joe Biden et son homologue chinois Xi Jinping (à droite) lancent néanmoins des pourparlers pour s'entendre sur des modalités de commerce avantageuses entre les deux pays.

TEST

Pour vous situer et identifier les fiches à réviser 36

FICHES DE COURS

6 Les déterminants des échanges entre pays différents 38
7 Les déterminants des échanges entre pays comparables 40
8 Aux sources de la compétitivité des pays 42
9 Aux sources des chaînes de valeur mondiales (CVM) 44
10 Le débat opposant libre-échange et protectionnisme 46
MÉMO VISUEL 48

SUJETS GUIDÉS & CORRIGÉS

OBJECTIF BAC

3 **MOBILISATION DES CONNAISSANCES** | Productivité et compétitivité 50
4 **ÉTUDE D'UN DOCUMENT** | Commerce international et croissance économique 52
5 **DISSERTATION** | Libre-échange et protectionnisme 55

TESTEZ-VOUS

→ CORRIGÉS P. 318-320

Faites le point sur vos connaissances, puis établissez votre **parcours de révision** en fonction de votre score.

1 Les déterminants des échanges entre pays différents

→ FICHE 6

1. Le commerce entre pays différents économiquement s'explique par…

☐ a. la théorie des avantages comparatifs.

☐ b. des différences de dotations factorielles.

☐ c. la théorie du cycle de vie du produit.

2. Associez chaque concept à un auteur et/ou un modèle.

a. avantages comparatifs •	• David Ricardo
b. dotations factorielles •	• Raymond Vernon
c. cycle de vie du produit •	• modèle HOS

…/2

2 Les déterminants des échanges entre pays comparables

→ FICHE 7

1. Les économies d'échelle expliquent le commerce entre pays comparables, car elles permettent…

☐ a. d'augmenter les coûts unitaires.

☐ b. de réduire les coûts unitaires.

☐ c. d'accéder à un marché plus étendu.

2. Vrai ou faux ? Cochez la case qui convient.

	V	F
a. Les pays comparables s'échangent des produits comparables.	☐	☐
b. La demande domestique représentative détermine l'exportation.	☐	☐
c. Des pays comparables peuvent appartenir à une même CVM.	☐	☐

3. Une chaîne de valeur mondiale désigne…

☐ a. le commerce international.

☐ b. une décomposition internationale des processus productifs.

☐ c. l'ensemble des activités allant de la conception à la livraison du produit.

…/3

3 Aux sources de la compétitivité des pays

→ FICHE 8

Complétez le texte avec les mots qui conviennent.

La compétitivité d'un pays dépend de la compétitivité-........... et .... de ses firmes, qui peut être stimulée par des gains de ...., la baisse du coût du ...., du capital et des consommations intermédiaires, une fiscalité avantageuse, etc. Elle dépend aussi de sa stabilité politique ou encore de la qualité de ses ....

.../1

4 Aux sources des chaînes de valeur mondiales (CVM)

→ FICHE 9

1. Les firmes deviennent des firmes transnationales...

☐ a. en créant une filiale à l'étranger.
☐ b. en rachetant une entreprise étrangère.
☐ c. en réalisant des IDE.

2. Associez chaque notion à sa définition.

a. délocalisation au sens strict •	• transfert d'une activité à l'étranger
b. délocalisation au sens large •	• sous-traitance
c. externalisation •	• investissement à l'étranger

.../2

5 Le débat opposant libre-échange et protectionnisme

→ FICHE 10

1. Le libre-échange se caractérise par...

☐ a. une augmentation de la productivité mondiale.
☐ b. une incompatibilité avec le protectionnisme.
☐ c. une absence de risque.

2. Complétez le texte avec les mots qui conviennent.

Le........... désigne les mesures visant à protéger la production d'un pays contre la .... étrangère, notamment pour protéger l'emploi ou certains secteurs d'activité, comme l'agriculture. Il peut se manifester par une .... du prix des importations (droits de douane, subventions aux producteurs locaux, baisse du taux de change) ou par des limites (quotas,........... techniques et sanitaires, etc.).

.../2

Score total .../10

Parcours PAS À PAS ou EXPRESS ? → MODE D'EMPLOI P. 3

6 Les déterminants des échanges entre pays différents

En bref *Selon les économistes classiques, les pays doivent se spécialiser dans des productions pour lesquelles ils possèdent un avantage productif ou des dotations factorielles favorables. La complémentarité de ces facteurs explique le commerce international.*

I L'avantage productif

1 La théorie de l'avantage absolu (A. Smith, XVIIIe siècle)

■ Selon Smith, un pays A possède un avantage absolu dans la production d'un bien s'il lui faut moins de travailleurs qu'un pays B pour produire ce bien.

■ Le pays B doit alors abandonner sa production et se consacrer à celle pour laquelle il a un avantage absolu. En d'autres termes, il doit se spécialiser dans cette production et acheter les biens qu'il ne produit plus.

2 La théorie de l'avantage comparatif (D. Ricardo, XIXe siècle)

■ Pour Ricardo, ce sont les **avantages comparatifs** qui justifient le commerce international.

■ Ricardo prend l'exemple d'échanges entre le Portugal et l'Angleterre → ZOOM. Le Portugal a un avantage absolu dans la production de deux biens, le drap et le vin. Selon Smith, le Portugal n'a pas intérêt à importer l'un ou l'autre de ces biens de l'Angleterre, où leur coût de production est plus élevé.

> **MOT CLÉ**
> L'**avantage comparatif** est le nom donné à l'analyse de Ricardo démontrant qu'un pays doit se spécialiser dans les secteurs où son avantage en termes de productivité est le plus grand ou son désavantage le plus faible.

■ Mais pour Ricardo, le Portugal a sans doute un plus grand avantage dans l'une de ces deux productions, par exemple celle du vin. Ce pays ferait alors un meilleur usage de ses travailleurs en les mobilisant dans la production de vin. Certes les travailleurs du drap sont plus productifs au Portugal qu'en Angleterre, mais mobilisés dans le vin, ils seraient plus productifs encore.

■ Ainsi, l'efficacité de l'économie mondiale augmente si chaque pays se spécialise dans la production pour laquelle il possède le plus grand avantage comparatif.

II Les dotations factorielles

1 Le modèle HOS

■ Si Ricardo explique les avantages comparatifs par les différences de productivité, le modèle HOS (Heckscher-Ohlin-Samuelson) les explique par des différences de **dotations factorielles**.

> **MOT CLÉ**
> Les **dotations factorielles** désignent la quantité des différents facteurs de production (travail, capital, ressources naturelles, technologies) présents dans un pays.

- Les différences de coûts de production s'expliquent par l'abondance relative des **facteurs de production**. Ainsi, si le pétrole est abondant dans un pays, son offre sera importante et donc son prix faible.
- Il est alors intéressant pour ce pays de se spécialiser dans la production de biens qui requièrent un usage intensif de pétrole, car leur **coût de production** sera moins élevé qu'ailleurs.

2 | Des dotations factorielles évolutives

- Dans sa théorie du cycle de vie du produit, l'économiste américain R. Vernon (années 1960) montre que les pays avancés technologiquement se spécialisent dans des secteurs qui nécessitent de **hautes compétences technologiques** pour produire des biens innovants.
- Mais des pays moins innovants finissent par **acquérir la technologie** nécessaire pour les produire à leur tour, accentuant ainsi la concurrence (comme les quatre dragons asiatiques dans la seconde moitié du XXe siècle). Les pays de départ finissent alors par délaisser la production et se tourner vers d'autres biens plus innovants.

zoOm

Le commerce international expliqué par les avantages comparatifs

	Portugal		Angleterre		
	Nombre de travailleurs mobilisés	Nombre d'unités produites	Nombre de travailleurs mobilisés	Nombre d'unités produites	Quantité produite par les 2 pays
Avant spécialisation des 2 pays (situation d'autarcie)					
Drap	90	1	100	1	2
Vin	80	1	120	1	2
Nombre d'unités de marchandises produites par les 2 pays					4
Après spécialisation des 2 pays (situation de commerce international)					
Drap	0	0	220	2,2	2,2
Vin	170	2,125	0	0	2,125
Nombre d'unités de marchandises produites par les 2 pays					4,325

Source : David Ricardo, *Des principes de l'économie politique et de l'impôt*, chapitre VII, 1817.

- La **productivité** du Portugal dans le vin est de 1/80 : il faut 80 travailleurs pour produire 1 unité de vin. Celle de l'Angleterre est de 1/120. Le Portugal est donc 1,5 fois plus productif que l'Angleterre dans le vin : (1/80)/(1/120) = 1,5, mais seulement 1,1 fois plus dans le drap : (1/90)/(1/100) ≈ 1,1.
- Le Portugal doit donc se spécialiser dans le vin, et l'Angleterre dans le drap. Il en résulte alors une **hausse de la production** dans les deux pays et dans le monde (de 4 à 4,325 unités).

7 Les déterminants des échanges entre pays comparables

En bref *Entre 1960 et 1990, l'essor des échanges entre pays comparables a remis en cause la pertinence des théories traditionnelles du libre-échange et entraîné le développement de nouvelles théories du commerce international.*

I Les économies d'échelle et la différenciation

1 Les économies d'échelle

■ Si la production d'un bien fait l'objet d'**économies d'échelle**, il est intéressant pour un pays d'en augmenter le volume de production. Chaque unité produite lui coûte ainsi de moins en moins cher. Le pays peut alors accroître sa clientèle locale et conquérir une clientèle étrangère amatrice de produits similaires.

MOT CLÉ
Les **économies d'échelle** représentent une diminution des coûts unitaires de production due à l'augmentation des quantités produites.

■ Ici, ce ne sont pas les avantages comparatifs qui déterminent la spécialisation, mais l'opportunité de réduire les coûts unitaires. Dès lors, des pays possédant des ressources et technologies comparables peuvent échanger entre eux : chacun se spécialise dans une production faisant l'objet d'économies d'échelle, destinée à des populations locales et étrangères aux caractéristiques comparables (consommation, pouvoir d'achat).

2 La différenciation et la qualité

■ Pour l'économiste suédois Staffan Linder (1931-2000), les producteurs nationaux produisent pour satisfaire les demandeurs locaux ; les exportations ne servant qu'à écouler leurs surplus. Les produits exportés ont une qualité correspondant à la « demande domestique représentative » de leur pays. Les pays comparables s'échangent donc des produits comparables. Seule la qualité varie : les pays riches exportent des produits haut de gamme tandis que les pays pauvres exportent des produits de qualité moindre.

■ L'économiste américain Kelvin Lancaster (1924-1999) ajoute que chaque consommateur souhaite consommer une variété particulière d'un produit. Dès lors, si cette variété n'est pas disponible dans son pays mais seulement dans un autre, le commerce international demeure l'option qui lui permet d'y accéder.

II La fragmentation de la chaîne de valeur

1 L'organisation de la production autour des CVM

■ Une chaîne de valeur désigne l'ensemble des activités menées par les entreprises pour mettre un produit sur le marché, depuis sa conception jusqu'à sa livraison.

■ La **production** s'organise autour de chaînes de valeur mondiales (CVM). Différentes activités sont réalisées dans plusieurs pays, au gré des opportunités qu'ils présentent (fiscalité, facteurs de production, etc.).

■ Les activités des CVM peuvent être réalisées par **une seule entreprise**, transnationale (commerce « intra-firme »), ou réparties entre **plusieurs intervenants**.

2 Les CVM des pays comparables

■ Des pays comparables peuvent être intégrés dans une même CVM, entraînant un commerce entre eux de **pièces détachées**.

■ Différents pays aux économies comparables participent ainsi à la production de l'**Airbus A320**, un des avions de ligne moyen-courriers les plus vendus au monde. La France, par exemple, produit une partie du fuselage et reçoit des pièces détachées provenant d'Allemagne, du Royaume-Uni et d'Espagne pour l'assemblage final.

zoOm

Le commerce international expliqué par les économies d'échelle et la variété

Exemple hypothétique de gains résultant de l'intégration du marché

	Marché de Nation avant échange	Marché d'Étranger avant échange	Marché intégré après échange
Ventes totales de voitures	900 000	1 600 000	2 500 000
Nombre de firmes	6	8	10
Ventes par firme ($)	150 000	200 000	250 000
Coût moyen ($)	10 000	8 750	8 000
Prix ($)	10 000	8 750	8 000

Source : Paul Krugman, Maurice Obstfeld, Marc Melitz, *Économie internationale*, Pearson France, 2018.

■ **Avant ouverture** au commerce international, la population de « Nation » a accès à 900 000 voitures provenant de 6 firmes différentes, au prix moyen de 10 000 $.

■ **Après ouverture**, « Nation » et « Étranger » forment un marché intégré. Sur ce marché, leurs populations ont accès aux produits variés de 10 firmes ; et grâce aux économies d'échelle, le prix moyen tombe à 8 000 $. Le nombre total de firmes est passé de 14 à 10 : 4 firmes ont cessé leur activité, faute de pouvoir rivaliser avec leurs concurrentes.

8 Aux sources de la compétitivité des pays

En bref *La compétitivité d'un pays désigne sa capacité à exporter ou à attirer des activités. Celle-ci dépend de la compétitivité de ses firmes et de ses caractéristiques sociopolitiques et géographiques.*

I De la productivité à la compétitivité des firmes

1 Définition et déterminants de la productivité des firmes

- La productivité d'une firme mesure son **efficacité** productive. Une firme est ainsi plus productive qu'une autre si elle réalise un produit pour un coût plus faible.

- La productivité se calcule en divisant une production par ses facteurs de production. On mesure ainsi la **productivité du travail** en divisant la valeur ajoutée par le nombre de travailleurs mobilisés. La productivité peut aussi être mesurée par la PGF → FICHE 1.

- Différents **déterminants** peuvent stimuler la productivité des entreprises, notamment le progrès technique, la formation des travailleurs, ou encore une augmentation des rémunérations qui peut motiver les travailleurs.

2 La compétitivité des firmes stimulée par les gains de productivité

- Les gains de productivité permettent aux firmes de réduire leur coût de production et leur prix de vente, et ainsi d'augmenter leur **compétitivité-prix**, c'est-à-dire leur capacité à vendre leurs produits à un prix moins élevé que le prix de leurs concurrentes.

- Mais la **compétitivité** ne dépend pas seulement du prix. La qualité d'un produit, son caractère innovant ou les services associés stimulent la **compétitivité hors-prix** (ou **structurelle**) de la firme qui le réalise et sa capacité à gagner des parts de marché sur des concurrents parfois moins chers.

> **MOT CLÉ**
> La **compétitivité** est la capacité à augmenter et maintenir ses ventes de biens et services sur le marché international ou sur le marché national.

- Les revenus résultant des gains de productivité peuvent être **investis en recherche et développement** pour améliorer les produits et stimuler la compétitivité hors-prix des firmes.

II Les déterminants de la compétitivité d'un pays

1 La compétitivité des firmes

- Plus les compétitivités-prix et hors-prix de ses firmes sont élevées, plus les **exportations** d'un pays sont susceptibles d'être élevées.

■ Cette compétitivité peut être stimulée par des **gains de productivité** qui réduisent les coûts unitaires de production et procurent un revenu qui peut être **réinvesti** pour innover.

■ Elle peut être stimulée de différentes autres manières : une baisse de la **rémunération** du travail et du capital qui permet de réduire les coûts de production ; des **consommations intermédiaires** accessibles à bon marché ; des niveaux d'**impôts** et de **cotisations sociales** modérés en comparaison des pays concurrents.

2 Des critères sociopolitiques et géographiques

■ L'économiste américain Paul Krugman affirme que la compétitivité ne peut être réduite à la productivité, car elle a une **dimension politique et sociale**. Un pays n'est pas une entreprise.

■ La compétitivité d'un pays peut alors être mesurée par son **attractivité**. Celle-ci dépend des coûts de production ou du niveau des impôts ; mais aussi de la disponibilité et de la qualité des infrastructures (établissements scolaires, hôpitaux, etc.), de la stabilité politique, de la situation géographique, etc.

MOT CLÉ

L'**attractivité** d'un pays est sa capacité à attirer et retenir sur son territoire des activités économiques et des facteurs de production (travailleurs et capitaux).

zoOm

Les sommets « Choose France »

■ Le 11 juillet 2022, la cinquième édition du sommet « Choose France » a réuni au Château de Versailles 250 chefs d'entreprise françaises et étrangères, plusieurs membres du gouvernement et le président Emmanuel Macron (au centre sur la photo). Ces sommets ont pour objectif de valoriser l'**attractivité économique** de la France auprès des petites et grandes entreprises.

■ En 2019, la France est le **15e pays le plus compétitif** selon le World Economic Forum, soit deux places de plus qu'en 2018.

9 Aux sources des chaînes de valeur mondiales (CVM)

En bref *Les échanges concernent davantage des biens intermédiaires que des produits finis. En effet, les firmes multinationales recourent de façon croissante à la décomposition internationale de leur processus productif (DIPP), c'est-à-dire à la répartition des étapes de leur production dans plusieurs pays.*

I Les facteurs techniques et politiques

1 L'évolution des technologies et le libre-échange

- La baisse des coûts de transport a facilité la **dispersion géographique** de la production.
- Les nouvelles technologies de l'information et de la communication (NTIC) ont facilité la **synchronisation** d'unités de production dispersées.
- L'évolution des techniques de production a permis la **décomposition** et la **standardisation** des étapes de la production, qui peuvent alors être confiées à des unités de production différentes, situées dans différents pays.
- Pour que des composants puissent être transportés puis assemblés pour former un produit fini, les pays doivent pratiquer le **libre-échange** → FICHE 10. Le GATT à partir de 1947 puis l'OMC à partir de 1995, ou encore la constitution de grands marchés régionaux dans les années 1990 (Union européenne, Mercosur, Alena, etc.) ont favorisé cette ouverture.

2 Le rôle des firmes multinationales (FMN)

- Les différentes phases de production d'un produit étant segmentables, les entreprises cherchent à installer leurs **unités de production** dans différents pays, selon leur attractivité.
- Les **firmes multinationales** recourent également de plus en plus à l'**externalisation** : elles renoncent alors au contrôle d'une étape de la production au profit de multiples partenaires extérieurs (clients, fournisseurs, etc.) pour se concentrer ainsi sur le cœur de leur activité.

MOT CLÉ
Une **firme multinationale**, ou **transnationale**, est une firme qui possède ou contrôle des unités de production dans plusieurs pays.

- Cette CVM peut s'inscrire également dans des logiques de **glocalisation**, consistant à concilier concentration de la production afin de réaliser des économies d'échelle, et adaptation du produit final aux demandes locales. Les sandwichs de l'entreprise McDonald's, par exemple, s'adaptent aux habitudes alimentaires locales des pays où ils sont vendus.

II Les modalités de transnationalisation des entreprises

1 Les investissements directs à l'étranger

■ Les firmes se transnationalisent en opérant des **investissements directs à l'étranger** (IDE).

■ On distingue les investissements qui résident dans le fait de **créer** de toutes pièces une unité de production dans un pays étranger, de ceux qui consistent à **acquérir** une unité déjà existante.

MOT CLÉ

Les **investissements directs à l'étranger** consistent pour une entreprise située dans un pays à prendre le contrôle d'au moins 10 % du capital social d'une entreprise située dans un autre pays.

2 Les délocalisations

■ Lorsque la firme ferme des unités de production dans un pays pour ouvrir des **unités de substitution** dans d'autres pays, on parle de délocalisation au sens strict. Selon l'Insee, entre 2011 et 2017, 14 000 emplois en France ont été délocalisés en moyenne chaque année.

■ Au sens large, on parle de délocalisation lorsqu'une entreprise procède à un IDE. On considère en effet que même si elle ne ferme pas une unité de production, elle prive un pays d'un **apport de capitaux** au profit d'un autre.

zoOm

Les étapes de la CVM de l'iPhone

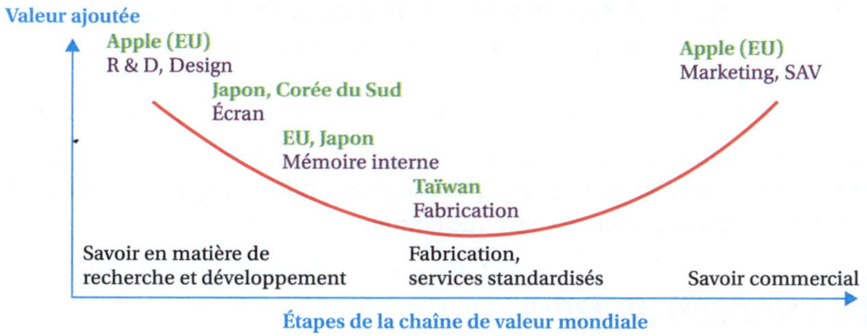

Source : Grimes & Sun, *China's evolving role in Apples GVC*, Area Development & Policy, 2016.

■ La répartition des étapes de la CVM prend la forme de la « **courbe du sourire** ».

■ Les pays les plus avancés (États-Unis, Japon et Corée du Sud) se partagent la réalisation des segments qui produisent **la plus forte valeur ajoutée** : la R&D, le design et la commercialisation.

■ Les segments qui produisent **le moins de valeur ajoutée** sont laissés aux pays moins avancés (Taïwan), même s'ils peuvent parfois être pris en charge par des unités de production des pays avancés (États-Unis).

10 Le débat opposant libre-échange et protectionnisme

En bref *Bien que de nombreuses théories préconisent le développement du commerce extérieur, une contestation croissante de la mondialisation semble en nuancer les avantages. Ce débat oppose les partisans du libre-échange à ceux du protectionnisme.*

I Le libre-échange

1 Les avantages du libre-échange

> **MOT CLÉ**
> Le **libre-échange** est une doctrine qui préconise la suppression de toute entrave aux échanges et la spécialisation internationale.

- Le **libre-échange** augmente les profits des producteurs. Leur spécialisation et les économies d'échelle stimulent leur productivité et leurs profits.
- Il augmente la satisfaction des consommateurs en leur offrant une plus grande **variété de produits** à des prix moins élevés.
- Il peut contribuer à **réduire les inégalités** entre les pays. En s'intégrant au commerce mondial, la Chine a réduit l'écart de niveau de vie qui la séparait des pays riches.

2 Les risques du libre-échange

- Les entreprises les moins compétitives font **faillite**, au détriment de l'emploi local.
- Comme le regrette A. Gutteres, Secrétaire général des Nations unies, le libre-échange augmente les **inégalités** au sein de chaque pays. Les travailleurs les plus qualifiés et les capitaux peuvent s'offrir aux pays les plus rémunérateurs ; les travailleurs les moins qualifiés doivent accepter des rémunérations locales faibles.
- Toute **spécialisation** n'est pas nécessairement avantageuse : si un pays produit un bien dont la valeur baisse sur les marchés internationaux, sa production en volume augmente, mais ses revenus chutent.

II Le protectionnisme

1 Les avantages du protectionnisme

> **MOT CLÉ**
> Les **droits de douane** sont des impôts prélevés sous la forme d'un pourcentage du prix de la marchandise importée.

- Le protectionnisme désigne les mesures visant à **protéger la production nationale** contre la concurrence étrangère, notamment pour protéger l'emploi ou certains secteurs d'activité comme l'agriculture. Il peut se manifester par une hausse du prix des importations (**droits de douane**, subventions aux producteurs locaux, baisse du taux de change) ou par des limites (quotas, normes techniques et sanitaires, etc.).

- Le protectionnisme peut également chercher à protéger des activités jugées d'**intérêt national** (agriculture au nom de l'indépendance alimentaire, etc.) ou encore être brandi comme recours contre des pratiques étrangères jugées déloyales (**dumping** socio-fiscal ou environnemental).

2 | Les risques du protectionnisme

- Le protectionnisme **limite la concurrence** et n'incite donc pas à innover et gagner en productivité ; il en résulte un maintien des prix à un niveau élevé.
- Il peut entraîner des **représailles des pays étrangers**. En réponse au relèvement des droits de douane américains sur ses produits (passés de 3,1 à 21,8 % entre mars 2018 et septembre 2019 à la demande du président D. Trump), la Chine a relevé ceux qu'elle applique à ses importations de produits américains (de 8 à 21,8 %).
- Le recours au protectionnisme peut être **inégalitaire** : les subventions de l'Union européenne permettent à ses agriculteurs de rivaliser avec des produits d'Amérique du Sud qui seraient plus compétitifs sinon.

zoOm

La hausse du protectionnisme depuis 2008

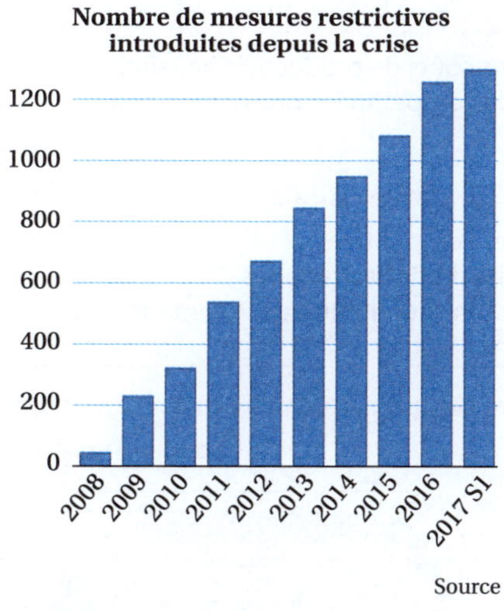

Source : OMC/OCDE/CNUCED.

- Le nombre de **mesures commerciales restrictives** a été multiplié par plus de 30 entre 2008 et le premier semestre (S1) de 2017.
- En effet, en période de ralentissement économique, les pays prennent des mesures qui découragent les **importations** afin de protéger les producteurs locaux.

MÉMO VISUEL

LE COMMERCE

Les déterminants des échanges

Entre pays différents

- Avantages absolus (Adam Smith)
- Avantages relatifs / comparatifs (David Ricardo)
- Dotations factorielles (HOS)

Entre pays comparables

- Économies d'échelle
- Différenciation et demande de variété
- Fragmentation de la chaîne de valeur mondiale

Aux sources de la compétitivité des pays

La productivité des firmes

- Baisse des coûts de production unitaires
- Source de compétitivité-prix et hors-prix

La compétitivité des pays

- Firmes compétitives
- Qualité des infrastructures
- Situations géographiques avantageuses

Classement des pays les plus compétitifs au monde en 2019

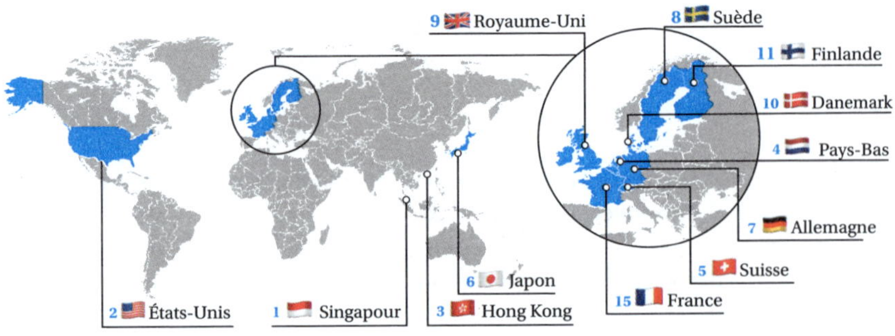

Source : Forum Economic Mondial – The Global Competitiveness Report.

Comment expliquer l'internationalisation de la chaîne de valeur ?

Aux sources des chaînes de valeur mondiales

Les facteurs techniques et politiques

- Développement des nouvelles technologies de l'information et de la communication
- Progrès techniques dans les transports
- Accords de libre-échange (GATT, UE)

Les modalités de transnationalisation des entreprises

- Investissement direct à l'étranger (IDE)
- Délocalisations au sens strict
- Délocalisations au sens large

Les différentes provenances des composants de l'iPhone 6S

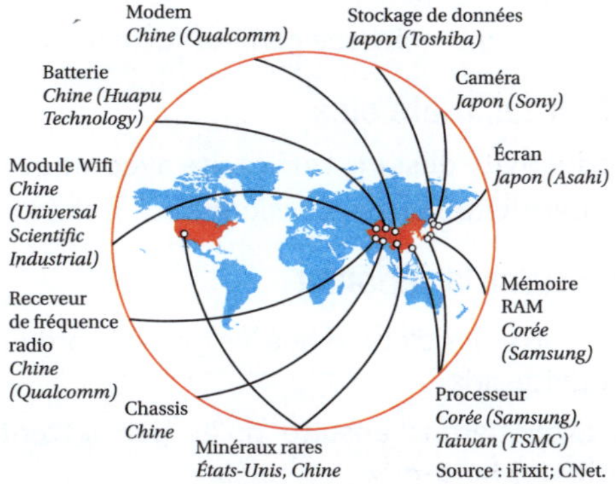

Source : iFixit; CNet.

INTERNATIONAL

Le débat opposant libre-échange et protectionnisme

Les avantages et risques du libre-échange

- Hausse de la productivité et du profit des entreprises
- Baisse des prix, différenciation et variété des produits
- Hausse du chômage, inégalités, spécialisations désavantageuses

Les avantages et risques du protectionnisme

- Protection des producteurs locaux
- Maintien des prix à un niveau élevé
- Guerre commerciale
- Avantage des pays riches

SUJET 3 | OBJECTIF BAC

MOBILISATION DES CONNAISSANCES 30 min

Productivité et compétitivité

La compétitivité est au cœur des discours gouvernementaux, qui y voient la condition de la croissance économique et de l'emploi, tirés par les exportations. Comment peut-elle alors être stimulée ?

LE SUJET

Comment les gains de productivité peuvent-ils stimuler la compétitivité d'un pays ?

LES CLÉS POUR RÉUSSIR

Reportez-vous à la méthode générale de la mobilisation des connaissances p. 312.

Définir les mots clés

- La **productivité** désigne l'efficacité avec laquelle un produit est réalisé.
- La **compétitivité** d'un pays désigne sa capacité à exporter ou à attirer des activités.

Structurer la réponse

- Nous montrerons d'abord que les gains de productivité des firmes stimulent leur **compétitivité-prix**.
- Nous expliquerons ensuite qu'ils permettent également de stimuler leur **compétitivité hors-prix**.

CORRIGÉ

Les titres en couleur ne doivent pas figurer sur la copie.

Introduction

La compétitivité d'un pays désigne sa capacité à exporter ou à attirer des activités. Les gains de productivité, c'est-à-dire d'efficacité productive, réalisés par ses entreprises peuvent stimuler à la fois la compétitivité-prix et la compétitivité hors-prix d'un pays.

Développement

- Lorsqu'une entreprise réalise des gains de productivité, elle réduit la quantité de facteurs (travail et capital) nécessaires pour produire une unité de bien ou de service. La baisse des coûts de production qui en résulte lui permet alors de réduire ses prix sans réduire sa marge bénéficiaire. Une telle réduction de prix stimule ses exportations et donc la **compétitivité-prix** du pays où elle est localisée.

- Les gains de productivité peuvent aussi stimuler la **compétitivité hors-prix**. En effet, les bénéfices qu'ils procurent aux firmes leur permettent de financer des dépenses de recherche et développement (R&D) et ainsi d'améliorer la qualité de leurs produits, ou de réaliser de nouveaux produits ; deux ressorts qui peuvent attirer une clientèle en quête de qualité et d'innovation.

À NOTER
Attention à ne pas confondre **production** et **productivité** : la productivité s'obtient en divisant un indicateur de production par la quantité de facteurs utilisés.

Conclusion

Les gains de productivité, parce qu'ils permettent de réduire les prix et/ou d'augmenter les marges bénéficiaires et les investissements en R&D des entreprises, augmentent à la fois la compétitivité-prix et la compétitivité hors-prix des firmes. Leurs produits ont alors plus de chance d'être exportés, autrement dit la compétitivité de leur pays est stimulée.

SUJET 4 | OBJECTIF BAC

ÉTUDE D'UN DOCUMENT 1 h

Commerce international et croissance économique

Pour de nombreux gouvernants prônant le libre-échange, le commerce international est source de croissance économique. Est-il possible de mettre en évidence une corrélation entre les deux phénomènes ?

LE SUJET

1. Faites une phrase pour présenter **la donnée** correspondant à la courbe en pointillé bleue du document.

2. Mettez en évidence un lien entre l'évolution du commerce des marchandises et celle du PIB au niveau mondial.

SAVOIR-FAIRE
Cette donnée est un **taux de variation moyen** : elle indique l'évolution de la variable en moyenne chaque année (en %).

Document **Croissance du volume du commerce des marchandises[1] et du PIB au niveau mondial, 2011-2020 (variation annuelle en %)**

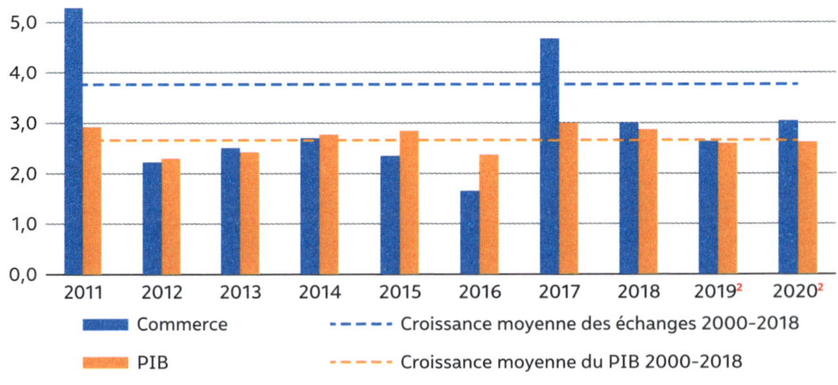

1. Le commerce des marchandises est mesuré par la moyenne des exportations et importations.
2. Projections.

Sources : OMC et CNUCED pour le commerce, estimations consensuelles pour le PIB.

LES CLÉS POUR RÉUSSIR

Reportez-vous à la méthode générale de l'étude d'un document p. 313.

Définir les mots clés

- Le **produit intérieur brut** (PIB) mondial mesure la production de biens et services dans le monde une année donnée.
- Le terme **volume** signifie que l'évolution du commerce et celle du PIB sont mesurées sans tenir compte de la variation des prix.

Comprendre le document

Ce document classique permet d'observer une **corrélation positive** entre les variations du PIB mondial et du commerce des marchandises.

Structurer la réponse à la seconde question

- Vous pouvez, en introduction, présenter le document.
- Dans le développement, il faut, en s'appuyant sur les données du document, mettre en évidence une **corrélation positive** entre les deux variables et, éventuellement, les **variations d'intensité** de cette corrélation.

LE CORRIGÉ

1. Selon ce document, entre 2000 et 2018, le commerce mondial des marchandises a augmenté de 3,8 % en moyenne chaque année.

2. *Les titres en couleur ne doivent pas figurer sur la copie.*

Introduction

Ce document représente les variations du produit intérieur brut et du commerce des marchandises au niveau mondial entre 2011 et 2020 (projection), en pourcent chaque année, et en moyenne annuelle sur la période 2000-2018. Ces évolutions sont exprimées en volume, c'est-à-dire sans prendre en compte l'évolution des prix. Ce document permet de comparer l'évolution en volume de la production de biens et services et celle de la moyenne des exportations et importations mondiales.

Développement

- On observe une **corrélation positive** entre l'évolution en volume du PIB et du commerce des marchandises au niveau mondial. En effet, ces évolutions connaissent des **variations parallèles** de sens identique : lorsque l'une accélère, l'autre

> **MOT CLÉ**
> Deux variables sont **corrélées** si elles évoluent systématiquement dans le même sens (corrélation positive) ou dans des sens opposés (corrélation négative).

accélère également, et *vice versa*. Notons que la seconde croît plus rapidement en moyenne que la première (3,8 % contre 2,7 % en moyenne chaque année entre 2000 et 2018). Par exemple, entre 2011 et 2012, la croissance du PIB mondial en volume ralentit, passant de 2,9 à 2,3 % (– 0,6 point), conjointement à celle du commerce des marchandises (– 3 points). À l'inverse, entre 2016 et 2017, les deux accélèrent conjointement, respectivement de 0,6 et 3 points.

- Cette corrélation est **plus ou moins intense**. Par exemple, bien que le ralentissement de la croissance en volume du commerce des marchandises ait été plus fort entre 2011 et 2012 (– 3 points) qu'entre 2015 et 2016 (– 0,6 point), celui du PIB mondial a été équivalent durant ces deux périodes (– 0,6 point).

Conclusion

S'il n'est pas possible de conclure à l'existence d'une causalité entre les deux variables sur la base de ce seul document, celui-ci indique néanmoins une corrélation positive entre les évolutions en volume du commerce des marchandises et du PIB au niveau mondial.

SUJET 5 | OBJECTIF BAC

DISSERTATION ⏱ 4 h 00

Libre-échange et protectionnisme

Alors que l'arrivée de Donald Trump au pouvoir a conduit à un regain de protectionnisme des États-Unis, l'Union européenne se veut le chantre du libre-échange.
Comment comprendre cet antagonisme ?

LE SUJET

Quels sont les termes du débat entre libre-échange et protectionnisme ?

Document 1 Les effets attendus de l'accord de libre-échange UE-Canada

L'Accord économique et commercial global (AEGC) entre l'Union européenne et le Canada (CETA) [...] réduit drastiquement les barrières tarifaires et non-tarifaires aux échanges commerciaux [...].

La Commission européenne estime que le CETA devrait accroître de 25 % les échanges commerciaux UE-Canada. Selon l'étude de 2009 qu'elle a menée avec le gouvernement canadien, le CETA est supposé, à terme, faire progresser le PIB de l'UE de 0,02 % à 0,08 %. [...]

Le cadre prévu par le traité en matière d'investissements permettrait, quant à lui, de favoriser l'emploi en Europe. Les études économiques favorables au CETA estiment que pour chaque milliard d'euros investi par l'UE, 14 000 emplois seraient soutenus.

En conséquence, le traité favoriserait la compétitivité des entreprises européennes tout en entraînant une baisse de prix pour les consommateurs, selon la Commission européenne, qui assure par ailleurs que les normes de qualité seront maintenues. En effet, si de nombreux détracteurs du CETA déplorent une remise en cause des normes européennes, la Commission avance que le CETA pourrait favoriser la coopération régulatrice des deux partenaires. L'UE affirme aussi que le CETA prévoit de protéger les spécificités culturelles et traditionnelles des deux partenaires – par exemple en reconnaissant et protégeant 143 indications géographiques (sur 1 500 existantes dans l'UE) dont 42 en France [...].

Source : « Qu'est-ce que le CETA ? », Touteleurope.eu, 23 juillet 2019.

Document 2 Volume d'importations supplémentaires taxées et hausse des tarifs douaniers entre les États-Unis et la Chine en 2018 et 2019

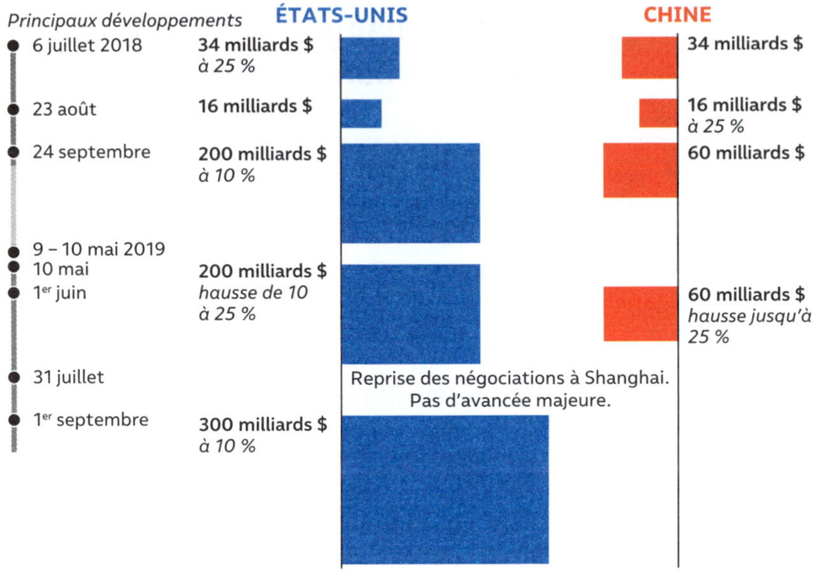

Source : AFP, Franceculture.fr, août 2019.

Document 3 Les effets de la mondialisation sur la France

Question : Pour vous, la mondialisation a-t-elle eu <u>en France</u> des effets positifs, négatifs ou aucun effet sur… ?
(panel de 1 002 personnes, réponses en %)

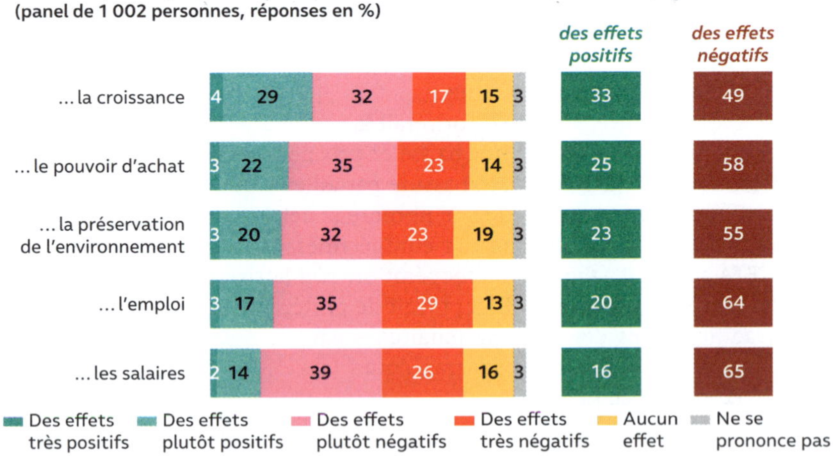

Source : Sondage Opinion Way pour Le Printemps de l'économie, février 2018.

LES CLÉS POUR RÉUSSIR

Reportez-vous à la méthode générale de la dissertation p. 316.

Analyser la consigne et dégager une problématique

Analyse du sujet

quels sont les termes du débat
On vous demande de confronter des idées opposées : il s'agit d'un sujet de type discussion.

protectionnisme
Ensemble de mesures visant à protéger la production d'un pays contre la concurrence étrangère.

libre-échange
Doctrine qui préconise la suppression des entraves aux échanges internationaux.

Problématique. Quels sont les arguments du débat opposant protectionnistes et libre-échangistes ?

Exploiter les documents

Document 1

Le document 1 présente les **effets attendus** de l'accord de libre-échange entre l'Union européenne et le Canada. Le document met l'accent sur les effets positifs : quels sont-ils ? Il évoque également quelques inquiétudes que l'Union européenne semble avoir prises en compte : lesquelles ?

Document 2

- Le document 2 présente les étapes de la **guerre commerciale** que se livrent les États-Unis et la Chine en 2018 et 2019. Comment a évolué le volume d'importations supplémentaires taxées aux États-Unis ? Et les droits de douane appliqués ? Pourquoi peut-on parler d'escalade du protectionnisme ?
- Lecture : Le 6 juillet 2018, les États-Unis ont décidé de taxer 34 milliards de dollars d'importations en provenance de Chine à 25 % ; la Chine décide, elle, de taxer 34 milliards de dollars d'importations en provenance des États-Unis.

Document 3

Le document 3 présente des considérations qui peuvent influencer le **soutien au libre-échange ou au protectionnisme**. Quels sont les domaines qui, pour les sondés, souffrent le plus de la mondialisation en France ? En quoi la mondialisation pourrait-elle expliquer ces effets négatifs ?

Définir le plan

1 Les arguments des libre-échangistes

- Le libre-échange stimulerait la **croissance économique**. De quelle façon ? **(doc. 1)**
- Quels pourraient être les **effets positifs** spécifiques du libre-échange sur les **producteurs** ? **(doc. 1)**
- Et sur les **consommateurs** ? **(doc. 1)**

2 Les arguments des protectionnistes

- Dans quels cas le protectionnisme peut-il être **souhaitable temporairement** ?
- Quels sont les **risques** du libre-échange ? **(doc. 3)**
- Comment les mesures protectionnistes peuvent-elles soutenir durablement les **choix socio-fiscaux et environnementaux** des pays ? Grâce à quelles **mesures tarifaires** et **non tarifaires** ? **(doc. 2)**

CORRIGÉ

Les titres en couleur ou entre crochets ne doivent pas figurer sur la copie.

Introduction

[accroche] La présidence de Donald Trump aux États-Unis semble avoir marqué un retour du protectionnisme, soit un ensemble de mesures visant à protéger la production d'un pays contre la concurrence étrangère. Pourtant, l'Union européenne ne cesse de confirmer son soutien au libre-échange, à la suppression des entraves aux échanges internationaux.

[problématique] Quels sont les arguments du débat opposant protectionnistes et libre-échangistes ? **[annonce du plan]** Nous présenterons d'abord les effets positifs attendus du libre-échange, sur la croissance et, en particulier, sur les consommateurs et producteurs ; nous traiterons ensuite l'intérêt des mesures protectionnistes, dans le soutien des choix socio-fiscaux et environnementaux des pays.

I. Les arguments en faveur du libre-échange

LE SECRET DE FABRICATION

Distinguer un effet macroéconomique (stimulation de la croissance) et des effets microéconomiques (amélioration de la satisfaction des consommateurs et des profits des producteurs).

1. Le libre-échange peut stimuler la croissance économique

- Selon les économistes classiques, le libre-échange permet aux pays de **se spécialiser** et ainsi de stimuler leur productivité et la croissance. La théorie des **avantages comparatifs** de David Ricardo montre que, dans un contexte de libre-échange, la spécialisation de chaque pays dans la production pour laquelle il est relativement le plus productif, permet une utilisation plus efficace des facteurs de production, ce qui stimule la productivité et conséquemment la croissance économique.
- Ce raisonnement est enrichi par le modèle des **dotations factorielles** (HOS) qui montre que chaque pays doit se spécialiser dans celle de ses productions qui mobilise intensivement le facteur de production qu'il possède en abondance. En effet, cette abondance garantit un prix plus faible des ressources et donc un coût de production réduit, autre manifestation des gains de productivité, susceptibles de stimuler la croissance économique.
- En outre, en accentuant la concurrence entre les producteurs du monde entier, et donc leur souci de compétitivité, le libre-échange stimule l'**innovation**, source de gains de productivité et donc de croissance.
- La Commission européenne estime ainsi que l'accord de libre-échange que l'Union européenne a signé avec le Canada devrait, à terme, faire progresser le PIB de l'UE de 0,02 % à 0,08 % (**doc. 1**).

2. Le libre-échange améliore la situation des producteurs

- Le libre-échange peut stimuler les **profits** des producteurs. D'une part, il leur permet d'accéder à des **biens et services plus diversifiés et moins onéreux** produits à l'étranger. Ils peuvent ainsi trouver des produits plus adaptés et réduire leurs coûts de production. Ces effets stimulent leur productivité et en conséquence augmentent leurs profits unitaires.
- D'autre part, le libre-échange permet aux producteurs d'exploiter les avantages des différents pays : ils peuvent procéder à une **décomposition internationale de leur processus productif**. La mondialisation de leur chaîne de valeur consiste alors à localiser les différentes étapes de leur production dans les territoires qui présentent le plus d'avantages.
- Enfin, la possibilité d'écouler leurs produits sur un vaste marché international leur permet de réaliser des **économies d'échelle**. La baisse du coût de production unitaire liée à l'augmentation du volume de production entraîne alors une baisse des coûts de production.

3. Le libre-échange améliore la situation des consommateurs

- Le libre-échange peut améliorer la **satisfaction des consommateurs**. D'une part, la réduction des coûts de production résultant de la spécialisation et des économies d'échelle favorise une baisse du prix de vente des produits sur les marchés internationaux et, ainsi, augmente le **pouvoir d'achat** des consommateurs.
- D'autre part, l'accès au marché international augmente la **variété des biens et services** disponibles à l'achat.

II. Les arguments en faveur du protectionnisme

1. Le protectionnisme peut être un préalable au libre-échange

- Selon l'économiste allemand Friedrich List, un **protectionnisme éducateur** peut être souhaitable. En effet, certains nouveaux producteurs nationaux peuvent souffrir d'un manque d'expérience qui les handicape au regard des performances de producteurs étrangers plus expérimentés. On peut les protéger temporairement, pour qu'ils accèdent à un niveau de compétitivité suffisant pour rivaliser avec leurs concurrents étrangers.
- Au-delà d'une simple protection tarifaire, comme la mise en place de droits de douane qui viennent renchérir le prix des importations, un pays peut décider de subventionner des producteurs pour les aider à rivaliser avec des concurrents étrangers. Une telle **politique commerciale stratégique** permet à une entreprise d'augmenter son volume de production et ainsi réaliser des économies d'échelle qui, en réduisant ses coûts unitaires, stimulent sa compétitivité.

2. Le protectionnisme répond aux risques du libre-échange

- Le libre-échange est vecteur de **risques** : les entreprises moins compétitives font faillite, au détriment de l'emploi local ; travailleurs qualifiés et capitaux peuvent s'offrir aux pays les plus rémunérateurs, creusant les inégalités ; pour stimuler leur compétitivité, les pays peuvent renoncer à des mesures redistributives et environnementales coûteuses ; l'indépendance nationale peut être remise en cause.
- Un sondage Opinion Way de février 2018 montre que, pour près des deux tiers des sondés, **la mondialisation a des effets négatifs** sur l'emploi et les salaires. Plus de la moitié y voit un risque pour l'environnement. **(doc. 3)**

3. Les mesures tarifaires et non tarifaires ont des actions complémentaires

- Des **mesures tarifaires** durables peuvent être mises en place : droits de douane ; subventions aux producteurs locaux ; réduction du taux de change. Entre juillet 2018 et septembre 2019, les États-Unis ont progressivement augmenté le volume d'importations chinoises taxées (750 Mds \$ au total) et leurs droits de douane (jusqu'à 25 %). De son côté, la Chine a taxé 170 Mds \$ d'importations américaines (jusqu'à 25 % aussi). **(doc. 2)**
- Des **mesures non tarifaires** durables peuvent aussi être instaurées : quotas d'importation visant à limiter le volume de produits étrangers susceptibles de concurrencer les produits locaux ; normes sociales, techniques et sanitaires visant à réduire les risques de **dumping socio-environnemental**.

MOT CLÉ
Le **dumping socio-environnemental** consiste à limiter les contraintes redistributives (prélèvements obligatoires) et écologiques (coûts de mise aux normes) pour ne pas dégrader la compétitivité du pays.

Conclusion

[bilan] Faire confiance au libre-échange pour stimuler la croissance, ou soutenir des mesures protectionnistes pour protéger des risques du libre-échange, tels sont les axes du débat qui oppose ces deux options de politique commerciale.
[ouverture] Si la guerre commerciale entre les États-Unis et la Chine nous rappelle les risques d'escalade du protectionnisme, le libre-échange, lui, nourrit des inégalités et nuisances environnementales qui imposent d'en relativiser les vertus…

Économie

3 La lutte contre le chômage

Pôle emploi joue un rôle fondamental dans la lutte contre le chômage : cet établissement public accompagne les demandeurs d'emploi et les indemnise. En publiant régulièrement des données, il contribue également à la mesure du chômage.

TEST

FICHES DE COURS

SUJETS GUIDÉS & CORRIGÉS

Pour vous situer et identifier les fiches à réviser 62

11 Définir et mesurer le chômage 64
12 Le chômage structurel : des causes multiples 66
13 Le chômage conjoncturel : les causes 68
14 Les principales politiques de lutte contre le chômage 70
MÉMO VISUEL 72

OBJECTIF BAC

6 **ÉTUDE D'UN DOCUMENT** | Taux de chômage selon l'âge et le sexe 74
7 **MOBILISATION DES CONNAISSANCES** | Chômage conjoncturel et politique économique 76
8 **RAISONNEMENT** | La lutte contre les différents types de chômage 78

TESTEZ-VOUS

→ CORRIGÉS P. 318-320

Faites le point sur vos connaissances, puis établissez votre **parcours de révision** en fonction de votre score.

1 Définir et mesurer le chômage

→ FICHE 11

1. Un taux de chômage de 9 % signifie que…

☐ a. 9 % des actifs sont au chômage.

☐ b. 9 % des plus de 15 ans sont au chômage.

☐ c. 9 % des chômeurs recherchent activement un emploi.

2. Vrai ou faux ? Cochez la case qui convient.

	V	F
a. Les chômeurs sont des actifs.	☐	☐
b. Chômage et sous-emploi sont des expressions synonymes.	☐	☐
c. Pôle emploi s'appuie sur une enquête pour mesurer le chômage.	☐	☐
d. Le taux d'emploi se calcule à partir du taux de chômage.	☐	☐

…/2

2 Le chômage structurel : des causes multiples

→ FICHE 12

1. La fixation d'un salaire d'efficience supérieur au salaire d'équilibre…

☐ a. s'explique par la législation sur le salaire minimum.

☐ b. s'explique par les asymétries d'information.

☐ c. s'explique par l'élévation des qualifications des emplois.

2. Complétez le texte avec les mots qui conviennent.

Le chômage ………… est lié au temps de recherche et d'adaptation d'un emploi à un autre. L'information, le plus souvent …………, nécessite des ……………… de prospection importants. En outre, tous les chômeurs ne sont pas ………… géographiquement ou professionnellement.

3. L'existence de prestations sociales…

☐ a. favorise les trappes à inactivité.

☐ b. peut diminuer le chômage conjoncturel.

☐ c. peut favoriser l'employabilité des chômeurs.

…/3

3 Le chômage conjoncturel : les causes

→ FICHE 13

1. Le chômage conjoncturel correspond...

☐ a. à un chômage durable affectant une économie.

☐ b. à un chômage saisonnier.

☐ c. à un chômage temporaire lié aux fluctuations économiques.

2. Complétez le texte avec les mots qui conviennent.

L'insuffisance de la ………… anticipée par les chefs d'entreprise en période de ………… de l'activité économique est source d'un chômage qualifié de ………… En effet, les entreprises vont anticiper une baisse de leurs ………… : elles vont réduire leur ………… et ajuster à la baisse leurs besoins en …………

3. Vrai ou faux ? Cochez la case qui convient

	V	F
a. Le chômage dit « keynésien » est un chômage conjoncturel.	☐	☐
b. Le chômage conjoncturel augmente en cas de récession.	☐	☐
c. La baisse des exportations favorise le chômage conjoncturel.	☐	☐
d. La hausse de l'offre de travail est source de chômage conjoncturel.	☐	☐

…/3

4 Les principales politiques de lutte contre le chômage

→ FICHE 14

1. Sur quel type de chômage peut agir la formation ?

☐ a. le chômage conjoncturel

☐ b. le chômage structurel

☐ c. le chômage saisonnier

2. Associez chaque type de politique de l'emploi à une ou deux mesures.

a. politiques de soutien à la demande globale •	• recours facilité aux heures supplémentaires
b. politiques d'allègement du coût du travail •	• baisse des charges sociales
c. politiques de flexibilisation du marché du travail •	• baisse des taux d'intérêt
	• assouplissement des règles de licenciement

…/2

Score total …/10

Parcours PAS À PAS ou EXPRESS ? → MODE D'EMPLOI P. 3

11 Définir et mesurer le chômage

En bref *Lutter contre le chômage implique de définir au préalable ce qu'on entend par chômage puis de le mesurer. Or cerner la nature du chômage est complexe.*

I Les définitions du chômage

1 Chômage et sous-emploi : de quoi parle-t-on ?

■ Le marché du travail met en relation une offre de travail (personnes en emploi ou au chômage) et une demande de travail (employeurs) qui s'ajustent sur un niveau de prix, le salaire. Le chômage correspond alors à un déséquilibre lorsque l'offre de travail est supérieure à la demande de travail.

■ On définit de manière générale le chômage comme la situation d'une population sans **emploi** et qui en recherche un. Les chômeurs font partie de la population active.

■ Le sous-emploi englobe les personnes occupant un emploi à temps partiel mais souhaitant travailler davantage ou encore ayant une activité partielle en raison de difficultés financières de leur employeur (chômage partiel).

MOT CLÉ

L'**emploi** désigne une activité rémunérée et déclarée.
Les personnes en emploi sont considérées comme actives occupées et les chômeurs à la recherche d'un emploi sont dits actifs inoccupés.

2 Les deux définitions du chômage

■ En France, deux organismes aux objectifs différents, Pôle emploi et l'Insee, publient des données sur le chômage. Le premier accompagne les chômeurs tandis que le second produit des études statistiques. Ils n'ont donc pas les mêmes critères pour définir et mesurer le chômage.

■ Pôle emploi comptabilise le nombre de demandeurs d'emploi en fin de mois inscrits dans ses fichiers (DEFM). On distingue 5 catégories de DEFM, de A à E. La définition du chômage correspond à la situation des DEFM de catégorie A : il s'agit de la population inscrite à Pôle emploi, sans aucune activité dans le mois et tenue de faire des « actes positifs » de recherche d'emploi.

■ L'Insee réalise régulièrement une enquête emploi afin de dresser l'état des lieux du marché du travail. Le chômage représente l'ensemble des personnes en âge de travailler (de 15 ans et plus) sans emploi, qui en recherchent un et sont disponibles pour travailler. Cette définition est celle retenue par les économistes car elle reprend les critères d'un organisme international : le Bureau international du travail (BIT).

II Les mesures du chômage

1 Une mesure complexe

■ Les **mesures** du chômage au sens de l'Insee et de Pôle emploi ne se superposent pas. Un chômeur peut ne pas être inscrit à Pôle emploi, par exemple un jeune n'ayant jamais travaillé. En outre, le nombre de DEFM varie au gré des inscriptions et des radiations de l'organisme selon les pratiques en vigueur. *A contrario*, un senior proche de la retraite, inscrit à Pôle emploi (DEFM), est considéré comme inactif, et non comme un chômeur, par l'Insee.

■ La mesure du chômage est complexe puisqu'elle dépend des définitions retenues. En outre, les frontières entre emploi, chômage selon l'Insee et inactivité sont floues : on parle alors d'un « **halo** » autour du chômage → FICHE 35.

2 Les indicateurs du chômage

■ Le **taux de chômage**, mesuré par l'Insee, est le pourcentage de chômeurs dans la population active. Il est ainsi calculé :

$$\frac{\text{nombre de chômeurs} \times 100}{\text{population active (en emploi ou au chômage)}}$$

■ Le **taux d'emploi** est le pourcentage d'actifs occupés, soit des personnes en emploi, dans la population en âge de travailler. Il est ainsi calculé :

$$\frac{\text{population active occupée} \times 100}{\text{population en âge de travailler}}$$

■ Le taux d'emploi est un **indicateur complémentaire** au taux de chômage qui mesure la capacité d'un pays à mobiliser les ressources en main-d'œuvre.

zoom

Nombre de chômeurs selon l'Insee et Pôle emploi (en millions)

■ En 2017, on dénombre **2,6 millions** de personnes au chômage au sens du BIT contre **3,4 millions** selon Pôle emploi (DEFM de catégorie A).

■ Le nombre de chômeurs selon Pôle emploi est largement **supérieur** à celui du BIT, dont les critères sont plus restrictifs. L'écart tend à se creuser sur la période.

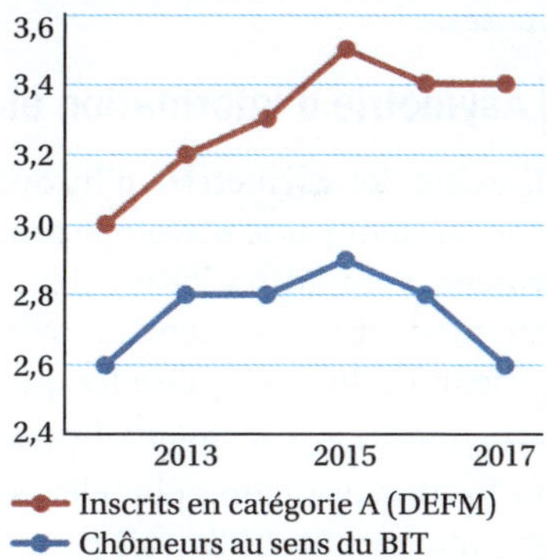

Champ : France métropolitaine, personnes de 15 à 64 ans.

Source : Insee Références, juillet 2019.

12 Le chômage structurel : des causes multiples

En bref *Dans la plupart des pays développés coexistent plusieurs types de chômage. Parmi eux, le chômage dit « structurel » trouve son origine dans des difficultés d'ajustement du marché du travail.*

I Les problèmes d'appariement et d'information imparfaite

1 L'inadéquation entre offre et demande sur le marché du travail

- Sur le marché du travail, certains emplois restent non pourvus alors que le chômage persiste. Il n'y a pas toujours **appariement** entre offre et demande de travail, contrairement aux analyses néoclassiques du marché du travail.

2 Les explications

- L'information est imparfaite : le chômeur n'a pas connaissance immédiate de la création ou de la vacance d'un emploi. Il doit s'informer et cette recherche a des coûts de prospection (délai de recherche d'emploi, abonnements à des sites d'offres d'emploi...). On parle alors de **frictions** sur le marché du travail. Le chômage qui en résulte, difficilement compressible, est qualifié de frictionnel.
- Les emplois vacants peuvent être concentrés dans une zone géographique et la population au chômage dans une autre et être ainsi à l'origine d'**inadéquations spatiales**. Or la mobilité induit des surcoûts éventuels (déménagement ...) que les moins qualifiés, aux rémunérations plus basses, ont plus de difficultés à assumer.
- Des **inadéquations de qualifications** existent également entre les qualifications des actifs et celles requises pour occuper un emploi. Si la formation des chômeurs peut pallier cette difficulté, elle induit des délais d'ajustement aux emplois proposés.

3 Asymétrie d'information et salaire d'efficience

- Il existe des **asymétries d'information** : les employeurs ne connaissent pas le niveau de productivité des actifs qu'ils recrutent. Pour attirer les meilleurs candidats et les inciter à être productifs, ils fixent un **salaire** dit « **d'efficience** », supérieur à celui qui égalise les quantités de travail offertes et demandées, soit le salaire d'équilibre.
- La fixation de salaires plus élevés que le salaire d'équilibre augmente le **coût du travail** pour les entreprises. Celles-ci préfèrent donc moins embaucher, ce qui est source de chômage à l'échelle macroéconomique.

MOT CLÉ
Lors d'un échange ou d'un contrat, quand l'une des parties dispose d'informations que l'autre ignore, on parle d'**asymétries d'information**.

II Les effets ambivalents des institutions

1 Les effets négatifs des institutions

- Selon les néoclassiques, le chômage peut être la conséquence d'un **coût du travail trop élevé** par rapport au salaire d'équilibre, celui-ci résultant du libre ajustement entre offre et demande de travail. L'existence d'un salaire minimum élevé, suite à des revendications syndicales, illustre ce mécanisme.
- Des règles de **protection** de l'emploi (procédures et coûts liés aux licenciements) peuvent pousser les entreprises à diminuer leur demande de travail qui devient ainsi inférieure à l'offre de travail. Cette situation est source de chômage.
- L'existence d'un faible écart entre les prestations sociales versées aux chômeurs et le salaire engendré par un retour à l'emploi aurait des effets désincitatifs sur l'emploi. Les chômeurs pourraient alors tomber dans des **trappes à inactivité** et rester plus longtemps au chômage.

2 Les effets positifs des institutions

- Les prestations sociales versées aux chômeurs leur laissent du temps pour rechercher un emploi et se former, augmentant ainsi leur **employabilité**. Cette hausse de capital humain peut contribuer à baisser le chômage.
- Les prestations sociales permettent de maintenir le niveau de consommation des chômeurs. Le salaire minimum protège de la pauvreté. Ces revenus soutiennent la **demande globale** et limitent le chômage conjoncturel → FICHE 13.

zoOm

Le chômage de longue durée en France

- En 2021, 29,6 % des chômeurs, soit environ 700 000 actifs, sont au chômage depuis plus d'un an en France : la majorité est **non-qualifiée**.
- La persistance d'un chômage de longue durée renvoie à l'importance du **chômage structurel**, lié en partie à l'inadéquation entre les qualifications des chômeurs et celles exigées par les employeurs.

13 Le chômage conjoncturel : les causes

En bref *J.M.Keynes est le premier économiste à mettre en évidence l'existence d'un chômage conjoncturel, un chômage lié aux fluctuations de l'activité économique.*

I L'analyse fondatrice de J. M. Keynes

1 Le contexte et le cadre de l'analyse

■ Dans les années 1930, les pays industrialisés doivent faire face à une **conjoncture** inédite. La baisse de la production est durable et s'accompagne d'un chômage de masse. Cette période, qualifiée de « Grande Dépression », va renouveler les analyses économiques.

MOT CLÉ
La **conjoncture** est l'état de l'économie à court terme. La variation du PIB ou encore le taux de chômage font partie des indicateurs de la conjoncture.

■ Contrairement aux économistes néoclassiques, J. M. Keynes (1883-1946) montre que le niveau de l'emploi ne se détermine pas sur le marché du travail mais dépend du **marché des produits**. Ainsi la production réalisée ne correspond pas toujours au niveau de production qui permettrait le plein-emploi.

2 Les causes du chômage

■ Keynes explique le chômage par une insuffisance de la **demande effective** ou **anticipée**, soit de la demande attendue par les chefs d'entreprise en biens de production et en biens de consommation. Les entrepreneurs ne prennent pas le risque de produire plus et encore moins d'embaucher, faute de débouchés.

■ Ainsi, selon Keynes, le chômage résulte des décisions de production des chefs d'entreprise compte tenu de leurs **anticipations** de demande.

■ Les économistes s'accordent à dire aujourd'hui que plusieurs types de chômage peuvent coexister. On oppose parfois le chômage structurel au **chômage conjoncturel** parfois appelé **chômage keynésien**. Ce dernier a tendance à disparaître quand la conjoncture s'améliore, contrairement au chômage structurel → FICHE 12.

II Des fluctuations de l'activité économique sources de chômage : les mécanismes

1 L'instabilité de la croissance …

■ Quand la croissance est instable, on parle de **fluctuations économiques**. Celles-ci désignent l'ensemble des mouvements de ralentissement ou d'accélération du rythme de la croissance économique à court terme. Les périodes de crise sont suivies de ralentissement ou de baisse de l'activité économique.

- Quand la baisse de la production, mesurée par le PIB, est durable, on parle de **dépression** ; s'il s'agit de ralentissement de la croissance du PIB ou baisse plus ponctuelle du PIB, on parle de **récession**.
- Dans une économie, la somme des ressources (ce qui est produit) est égale à la somme des emplois (l'usage de ces ressources) : c'est l'**équilibre emploi-ressources**. On note Y le niveau de production c'est-à-dire le PIB, M les importations, X les exportations, CF la consommation finale des ménages, I l'investissement et ΔS la variation de stocks. On a alors l'équation suivante :

$Y + M$ (total des ressources) $= CF + I +/- \Delta S + X$ (total des emplois)

En isolant le niveau de production, on obtient : $Y = CF + I +/- \Delta S + X - M$

La production est égale à la **demande globale**, somme des demandes de consommation finale, d'investissement, de la variation des stocks et des exportations diminuées du montant des importations.

- À court terme, l'instabilité de la croissance peut ainsi trouver son origine dans les **variations** des composantes de la demande globale.

2 … facteur de chômage conjoncturel

- Quand les entreprises sont confrontées à une faiblesse des composantes de la demande globale, elles n'utilisent pas toutes leurs **capacités de production** et limitent les embauches, voire licencient. Au niveau macroéconomique, la récession qui en résulte aggrave le chômage.
- On peut ainsi définir le **chômage conjoncturel** comme résultant d'un ralentissement temporaire de l'activité économique et/ou des fluctuations de la demande globale.

zoOm

Les effets de la crise de 2008 sur le chômage aux États-Unis

Taux de variation du PIB entre le premier trimestre 2008 et le second trimestre 2009 (en %)	– 3,5
Taux de chômage au premier trimestre 2008 (en %)	4,9
Taux de chômage au second trimestre 2009 (en %)	9,2

Source : D'après la revue de l'OFCE, « Chômage à durée indéterminée », octobre 2009.

- Entre le premier trimestre 2008 et le second trimestre 2009 aux États-Unis, la **baisse de 3,5 % du PIB** s'est accompagnée d'une très forte hausse du taux de chômage.
- L'aggravation du chômage fait suite à la crise de 2008 : elle est essentiellement de **nature conjoncturelle** → FICHE 15.

14 Les principales politiques de lutte contre le chômage

En bref *L'existence de plusieurs formes de chômage avec des causes diverses nécessite des politiques économiques différenciées.*

I Politiques de soutien de la demande globale

■ L'existence d'un chômage conjoncturel appelle des politiques macroéconomiques de soutien des principales composantes de la demande globale → FICHE 13. On parle de **politiques expansives**. Deux instruments, monétaires et budgétaires, peuvent être combinés.

■ Les **politiques budgétaires expansives** peuvent consister à diminuer les recettes budgétaires, par exemple les impôts sur le revenu, pour augmenter le revenu disponible des ménages (obtenu en faisant la somme des revenus primaires et des revenus de transfert – principalement les prestations sociales – et en retranchant les impôts directs et cotisations sociales) afin de favoriser la consommation. En augmentant les dépenses budgétaires, sous forme d'investissements publics, les pouvoirs publics soutiennent également la demande globale.

■ Les **politiques monétaires** de baisse des taux d'intérêt directeurs incitent les agents économiques à investir, ce qui stimule la demande globale. Le mécanisme suivant est attendu : les entreprises anticipent une hausse de la demande et ajustent leur niveau de production en conséquence. Elles vont embaucher davantage, diminuant ainsi le nombre de chômeurs.

II Politiques d'allègement du coût du travail

■ Le chômage, trouvant son origine dans un **coût du travail** trop élevé, est qualifié de **classique**. Il s'agit d'une forme de chômage structurel. Dans la théorie néoclassique, les entreprises ne décident d'embaucher que si le coût du travail est inférieur à la productivité marginale du travail. Les travailleurs à plus faible productivité ont ainsi plus de risque d'être confrontés à ce type de chômage en l'absence de flexibilité des salaires.

> **MOT CLÉ**
> Le **coût du travail** recouvre les salaires bruts (salaires nets perçus par les salariés plus les cotisations sociales salariales) et les cotisations sociales versées par l'employeur.

■ Les **politiques d'allègement de charges sociales** sur les bas salaires et la création de contrats ciblant les actifs les moins productifs (jeunes, non qualifiés), assortis de rémunérations plus faibles, sont des mesures qui permettent d'alléger le coût du travail.

■ La baisse du coût du travail a pour objectif de stimuler directement la demande de travail mais aussi de favoriser la **compétitivité** des entreprises → FICHE 8, source de croissance, et *in fine* l'emploi.

III Politiques de formation et de flexibilisation du marché du travail

1 Les politiques de formation

- Le développement de la **formation** des actifs peu qualifiés accroît leur polyvalence et les rend plus employables.
- Un système de formation adapté permet une meilleure **adéquation** entre l'offre et la demande de travail et réduit la composante structurelle du chômage.

2 La flexibilisation du marché du travail

- La flexibilisation du marché du travail englobe les mesures permettant l'adaptation de l'offre de travail et de la demande de travail aux besoins des entreprises. Les pouvoirs publics cherchent à diminuer les **rigidités institutionnelles**, sources de chômage structurel → FICHE 12.
- **Assouplir** les règles de licenciement, faciliter le recours aux emplois précaires (intérim, contrat à durée déterminée...), rendre possible l'adaptation de la durée du travail aux fluctuations de l'activité économique (heures supplémentaires, temps partiel...) sont des mesures possibles.
- Ces mesures, en permettant aux entreprises d'adapter leurs coûts salariaux à leur environnement économique, doivent faciliter la **création d'emplois**.

zoOm

L'intérim : un exemple de flexibilité du marché du travail

- Depuis les années 1980, les pouvoirs publics ont facilité le recours à l'intérim, ou **travail temporaire**. Des salariés, embauchés et rémunérés par l'agence d'intérim, sont mis provisoirement à disposition d'entreprises clientes.
- Les entreprises peuvent ainsi facilement **adapter** leurs effectifs à leurs besoins, sans avoir à licencier en cas de baisse de la demande dans la mesure où elles n'ont pas noué de contrat de travail avec les intérimaires.

Définitions et mesures

Deux définitions

- Selon l'Insee : critères du BIT
- Selon Pôle emploi : DEFM de catégorie A

Indicateurs

- Taux de chômage = $\dfrac{\text{nombre de chômeurs} \times 100}{\text{population active (en emploi ou au chômage)}}$
- Taux d'emploi = $\dfrac{\text{population active occupée} \times 100}{\text{population en âge de travailler}}$

Sous-emploi

Actifs cherchant à travailler davantage

LE

Chômage conjoncturel

Causes

- Fluctuations de l'activité économique
- Insuffisance de la demande anticipée

Effet des institutions

Effet positif : salaire minimum qui soutient la demande globale

Politiques de lutte contre le chômage conjoncturel

Soutien de la demande globale :
- politique monétaire
- politique budgétaire

Quelles sont les principales politiques de lutte contre le chômage ?

CHÔMAGE

Chômage structurel

Causes

- Coût du travail trop élevé :
  - asymétries d'information et salaire d'efficience
  - salaire minimum supérieur au salaire d'équilibre
- Problèmes d'appariement entre offre et demande de travail : frictions ; inadéquations spatiales ; inadéquations de qualifications
- Rigidités sur le marché du travail

Effets des institutions

- Effets positifs : hausse de l'employabilité
- Effets négatifs :
  - salaire minimum qui augmente le coût du travail
  - rigidités sur le marché du travail
  - désincitation à chercher un emploi

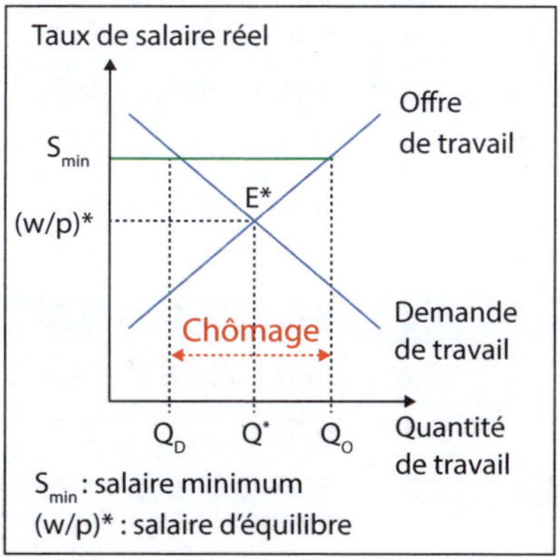

Politiques de lutte contre le chômage structurel

- Politiques d'allégement du coût du travail
- Politiques de flexibilisation du marché du travail
- Politiques de formation

SUJET 6 | OBJECTIF BAC

ÉTUDE D'UN DOCUMENT 1 h

Taux de chômage selon l'âge et le sexe

Ce document permet de qualifier l'évolution du taux de chômage sur le long terme et d'en percevoir les différences selon l'âge et le sexe.

LE SUJET

Document **Taux de chômage par sexe et âge (en %)**

	1980	1990	2000	2010	2020
Hommes	**3,8**	**6,3**	**7,4**	**9,1**	**8,1**
15 à 24 ans	8,4	13,0	15,2	22,2	19,8
25 à 49 ans	2,7	5,4	6,8	8,2	7,5
50 ans ou plus	3,0	4,3	5,3	5,5	5,5
Femmes	**8,2**	**10,1**	**9,8**	**9,5**	**8,0**
15 à 24 ans	20,3	21,4	21,1	27,8	23,5
25 à 49 ans	5,0	8,6	9,2	8,3	7,0
50 ans ou plus	4,6	6,1	6,1	5,7	5,4
Ensemble	**5,6**	**8,0**	**8,5**	**9,3**	**8,0**
15 à 24 ans	13,8	16,8	17,8	24,7	21,5
25 à 49 ans	3,6	6,8	7,9	8,2	7,3
50 ans ou plus	3,7	5,1	5,6	5,6	5,4

Source : Insee, 2022.

1. Faites une phrase précisant le sens de la donnée ensemble en 2020.

2. Mettez en évidence les principales évolutions des taux de chômage selon le sexe et l'âge.

SAVOIR-FAIRE

Une **proportion** (ou part) représente le rapport entre une partie d'un ensemble (le numérateur) et l'ensemble de référence (le dénominateur). Pour une lecture explicite d'une proportion, interrogez-vous sur la façon dont elle a été calculée.

LES CLÉS POUR RÉUSSIR

Reportez-vous à la méthode générale de l'étude d'un document p. 313.

Définir le mot clé

Le **taux de chômage** désigne la part des chômeurs, c'est-à-dire des actifs sans emploi à la recherche d'un emploi, dans la population active.

Comprendre le document

Ce tableau, élaboré par l'Insee en 2022, nous donne les **taux de chômage** en pourcentage **selon le sexe et l'âge**, en France, de 1980 à 2020. Il nous permet de préciser la nature des évolutions des taux de chômage de différentes populations actives concernées (les hommes, les femmes, les jeunes âgés de 15 à 24 ans ...) et ainsi de comparer les évolutions sur toute la période.

Structurer la réponse à la seconde question

- Nous mettrons en évidence l'évolution du **taux de chômage moyen** sur la période.
- Puis nous montrerons que les évolutions de taux de chômage présentent des **différences selon le sexe** mais aussi **selon l'âge**.

LE CORRIGÉ

1. En 2020, les chômeurs représentent 8 % de la population active globale. Il s'agit du taux de chômage moyen.

2. *Les titres de parties ne doivent pas figurer sur votre copie.*

Introduction

- Ce tableau, élaboré par l'Insee en 2022, présente les taux de chômage en pourcentage selon le sexe et l'âge en France, de 1980 à 2020. Le taux de chômage représente la part des chômeurs, c'est-à-dire des actifs sans emploi à la recherche d'un emploi, dans la population active.
- Après avoir dégagé les tendances de l'évolution du taux de chômage moyen sur cette période, nous allons étudier plus en détail celles des taux de chômage des femmes et des hommes selon les différentes tranches d'âge.

Développement

- Le **taux de chômage moyen a augmenté de 2,4 points** entre 1980 et 2020. Deux périodes se distinguent par la forte progression du chômage : 1980-1990 puis

2010-2020. Entre 1980 et 1990, le taux de chômage connaît une hausse très rapide, alors qu'entre 2010 et 2020, il diminue de 1,3 point pour retrouver le niveau de 1990.

> **CONSEILS**
> Quand l'écart entre deux taux est élevé, il est plus clair d'exprimer la variation sous forme de **coefficient multiplicateur**, que sous forme de différence en point(s) de pourcentage.

- Mais les évolutions de taux de chômage présentent des différences selon le sexe et l'âge. Le taux de chômage des hommes **a plus que doublé** entre 1980 et 2020 pour atteindre 8,1 %, alors que celui des femmes a nettement diminué à partir de 1990 et s'élève à 8 % en 2020. En conséquence, le **taux de chômage des femmes** devient **inférieur à celui des hommes** en 2015 contrairement à la situation de 1980. Les femmes actives de 15 à 24 ans restent néanmoins les plus touchées par le chômage sur toute la période.
- Sur la même période, si l'on excepte les actifs de plus de 50 ans relativement épargnés par le chômage, ce sont les hommes actifs âgés de 25 à 49 ans qui ont vu leur taux de chômage le plus progresser : il a presque triplé entre 1980 et 2020.

Conclusion

Entre 1980 et 2020 on peut relever des grandes différences d'évolution de taux de chômage selon le sexe et l'âge. Cela a eu pour effet de diminuer les écarts, surtout entre les hommes et les femmes. Le taux de chômage des femmes est devenu inférieur à celui des hommes en fin de période, sauf pour les 15-24 ans.

SUJET 7 | OBJECTIF BAC

MOBILISATION DES CONNAISSANCES | 30 min

Chômage conjoncturel et politique économique

Après la crise de 2008, les États-Unis et les pays européens ont rapidement mis en place des mesures de soutien de la demande globale. Vous en comprendrez l'intérêt en traitant ce sujet.

LE SUJET

Montrez que les politiques de soutien de la demande globale peuvent permettre de lutter contre le chômage.

LES CLÉS POUR RÉUSSIR

Reportez-vous à la méthode générale de la mobilisation des connaissances *p. 312.*

Définir les mots clés

- Le **chômage** correspond à la situation d'actifs sans emploi, disponibles et à la recherche effective d'un emploi.
- Le terme **politiques** englobe les mesures prises par les pouvoirs publics.
- La **demande globale** est la somme de la demande intérieure et extérieure.

Structurer la réponse

- Nous mettrons en évidence l'existence d'un chômage de type **conjoncturel**.
- Nous montrerons que les politiques de **soutien de la demande globale** sont les plus adaptées pour combattre ce type de chômage.

CORRIGÉ

Les titres en couleur ne doivent pas figurer sur la copie.

Introduction

Les pouvoirs publics mènent différentes politiques de lutte contre le chômage, situation d'actifs sans emploi, disponibles et à la recherche effective d'un emploi. Les politiques de soutien de la demande globale ciblent une forme de chômage.

Développement

- Dans les années 1930, Keynes a mis en évidence une forme de chômage lié à une **insuffisance de la demande anticipée** (demande attendue par les chefs d'entreprise). Dans cette situation, les entrepreneurs ne prennent pas le risque d'embaucher et de produire par crainte d'une insuffisance des débouchés. On voit alors apparaître un chômage **conjoncturel**.

> **MOT CLÉ**
> Le **chômage conjoncturel** résulte d'un ralentissement temporaire de l'activité économique et/ou des fluctuations de la demande globale.

- Pour le combattre, il faut relancer la demande globale. **Des politiques budgétaires** vont augmenter la demande intérieure. En diminuant les recettes fiscales, les pouvoirs publics favorisent la consommation des ménages. En augmentant les dépenses publiques, ils peuvent financer des prestations sociales soutenant la consommation. Une **politique monétaire** de baisse des taux d'intérêt stimule la consommation et les investissements en abaissant le coût du crédit.

Conclusion

Agir sur la demande permet de lutter contre le chômage conjoncturel.

SUJET 8 | OBJECTIF BAC

RAISONNEMENT 2 h 30

La lutte contre les différents types de chômage

Dans ce sujet, vous devez mobiliser la plupart des notions et mécanismes du chapitre : la mesure du chômage, ses formes et toutes les politiques de l'emploi étudiées. À vous de jouer !

LE SUJET

Vous montrerez que les différentes composantes du chômage appellent des politiques de l'emploi adaptées.

Document 1 La coexistence de differentes formes de chômage

À la composante keynésienne due à [une] insuffisance de la demande vient se greffer une [autre] composante [...] : le chômage de masse en France se concentre avant tout sur les non-qualifiés. Pour impulser l'emploi des non-qualifiés, les gouvernements successifs mènent depuis 1993 une politique d'exonération de charges sociales sur les bas salaires. Le crédit d'impôt pour la compétitivité et l'emploi (CICE) et le pacte de responsabilité s'inscrivent dans cette stratégie, qui, au total, représentera près de 50 milliards d'euros en 2017. Cette politique repose sur la thèse selon laquelle le coût du travail, déterminé par le niveau du SMIC et des cotisations sociales, pèserait sur la demande de travail des non-qualifiés. Les cotisations sociales des employeurs représentent, après prise en compte du CICE et du Pacte de responsabilité, 9,5 % du salaire brut au niveau du SMIC et 43,8 % à partir de 1,6 SMIC. De ce fait, le coût du travail au niveau des bas salaires représente 35 % du coût du travail au niveau du salaire moyen, ratio ramené à celui observé aux États-Unis. Stimuler l'offre d'emploi par la baisse des charges semble désormais avoir atteint ses limites...

Il convient alors de s'attaquer à l'autre versant du problème, à savoir la faible productivité de ces citoyens. Cela passe par une réforme en profondeur du système éducatif français [...], de la formation professionnelle [...] et de l'apprentissage afin d'améliorer l'appariement[1] entre les besoins des entreprises et la formation des jeunes.

1. Action de rendre compatibles l'offre de travail et la demande de travail.

Source : D'après Éric Heyer, « Controverses – Du chômage au plein-emploi : quelles solutions en France ? », *La nouvelle revue du travail*, août 2016.

Document 2 **Évolution du PIB, de l'emploi et du taux de chômage entre le 1er trimestre 2008 et le 2e trimestre 2009 (en %)**

	France	Allemagne	Espagne	États-Unis
Taux de variation du PIB entre le 1er trimestre 2008 et le 2e trimestre 2009	- 3,2	- 6,4	- 4,2	- 3,5
Taux de variation de l'emploi total entre le 1er trimestre 2008 et le 2e trimestre 2009	- 1,2	0,2	- 7,6	- 3,8
Taux de chômage au 1er trimestre 2008	7,1	7,6	9,2	4,9
Taux de chômage au 2e trimestre 2009	9,1	7,6	17,9	9,2

Source : D'après « Chômage à durée indéterminée », *Revue de l'OFCE*, octobre 2009.

Document 3 **Part des entreprises citant chaque barrière à l'embauche au 2e trimestre 2019 (en %)**

	Industrie	Bâtiment	Services
Existence de barrières	53	67	43
Incertitude sur la situation économique	25	27	22
Main-d'oeuvre compétente indisponible	36	55	29
Coûts liés à l'emploi	15	32	15
Coûts de recrutement	5	11	4
Cotisations sociales trop élevées	11	23	11
Niveau des salaires trop élevé	6	12	5
Réglementation	11	19	8
Coûts de licenciement	5	11	4
Risques juridiques associés au licenciement	7	13	5
Pérénnité de la législation du travail	6	10	4
Autres	4	2	3

Note : Une même entreprise peut signaler plusieurs types de barrières à l'embauche.

Source : Enquête de conjoncture, Insee, juin 2019.

LES CLÉS POUR RÉUSSIR

Reportez-vous à la méthode générale du raisonnement p. 314.

Analyser les termes du sujet et mobiliser ses connaissances

Analyse du sujet

vous montrerez
Il faut analyser les deux documents statistiques et le texte afin de trouver des illustrations en lien avec les mécanismes et notions mobilisés.

politiques de l'emploi adaptées
Chaque action des pouvoirs publics pour réduire le chômage dépend du diagnostic porté.

composantes du chômage
- Chômage : situation d'actifs sans emploi, disponibles et à la recherche effective d'un emploi.
- On distingue 2 types de chômage : conjoncturel et structurel.

Exploiter les documents

Document 1

Le document 1 est un texte qui montre qu'il peut coexister plusieurs types de chômage nécessitant des **politiques différentes** : allègement du coût du travail contre le chômage des non-qualifiés, mais aussi politiques de formation.

Document 2

Le document 2 est un tableau qui permet de mettre en évidence une corrélation entre la baisse du PIB de l'Espagne, de la France, de l'Allemagne et des États-Unis entre le premier trimestre 2008 et le second trimestre 2009 et la hausse de leur taux de chômage. Ces données renvoient à l'existence d'un **chômage conjoncturel**.

Document 3

Le document 3 est un tableau qui présente les **freins à l'embauche** déclarés par les chefs d'entreprise de différents secteurs d'activité en 2019. La demande de travail semble affectée, pour environ un quart des entreprises, par l'incertitude sur la situation économique ; pour un tiers des entreprises du bâtiment, par les coûts liés à l'emploi ; et pour une minorité, par la réglementation.

Définir les arguments

Argument 1	La composante **conjoncturelle** du chômage, liée aux fluctuations de l'activité économique, appelle des politiques de soutien de la demande globale. **(doc. 2 et 3)**
Argument 2	La composante **classique** du chômage, expliquée par un coût du travail trop élevé, nécessite des politiques d'allègement du coût du travail. **(doc. 1 et 3)**
Argument 3	La composante **structurelle** du chômage, trouvant son origine dans l'inadéquation de l'offre à la demande de travail, doit être traitée par des politiques de formation et de flexibilisation du marché du travail. **(doc. 1 et 3)**

CORRIGÉ

Les titres en couleur ne doivent pas figurer sur la copie.

Introduction

Depuis une trentaine d'années, les pays développés sont confrontés à un chômage de masse : cela signifie qu'une partie croissante de la population active est privée d'emploi, et en recherche un activement. Mettre en œuvre des politiques de l'emploi pour lutter contre ce fléau est devenu la priorité des gouvernements. Mais la pluralité des formes de chômage nécessite de prendre des mesures adaptées à chacune d'entre elles : conjoncturelle, classique ou encore structurelle.

LE SECRET DE FABRICATION

Pour argumenter, il s'agit de montrer, au sein de chaque partie, qu'une politique est adaptée pour traiter un seul type de chômage.

I. Le chômage conjoncturel nécessite des politiques macro-économiques adaptées

- Le chômage conjoncturel est lié aux fluctuations de l'activité économique. Par exemple, dans un contexte de crise économique puis de récession, comme en 2008-2009, **l'insuffisance de demande anticipée** par les chefs d'entreprise est responsable de la hausse brutale du chômage. Dans ce contexte, les entrepreneurs ne prennent pas le risque d'embaucher et de produire plus, par crainte d'une insuffisance des débouchés. En Espagne, la baisse de 4,2 % du PIB entre le premier trimestre 2008 et le second trimestre 2009 s'est ainsi accompagnée d'une très forte hausse du taux de chômage (**doc. 2**). Même aujourd'hui, 27 % des chefs d'entreprise du bâtiment citent l'incertitude économique comme un frein à l'embauche (**doc. 3**).

› Dans ce cadre, les pouvoirs publics peuvent alors intervenir pour mener des politiques de soutien de la demande globale, soit des **politiques budgétaires et/ou monétaires** de relance. Ces mesures doivent favoriser la hausse du niveau de production et de l'emploi.

MOT CLÉ
La **demande globale** recouvre l'ensemble des achats de biens et services réalisés par les agents économiques résidents (demande intérieure) et non-résidents (demande extérieure).

II. Des politiques d'allègement du coût du travail peuvent répondre à un chômage classique

› Le chômage classique est lié à un **coût du travail trop élevé**. Il touche davantage les actifs peu qualifiés et/ou à faible productivité (**doc. 1**). Le montant trop élevé des charges sociales est ainsi jugé comme préjudiciable à l'embauche pour 23 % des entreprises du bâtiment en 2019 (**doc. 3**).

› Les pouvoirs publics, comme en 2016 et 2017, vont alors agir sur les composantes du coût du travail : en **diminuant les cotisations sociales** des bas salaires, en subventionnant les embauches et en contenant les hausses de salaire minimum (**doc. 1**).

III. D'autres mesures peuvent atténuer le chômage structurel

› Développer la formation permet de renforcer l'employabilité des plus jeunes et des non-qualifiés. La hausse du niveau de qualification favorise une meilleure adéquation entre l'offre de travail et la demande de travail, contribuant à réduire le **chômage structurel** (**doc. 1**).

› Parallèlement, les pouvoirs publics prennent différentes mesures afin de **diminuer les rigidités institutionnelles** freinant les embauches, ainsi que le mettent en avant 19 % des entreprises du bâtiment (**doc. 3**). Faciliter les licenciements ou encore assouplir le droit du travail peut permettre aux entreprises de réduire leurs coûts de production et de mieux s'adapter aux évolutions de leur marché.

À NOTER
Le **chômage structurel** est celui qui perdure même en cas de situation économique favorable, *a contrario* du chômage conjoncturel.

Conclusion

Il existe plusieurs politiques de l'emploi, ayant chacune des objectifs précis en termes de lutte contre le chômage. Les politiques de soutien à la demande globale traitent le chômage conjoncturel, celles d'allègement du coût du travail, le chômage classique, quant aux politiques de formation et de flexibilisation du marché du travail, elles visent à réduire le chômage structurel. Chacune d'entre elles peut néanmoins avoir des effets pervers, ce qui témoigne de la difficulté de réellement « inverser la courbe du chômage ».

Économie

4 Les crises financières et la régulation du système financier

La Bourse de New York (Wall Street) s'effondre entre le 24 octobre et le 29 octobre 1929. L'indice boursier américain, le Dow Jones, a perdu 40 % de sa valeur mi-novembre. Ici, la foule se rassemble devant la Bourse en octobre 1929.

TEST

Pour vous situer et identifier les fiches à réviser 84

FICHES DE COURS

15 Les crises financières 86

16 Les bulles spéculatives 88

17 Les crises bancaires 90

18 La transmission des crises financières à l'économie réelle 92

19 La régulation du système financier 94

MÉMO VISUEL 96

SUJETS GUIDÉS & CORRIGÉS

OBJECTIF BAC

9 **RAISONNEMENT** | Régulation financière et crises financières 98

10 **DISSERTATION** | L'instabilité financière 103

TESTEZ-VOUS

→ CORRIGÉS P. 318-320

Faites le point sur vos connaissances,
puis établissez votre **parcours de révision**
en fonction de votre score.

1 Les crises financières

→ FICHE 15

1. Une crise financière désigne…

☐ a. la faillite d'une banque.

☐ b. des fluctuations de forte amplitude sur les marchés bancaires et financiers.

☐ c. la hausse de la valeur du cours des actions.

2. Vrai ou faux ? Cochez la case qui convient.

	V	F
a. Le krach boursier de Wall Street a eu lieu en février 1929.	☐	☐
b. Les crédits *subprimes* sont des crédits hypothécaires.	☐	☐
c. Les crédits *subprimes* sont à taux variable.	☐	☐
d. La titrisation est la transformation d'une créance en titre financier.	☐	☐

…/2

2 Les bulles spéculatives

→ FICHE 16

1. La spéculation consiste…

☐ a. à acheter un actif pour le revendre à un prix plus élevé.

☐ b. à revendre des biens immobiliers.

☐ c. à produire des biens pour les vendre sur le marché.

2. Complétez le texte avec les mots qui conviennent.

Lorsque le prix d'un actif augmente de manière excessive, on parle de ……………… La spéculation ne permet pas d'accroître la richesse ……………… d'un pays, mais elle rend le marché ……………… instable. L' ……………… favorise la spéculation à un moment où les ……………… sont faibles.

3. Associez chaque notion à sa définition.

a. comportement mimétique •	• baisse brutale du prix d'un actif
b. éclatement d'une bulle spéculative •	• décisions des investisseurs influencées par celles d'autres investisseurs

…/3

3 Les crises bancaires

→ FICHE 17

1. Vrai ou faux ? Cochez la case qui convient.

	V	F
a. Les banques sont des intermédiaires financiers.	☐	☐
b. Les banques créent de la monnaie fiduciaire.	☐	☐
c. Les banques ne sont pas concernées par l'aléa moral.	☐	☐

2. Complétez le texte avec les mots qui conviennent.

Une banque crée de la monnaie lorsqu'elle accorde un .... à un client. De plus, les banques se financent en émettant des .... sur le marché financier. Lors d'une crise financière, la faillite d'une banque provoque celle d'autres banques, on parle de risque ....

.../2

4 La transmission des crises financières à l'économie réelle

→ FICHE 18

Vrai ou faux ? Cochez la case qui convient.

	V	F
a. La hausse du taux d'intérêt augmente l'investissement.	☐	☐
b. La contraction du crédit fait baisser la consommation des ménages.	☐	☐
c. L'effet richesse est négatif si la valeur du patrimoine diminue.	☐	☐
d. Le financement des entreprises est favorisé par la baisse du cours des actions.	☐	☐

.../1

5 La régulation du système financier

→ FICHE 19

1. Les règles prudentielles visent à...

☐ a. favoriser la création de monnaie par les banques.

☐ b. limiter les comportements à risque des institutions financières.

☐ c. obliger les banques à diminuer leurs fonds propres.

2. Complétez le texte avec les mots qui conviennent.

Les règles prudentielles sont issues du Comité de .... Elles définissent des ratios de .... La transparence sur le marché financier tient à la qualité de l' .... dont disposent les opérateurs financiers. Des mesures ont été prises pour réduire le secret ....

.../2

Score total .../10

Parcours PAS À PAS ou EXPRESS ? → MODE D'EMPLOI P. 3

15 Les crises financières

En bref *Depuis le XIXe siècle, les crises financières sont récurrentes. En 1929, le krach boursier de Wall Street provoque une crise majeure. Le début du XXIe siècle est marqué par la crise des subprimes.*

I La crise financière des années 1930

1 Les mécanismes d'une crise financière

- L'expression « crise financière » désigne des fluctuations de forte amplitude sur les marchés bancaires et financiers. Elle combine une crise boursière (ou krach boursier) et une crise bancaire pouvant déboucher sur une crise économique.

- Les crises financières ont pour cause principale l'instabilité des marchés financiers, entretenue par la spéculation. En effet, ces marchés connaissent des cycles.

• Une première phase se caractérise par une hausse du prix des actifs financiers et la formation d'une bulle spéculative → FICHE 16.

• Une seconde phase connaît une forte baisse du prix de ces actifs (éclatement de la bulle) pouvant conduire à des faillites bancaires en chaîne → FICHE 17.

• Le plus souvent, ces crises s'étendent à l'économie réelle → FICHE 18.

2 Le krach boursier de 1929 à l'origine de la crise des années 1930

- Au cours des années 1920, l'économie des États-Unis connaît une forte croissance entraînant une hausse des profits des entreprises ainsi que l'augmentation des cours boursiers.

- Mais en 1929, la situation économique se dégrade (la production baisse de 7 %). Cependant, l'augmentation des cours à la Bourse de New York se poursuit car des investisseurs continuent à s'endetter pour spéculer. Le jeudi 24 octobre, un **effondrement boursier** se produit. Entre 1929 et 1932, les cours boursiers chutent de 87 %.

> **MOT CLÉ**
> Un **effondrement boursier** ou krach désigne un effondrement brutal des cours boursiers après une hausse spéculative.

- Le krach de Wall Street entraîne la faillite de nombreuses banques. La crise financière s'étend alors à l'ensemble de l'économie et devient internationale.

II La crise financière de 2008

1 La crise des subprimes

- Les crédits subprimes sont des crédits à risque accordés à des ménages aux faibles revenus, peu solvables, afin d'acquérir un logement. Ces crédits sont hypothécaires, c'est-à-dire garantis par la revente du logement en cas de défaut de paiement de l'acquéreur. Ils sont également à taux variables.

- La **hausse des taux d'intérêt** à partir de 2004 alourdit la charge du remboursement des crédits subprimes. Dès lors, de nombreux ménages ne peuvent rembourser leur emprunt. Les banques revendent alors en masse les biens immobiliers hypothéqués, entraînant une forte **baisse des prix de l'immobilier**.
- La **titrisation** des crédits subprimes est à l'origine de la **diffusion de la crise** à l'ensemble du système bancaire et financier mondial. Les banques américaines transfèrent par la titrisation les emprunts à risque à l'étranger. La valeur des titres détenus par les banques s'effondre alors.

MOT CLÉ

La **titrisation** est l'opération par laquelle une créance est transformée en titre négociable sur le marché financier.

- Les banques qui ont investi dans les actifs à risque liés aux crédits subprimes réalisent des **pertes importantes**. Plusieurs banques échappent à la faillite grâce à l'intervention de l'État.

2 Les effets de la crise des subprimes

- Le 15 septembre 2008, Lehman Brothers, quatrième banque d'investissement américaine, se déclare en faillite → FICHE 17. Cette faillite provoque, par **effet de contagion**, une crise de confiance au niveau mondial et l'insolvabilité de nombreux établissements financiers et non financiers.
- Les **conséquences** de la crise des subprimes sont considérables : resserrement du crédit, krachs boursiers, faillites.

zoOm

Croissance et taux de chômage aux États-Unis (années 1930)

Année	Taux de croissance de la production en %	Taux de chômage en %
1929	− 9,8	3,2
1930	− 7,6	8,7
1931	− 14,7	15,9
1932	− 1,8	23,6
1933	9,1	24,9
1934	9,9	21,7
1935	13,9	20,1
1936	5,3	16,9
1937	− 5	14,3
1938	8,6	19
1939	8,5	17,2

Source : Olivier Blanchard, Daniel Cohen, *Macroéconomie*, Pearson, 2017.

- Ces données illustrent la crise que connaît l'économie des États-Unis dès 1929, la production baissant de 9,8 % par rapport à 1928. Cette **dépression** se poursuit jusqu'en 1932, le chômage augmentant de plus de 20 points.
- L'activité reprend à partir de 1933 et 1934 et se traduit par une baisse du chômage en 1934. Mais la **reprise** demeure fragile car la production diminue à nouveau en 1937.

16 Les bulles spéculatives

En bref *Les crises financières sont souvent à l'origine de l'éclatement des bulles spéculatives. Celles-ci naissent de la spéculation faite sur les marchés financiers. Depuis la crise de la tulipe dans les Provinces-Unies (Pays-Bas) au XVIIe siècle, d'autres bulles spéculatives ont marqué les économies.*

I La formation des bulles spéculatives

1 La spéculation

- On parle de bulle spéculative lorsque le **prix d'un actif augmente** de manière excessive par rapport à sa valeur réelle. Une bulle se forme lorsque cet actif existe en quantité limitée et que sa valeur est difficile à déterminer.
- La bulle trouve son origine dans la **spéculation**. Celle-ci consiste à acheter des actifs pour les revendre à un prix plus élevé. La spéculation est le plus souvent condamnée pour des raisons morales car elle ne permet pas d'accroître la richesse réelle d'un pays. Le comportement des spéculateurs étant également **irrationnel**, le marché financier est rendu très instable.

2 Les mécanismes de la formation des bulles spéculatives

- Une bulle spéculative naît souvent en **période de confiance** dans l'économie. Les investisseurs anticipent une hausse des prix d'un actif (nouveau produit, nouvelle entreprise). Cette hausse attire de nouveaux investisseurs, produisant ainsi une augmentation forte du prix de l'actif.
- Mais un événement économique ou politique extérieur modifie les anticipations provoquant alors une baisse brutale du prix de l'actif : c'est l'**éclatement** de la bulle spéculative matérialisé par la chute des cours.
- Le développement d'une bulle spéculative est favorisé par l'**endettement**, lié le plus souvent à des taux d'intérêt faibles. Il s'explique par les **comportements mimétiques** des investisseurs.

> **MOT CLÉ**
> On parle de **comportement mimétique** sur le marché financier lorsque les décisions des investisseurs sont influencées par celles des autres investisseurs.

II Exemples de bulles spéculatives

1 La « tulipomanie » dans les Provinces-Unies

- La crise de la tulipe est la **première grande bulle spéculative** connue. Venant d'Asie, la tulipe est introduite aux Pays-Bas (Provinces-Unies à l'époque) vers 1550. Très rapidement, ces bulbes deviennent un produit de spéculation pour les riches commerçants. Au début de l'année 1637, un seul bulbe de tulipe suffit à payer deux maisons et vaut quinze fois le salaire d'un artisan de l'époque.

■ En février 1637, la demande de tulipes baisse. Dès lors, les spéculateurs paniquent et se mettent à vendre entraînant une **chute du prix** de la tulipe. Ainsi, la bulle spéculative éclate suivant un processus classique : les **prophéties auto-réalisatrices** des spéculateurs alimentent la hausse des prix puis leur chute.

MOT CLÉ
Une **prophétie auto-réalisatrice** est une affirmation (par exemple : « la valeur des actions va augmenter ») qui induit un comportement des investisseurs provoquant la réalisation du phénomène annoncé.

2 La bulle Internet

■ La bulle Internet est une bulle spéculative, formée à la fin des années 1990, touchant les valeurs des secteurs de l'information et de la communication. De nombreuses entreprises liées aux nouvelles technologies (**start-up**) se créent. Lorsque ces entreprises sont introduites en bourse, les spéculateurs, anticipant d'importants profits futurs, investissent dans ces entreprises même si elles sont déficitaires.

■ Mais en 2000, les analystes financiers commencent à douter de la solidité des sociétés dont la valeur a connu une **augmentation « exubérante »**. La confiance dans ces sociétés s'érode très rapidement et leur valeur s'effondre à partir de mars 2000. Le krach boursier se diffuse à l'ensemble des places financières.

zoOm

Le Bitcoin : une bulle spéculative ?

■ Le bitcoin est une **monnaie électronique** entre particuliers. Il permet d'effectuer des paiements de biens réels sur des sites les acceptant. Il est échangeable contre des devises (euros, dollars...), mais aucune institution financière ou bancaire ne l'émet ni ne le contrôle.

■ Lors de sa création en 2008, la valeur du bitcoin est nulle. Mais très rapidement, le bitcoin s'utilise plus pour spéculer que pour effectuer des paiements. Ainsi, sa valeur connaît de **très fortes fluctuations** : 117 € (1er janvier 2013), 14 093 € (1er janvier 1998), puis 7 555 € (1er octobre 2019). Elle baisse en 2021.

17 Les crises bancaires

En bref *La crise financière de 2008 est d'abord une crise bancaire. Elle commence par la faillite de la banque américaine Lehman Brothers. Les crises bancaires sont à l'origine des crises financières car elles peuvent provoquer de véritables paniques entraînant des faillites bancaires en chaîne.*

I Le rôle des banques dans l'économie

1 Le rôle d'intermédiaire financier

■ Les banques ou établissements de crédit sont des établissements financiers qui collectent les **dépôts du public** (principalement des dépôts à vue) et accordent des **crédits** aux entreprises et aux ménages. Les banques sont donc des intermédiaires financiers : elles collectent l'épargne des agents économiques ayant une capacité de financement pour la distribuer aux agents demandant un financement.

■ Parmi les intermédiaires financiers, la banque a la particularité de **créer de la monnaie** (monnaie scripturale) lorsqu'elle accorde un crédit à un de ses clients. Le système bancaire joue un rôle essentiel dans le processus de création monétaire → COURS DE 1re.

2 L'évolution de l'intermédiation bancaire

■ À partir de la seconde moitié des années 1970, des réformes touchant le système financier ont pour objectif de développer le **financement direct** sur le marché financier. Le développement des marchés financiers a eu pour conséquence le déclin de l'activité traditionnelle d'intermédiation des banques.

> **MOT CLÉ**
> On parle de **financement direct** lorsque les agents ayant un besoin de financement peuvent se financer directement sur le marché financier.

■ Les banques se sont adaptées aux transformations du financement de l'économie. Elles se financent de plus en plus en **émettant** des titres financiers et réciproquement, financent de plus en plus l'économie en **achetant** des titres financiers.

■ De plus, le système bancaire a connu un mouvement important de **concentration** favorisant l'émergence de grandes banques internationales.

II Les mécanismes des crises bancaires

1 Crise de la liquidité bancaire et risque de panique bancaire

■ Les **crises financières**, comme celle de 1929 ou celle de 2008, peuvent entraîner la faillite de banques. Lors d'une crise, par manque de confiance, les banques ne se prêtent plus entre elles les fonds nécessaires pour répondre aux retraits de leurs clients.

perte d'$ à cause crise financière => précipitation vers banque (épargne) pour liquidité => manque de liquidité => faillite

■ De nombreux clients, qui n'ont plus confiance dans la capacité de leur banque à assurer ses obligations du fait d'un manque de liquidité, décident de **retirer leur épargne** déposée, pouvant provoquer ainsi une **panique bancaire** puis la faillite de la banque.

MOT CLÉ
Une **panique bancaire** désigne une ruée des particuliers vers leur banque pour y retirer l'intégralité de leur argent.

2 De la panique bancaire aux faillites en chaîne

■ Les réformes libéralisant le fonctionnement des banques ont accru la prise de risque de ces établissements financiers. De plus, l'importance des banques dans l'économie crée un phénomène d'**aléa moral** → FICHE 19 : les banques prennent des risques car elles sont assurées d'être renflouées par les pouvoirs publics en cas de panique bancaire.

■ À l'origine, la panique bancaire touche les banques en manque de liquidités. Cependant, la ruée vers les guichets d'une banque peut provoquer un phénomène de contagion puisque les banques sont interdépendantes. La faillite d'une banque entraîne des faillites en chaîne et l'effondrement du système bancaire : on parle alors de **risque systémique**.

zoOm

La faillite de la banque Lehman Brothers

■ Le 15 septembre 2008, les employés de la banque américaine Lehman Brothers quittent le siège social de l'entreprise, à New York, avec une boîte contenant leurs effets personnels. Ce jour-là, Lehman Brothers, une des plus anciennes banques des États-Unis, a fait faillite, précipitant **l'ensemble des économies** dans la crise.

■ La banque est victime de l'éclatement de la bulle créée par la **spéculation immobilière**, mais se heurte également au refus du secrétaire au Trésor américain (l'équivalent du ministre de l'Économie et des Finances en France) de la renflouer.

18 La transmission des crises financières à l'économie réelle

En bref *Les crises financières s'accompagnent souvent d'une récession plus ou moins longue. Cette transmission de la crise financière à l'économie réelle s'opère par deux canaux principaux : la restriction de l'accès au crédit et la dépréciation des actifs.*

I La transmission par le canal du crédit

1 La baisse de l'offre de crédit

- L'économie réelle se distingue de l'**économie financière**. Elle recouvre la production, les investissements, l'emploi, etc. Elle est financée par le système financier comprenant les institutions financières et le marché financier.

> **MOT CLÉ**
> L'**économie financière** désigne tout ce qui touche au financement de l'économie : monnaie, marchés financiers dont la Bourse, institutions bancaires et financières.

- Lorsqu'une crise financière survient, les banques connaissent des difficultés pour acquérir des liquidités et consentent plus difficilement des prêts aux entreprises et aux ménages. Cette crise de confiance entre créanciers et débiteurs a pour effet une hausse des taux d'intérêt.

2 La baisse de l'activité économique

- La contraction du crédit touche d'abord les petites et moyennes entreprises ; certaines d'entre elles doivent cesser leur activité. La hausse des taux d'intérêt limite également l'investissement des entreprises.
- La contraction du crédit concerne également les ménages qui, empruntant plus difficilement, réduisent leur consommation. Il en résulte un ralentissement de la croissance économique (récession), voire une baisse de la production (dépression).

II La transmission par le canal de la dépréciation des actifs

1 Un effet de richesse négatif

- La richesse d'un ménage est constituée de ses revenus mais également de la valeur de son patrimoine financier (actions, obligations, titres financiers) ou non financier (immobilier). Dès lors, toute variation de la valeur du patrimoine a des effets de richesse. Cet effet est positif si la valeur du patrimoine augmente, négatif si elle diminue.
- Lors de la crise des subprimes, l'immobilier représente le **collatéral** des crédits accordés aux ménages.

> **MOT CLÉ**
> Le **collatéral** est un actif remis en garantie par l'emprunteur lorsqu'un crédit lui est accordé.
> Pour les crédits subprimes, le logement constitue le collatéral du crédit.

Le non-remboursement des crédits par les ménages pauvres entraîne des « ventes forcées » immobilières ainsi que la baisse du prix du collatéral. Cette baisse s'ajoute à la chute des cours boursiers. Dès lors, la richesse réelle des ménages diminue.

2 La baisse de la consommation et les difficultés de financement

- La **hausse de l'épargne**, provoquée par un effet de richesse négatif, diminue la consommation des ménages. De plus, ceux-ci rencontrent plus de difficultés pour emprunter car leur **capacité d'endettement** dépend de la valeur de leur patrimoine, particulièrement aux États-Unis et au Royaume-Uni.
- La **baisse du cours des actions** rend plus difficile le financement des entreprises par l'émission d'actions. Les investisseurs ne sont pas encouragés à acquérir de nouveaux titres dans un contexte de crise boursière.
- La baisse de la consommation et les difficultés de financement ont des effets négatifs sur la production, ce qui génère une **baisse du PIB**.

zoom

Les effets de la crise financière de 2008 sur la croissance

	2008		2009	
	Croissance du PIB (en %)	Contribution des effets de richesse (en point de PIB)	Croissance du PIB (en %)	Contribution des effets de richesse (en point de PIB)
Zone euro	0,4	– 0,3	– 4,5	– 0,7
France	0,2	– 0,3	– 2,9	– 0,6
Allemagne	1,1	– 0,3	– 5,6	– 0,6
Italie	– 1,1	– 0,3	– 5,5	– 0,7

Source : Eurostat et Jean-Charles Bricongne, Jean-Marc Fournier, Vincent Lapègue et Olivier Monso, « De la crise financière à la crise économique. L'impact des perturbations financières de 2007 et 2008 sur la croissance de sept pays industrialisés », *Économie et statistique* n° 438-440, 2010.

- La crise des subprimes débute dès l'été 2007. Son **effet** sur l'économie réelle est quasi **immédiat** puisqu'en 2008, la croissance de la zone euro ralentit à 0,4 %, contre 3 % en 2007. La croissance devient négative en 2009.
- Le ralentissement de la croissance s'explique en partie par un **effet de richesse négatif** lié à la crise financière, qui contracte la demande. Cet effet a fait baisser la croissance de la zone euro de 0,3 point en 2008.

19 La régulation du système financier

En bref *La répétition des crises financières a des coûts économiques et sociaux importants. Elle montre que les marchés financiers ne peuvent pas s'autoréguler. Dès lors, les pouvoirs publics doivent prendre des mesures de régulation pour se prémunir des dangers de la globalisation financière et limiter les risques de crises.*

I Une réglementation plus sévère

1 Les règles prudentielles

- Les règles prudentielles sont des **dispositifs légaux** visant à limiter les comportements à risque des institutions financières, notamment les banques. Elles ont deux objectifs : protéger les épargnants et les investisseurs ; limiter le risque systémique inhérent au système bancaire → FICHE 17.
- Les règles prudentielles sont issues du **Comité de Bâle** → ZOOM. L'accord dit de Bâle III entériné en 2010 définit un nouveau **ratio de solvabilité**. Il passe de 8 % à au moins 10,5 % à partir de 2019, ce qui contraint les banques à accroître leurs fonds propres.

> **MOT CLÉ**
> Le **ratio de solvabilité** des banques est le rapport, exprimé en pourcentage, entre les fonds propres et le montant des crédits distribués pondérés par les risques associés à ces crédits.

2 La transparence des marchés

- La transparence sur le marché financier tient à la qualité de l'information dont disposent les opérateurs financiers. Cette transparence est, en principe, favorisée par l'existence d'**agences de notation** dont le rôle est d'évaluer les risques que présentent les emprunteurs.
- La crise financière de 2008 a mis en évidence les **insuffisances** de l'action des agences de notation, notamment parce qu'elles étaient rémunérées par les sociétés dont les risques étaient évalués. L'Union européenne a décidé par une directive de 2012 d'encadrer l'activité de ces agences pour éviter les conflits d'intérêts.
- Une part importante des opérations financières a lieu dans des **paradis fiscaux**, caractérisés par un faible niveau de taxation et par le **secret bancaire**. Des mesures ont été prises, notamment pour réduire le secret bancaire (accords portant sur des échanges d'informations fiscales).

II Le contrôle de la finance

1 Limiter la spéculation

- Des réformes sont prises pour diminuer l'**aléa moral** en garantissant qu'une banque qui spécule

> **MOT CLÉ**
> L'**aléa moral** est la situation d'un agent économique qui, sur le marché, prend un risque inconsidéré car il est certain d'être couvert contre ce risque.

et qui connaît des difficultés n'entraîne pas la perte de l'épargne des ménages qui n'ont pas spéculé.

■ Pour mieux contrôler l'activité des banques, des réformes (loi Dodd-Frank aux États-Unis en 2010, règle Vickers en 2011 en Grande-Bretagne, loi Moscovici en France en 2013) effectuent une **séparation plus nette** entre les activités de financement des banques et leurs activités spéculatives.

2 La supervision bancaire

■ En France, l'**Autorité de contrôle prudentiel et de résolution** (ACPR) est un organisme indépendant chargé de superviser le système bancaire pour assurer la protection des clients et la stabilité du système bancaire.

■ En novembre 2014 a été mis en place le **Mécanisme de surveillance unique** (MSU) organisant la supervision bancaire au niveau européen. Ce mécanisme a pour objectif d'empêcher que les difficultés que pourrait connaître une banque européenne ne se propagent à l'ensemble des banques dans les différents pays de l'UE.

■ Dans le cadre du MSU, la **Banque centrale européenne** (BCE) contrôle les 118 plus grands groupes bancaires de la zone euro, en collaboration avec chaque autorité nationale. Les autres établissements sont contrôlés par les autorités nationales, notamment l'ACPR en France.

zoOm

Le Comité de Bâle

■ En décembre 2017, la conférence de presse du Comité de Bâle (au centre de la photo, le président de la Banque centrale européenne de 2011 à 2019, Mario Draghi) annonce un accord sur des **réformes bancaires**.

■ Le Comité de Bâle sur le contrôle bancaire est une institution qui se réunit régulièrement dans la ville de Bâle (Suisse). Créé en 1974, il est composé de représentants des banques centrales et des autorités prudentielles de 27 pays. Il établit des **règles** que les banques et superviseurs doivent respecter. Ces règles sont le plus souvent intégrées à la législation européenne (directives ou règlements).

MÉMO VISUEL

CRISES FINANCIÈRES

Des crises financières

Crise de 1929

- Krach boursier de Wall Street
- Faillite des banques
- Diffusion internationale de la crise
- Chute de la croissance économique (années 1930)

Crise des subprimes (2008)

- Crédits hypothécaires à taux variables
- Incapacité des ménages à rembourser leurs crédits
- Effondrement des prix de l'immobilier et des marchés financiers
- Chute de la croissance économique

Les bulles spéculatives

- Spéculation (acheter un actif pour le revendre à un prix plus élevé)
- Formation d'une bulle spéculative en période de confiance
- Éclatement de la bulle : tulipe (1637), Internet (2000)

Comment expliquer la formation et l'éclatement des bulles spéculatives ?

Les crises bancaires

- Déclin de l'activité traditionnelle d'intermédiation des banques
- Spéculation des banques
- Panique bancaire
- Faillite des banques (Lehman Brothers, 2008)

La transmission à l'économie réelle

Crédits en baisse / Hausse des taux d'intérêt / Effets de richesse négatifs → Baisse de l'investissement et de la consommation → Baisse de la production → Chômage

ET RÉGULATION

La régulation du système financier

- Crédits en baisse
- Règles prudentielles : ratio de solvabilité
- Encadrement de l'activité des agences de notation
- Réduction du secret bancaire
- Lutte contre les paradis fiscaux
- Supervision bancaire (ACPR, MSU)

SUJET 9 | OBJECTIF BAC

RAISONNEMENT 2 h 30

Régulation financière et crises financières

Ce sujet permet d'aborder une question clé du programme, celle de la régulation financière et de son efficacité à éviter le retour des crises financières.

LE SUJET

Vous montrerez comment la régulation financière peut limiter les risques de crises financières.

Document 1 La loi bancaire de juillet 2013

Fin juillet 2013, la loi de régulation et de séparation des activités bancaires a finalement été adoptée au terme de six mois d'échanges entre députés et sénateurs. Dans son premier volet, elle vise à isoler les opérations spéculatives des banques, à renforcer les pouvoirs des autorités de contrôle, à encadrer les rémunérations des dirigeants et des *traders* et à lutter contre l'évasion fiscale et le blanchiment des capitaux. [...]

[...] les activités spéculatives d'une banque réalisées pour son propre compte, sans utilité pour le financement de l'économie et sans lien avec les clients, devront être cantonnées dans une filiale séparée. Cette dernière se verra appliquer un certain nombre de mesures destinées à prévenir toute transmission de risques à l'ensemble du groupe bancaire (interdiction de recevoir des dépôts par exemple). [...]

[...], pour prévenir les risques systémiques sur les marchés financiers, la loi instaure la création du Haut conseil de stabilité financière. [...] cette instance pourra imposer à certains établissements bancaires de relever leurs fonds propres pour faire face à des risques supplémentaires.

Source : « Régulation : ce qu'il faut retenir de la loi bancaire »,
Lafinancepourtous.com,
24 juillet 2013.

Document 2 **Évolution du ratio de solvabilité et des fonds des principales banques françaises**

	2008	2009	2010	2011	2012	2013	2014	2015	2017	2021
Fonds propres (en milliards d'euros)	132	161	181	198	225	240	253	275	306	483
Ratio de solvabilité (en %)	5,8	7,1	7,9	8,4	9,7	10,9	11,8	12,6	13,8	15,5

Source : D'après Acpr.banque-france.fr.

Document 3 **La supervision bancaire par la Banque centrale européenne**

Entré en vigueur en novembre 2014, le Mécanisme de surveillance unique [MSU] repose sur une supervision intégrée des établissements de crédit de la zone euro. Ce système intégré permet à la BCE [Banque centrale européenne] et aux autorités compétentes nationales (ACN), dont l'ACPR[1], d'assurer un contrôle plus cohérent et plus fin sur le secteur bancaire européen, sur la base d'une réglementation, d'une approche et de procédures communes. Si la réglementation est désormais largement commune pour l'ensemble de l'Union européenne [...], la supervision unique s'exerce au sein de la zone euro. [...]

Dans le cadre du MSU, la BCE peut prendre des décisions contraignantes à l'encontre des établissements supervisés : détermination de l'importance de l'établissement, fixation des exigences de fonds propres, appréciation de l'honorabilité et de la compétence des dirigeants, validation des homologations ou rachats d'instruments de fonds propres, imposition de mesures ou de sanctions...

La BCE est en outre compétente pour l'octroi ou le retrait de l'agrément d'établissement de crédit et la validation des acquisitions de participations qualifiées pour l'ensemble des établissements de la zone.

1. ACPR : Autorité de contrôle prudentiel et de résolution, chargée de contrôler les secteurs de la banque et de l'assurance en France.

Source : Acpr.banque-france.fr.

LES CLÉS POUR RÉUSSIR

Reportez-vous à la méthode générale du raisonnement p. 314.

Analyser les termes du sujet et mobiliser ses connaissances

Analyse du sujet

vous montrerez
On vous demande d'expliquer comment les crises financières peuvent être, en partie, évitées grâce à la régulation.

régulation financière
Ensemble de mesures prises par les pouvoirs publics pour éviter les crises financières. Elles s'articulent autour de deux axes principaux :
- le contrôle du système financier ;
- la réglementation du système financier.

crises financières
Chute des prix des actifs financiers ainsi que défaillance d'institutions financières et non financières.

Exploiter les documents

Document 1

Le document 1 est un texte portant sur la loi Moscovici (ministre français de l'Économie et des Finances entre 2012 et 2014). Cette loi a pour objectif de renforcer le **contrôle de l'activité des banques** afin de réduire l'aléa moral caractérisant le système bancaire. Le texte fournit un exemple de régulation financière : il présente des mesures prises pour limiter la spéculation à l'origine des crises financières.

Document 2

Le document 2 est un tableau statistique qui permet de constater l'augmentation des fonds propres des banques françaises ainsi que l'accroissement de leur ratio de solvabilité entre 2008 et 2021. Ce document permet de mesurer les effets d'une autre forme de régulation, l'application de **règles prudentielles**, pour limiter les crises financières.

Document 3

Le document 3 est un texte portant sur le **Mécanisme de supervision unique** (MSU) qui consiste à contrôler les banques européennes afin d'éviter que la faillite d'une banque au sein de la zone euro entraîne la faillite de l'ensemble du système bancaire de cette zone. La Banque centrale européenne (BCE) est chargée de ce contrôle.

Définir les arguments

Argument 1 La régulation financière peut limiter les risques de crise financière par le **contrôle** de la finance. **(doc. 1 et 3)**

Argument 2 La régulation financière peut limiter les risques de crise financière par la **réglementation** de la finance. **(doc. 2)**

CORRIGÉ

Les titres en couleur ne doivent pas figurer sur la copie.

Introduction

Les crises financières désignent la chute des prix des actifs financiers ainsi que la défaillance d'institutions financières et non financières. Elles ont des effets négatifs sur l'économie réelle, comme le montrent les crises de 1929 et de 2008. C'est pourquoi les pouvoirs publics doivent réguler le système financier, c'est-à-dire mettre en œuvre des mesures destinées à limiter ces crises. Nous montrerons que le risque de crise peut être limité grâce au contrôle du système financier, d'une part, et à la réglementation, d'autre part.

I. Le contrôle du système financier

LE SECRET DE FABRICATION
Pour montrer comment la régulation peut limiter les risques de crises, commencez par expliquer en quoi le système financier est incapable de s'autoréguler.

- La répétition des crises financières montre que le marché financier est **incapable de s'autoréguler**. En effet, la spéculation, notamment celle des banques, engendre l'instabilité des marchés financiers, instabilité caractérisée par d'importantes fluctuations sur les marchés bancaires et financiers.
- Pour mieux contrôler l'activité des banques, la loi Moscovici votée en 2013 en France a réformé le système bancaire en imposant une **séparation plus nette** entre les activités de financement des banques et leurs activités spéculatives (**doc. 1**).
- Au niveau européen, un Mécanisme de **supervision bancaire unique** est mis en place pour empêcher que les difficultés pouvant être rencontrées par une banque européenne ne se propagent à l'ensemble des banques dans les différents pays de l'Union européenne. C'est la Banque centrale européenne qui a la responsabilité de cette supervision (**doc. 3**).

II. La réglementation du système financier

- Le rôle essentiel des banques dans l'économie est à l'origine d'un phénomène d'aléa moral : les banques prennent des risques, car elles sont assurées d'être renflouées par les pouvoirs publics en cas de crise. Pour réduire cet aléa moral, la régulation va consister à établir des **règles prudentielles** qui définissent des ratios de solvabilité pour obliger les banques à accroître leurs fonds propres. Ainsi, pour les banques françaises, le ratio de solvabilité est passé de 5,8 % en 2008 à 15,5 % en 2021, alors que leurs fonds propres étaient **multipliés par 3,7** environ (**doc. 2**).

CONSEILS
Pensez à faire des calculs à partir des données statistiques des documents. Ici, le calcul d'un **coefficient multiplicateur** pour le ratio de solvabilité : 15,5/5,8 = 2,7.

- La régulation vise également à garantir une plus grande transparence des marchés. Celle-ci doit être assurée par l'action des agences de notation dont le rôle est d'évaluer les risques de non-remboursement que présentent les emprunteurs. L'Union européenne a décidé en 2012 d'**encadrer l'activité des agences de notation** pour éviter les **conflits d'intérêts**. En effet, ces agences étant rémunérées par les sociétés dont les risques étaient évalués, elles avaient tendance à minimiser les risques de ceux qui les rétribuaient.

MOT CLÉ
On parle de **conflit d'intérêts** lorsqu'une institution ne peut assurer sa mission d'une manière objective.

Conclusion

Depuis la crise financière de 2008, les pouvoirs publics ont instauré de nouvelles mesures de régulation du système financier aux niveaux national et européen. Pour limiter la spéculation et les prises de risque par les banques, le contrôle et la réglementation ont été renforcés. Les activités spéculatives des banques sont mieux séparées de leurs activités de financement, et un mécanisme de supervision bancaire unique a été créé au niveau européen. De nouvelles règles prudentielles ont été définies et la mission des agences de notation a été encadrée.

SUJET 10 | OBJECTIF BAC

DISSERTATION 4 h L'instabilité financière

L'instabilité financière est la principale caractéristique du système financier. L'expliquer est donc une question essentielle du programme.

LE SUJET

Comment expliquer l'instabilité financière ?

Document 1 La crise des tulipes

De 5 200 guilders[1] en 1636, le prix d'un seul bulbe de Semper Augustus[2] passa à 10 000 guilders en janvier 1637 [...] soit l'équivalent de 102 000 euros aujourd'hui.

Il est vrai que la rareté de cette fleur justifiait que, dans le cadre d'un marché porteur, son prix soit bien plus élevé que celui des autres fleurs. Mais on a du mal à le considérer comme normal, c'est-à-dire comme reflétant uniquement l'état de rareté de la fleur [...]. Car le niveau de prix atteint n'avait plus la moindre signification économique et sociale. [...] avec 3 000 guilders on pouvait à l'époque acheter à la fois huit porcs gras, quatre veaux gras, douze moutons, vingt-quatre tonnes de blé, quarante-huit tonnes d'orge, deux barriques de vin, quatre barils de bière, deux tonnes de beurre, mille livres de fromage, une timbale d'argent, un lot d'habits, un lit avec matelas et literie et un bateau en prime ! La course à l'innovation battait son plein pour tenter de créer des fleurs aux couleurs rares, ce qui donna par exemple lieu à des promesses de récompense pour celui qui pourrait produire une tulipe noire, dont le prix aurait sans doute pu dépasser celui de la Semper Augustus.

1. Guilders : unité monétaire des Provinces-Unies.
2. Semper Augustus : variété de tulipe aux pétales blancs et roses.

Source : Christian Chavagneux, *Une brève histoire des crises financières. Des tulipes aux subprimes*, Éditions La Découverte, 2011.

Document 2 Évolution à long terme des rythmes de croissance (taux annuel moyen en %)

	PIB par tête à prix constants	
	1870-1913	1913-1929
Royaume-Uni	1,0	0,3
Allemagne	1,6	0,8
France	1,5	1,5
États-Unis	2,0	1,7

Source : D'après Jean-Charles Asselain, *Histoire économique du XXe siècle. La montée de l'État (1914-1939)*, Presses de Sciences po & Dalloz, 1995.

Document 3 Évolution du prix de l'immobilier entre 1997 et 2007 (en %)

Pays	1997-2007
États-Unis	171
France	139
Espagne	189
Royaume-Uni	211

Source : D'après André Orléan, *De l'euphorie à la panique : penser la crise financière*, Éditions Rue d'Ulm, 2009.

LES CLÉS POUR RÉUSSIR

Reportez-vous à la méthode générale de la dissertation p. 316.

Analyser la consigne et dégager une problématique

comment expliquer
On vous demande d'analyser les mécanismes du système financier qui l'empêchent d'atteindre un équilibre stable.

Analyse du sujet

instabilité financière
Mouvements erratiques des variables financières, comme les cours boursiers ou, plus généralement, la valeur des actifs sur le marché financier.

Problématique. Quelles sont les caractéristiques du marché financier qui l'empêchent de conserver un équilibre stable ?

Exploiter les documents

Document 1

Le document 1 est un texte qui décrit la spéculation sur les tulipes dans les Provinces-Unies (aujourd'hui les Pays-Bas) au XVIIe siècle. Il met en évidence le **caractère irrationnel de la spéculation**.

Document 2

Les données statistiques du document 2 permettent de comparer les taux de croissance de quatre pays (Royaume-Uni, Allemagne, France, États-Unis) au cours de la période 1873-1929. On remarque l'**accélération de la croissance** de ces pays durant les années 1920, accélération qui peut en partie expliquer la forte hausse des cours boursiers avant le krach d'octobre 1929.

Document 3

Les données statistiques du document 3 mettent en évidence la **très forte hausse des prix de l'immobilier** dans quatre pays (États-Unis, France, Espagne, Royaume-Uni) avant la crise des *subprimes* démarrée en 2007-2008, l'immobilier constituant le collatéral des crédits *subprimes*.

Définir le plan

1 L'instabilité structurelle du système financier

- Expliquez en quoi consiste la **spéculation**. Qu'est-ce qu'une bulle spéculative ? **(doc. 1 et 2)**
- Étudiez les **asymétries d'information**. Quelles sont leurs conséquences sur le système financier ? **(doc. 3)**

2 L'insuffisance de la régulation du système financier

- Abordez le processus de **déréglementation** qui s'est produit à partir des années 1980. Quelles en ont été les conséquences sur l'activité spéculative ?
- Étudiez le **contrôle** des institutions financières. Quel rôle les agences de notation jouent-elles ? Quel problème posent les paradis fiscaux ?

CORRIGÉ

Les titres en couleur ou entre crochets ne doivent pas figurer sur la copie.

Introduction

[accroche] La crise des *subprimes*, en 2008, a confirmé l'instabilité du système financier constatée depuis les années 1980. **[présentation du sujet]** Comment expliquer cette instabilité qui se manifeste par une importante volatilité des cours des titres financiers et par des crises financières récurrentes ?

[problématique] Expliquer l'instabilité financière revient à mettre en évidence les caractéristiques du système financier qui l'empêchent de conserver un équilibre stable. **[annonce du plan]** Pour répondre à cette problématique, il faut d'abord insister sur l'instabilité structurelle du système financier, puis expliquer le manque de régulation de ce système.

I. L'instabilité structurelle du système financier

LE SECRET DE FABRICATION

Pour comprendre l'instabilité financière, il faut commencer par expliquer le fonctionnement du marché financier.

1. Un marché dominé par les comportements spéculatifs

- La spéculation consiste à acheter des actifs pour les revendre à un prix plus élevé. Lorsque le prix des actifs, notamment les actifs financiers, augmente de manière excessive par rapport à leur valeur réelle, il se forme une **bulle spéculative.** Le marché des tulipes dans les Provinces-Unies au XVIIe siècle est une bonne illustration de la formation d'une bulle (**doc. 1**).

- La bulle se forme en période de confiance dans l'économie, confiance alimentée par l'**accélération de la croissance économique** et la hausse des profits des entreprises. Ce fut le cas au cours des années 1920 avant le krach boursier de Wall Street en octobre 1929 (**doc. 2**). Spéculant sur la hausse de la valeur des actifs, de plus en plus d'investisseurs acquièrent ces titres, ce qui a pour effet d'augmenter leur valeur sur le marché financier.

- Un événement économique comme la hausse des taux d'intérêt modifie les **anticipations** des investisseurs qui revendent leurs actifs, provoquant une baisse brutale de leur valeur. Dès lors, la bulle éclate lorsque les cours s'effondrent. Le **comportement irrationnel** des investisseurs s'explique par leurs comportements « mimétiques » et rendent le système financier instable.

MOT CLÉ

En économie, on considère qu'un agent économique a un **comportement irrationnel** lorsqu'il n'utilise pas au mieux les ressources dont il dispose pour atteindre son objectif (maximum de profit ou de plaisir).

2. Un marché caractérisé par des asymétries d'information

- L'**asymétrie d'information** est la situation du marché pour laquelle tous ses acteurs n'ont pas la même information. Par exemple, lors de la crise des *subprimes*, la titrisation des crédits *subprimes* a entraîné des asymétries d'information entre offreurs et demandeurs de capitaux : ceux qui ont acquis les titres adossés aux crédits *subprimes* n'ont pas eu connaissance des risques encourus.
- L'**aléa moral** est une forme d'asymétrie d'information concernant les banques. En effet, celles-ci prennent des risques car elles sont assurées d'être renflouées par les pouvoirs publics en cas de panique bancaire. Ainsi, la hausse des prix de l'immobilier, de 171 % aux États-Unis entre 1997 et 2007 (**doc. 3**), a encouragé les banques à accorder des crédits *subprimes* sans prendre de garanties suffisantes sur la solvabilité des emprunteurs.

II. L'insuffisance de la régulation du système financier

LE SECRET DE FABRICATION

Le dossier documentaire du sujet ne permet pas d'illustrer la seconde partie du développement. Celle-ci s'appuie donc uniquement sur vos connaissances.

1. L'insuffisance de la réglementation

- À partir des années 1980, le marché financier a connu un processus de **déréglementation**. Celle-ci consiste à supprimer un certain nombre de règles encadrant les activités financières.
- La déréglementation a encouragé l'**activité spéculative** des institutions financières, notamment des banques. La séparation entre leur activité traditionnelle d'intermédiaire financier et leurs interventions sur le marché financier pour leur propre profit, a alors quasiment disparu.
- Cependant, depuis la crise de 2008, la réglementation a évolué avec le **renforcement des règles prudentielles**. Celles-ci, définies par le Comité de Bâle, ont notamment pour effet d'obliger les banques à accroître leurs **fonds propres**.

2. Le manque de contrôle des institutions financières

- La qualité de l'information dont disposent les opérateurs financiers est un déterminant essentiel de la stabilité des marchés. Sur le marché financier, cette transparence est, en principe, favorisée par des **agences de notation** dont le rôle est d'évaluer les risques que présentent les emprunteurs. Or, ces agences sont rémunérées par les sociétés dont les risques sont évalués. Cette situation entraîne une **sous-évaluation des risques** remettant en cause la stabilité financière.
- Une part importante des opérations financières a lieu dans des **paradis fiscaux**, caractérisés par un faible niveau de taxation et par le secret bancaire. Dès lors, l'existence de ces paradis fiscaux rend presqu'impossible le contrôle des banques et accroît les probabilités de crises.

▸ Cependant, des mesures ont été prises, depuis 2008, pour réduire le secret bancaire. Des accords portant sur les **échanges d'informations fiscales** ont été établis. Les pressions sur les paradis fiscaux se sont accrues, permettant de réduire leur nombre.

MOT CLÉ

Les **échanges d'informations fiscales** impliquent que les pays établissent la liste des étrangers possédant un compte bancaire sur leur territoire.

Conclusion

[bilan] Ainsi, l'instabilité financière s'explique par des causes structurelles. Les comportements mimétiques des opérateurs financiers manquent de rationalité et favorisent les bulles spéculatives qui finissent par éclater. Les asymétries d'information accroissent l'instabilité du marché financier, notamment la situation d'aléa moral des banques. Les causes structurelles de l'instabilité financière sont renforcées par les insuffisances de la régulation du marché financier.

[ouverture] Depuis la crise des *subprimes*, les gouvernements ont pris des mesures pour mieux réguler le marché financier. La question reste de savoir si cette régulation est suffisante pour éviter le retour des crises financières.

Économie

5 Les politiques économiques dans le cadre européen

Le 25 mars 1957, l'Allemagne de l'Ouest (RFA), la Belgique, la France, l'Italie, le Luxembourg et les Pays-Bas signent à Rome deux traités. Le premier instaure la Communauté économique européenne (CEE), le second la Communauté européenne de l'énergie atomique (Euratom).

TEST

Pour vous situer et identifier les fiches à réviser 110

FICHES DE COURS

20 Intégration européenne et croissance économique 112
21 La politique européenne de la concurrence 114
22 La politique économique conjoncturelle 116
23 Spécificités et défauts de coordination des politiques économiques de l'UE 118
MÉMO VISUEL 120

SUJETS GUIDÉS & CORRIGÉS

OBJECTIF BAC

11 **MOBILISATION DES CONNAISSANCES** | La politique européenne de la concurrence 122
12 **ÉTUDE D'UN DOCUMENT** | La situation des finances publiques de pays de l'UE 124
13 **DISSERTATION** | La coordination des politiques conjoncturelles dans l'UEM 127

TESTEZ-VOUS

→ CORRIGÉS P. 318-320

Faites le point sur vos connaissances, puis établissez votre **parcours de révision** en fonction de votre score.

1 Intégration européenne et croissance économique

→ FICHE 20

1. L'union douanière a pour effet de supprimer toute entrave à…

☐ a. la circulation des biens.

☐ b. la circulation des personnes.

☐ c. la circulation des capitaux.

2. Vrai ou faux ? Cochez la case qui convient.

	V	F
a. L'un des traités de Rome institue la Communauté économique européenne.	☐	☐
b. Le Danemark doit adopter l'euro d'ici 2025.	☐	☐
c. Le marché commun favorise les économies d'échelle.	☐	☐
d. La monnaie unique est une suite logique du marché unique.	☐	☐

…/2

2 La politique européenne de la concurrence

→ FICHE 21

1. La politique de la concurrence est un moyen de…

☐ a. protéger la libre concurrence.

☐ b. protéger les entreprises de la concurrence.

☐ c. limiter les importations des autres pays de l'Union européenne.

2. Associez chaque notion à sa définition.

a. abus de position dominante •	• entreprises pouvant faire face à la concurrence internationale
b. champions européens •	• fait de profiter de sa position de leader sur le marché
c. service public •	• activité d'intérêt général assurée par les pouvoirs publics

…/2

3 La politique économique conjoncturelle

→ FICHE 22

1. La politique monétaire est menée par…

☐ a. les banques de dépôt.

☐ b. la Banque centrale.

☐ c. le gouvernement.

2. Complétez le texte avec les mots qui conviennent.

La Banque centrale fixe le taux d'intérêt .... et elle intervient également sur le marché .... Une hausse du taux d'intérêt augmente le coût du .... Une hausse des dépenses .... a des effets positifs sur la demande globale mais risque d'augmenter ....

3. Une politique de relance a pour objectif…

☐ a. l'augmentation de la croissance économique.

☐ b. la baisse de l'inflation.

☐ c. la baisse du déficit extérieur.

…/3

4 Spécificités et défauts de coordination des politiques économiques de l'UE

→ FICHE 23

1. L'objectif principal de la Banque centrale européenne est…

☐ a. le plein-emploi.

☐ b. la croissance économique la plus élevée possible.

☐ c. le maintien d'un taux d'inflation avoisinant 2 %.

2. Vrai ou faux ? Cochez la case qui convient.

	V	F
a. Le Pacte de stabilité et de croissance oblige les pays de la zone euro à avoir un déficit budgétaire inférieur à 3 %.	☐	☐
b. Le budget européen représente près de 50 % du PIB des pays de l'Union.	☐	☐
c. Un choc asymétrique ne touche qu'un seul pays.	☐	☐

3. La crise financière de 2008 a montré que…

☐ a. l'absence de coordination des politiques économiques favorisait les politiques d'austérité.

☐ b. l'Union européenne devait donner la priorité à la lutte contre l'inflation.

☐ c. le plein-emploi restait le principal objectif de l'Union européenne.

…/3

Score total …/10

Parcours PAS À PAS ou EXPRESS ? → MODE D'EMPLOI P. 3

20 Intégration européenne et croissance économique

En bref *Dès la fin de la Seconde Guerre mondiale, l'intégration européenne apparaît comme un moyen pour assurer une paix durable en Europe. Cette intégration est d'abord économique afin de favoriser la croissance.*

I Les étapes de l'intégration européenne

1 De l'union douanière au marché unique

- Pour mettre fin aux conflits qui ont marqué le XXe siècle et installer la paix sur le continent européen, des responsables politiques, les « Pères fondateurs » de l'Europe, décident de renforcer la coopération entre les différents États. En 1951, le traité instituant la Communauté européenne du charbon et de l'acier (CECA) pose les bases de l'**intégration européenne** qui se poursuit en 1957 avec la signature des traités de Rome favorisant l'intégration économique européenne. L'intégration politique demeure limitée.

> **MOT CLÉ**
> L'**intégration européenne** est un processus entraînant une cohésion économique et politique de plus en plus forte entre les pays européens.

- L'un des traités de Rome institue la Communauté économique européenne (CEE) qui comprend une union douanière et un marché commun.
- L'union douanière supprime toute entrave à la circulation des biens au sein de la CEE. Elle est effective à partir du 1er juillet 1968.
- Le marché commun, ou marché unique, prévoit la libre circulation des biens, mais également des services, des capitaux et des personnes. L'Acte unique européen, en 1986, instaure définitivement le marché unique à partir de 1993.

2 La mise en place de la zone euro

- L'adoption d'une monnaie unique par l'Union européenne s'impose au sein de ce marché unique. En 1988, un comité est chargé de fixer les étapes du passage à une Union économique et monétaire (UEM).
- Une convergence économique des pays adoptant la monnaie unique est alors nécessaire. Les pays souhaitant adhérer à la zone euro devront répondre aux conditions imposées par le comité. La décision de créer une monnaie unique est prise lors du traité de Maastricht en 1992.
- La zone euro est effective depuis 1999 et regroupe tous les pays de l'Union européenne qui ont adopté la monnaie unique, l'euro, émise par la Banque centrale européenne. Le Royaume-Uni (avant sa sortie de l'UE en 2020), le Danemark et la Suède, membres de l'Union européenne, ont refusé d'une manière définitive d'en faire partie.

II Les effets du marché unique sur la croissance

- Le marché unique permet la constitution d'un **marché plus vaste** que le marché national. L'ouverture aux entreprises européennes de l'ensemble des marchés nationaux accroît leurs débouchés favorisant ainsi l'augmentation de la production et donc la croissance économique.
- L'**accroissement** de la production permet de réaliser des économies d'échelle → FICHE 7. Le coût unitaire de production baisse du fait de l'augmentation de la production. La baisse des coûts de production entraîne une baisse des prix permettant ainsi une hausse du pouvoir d'achat des agents économiques. La consommation et la croissance de la production sont alors stimulées.
- La baisse des coûts de production liée au marché unique permet d'améliorer la **compétitivité-prix** → FICHE 8 des entreprises européennes. Ainsi, celles-ci peuvent accroître leurs exportations vers les marchés hors de l'Union européenne.
- La concurrence entre les entreprises au sein du marché unique incite les entreprises à **innover** dans leurs produits, mais aussi dans leur organisation productive impliquant des gains de productivité. Ces innovations profitent aux consommateurs et accélèrent la croissance économique.

zoOm

La construction européenne et la zone euro

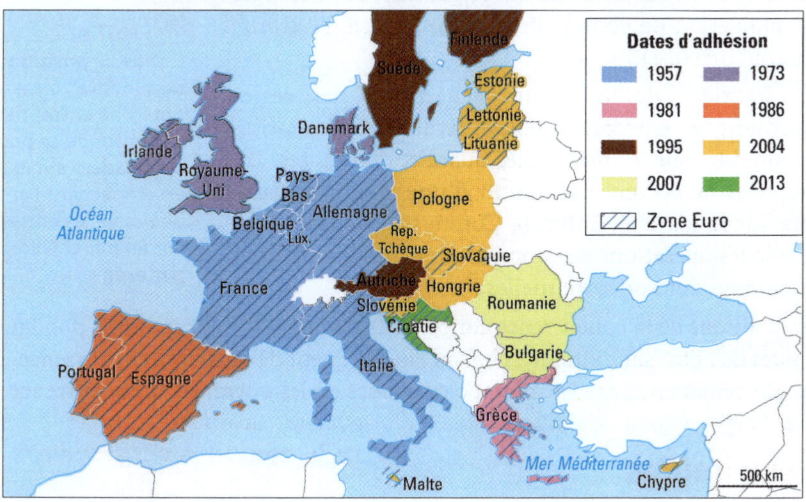

- Après plusieurs **élargissements**, l'Union européenne est composée en 2013 de 28 pays dont 19 ont adopté l'euro.
- En juin 2016, le Royaume-Uni décide de quitter l'Union européenne. Le **Brexit** est effectif depuis le 31 janvier 2020. Depuis l'UE regroupe 27 pays.

21 La politique européenne de la concurrence

En bref *Au sein de l'Union européenne, la politique de la concurrence est devenue indissociable du marché unique. Cependant, cette politique connaît des limites.*

I Les caractéristiques

1 Les objectifs

- La **politique de la concurrence** est définie comme l'ensemble des institutions et réglementations garantissant les principes concurrentiels. Elle représente un moyen de protéger la libre concurrence et de réguler le marché.
- La politique de la concurrence doit assurer une concurrence, **libre**, **loyale** et **non faussée**. Elle est tenue, en principe, d'améliorer la compétitivité des entreprises en les incitant à innover et de favoriser la consommation par une baisse des prix et une plus grande qualité des produits.

2 Les modalités

- La politique de la concurrence est une **compétence exclusive** de l'Union européenne et sa mise en œuvre est de la responsabilité de la Commission européenne. Au niveau national, des organismes sont chargés de l'application de cette politique (en France, l'Autorité de la concurrence).
- La politique de la concurrence définit des **règles** concernant les entreprises. Elle interdit aux entreprises de s'entendre sur les prix ou les quantités produites. Les entreprises ne doivent pas **abuser d'une position dominante** sur le marché. Enfin, la Commission européenne contrôle les opérations de concentration afin d'empêcher les pratiques anticoncurrentielles.

> **MOT CLÉ**
> L'**abus de position dominante** consiste, pour une entreprise, à profiter de sa position de « leader » sur le marché, en empêchant l'arrivée de nouvelles entreprises sur un marché lié par exemple.

- La politique de la concurrence concerne également les **interventions publiques**. Les aides de l'État sont interdites lorsqu'elles risquent de fausser la concurrence. De plus, elle remet en cause les monopoles publics en les ouvrant à la concurrence.

II Les limites

1 L'absence de « champions européens »

- La politique de la concurrence est jugée trop **restrictive**. Elle contrôle les concentrations et refuse certaines d'entre elles (→ ZOOM) et empêche la constitution de « champions européens », c'est-à-dire d'entreprises suffisamment importantes pour faire face à la concurrence internationale.

- L'interdiction des aides publiques aux entreprises est également critiquée et vue comme un handicap (tous les pays hors de l'Union européenne, notamment la Chine et les États-Unis, soutiennent leurs entreprises).

2 | La remise en cause des services publics

- L'Union européenne a remis en cause les **monopoles publics** jugés inefficaces. La politique de la concurrence a incité la Commission européenne à redéfinir la notion de service public. Elle distingue les services d'intérêt économique général (SIEG) qui doivent être soumis à la concurrence, des services d'intérêt général (Santé, Éducation, Défense) qui peuvent échapper au marché et donner lieu à l'intervention de l'État.

MOT CLÉ
Un **monopole public** est une entreprise gérée par l'État ou une collectivité locale qui est le seul offreur sur un marché : par exemple, la SNCF avant l'ouverture à la concurrence imposée par l'Union européenne.

- L'ouverture de certains services publics peut avoir des effets économiques, sur l'emploi par exemple, mais surtout sur la cohésion sociale. Mais la recherche de l'efficacité et de coûts moins élevés amène les services publics traditionnels à réduire leurs coûts et leur présence sur le territoire national (fermetures de bureaux de poste par exemple).

zoOm

L'échec de la fusion entre Alstom et Siemens

- En septembre 2017, Alstom et Siemens annoncent la fusion de leurs activités ferroviaires. Leur objectif est de devenir le deuxième fabricant mondial de trains, métros, tramways et de pouvoir soutenir la concurrence du premier groupe mondial, l'entreprise chinoise CRRC.
- En février 2019, la Commission européenne rejette ce projet de fusion qui porterait atteinte à la concurrence sur les marchés des systèmes de signalisation et des trains à très grande vitesse (TGV), entraînant également une hausse des prix pour les clients et une baisse de l'innovation.

22 La politique économique conjoncturelle

En bref *Pour agir sur l'activité économique, les pouvoirs publics mettent en œuvre une politique économique conjoncturelle. Celle-ci repose sur deux instruments principaux : la politique monétaire et la politique budgétaire.*

I La politique monétaire

1 Les principes de la politique monétaire

- La **politique monétaire** désigne l'ensemble des moyens mis en œuvre pour contrôler l'offre de monnaie → PROGRAMME DE 1re. Cette politique est menée en France par la Banque centrale qui peut être indépendante du pouvoir politique, et dans la zone euro, par la Banque centrale européenne (BCE).
- Aujourd'hui, les principaux **instruments** de la politique monétaire sont les taux d'intérêt et le montant des réserves obligatoires. La Banque centrale agit sur la création monétaire des banques en fixant un taux d'intérêt pour le refinancement des banques (taux d'intérêt directeur). Elle intervient également sur le marché monétaire (*open market*), comme c'est le cas pour la BCE.
- Les **réserves obligatoires** recouvrent la quantité de monnaie que chaque banque doit obligatoirement déposer sur un compte à la Banque centrale. Celle-ci détermine un taux de réserve obligatoire mesuré par la quantité de monnaie en réserve relative à la quantité de monnaie scripturale créée par les banques.

2 Les effets de la politique monétaire

- La politique monétaire est un instrument pour agir sur la conjoncture économique. Traditionnellement, elle agit pour réduire l'**inflation**. Cependant, dans une optique défendue par les économistes keynésiens, la politique monétaire peut permettre de relancer l'activité économique.
- Une variation des **taux d'intérêt** a des effets sur la demande de crédits et donc sur la demande de monnaie. Ainsi, une hausse du **taux directeur** accroît le coût du crédit et limite la création monétaire (et inversement pour une baisse du taux directeur). La hausse du taux de réserves obligatoires produit les mêmes conséquences.

> **MOT CLÉ**
> Le **taux directeur** désigne le taux d'intérêt fixé par la Banque centrale. Il influence les taux d'intérêt des banques.

- Cependant, une politique monétaire destinée à limiter l'inflation, comme celle menée par la BCE, peut avoir des **effets négatifs** sur la croissance économique et l'emploi. Le coût plus élevé du crédit freine la croissance de l'investissement ainsi que celle de la consommation.

II La politique budgétaire

1 Le budget de l'État

■ La politique budgétaire consiste, pour les pouvoirs publics, à utiliser le budget de l'État pour agir sur la conjoncture économique. Les ressources du budget dépendent de la **politique fiscale** : taux d'imposition, création ou suppression d'impôts. Les dépenses publiques recouvrent les dépenses de l'État et des administrations publiques ainsi que celles des organismes de Sécurité sociale.

■ Un solde budgétaire (différence entre les recettes et les dépenses publiques) négatif est le signe d'un **déficit public**. L'action sur le déficit peut être un instrument essentiel de la politique budgétaire.

2 Le rôle de la politique budgétaire

■ La politique budgétaire peut être utilisée dans le cadre d'une **politique de relance**. Une hausse des dépenses publiques et/ou une baisse du taux d'imposition a des effets positifs sur la demande globale sur le marché. Cependant, dans la zone euro, cette politique connaît des limites du fait du Pacte de stabilité et de croissance → FICHE 23 car elle a pour effet d'augmenter l'endettement des pays. Le remboursement de cet endettement prend une part de plus en plus importante dans les dépenses publiques.

■ La hausse des dépenses publiques peut entraîner une accélération de l'inflation et un déficit extérieur élevé. Dès lors, la baisse des dépenses et la réduction de l'endettement public deviennent prioritaires pour limiter l'inflation (**politique de rigueur**).
austérité

zoom

Le carré magique de Kaldor

■ Le carré magique est une représentation graphique élaborée par l'économiste anglais Nicholas Kaldor (1908-1986). Il présente les quatre **principaux objectifs** d'une politique économique conjoncturelle.

■ Chaque sommet correspond à un objectif : croissance élevée, stabilité des prix, plein emploi, équilibre des échanges extérieurs. Le carré représenté en rouge correspond à une **situation optimale**.

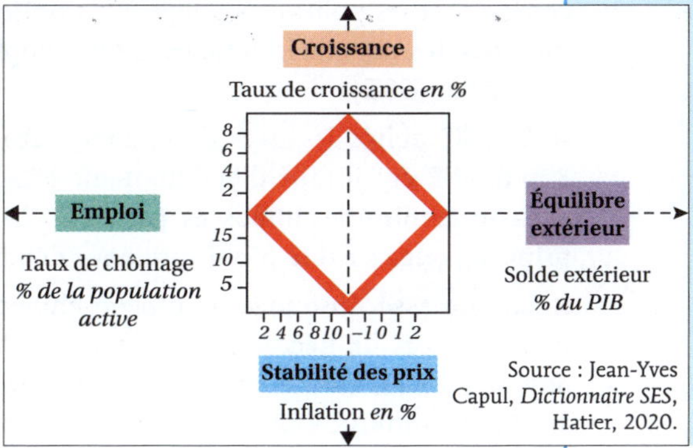

Source : Jean-Yves Capul, *Dictionnaire SES*, Hatier, 2020.

23 Spécificités et défauts de coordination des politiques économiques de l'UE

En bref *Les spécificités de la politique économique au sein de l'Union européenne nécessitent une coordination des politiques conjoncturelles. Cette coordination est difficile à mettre en œuvre malgré le Pacte de stabilité et de croissance.*

I Les caractéristiques de la politique économique de l'UE

1 Une politique monétaire européenne unique mais…

- Pour les 20 pays ayant adopté l'euro comme monnaie unique, la politique monétaire est unique et elle est mise en œuvre par la **Banque centrale européenne** (BCE). Les Banques centrales nationales mettent en application les décisions de la BCE.

- Les statuts de la BCE stipulent que son objectif principal est la stabilité des prix, c'est-à-dire un niveau d'inflation avoisinant les 2 %. Pour atteindre cet objectif, la BCE fixe les taux d'intérêt directeurs auxquels les banques se refinancent auprès de la BCE. Ces taux d'intérêt s'appliquent à tous les pays de la zone euro quelle que soit la situation de leur conjoncture économique.

> **MOT CLÉ**
> La **Banque centrale européenne** est indépendante du pouvoir politique car aucun gouvernement ne peut lui imposer ses décisions.

2 … des politiques budgétaires nationales et un faible budget européen

- La politique budgétaire reste sous la responsabilité de chaque État de l'UE. Pour coordonner les politiques budgétaires nationales et éviter l'apparition de déficits excessifs, les pays de la zone euro ont adopté, en 1997, un Pacte de stabilité et de croissance (PSC).

- Le PSC oblige les pays de la zone euro à avoir un déficit public inférieur à 3 % du PIB et un taux d'endettement public inférieur à 60 % du PIB. Si un pays dépasse les limites imposées par le PSC, la Commission européenne doit, en principe, engager une procédure pour déficit excessif.

- La faiblesse du budget européen empêche toute politique de relance économique en cas de nécessité. En effet, son budget ne représente que 1 % du PIB des pays de l'Union européenne. Il est principalement utilisé pour la Politique agricole commune (PAC) et la Politique de cohésion.

II Les difficultés de la politique économique de l'UE

1 Une politique monétaire aux impacts différents

■ Une politique monétaire commune peut avoir des **conséquences différentes** sur la croissance économique selon les pays de la zone euro. Si le taux d'inflation moyen au sein de la zone euro est trop élevé, la BCE peut augmenter ses taux d'intérêt, provoquant ainsi un ralentissement de la croissance dans les pays où elle est déjà faible.

■ Ainsi, dans les années 2000, l'Espagne avait un taux de croissance et une inflation élevés alors que l'Allemagne et la France avaient une croissance faible. Des taux d'intérêt trop hauts freinaient la croissance des pays les moins dynamiques; trop bas, ils favorisaient l'inflation déjà élevée des pays à croissance forte.

2 Le défaut de coordination des politiques conjoncturelles

■ Malgré le PSC, les pays de l'UEM sont impactés différemment par les **chocs asymétriques**. La crise des subprimes, par exemple, a touché inégalement les pays de l'UE : forte augmentation du taux de chômage dans certains pays (plus 15 points en Grèce et en Espagne), baisse de ce taux en Allemagne (moins 3 points environ).

> **MOT CLÉ**
> Un **choc asymétrique** est un choc économique qui ne touche qu'un seul pays ou dont l'effet diffère selon les pays : taux d'inflation ou de chômage plus élevés par exemple.

■ L'**absence de solidarité** et de coordination des politiques conjoncturelles ne permet pas de relancer l'activité économique d'un pays européen frappé par une crise. Les pays de la zone euro ont contraint la Grèce dans les années 2010 à une politique de baisse drastique des dépenses publiques en contradiction avec la politique monétaire menée par la BCE, accentuant ainsi le chômage et la pauvreté.

■ Afin d'éviter que les politiques de rigueur ne remettent en cause l'Union économique et monétaire, la création d'un fonds de solidarité financière (le **Mécanisme européen de stabilité**, MES) constitue une avancée dans la solidarité.

+ lenteur des processus décisionnels comparé aux pays agissant indépendant (la Fed, USA)

zoOm

L'évolution du taux directeur de la BCE depuis 2008

■ Une politique monétaire **accommodante** (conventionnelle) consiste à augmenter la masse monétaire et à fixer des taux d'intérêt faibles afin d'augmenter le crédit pour relancer la consommation et l'investissement.

■ Lors de la crise financière de 2008, l'absence de coordination des politiques budgétaires au sein de la zone euro a incité la BCE à **baisser le taux directeur**.

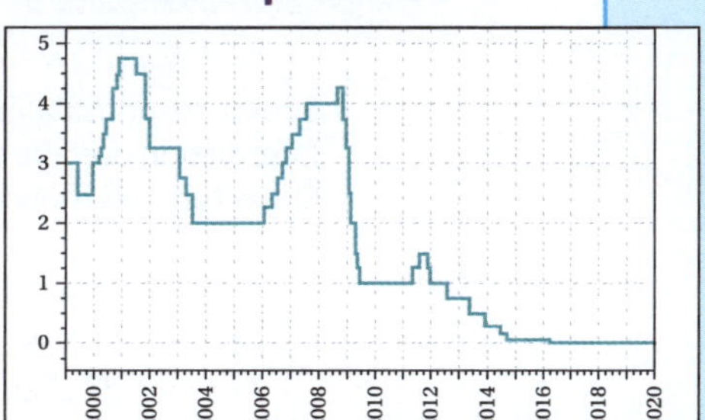

Source : Global-rates.com

MÉMO VISUEL

LES POLITIQUES

L'intégration européenne

- **1951** – CECA
- **1957** – Traités de Rome
  - CEE :
    - Union douanière
    - Marché commun
  - Euratom
- **1986** – Marché unique
- **1992** – Traité de Maastricht
  - Monnaie unique
  - BCE
  - Critères de convergence
- **1997** – PSC
- **2002** – Mise en circulation de l'euro

La politique européenne de la concurrence

Objectifs

- Garantir les principes concurrentiels
- Améliorer le bien-être des consommateurs

Modalités

- Sous la responsabilité de la Commission européenne
- Interdiction des abus de position dominante
- Ouverture des monopoles publics à la concurrence

Limites

- Absence de champions européens
- Remise en cause des monopoles publics

Comment fonctionne la politique européenne de la concurrence ?

ÉCONOMIQUES DANS L'UE

La politique conjoncturelle dans l'UE

Principes

- Croissance
- Stabilité des prix
- Équilibre extérieur

Instruments de mise en œuvre

Politique monétaire	Politique budgétaire
Politique unique	Politique nationale
Politique menée par la BCE	Politique limitée par le PSC • déficit public inférieur à 3 % • taux d'endettement public inférieur à 60 % du PIB

Les défauts de coordination

Manque et contrainte des politiques budgétaires

- Faible budget européen
- Respect par chaque État des limites du PSC

Faiblesse et contradictions de la politique monétaire unique

- Impact différent de la politique monétaire selon les pays
- Incapacité de faire face aux chocs asymétriques
- Politique monétaire parfois en contradiction avec la politique budgétaire
- Politiques budgétaires parfois opposées entre États

Début de solidarité

Création du Mécanisme européen de stabilité (MES)

SUJET 11 | OBJECTIF BAC

MOBILISATION DES CONNAISSANCES 30 min

La politique européenne de la concurrence

La politique européenne de la concurrence est un sujet d'actualité, notamment avec la volonté de la Commission européenne de limiter le pouvoir économique des GAFA (Google, Apple, Facebook, Amazon).

LE SUJET

Quelles sont les caractéristiques de la politique européenne de la concurrence dans le cadre du marché commun ?

LES CLÉS POUR RÉUSSIR

Reportez-vous à la méthode générale de la mobilisation des connaissances p. 312.

Définir les mots clés

- La **politique de la concurrence** désigne l'ensemble des institutions et réglementations ayant pour rôle de faire respecter les principes de la concurrence.
- Le marché commun, ou **marché unique**, prévoit la libre circulation des biens, mais également des services, des capitaux et des personnes. L'Acte unique européen, en 1986, instaure définitivement le marché unique à partir de 1993.

Structurer la réponse

- On présentera d'abord les **objectifs** de la politique européenne de la concurrence.
- On explicitera ensuite les **modalités de mise en œuvre** de cette politique.

CORRIGÉ

Les titres en couleur ne doivent pas figurer sur la copie.

Introduction

La politique de la concurrence désigne l'ensemble des institutions et réglementations destinées à garantir les principes concurrentiels. Cette politique a pour rôle de faire respecter la libre concurrence et de réguler le marché. Au niveau européen, elle s'inscrit dans le cadre du marché unique européen. Pour caractériser la politique de la concurrence européenne, nous allons d'abord présenter ses objectifs, puis expliquer ses modalités de mise en œuvre.

Développement

- Le principal objectif de la politique européenne de la concurrence est d'**assurer le bien-être des consommateurs de l'Union européenne.** En effet, la concurrence leur est favorable : elle doit permettre une baisse des prix et une amélioration de la qualité des produits offerts sur le marché.
- La politique européenne de la concurrence vise également à **favoriser la compétitivité des entreprises européennes** en les encourageant à **innover** et à être plus efficaces.

> **À NOTER**
> L'**innovation** est un moyen d'accroître la compétitivité hors-prix des entreprises.

- La politique européenne de la concurrence est une **compétence exclusive de l'Union européenne** et sa mise en œuvre est de la responsabilité de la **Commission européenne.** Cette politique définit des règles s'appliquant non seulement aux entreprises (interdiction des ententes, des abus de position dominante), mais également aux pouvoirs publics (interdiction des aides de l'État susceptibles de fausser la concurence).

Conclusion

Afin de favoriser la concurrence dans le cadre du marché unique européen, l'Union européenne met en place une politique de la concurrence. Cette politique doit permettre une concurrence libre et non faussée qui améliore le bien-être des consommateurs et l'efficacité des entreprises. Sa mise en œuvre est de la responsabilité de la Commission européenne.

SUJET 12 | OBJECTIF BAC

ÉTUDE D'UN DOCUMENT 1 h

La situation des finances publiques de pays de l'UE

Le document statistique étudié ici permet de montrer l'évolution contrastée de la situation des finances publiques de quatre pays de la zone euro.

LE SUJET

Document **Solde public et dette publique dans la zone euro entre 2016 et 2018 (en % du PIB)**

	Solde public			Dette publique		
	2016	2017	2018	2016	2017	2018
Allemagne	0,9	1	1,7	68,5	64,5	<u>**60,9**</u>
Grèce	0,5	0,7	1,1	178,5	176,2	181,1
France	– 3,5	– 2,8	– 2,5	98	98,4	98,4
Italie	– 2,5	– 2,4	– 2,1	131,4	131,4	132,2
Zone euro	– 1,6	– 1	– 0,5	89,2	87,1	85,1

Source : Eurostat.

1. Que signifie la valeur en gras soulignée ?

SAVOIR-FAIRE

- Le **pourcentage** mesure une proportion, c'est-à-dire une valeur (ici, le solde public ou la dette publique) dans un ensemble (ici, le produit intérieur brut) représenté par la valeur 100.
- La différence entre deux pourcentages est évaluée en **points de pourcentage**.

2. Mettez en évidence l'évolution des soldes publics et dettes publiques des quatre pays de la zone euro mentionnés dans le tableau.

LES CLÉS POUR RÉUSSIR

Reportez-vous à la méthode générale de l'étude d'un document p. 313.

Définir les mots clés

- Le **solde public** est la différence entre les recettes publiques et les dépenses publiques au cours d'une année. Si ce solde est positif, on parle d'excédent public et, si ce solde est négatif, de déficit public.
- La **dette publique** est la dette de l'État. Son évolution annuelle résulte des emprunts de l'État et des remboursements réalisés au cours de l'année.
- La **zone euro** est composée des pays de l'Union européenne ayant adopté l'euro comme monnaie unique.

Comprendre le document

- La source de ce document est **Eurostat**, la principale institution fournissant des statistiques sur l'Union européenne.
- Les données présentées permettent d'évaluer et de comparer l'**évolution du solde public et de la dette publique**, exprimés en pourcentage du produit intérieur brut (PIB), de quatre pays de la zone euro et de la zone dans son ensemble entre 2016 et 2018.

Structurer la réponse à la seconde question

- Dans un premier temps, nous étudierons l'**évolution de 2016 à 2018** du solde public et de la dette publique pour la zone euro et les quatre pays mentionnés dans le tableau.
- Dans un second temps, nous ferons une **comparaison entre ces pays**.

CORRIGÉ

1. Selon Eurostat, en 2018, la dette publique de l'Allemagne représente 60,9 % de son PIB (ou selon Eurostat, en 2018, pour un PIB égal à 100 en Allemagne, la dette publique est de 60,9).

2. *Les titres en couleur ne doivent pas figurer sur la copie.*

Introduction

Le document est un tableau statistique issu d'Eurostat, principale source statistique de l'Union européenne. Les données portent sur l'évolution du solde public et de la dette publique, en pourcentage du PIB, de la zone euro et de quatre pays de cette zone (Allemagne, Grèce, France, Italie) entre 2016 et 2018. Le solde public est la différence

entre les ressources et les dépenses de l'État ou de la zone, et la dette publique est la dette de l'État ou de la zone.
Nous analyserons tout d'abord l'évolution du solde public et de la dette publique de la zone euro dans son ensemble, puis les évolutions de ces données pour chacun des pays mentionnés afin de les comparer.

Développement

- Dans la **zone euro**, le solde public reste déficitaire au cours de la période étudiée (2016-2018). Cependant, on constate une baisse de ce déficit de **1,1 point de pourcentage**. La dette publique dans la zone euro diminue également de **4,1 points de pourcentage**.

CONSEILS
Attention aux calculs mettant en jeu des valeurs négatives.
- Pour le solde public de la zone euro :
– 0,5 % en 2018 – (– 1,6 %) en 2016 = 1,1 point de pourcentage.
- Pour la dette publique de la zone euro :
85,1 % en 2018 – 89,2 % en 2016 = – 4,1 points de pourcentage.

- Une **comparaison entre les quatre pays** étudiés dans le document permet de mettre en évidence la situation de l'Allemagne. En effet, ce pays est le seul à connaître une baisse de son endettement public : moins 7,6 points de pourcentage entre 2016 et 2018. L'Allemagne a un excédent budgétaire public tout comme la Grèce, mais celle-ci voit sa dette publique augmenter de 2,6 points de pourcentage. La France et l'Italie ont un déficit budgétaire et leur dette publique augmente.

Conclusion

Entre 2016 et 2018, le déficit public de la zone euro dans son ensemble baisse. C'est aussi le cas pour la Grèce, la France et l'Italie. Cependant, il faut distinguer le cas de l'Allemagne qui connaît un excédent public qui s'accroît au cours de la période. L'Allemagne se distingue également pour sa dette publique qui est moins élevée, comme dans la zone euro, alors que celles de la Grèce, de la France et de l'Italie augmentent.

SUJET 13 | OBJECTIF BAC

DISSERTATION ⏱ 4 h La coordination des politiques conjoncturelles dans l'UEM

Ce sujet sur les difficultés de coordination des politiques économiques au sein de l'Union économique et monétaire (UEM) permet d'expliquer les principales caractéristiques de cette union et de mettre en évidence ses limites.

LE SUJET

Quelles sont les difficultés des États membres de l'Union économique et monétaire à coordonner leurs politiques conjoncturelles ?

Document 1 Indicateurs pour sept pays de la zone euro

	Taux de croissance du PIB en volume en 2018 (en %)	Solde public en 2018 (en % du PIB)	Dette publique en 2018 (en % du PIB)	Poids des prélèvements obligatoires en 2017 (en % du PIB)	Poids des dépenses publiques en 2017 (en % du PIB)
Zone euro	1,9	– 0,5	85,1	41,4	45,8
Allemagne	1,5	1,7	60,9	40,5	43,9
Irlande	8,2	0	64,8	23,5	26,3
Grèce	1,9	1,1	181,1	41,8	48,4
Espagne	2,5	– 2,5	97,1	34,5	41
France	1,7	– 2,5	98,4	48,4	56,5
Italie	0,8	– 2,1	132,2	42,4	47,3
Portugal	5,1	– 0,5	121,5	36,9	45,7

Source : D'après Eurostat et Statista.

Document 2 Le Pacte de stabilité et de croissance

Le Pacte de stabilité et de croissance (PSC) a été adopté au Conseil européen d'Amsterdam en juin 1997. [...] Le PSC comporte deux types de dispositions :
– La surveillance multilatérale, disposition préventive : les États de la zone euro présentent leurs objectifs budgétaires à moyen terme dans un programme de stabilité actualisé chaque année. Un système d'alerte rapide

permet au Conseil ECOFIN, réunissant les ministres de l'Économie et des Finances de l'Union, d'adresser une recommandation à un État en cas de dérapage budgétaire.

– La procédure des déficits excessifs, disposition dissuasive. Elle est enclenchée dès qu'un État dépasse le critère de déficit public fixé à 3 % du PIB, sauf circonstances exceptionnelles. Le Conseil ECOFIN adresse alors des recommandations pour que l'État mette fin à cette situation. Si tel n'est pas le cas, le Conseil peut prendre des sanctions : dépôt auprès de la Banque centrale européenne qui peut devenir une amende (de 0,2 à 0,5 % du PIB de l'État en question) si le déficit excessif n'est pas comblé.

Source : Vie-publique.fr.

Document 3 Évolution des indices des prix à la consommation harmonisés dans la zone euro et dans cinq pays de l'UEM en 2017[1] (en %)

	Zone euro	Allemagne	Belgique	France	Irlande	Lituanie
Inflation	1,7	1,6	2,1	1,2	0,5	3,8

1. Évolution de l'indice de décembre 2017 par rapport à l'indice de décembre 2016.

Source : Eurostat.

Document 4 Taux de chômage dans cinq pays de la zone euro (en %)

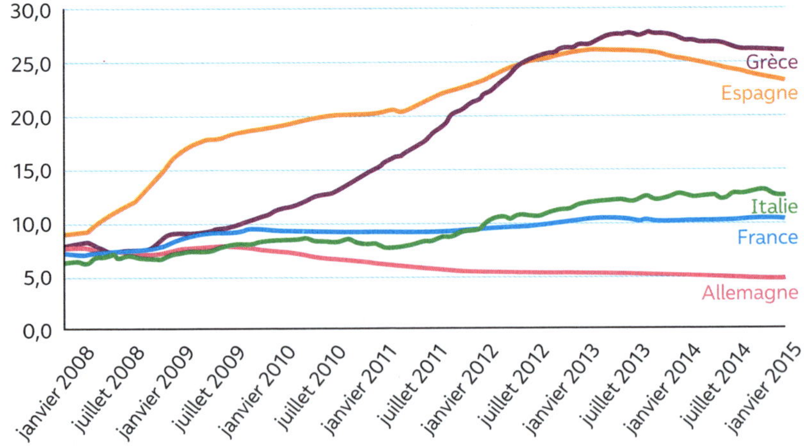

Source : D'après Eurostat, 2015.

LES CLÉS POUR RÉUSSIR

Reportez-vous à la méthode générale de la dissertation p. 316.

Analyser la consigne et dégager une problématique

Analyse du sujet

quelles sont les difficultés
Sujet-analyse : on vous demande d'expliquer les raisons qui rendent difficile la coordination des politiques conjoncturelles.

Union économique et monétaire (UEM)
Dernière étape de l'intégration économique européenne, l'UEM repose sur l'union économique à laquelle s'ajoute une monnaie unique.

politiques conjoncturelles
Décisions des pouvoirs publics visant à agir sur les grands équilibres économiques à court terme (croissance, plein-emploi, stabilité des prix…).

coordonner
Mener des actions concertées dans un intérêt commun.

Problématique. La création d'une union économique et monétaire avec l'adoption de la monnaie unique en zone euro a modifié les règles définissant les politiques conjoncturelles des pays de cette zone : la politique monétaire est centralisée alors que chaque pays dispose de son autonomie budgétaire. Il faut donc coordonner ces politiques par des actions concertées au niveau budgétaire. Or, cette coordination est difficile à mettre en place. Pourquoi ?

Exploiter les documents

Document 1

Le document 1 est un tableau statistique qui porte sur les indicateurs économiques de sept pays de l'UEM en 2018 ou 2017. Il met en évidence les **différences de situation économique entre ces pays**, notamment en ce qui concerne la croissance économique.

Document 2

Le document 2 est un texte qui rappelle les **contraintes imposées par le Pacte de stabilité et de croissance (PSC)** s'exerçant sur les politiques budgétaires nationales et les éventuelles sanctions pour les pays qui ne les respectent pas.

Document 3

Le document 3 est un tableau statistique qui permet de **comparer les taux d'inflation** de cinq pays membres de l'UEM. La divergence des taux d'inflation complique la définition d'une politique monétaire unique, s'appliquant efficacement à l'ensemble de ces pays.

Document 4
Le document 4 est un graphique qui montre les **écarts importants de taux de chômage** entre cinq pays de l'UEM, écarts qui rendent difficile la coordination des politiques budgétaires.

Définir le plan

1 La nécessaire coordination des politiques budgétaires dans le cadre d'une politique monétaire unique

- Quelles sont les **caractéristiques** de la politique monétaire dans l'UEM ?
- Pourquoi les **politiques budgétaires** doivent-elles être **coordonnées** ? **(doc. 2)**

2 Les difficultés de la coordination des politiques budgétaires

- Quelle est la **situation économique** des membres de l'UEM ? **(doc. 1, 3 et 4)**
- Les pays de l'UEM sont-ils **solidaires** ?

CORRIGÉ

Les titres en couleur ou entre crochets ne doivent pas figurer sur la copie.

Introduction

[accroche] La crise économique démarrée en 2008 a révélé des problèmes de coordination des politiques conjoncturelles entre les 19 pays membres de l'Union économique et monétaire (UEM).

[présentation du sujet et problématique] Dernière étape de l'intégration économique européenne réalisée en 1992, l'UEM repose sur l'union économique à laquelle s'ajoute une monnaie unique. Sa création a modifié les règles des **politiques conjoncturelles** de ses pays membres, c'est-à-dire les décisions des pouvoirs publics visant à agir sur les grands équilibres économiques à court terme : la politique monétaire est centralisée alors que chaque pays dispose de son autonomie budgétaire, il faut donc coordonner ces politiques par des actions concertées au niveau budgétaire. Or, cette coordination est difficile à mettre en place. Pourquoi ?

À NOTER
L'articulation des deux instruments de la **politique conjoncturelle** (monnaie et budget) est appelée *policy mix*.

[annonce du plan] Nous montrerons pourquoi la coordination des politiques conjoncturelles est indispensable depuis la création de la monnaie unique, avant d'expliquer les difficultés de cette coordination.

I. La nécessaire coordination des politiques budgétaires dans le cadre d'une politique monétaire unique

LE SECRET DE FABRICATION
Pour comprendre les difficultés de coordination des politiques au sein de l'UEM, il faut commencer par analyser les caractéristiques des politiques conjoncturelles de ses États membres.

1. Une seule politique monétaire

- Depuis le 1er janvier 1999, les pays ayant adhéré à la zone euro sont soumis à une politique monétaire commune menée par la Banque centrale européenne (BCE), indépendante du pouvoir politique. D'après ses statuts, la BCE a pour objectif principal et quasi unique la **stabilité des prix**, qui se traduit par un taux d'inflation avoisinant les 2 %. Pour atteindre cet objectif, la BCE agit sur les taux d'intérêt auxquels les banques se refinancent auprès d'elle. Ces taux d'intérêt s'appliquent à tous les pays de la zone euro, quelle que soit leur situation économique.
- La politique monétaire commune peut avoir des effets différents sur la croissance économique des pays membres de l'UEM. Ainsi, si le taux d'inflation moyen devient trop élevé, la BCE augmente ses taux d'intérêt, ce qui a pour effet de freiner la croissance économique. Or, les écarts d'inflation peuvent être importants entre les pays, comme c'était le cas en 2017 (**doc. 3**). Afin d'éviter les effets pervers d'une **politique monétaire trop restrictive,** les pays membres de l'UEM, qui ont conservé l'autonomie de l'instrument budgétaire, n'ont pas d'autre solution que de mettre en œuvre une **politique budgétaire expansive.**

2. ... rend indispensable la coordination des politiques budgétaires

- Tous les pays membres de l'UEM ne répondent pas de la même manière à un choc économique. Ainsi, un pays qui connaît un ralentissement de sa croissance peut y faire face en augmentant ses dépenses publiques. Cependant, cette hausse a un effet inflationniste sur l'ensemble de la zone euro, ce qui appelle une réaction de la BCE : elle augmente ses taux d'intérêt, ce qui a pour conséquence d'empêcher la reprise de l'activité dans le pays concerné par la récession. Cet exemple nous montre pourquoi la politique monétaire commune nécessite des politiques budgétaires coordonnées. C'est le but du **Pacte de stabilité et de croissance** (PSC), qui encadre les politiques budgétaires des pays membres de l'UEM.
- Le PSC est le résultat de la volonté des pays membres de conserver leur **autonomie budgétaire** au moment de l'adoption de la monnaie unique. D'après ce pacte, les pays de la zone euro ne doivent pas avoir un déficit budgétaire de plus de 3 % du produit intérieur brut (PIB) ni un taux d'endettement dépassant les 60 % du PIB. Si un pays dépasse ces limites, la Commission européenne peut entamer une procédure de déficit excessif pouvant conduire à des pénalités pour ce pays (**doc. 2**).

II. Les difficultés de la coordination des politiques budgétaires

1. Des situations économiques divergentes

- Dix ans après la crise financière de 2008, **les situations économiques divergent** entre les pays de l'UEM. Ainsi, la croissance économique en 2018 est de 8,2 %

en Irlande, mais elle n'est que de 0,8 % en Italie (**doc. 1**). Le taux d'inflation en 2017 n'est que de 0,5 % en Irlande, tandis qu'il est de 3,8 % en Lituanie (**doc. 3**). Le chômage a augmenté de près de 15 points en Grèce et en Espagne entre 2008 (début de la crise) et 2015, alors qu'il a baissé en Allemagne (**doc. 4**).

› La crise de 2008 a constitué un **choc asymétrique**, dans le sens où elle n'a pas touché de la même manière tous les pays de l'UEM. Pour éviter une récession trop importante, certains pays ont été obligés d'augmenter fortement leurs dépenses publiques dans un premier temps. Mais, les contraintes du PSC ont obligé ces pays à réduire ces dépenses dans un second temps afin de limiter un taux d'endettement déjà trop élevé. Cependant, certains pays, comme la Grèce, ont encore un taux d'endettement très élevé : 181,1 % du PIB en 2018 malgré un **excédent public** cette même année (**doc. 1**).

MOT CLÉ
On parle d'**excédent public** lorsque les recettes de l'État sont supérieures à ses dépenses.

2. Une insuffisance de solidarité entre les pays de l'UEM

› Lors de la crise financière de 2008, tous les pays de l'UEM n'ont pas été touchés de la même manière. Ceux qui connaissaient le plus de difficultés n'ont pas bénéficié de la solidarité européenne, notamment financière, comme l'illustre la façon dont a été traitée la **crise de la dette grecque**. Les pays de la zone euro ont imposé au gouvernement grec des politiques accentuant la récession, synonyme de chômage et de pauvreté. Cependant, la création d'un fonds de solidarité financière (Mécanisme européen de stabilité, MES) entré en vigueur en 2012 constitue une avancée dans la solidarité, même si ses moyens restent encore réduits.

› Pour mener une politique conjoncturelle cohérente, la politique monétaire unique pourrait être accompagnée d'un **budget européen suffisamment conséquent** pour pouvoir relancer les dépenses des pays dont l'activité est trop faible pour atteindre le plein-emploi. Aujourd'hui, le budget européen représente à peine 1 % du PIB européen, ce qui est nettement insuffisant pour mettre en action la solidarité entre les pays de la zone euro.

Conclusion

[bilan] La création de l'UEM a profondément modifié les conditions de mise en œuvre des politiques conjoncturelles pour les pays membres. La politique monétaire menée par la BCE devient commune, mais les États conservent l'autonomie de leur politique budgétaire. Cependant, ces politiques budgétaires sont soumises à des contraintes définies par le PSC. L'existence d'une zone monétaire commune rend en effet nécessaire une plus grande convergence des politiques économiques. Malgré les contraintes du PSC, les divergences entre les économies de la zone euro restent importantes. Face aux crises financières, la solidarité entre pays de l'UEM n'est pas suffisante. **[ouverture]** Aujourd'hui, se pose la question de savoir si les pays de la zone euro sont prêts à réformer les institutions de l'Union économique et monétaire pour résister à une nouvelle crise, comme celle liée au Covid-19.

6 La structure de la société française actuelle

La cité Gagarine d'Ivry-sur-Seine, détruite en août 2019, fut l'un des symboles de l'apogée de la classe ouvrière des années 1950-1960.

TEST

FICHES DE COURS

SUJETS GUIDÉS & CORRIGÉS

Pour vous situer et identifier les fiches à réviser 134

24 La société française : un espace social hiérarchisé 136
25 Les évolutions de la structure socioprofessionnelle en France 138
26 Les analyses fondatrices de la stratification sociale 140
27 La pertinence de l'approche en termes de classes sociales 142
MÉMO VISUEL 144

OBJECTIF BAC

14 **MOBILISATION DES CONNAISSANCES** | La stratification sociale selon Marx 146
15 **ÉTUDE D'UN DOCUMENT** | Les inégalités de salaires selon la catégorie socioprofessionnelle et le sexe 148
16 **RAISONNEMENT** | Les évolutions de la structure socioprofessionnelle 151

TESTEZ-VOUS

→ CORRIGÉS P. 318-320

Faites le point sur vos connaissances,
puis établissez votre **parcours de révision**
en fonction de votre score.

1 La société française : un espace social hiérarchisé

→ FICHE 24

1. Les principaux facteurs de hiérarchisation de la société française sont...

☐ **a.** la profession. ☐ **b.** le diplôme. ☐ **c.** le sexe.

2. Vrai ou faux ? Cochez la case qui convient.

	V	F
a. À revenu égal, le niveau de vie d'un célibataire et celui d'une famille nombreuse sont identiques.	☐	☐
b. La nomenclature des PCS rassemble dans une même catégorie des individus ayant des propriétés sociales semblables.	☐	☐
c. Le sexe n'est plus une variable de différenciation sociale.	☐	☐

.../2

2 Les évolutions de la structure socioprofessionnelle en France

→ FICHE 25

1. La structure socioprofessionnelle est la façon dont...

☐ **a.** la population se répartit dans les différents types d'emplois.

☐ **b.** la population active se répartit dans les différents types d'emplois.

☐ **c.** les individus se perçoivent les uns vis-à-vis des autres.

2. Vrai ou faux ? Cochez la case qui convient.

	V	F
a. La salarisation des emplois conduit au développement des emplois indépendants.	☐	☐
b. La tertiarisation conduit au développement des emplois dans le secteur tertiaire.	☐	☐
c. La part globale des emplois peu ou pas qualifiés a diminué depuis les années 1950.	☐	☐

.../2

3 Les analyses fondatrices de la stratification sociale

→ FICHE 26

1. Associez chaque idée à son auteur.

a. La structure sociale est composée de classes sociales distinctes et hiérarchisées. • • K. Marx

b. La position sociale d'un individu n'est pas seulement liée à sa classe sociale, mais aussi à son groupe de statut et à son parti. • • M. Weber

2. La bourgeoisie aujourd'hui constitue…

☐ a. une classe sociale en soi. ☐ b. une classe sociale pour soi.

3. Vrai ou faux ? Cochez la case qui convient.

	V	F
a. Une classe sociale selon Weber est composée d'individus partageant les mêmes chances d'accéder aux ressources économiques.	☐	☐
b. La position sociale d'un individu selon Marx est déterminée par la possession ou non des moyens de production.	☐	☐
c. La position sociale d'un individu selon Weber est unidimensionnelle.	☐	☐

…/3

4 La pertinence de l'approche en termes de classes sociales

→ FICHE 27

Complétez le texte avec les mots qui conviennent.

L'analyse en termes de .... fait l'objet de nombreux débats. Si jusqu'au début des années 1990, la société française, sous l'effet de la ...., a connu une tendance à la réduction des inégalités ...., remettant en cause la pertinence d'une approche en termes de classes, ce mouvement s'atténue depuis, voire s'inverse : les inégalités économiques et sociales ...., ce qui renforce l'idée de l'existence de classes sociales. Mais la multiplication des inégalités .... fragilise cette analyse, car les conditions d'existence objectives à l'intérieur des classes sociales se diversifient. De plus, les enquêtes statistiques montrent un amoindrissement du .... à une classe, remettant elles aussi en cause ce type d'approche pour analyser la structure sociale.

…/1

Score total …/8

Parcours PAS À PAS ou EXPRESS ? → MODE D'EMPLOI P. 3

24 La société française : un espace social hiérarchisé

En bref *La société française est hiérarchisée en groupes sociaux. L'appartenance à un groupe est déterminée par la profession de l'individu. Mais il existe d'autres critères de hiérarchisation de l'espace social.*

I La profession, un déterminant central de la position sociale

1 Un accès à certaines ressources lié à la profession occupée

- La position sociale d'un individu est fortement liée à sa profession. Si le niveau de **diplôme** détermine fortement les chances d'accès à une profession, celle-ci conditionne l'accès à de nombreuses ressources.
- Les revenus, et donc l'accès aux biens et services de consommation, les conditions de travail, le prestige social sont très variables selon les professions. Toutes les professions sont donc associées à des **positions sociales** hiérarchisées.

2 Des catégories socioprofessionnelles hiérarchisées

- La **nomenclature des professions et catégories socioprofessionnelles (PCS)** a été élaborée pour classer les professions et regrouper celles qui présentent une certaine **similarité** en termes d'accès aux ressources valorisées ou de pratiques sociales dans une même catégorie socioprofessionnelle (CSP). Elle constitue un outil pour rendre compte de la structure sociale.

> **MOT CLÉ**
> La **nomenclature des PCS** de l'Insee est fondée sur différents critères (activité, inactivité, profession, statut de l'emploi, niveau de qualification…) et rassemble dans une même catégorie des individus présentant des propriétés sociales communes.

- Il en résulte une **hiérarchie sociale**, reposant sur le type d'emploi occupé, la place dans la hiérarchie, le niveau de qualification, le secteur d'activité. Les membres des CSP ouvriers et employés occupent généralement une position sociale proche, mais inférieure à celle qu'occupent les membres de la CSP profession intermédiaire, ceux-ci occupant une position sociale inférieure aux membres de la CSP cadres et professions intellectuelles supérieures.

II D'autres facteurs de structuration

1 La position dans le cycle de vie et le genre

- Le genre est une variable importante de différenciation. Les femmes ont généralement un **désavantage** sur les hommes pour accéder aux ressources valorisées. Elles occupent plus souvent un emploi précaire, ont une rémunération moindre et consacrent plus de temps aux activités domestiques que les hommes.

■ Certaines hiérarchies sociales se rapportent à la **position** dans le **cycle de vie**. Les jeunes actifs sont plus exposés au chômage que les individus plus âgés. Ainsi, en 2019, 20 % des jeunes de 20 à 24 ans sont au chômage, ce taux est 2,3 fois plus élevé que celui des actifs de 25 à 49 ans.

MOT CLÉ
Le **cycle de vie** est constitué des différentes étapes qui jalonnent la vie (entrée à l'école, insertion sur le marché du travail, retraite...).

2 | Le lieu de résidence et la composition du ménage

■ L'accès à certaines ressources socialement valorisées diffère aussi selon le **lieu de résidence**. Ainsi les résidents de zone rurale ou périurbaine accèdent moins facilement aux consommations culturelles que les urbains. De même, à diplôme égal, habiter un quartier d'une banlieue défavorisée donne un désavantage en termes d'accès à l'emploi. Selon le rapport 2016 de l'Observatoire national de la politique de la ville, un diplômé bac + 5 de plus de 30 ans a 22 % de chances de moins d'occuper un emploi de cadre lorsqu'il est issu des quartiers prioritaires.

■ La **composition du ménage** est enfin un facteur de différenciation sociale. Les familles monoparentales sont ainsi plus exposées à la pauvreté que les familles composées d'un couple et de leurs enfants. À revenu du ménage égal, le niveau de vie d'un célibataire et celui d'une famille nombreuse sont aussi très différents.

zoOm

L'effet de quartier

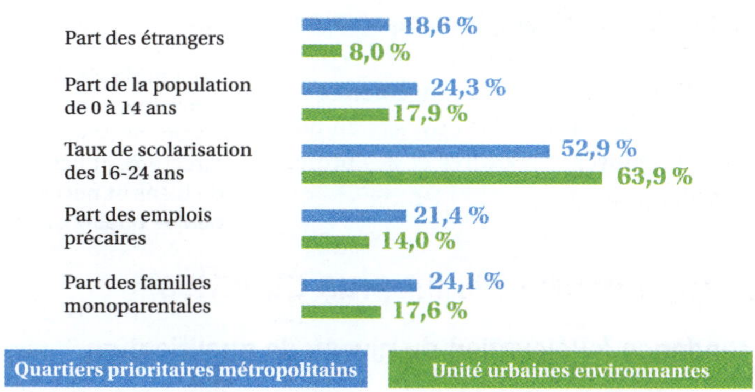

Source : Observatoire national de la politique de la ville, *Portrait des quartiers prioritaires*, 2016.

■ Les **quartiers prioritaires** de la politique de la ville (QPV) sont les territoires d'intervention du ministère de la Cohésion des territoires et des Relations avec les collectivités territoriales, identifiés sur le critère du revenu moyen par habitant.

■ Ainsi, les personnes issues des quartiers prioritaires sont en moyenne plus **jeunes** et moins diplômées. Elles ont donc moins de chances d'accéder à des emplois stables et bien rémunérés.

25 Les évolutions de la structure socioprofessionnelle en France

En bref *La structure socioprofessionnelle correspond à la répartition de la population active parmi les types d'emplois ou CSP. Depuis les années 1950, elle a connu plusieurs mutations.*

I Des emplois de plus en plus salariés qui se tertiarisent

1 La salarisation des emplois

- Engagée dès le XVIIIe siècle, la salarisation se poursuit jusqu'à nos jours. Selon l'Insee, dans les années 1960, 30 % des actifs occupés exercent une profession indépendante, contre 10 % dans les années 2000. Depuis, la part des emplois salariés reste stable (89 % des emplois).
- Depuis 2009 se développent des formes d'emploi brouillant la frontière entre emplois salariés et emplois indépendants → FICHE 35.

2 La tertiarisation des emplois

- Jusque dans les années 1960, la salarisation est liée à l'industrialisation et au recul des emplois indépendants. Mais progressivement, la part des emplois directement liés à la production de biens recule au profit des emplois de services.
- Les emplois dans les services représentent 40 % du total des emplois dans les années 1960 et plus de 70 % aujourd'hui. Ce changement s'accompagne du recul de la part des ouvriers au profit de celle des **employés**, des cadres et des professions intermédiaires.

MOT CLÉ
Les **employés** dans les CSP regroupent les actifs salariés occupant des emplois non directement liés à la production de biens et nécessitant peu de qualification.

II Des emplois de plus en plus qualifiés

1 Une tendance à l'élévation du niveau de qualification

- La part des **emplois qualifiés** dans l'emploi total croît fortement dans les dernières décennies. Par exemple, celle des cadres et des professions intellectuelles supérieures a presque quadruplé depuis les années 1960.
- Parallèlement, la part globale des emplois peu ou non qualifiés a diminué.

MOT CLÉ
La **qualification** d'un emploi repose sur les qualités, compétences, niveau et type de diplôme, considérés comme nécessaires, par l'employeur, pour occuper un poste. Il faut la distinguer de la qualification de l'individu.

2 La persistance des emplois peu ou non qualifiés

La part des emplois peu qualifiés a diminué dans le **secteur secondaire**. La part des ouvriers a été divisée par plus de deux depuis les années 1960. Mais leur nombre s'accroît dans le secteur des services. Les emplois non qualifiés représentent aujourd'hui 1 emploi sur 5 environ.

III Une croissance de l'emploi féminin

1 Les femmes plus présentes sur le marché du travail

- En 1960, 6,8 millions de femmes et 13 millions d'hommes occupent un emploi contre respectivement 12,7 et 13,5 millions en 2017. L'augmentation du nombre d'emplois est donc due à la **croissance** de l'emploi féminin. Il représente aujourd'hui 48,5 % de l'emploi total (contre 34 % en 1960).
- Ce processus est lié aux **mutations** économiques, aux modifications de la place des femmes dans la société et aux progrès dans la reconnaissance de leurs droits.

2 La persistance des inégalités de genre

- À diplôme égal, les femmes accèdent moins souvent que les hommes aux postes les plus qualifiés et sont en moyenne **moins bien rémunérées** → FICHE 43. Selon le ministère du Travail, en 2019, elles perçoivent un salaire (équivalent temps plein) de 18,5 % inférieur à celui des hommes.
- De plus, certains emplois leur sont réservés et d'autres continuent à leur être relativement fermés, témoignant de la persistance de **stéréotypes**.

zoOm

L'emploi et l'avancée des droits des femmes

Dates clés	Lois françaises relatives à l'égalité professionnelle
1907	Les femmes mariées peuvent percevoir leur propre salaire.
1946	Inscription du principe de l'égalité entre hommes et femmes dans la Constitution de la IVe République.
1965	Exercice d'une profession et ouverture d'un compte bancaire sans l'autorisation du mari.
1972	Égalité salariale fixant le principe : « à travail égal, salaire égal ».
1983	Suppression des dispositions discriminatoires envers les femmes et contraires au principe de l'égalité de traitement.
2001	Loi qui encourage les mesures de rattrapage des inégalités constatées.
2006	Obligation de négociations dans les entreprises pour supprimer les écarts de rémunération.
2011	Quotas de femmes dans les conseils d'administration et de surveillance des entreprises.

26 Les analyses fondatrices de la stratification sociale

En bref *La stratification sociale correspond au découpage de la société en groupes sociaux, homogènes en termes d'accès aux ressources socialement valorisées, mais hiérarchisés. Les analyses de Marx et Weber sont fondatrices des théories ultérieures de la stratification sociale.*

I L'analyse marxiste des classes sociales

1 Des « classes en soi »

- Pour **Marx**, le mode de production (la manière d'organiser la production et les échanges de biens et services dans une société) crée des positions sociales distinctes et hiérarchisées et forme des groupes sociaux dont les intérêts s'opposent. Ces groupes sont appelés **classes sociales**.

> **MINI-BIO**
> Karl **Marx** (1818-1883), économiste, philosophe, historien et militant politique allemand, est également considéré comme un précurseur de la sociologie, notamment pour ses analyses de la stratification sociale.

- Marx identifie deux classes sociales : la **bourgeoisie**, propriétaire du capital, et le **prolétariat** qui, ne possédant pas les moyens de production, est contraint, pour assurer sa subsistance, de vendre son travail à la première. Objectivement, les prolétaires partagent la même situation et ont donc le même intérêt, opposé à celui de la bourgeoisie qui les domine. Chaque groupe forme ainsi une classe en soi.

2 Des « classes pour soi »

- La **concurrence** à laquelle sont soumis les prolétaires pour vendre leur force de travail tend d'abord à les diviser et à les empêcher d'agir collectivement pour défendre leurs intérêts de classe.
- Mais progressivement émerge une véritable **conscience de classe**, c'est-à-dire le sentiment de former un groupe uni par les mêmes intérêts et soudé par l'opposition à la classe bourgeoise → FICHE 27. La classe ouvrière devient une classe pour soi, mobilisée contre la domination de la bourgeoisie dans une lutte des classes.

II La théorie wébérienne de la stratification sociale

1 La notion de classe sociale chez Max Weber

- Weber définit une classe comme une catégorie composée d'individus partageant une même **situation de classe**, soit une même probabilité d'accéder aux ressources économiques (biens et services, revenus, patrimoine...).
- Pour lui, les classes sociales sont **hiérarchisées** mais ne sont pas de véritables groupes sociaux, dotés d'un sentiment d'appartenance et en lutte les uns contre les autres.

2 Une stratification sociale tridimensionnelle

- Alors que pour Marx la stratification sociale s'organise autour d'un seul élément de nature économique (la possession ou non des moyens de production), **Weber** considère que la stratification sociale s'organise selon trois **dimensions** (ou ordres) en partie indépendantes les unes des autres. Chaque individu peut occuper une position différente dans chacune des dimensions de la stratification sociale.

MINI-BIO
Max **Weber** (1864-1920), économiste et sociologue allemand, est considéré comme un des fondateurs de la sociologie. La religion constitue un des objets d'étude centraux de son œuvre.

- La position sociale de l'individu n'est pas seulement liée à sa classe sociale (**dimension économique**). Elle dépend également de son groupe de statut, qui rassemble tous ceux qui bénéficient de la même probabilité d'accéder au prestige social (**dimension sociale**) et de sa plus ou moins grande participation au pouvoir politique, selon son degré d'engagement dans un parti, à titre de dirigeant, de membre actif ou de simple électeur (**dimension politique**).

zoOm

Les ouvriers : une « classe en soi » et « pour soi »

- Les **banlieues « rouges »** en France témoignent de l'apogée de la classe ouvrière des années 1950-1960. C'est la période durant laquelle l'effectif ouvrier est le plus élevé. Nombreux, les ouvriers sont organisés pour défendre leurs intérêts. Ils sont représentés par des organisations syndicales et politiques puissantes qui contribuent aussi à encadrer leurs loisirs et pratiques de sociabilité.
- Autour de Paris, comme à la cité Gagarine d'Ivry-sur-Seine dont la destruction a débuté le 31 août 2019, les « banlieues rouges » désignent les villes gérées par des **maires communistes** où se concentre une forte population ouvrière.

27 La pertinence de l'approche en termes de classes sociales

En bref *La pertinence de l'approche en termes de classes sociales peut être questionnée à la lumière des mutations de la structure sociale et des modifications des appartenances ressenties par les individus.*

I La question des inégalités

1 Des inégalités (ou distances) inter-classes qui se maintiennent

■ Jusqu'au début des années 1980, la société française a connu une tendance à la réduction des inégalités économiques et sociales, à l'homogénéisation relative des pratiques sociales et à une montée en puissance des catégories moyennes ainsi qu'un déclin numérique des ouvriers. Ces réalités ont conduit certains sociologues à pronostiquer la fin des classes sociales et à parler de **moyennisation** de la société.

MOT CLÉ
La **moyennisation** de la société est le processus de constitution d'une vaste classe moyenne qui s'accompagne d'une réduction des écarts de niveau de vie entre les positions extrêmes dans la stratification sociale et d'une homogénéisation relative des modes de vie.

■ À partir du milieu des années 1980, le mouvement de réduction des inégalités cesse, voire se retourne, tandis que l'emploi non qualifié croît dans le secteur des services. Le maintien des inégalités et de la distance entre les classes sociales plaide en faveur de la pertinence d'une approche de la stratification sociale en termes de classes sociales au sens marxiste.

2 Des inégalités (ou distances) intra-classes qui se creusent

■ Dans le même temps, les inégalités et les différences de niveaux de vie et de conditions d'existence se creusent à l'intérieur des classes. Ainsi, dans les classes populaires et moyennes, les écarts s'accroissent entre ceux qui sont exposés au chômage et à la précarité et ceux qui y échappent, tandis qu'au sein des classes supérieures, les inégalités de revenus explosent. Selon l'Insee, en 2015, en moyenne, une personne seule appartenant au groupe des 1 % les plus riches perçoit 14 749 euros de revenu par mois avant redistribution contre 108 082 euros pour une personne seule appartenant au 0,01 % des plus riches.

■ Au sein de chaque classe, des inégalités liées au genre persistent, notamment dans les domaines de l'emploi, des rémunérations et dans la répartition des tâches domestiques.

■ L'accroissement de ces inégalités intra-classes peut brouiller la stratification sociale et remettre en cause la pertinence d'une approche centrée sur les classes sociales.

II La question des identifications subjectives

1 Un déclin de la conscience de classe

■ Les enquêtes convergent pour montrer que de moins en moins d'individus s'identifient à une classe sociale et quand ils le font, déclarent majoritairement se sentir membre des **classes moyennes**.

■ Ce déclin de la conscience de classe et du sentiment de partager une condition et des intérêts communs est particulièrement net dans les **catégories populaires**, qui ne formeraient plus une classe pour soi à la différence des membres des classes dominantes qui savent s'unir pour défendre leurs intérêts.

2 Une conséquence des processus d'individualisation

■ Ce déclin du sentiment d'appartenir à une classe opposée à une autre est lié à l'**accroissement** des inégalités intra-classes (par exemple, selon l'âge ou la génération, le sexe, le type de contrat de travail) qui s'accompagne d'une **individualisation** des inégalités.

MOT CLÉ

L'**individualisation** est un processus historique de long terme qui conduit à la reconnaissance de la singularité de l'individu, à son émancipation des institutions et groupes d'appartenance et à l'accroissement de ses possibilités de choix.

■ Les inégalités sont de moins en moins interprétées comme résultant d'un destin collectif lié à l'organisation de la société ; elles sont davantage vécues comme une **expérience individuelle**, renvoyées aux éventuelles injustices dont l'individu est victime, et rapportées à ses mérites, à ses échecs et à sa responsabilité.

zoOm

Les inégalités de salaires entre CSP et au sein des CSP

	Distribution du revenu salarial par CSP en 2018 (en euros)					
	1er décile	1er quartile	Médiane	3e quartile	9e décile	Rapport interdécile (D9/D1)
Cadres	11 669	25 634	36 083	49 593	70 960	6,1
Professions intermédiaires	5 983	15 982	23 551	29 628	36 301	6,1
Employés	1 697	5 928	14 448	19 938	25 086	14,8
Ouvriers	2 171	7 734	16 576	21 675	26 432	12,2

Source : Insee

■ Le revenu salarial médian des **cadres** est environ 2,5 fois supérieur à celui des employés.

■ Au sein des **employés**, les 10 % les mieux rémunérés gagnent au moins 14,8 fois plus que les 10 % les moins bien rémunérés, dépassant ainsi le revenu salarial des 10 % des cadres les moins bien rémunérés.

MÉMO VISUEL

LA STRUCTURATION

Les facteurs de structuration

- Professions et catégories socioprofessionnelles (PCS)
- Autres facteurs :
  - cycle de vie
  - genre
  - lieu de résidence
  - composition du ménage

Les théories fondatrices

Karl Marx

- Classe en soi
- Classe pour soi

Max Weber

Stratification sociale

Quelles sont les grandes évolutions de la structure socioprofessionnelle en France ?

SOCIALE

Les grandes transformations de la structure sociale en France

- Salarisation
- Tertiarisation
- Élévation du niveau de qualification
- Féminisation

Les classes sociales en question

- L'existence d'inégalités intra-classes
- Déclin de la conscience de classe
- Multiplication des facteurs d'individualisation

SUJET 14 | OBJECTIF BAC

MOBILISATION DES CONNAISSANCES | 30 min

La stratification sociale selon Marx

La connaissance de l'analyse marxiste de la stratification sociale est un enjeu important du programme : la notion de classes sociales est en effet incontournable pour étudier les sociétés contemporaines.

LE SUJET

Comment la société est-elle structurée selon Marx ?

LES CLÉS POUR RÉUSSIR

Reportez-vous à la méthode générale de la mobilisation des connaissances p. 312.

Définir le mot clé

La **structure sociale** désigne une organisation de la société en positions sociales distinctes et hiérarchisées, qui peuvent donner naissance à des groupes sociaux.

Structurer la réponse

- On pourra d'abord présenter les **fondements de l'existence** de classes sociales distinctes et hiérarchisées.
- On montrera ensuite que ces classes forment de véritables groupes sociaux, dotés d'une **conscience de classe**.

CORRIGÉ

Les titres en couleur ne doivent pas figurer sur la copie.

Introduction

La structure sociale correspond à l'organisation de la société en positions sociales distinctes et hiérarchisées. L'analyse qu'en fait Marx mobilise la notion de classes sociales.

Développement

- Pour Marx, c'est le mode de production (organisation de la production et des échanges) qui détermine la structure sociale. Le **mode de production capitaliste** se caractérise par l'existence de deux grands groupes distincts : le premier (le prolétariat ou classe ouvrière), qui ne possède que sa force de travail doit, pour assurer sa subsistance, la vendre au second (la bourgeoisie), qui possède les moyens de production (le capital). La propriété des moyens de production assure la domination de la bourgeoisie sur le prolétariat. Ces deux groupes, qui forment les deux grandes classes sociales caractérisant la société capitaliste, ont des intérêts objectivement opposés.

- Dans un premier temps, la concurrence à laquelle se livrent les ouvriers pour vendre leur force de travail les empêche d'agir collectivement pour défendre leurs intérêts communs face à la bourgeoisie : ils ne forment alors qu'une « **classe en soi** ». Mais, progressivement, émerge une **« conscience de classe »**, c'est-à-dire la conscience de partager les mêmes intérêts et de devoir lutter collectivement contre la bourgeoisie. Chacune des deux grandes classes sociales devient ainsi une « **classe pour soi** », c'est-à-dire un groupe social doté d'un sentiment d'appartenance, uni pour défendre son intérêt face à l'autre classe.

À NOTER

En mobilisant les notions de « conscience de classe », « classes en soi/pour soi » et « lutte des classes », votre réponse attestera de votre bonne maîtrise de l'analyse marxiste de la stratification sociale.

Conclusion

Ainsi, pour Marx, la structure sociale se caractérise par l'existence de groupes sociaux distincts et hiérarchisés, les classes sociales, qu'une lutte (la « lutte des classes ») oppose pour faire triompher leurs intérêts respectifs.

SUJET 15 | OBJECTIF BAC

ÉTUDE D'UN DOCUMENT 1 h

Les inégalités de salaires selon la catégorie socioprofessionnelle et le sexe

Nombre des inégalités qui structurent la société française sont liées à la catégorie socioprofessionnelle, mais il existe d'autres facteurs de différenciation, comme le montre ce document.

LE SUJET

Document **Salaires nets mensuels moyens (en euros)[1] selon le sexe et la catégorie socioprofessionnelle (2016)**

	Hommes	Femmes	Ensemble	Écart femmes/hommes (en %)
Cadres supérieurs	4 377	3 477	**4 060**	- 21
Professions intermédiaires	2 396	2 055	**2 241**	- 14
Employés	1 681	1 549	**1 590**	- 8
Ouvriers	1 731	1 441	**1 681**	- 17
Ensemble	**2 431**	**1 968**	**2 238**	**– 19**
Écart ouvriers/cadres (en euros)	2 646	2 036	**2 379**	
Écart ouvriers/cadres (en %)	- 60	- 59	**– 59**	

1. Salaires nets en équivalent temps plein.

Source : Insee, données 2016.

1. Rédigez une phrase explicite donnant la signification de chacune des données entourées en rouge dans le tableau.

2. Mettez en évidence les facteurs qui contribuent aux inégalités de salaire.

LES CLÉS POUR RÉUSSIR

Reportez-vous à la méthode générale de l'étude d'un document p. 313.

Comprendre le document

- Le document est un tableau statistique qui permet de **comparer les niveaux de salaire** entre les différentes catégories socioprofessionnelles et selon le sexe. On y trouve les salaires mensuels nets moyens en euros pour les hommes et les femmes appartenant aux différentes CSP, ainsi que les écarts en pourcentages entre hommes et femmes pour les différentes CSP, et les écarts en euros et en pourcentages entre les ouvriers et les cadres.
- L'« ensemble » **en ligne** correspond au salaire moyen toutes CSP confondues ; l'« ensemble » **en colonne** correspond au salaire moyen dans les différentes CSP, hommes et femmes confondus.

Structurer la réponse à la seconde question

- On expliquera d'abord que la **catégorie socioprofessionnelle** est un facteur important d'inégalités de salaire.
- On montrera ensuite que les inégalités de salaire sont aussi liées au **sexe** et qu'elles sont particulièrement fortes dans la CSP « cadres supérieurs ».

CORRIGÉ

1. Selon l'Insee, en 2016, les ouvriers, hommes et femmes confondus, percevaient en moyenne un salaire net mensuel inférieur de 59 % à celui des cadres supérieurs, c'est-à-dire plus de deux fois moins élevé. Par ailleurs, le salaire net mensuel des femmes était en moyenne inférieur de 19 % à celui des hommes, toutes catégories socioprofessionnelles confondues.

2. *Les titres en couleur ne doivent pas figurer sur la copie.*

Introduction

Le document est un tableau statistique construit à partir de données collectées en 2016 par l'Insee. Il indique le salaire mensuel net moyen en euros selon la catégorie socioprofessionnelle (CSP) et le sexe. Il présente également les écarts en pourcentage entre les différentes CSP selon le sexe, et les écarts en euros et en pourcentages entre les ouvriers et les cadres.

Développement

▸ Les inégalités de salaires sont d'abord liées à la **catégorie socioprofessionnelle** à laquelle appartiennent les individus salariés. Ainsi, avec un salaire moyen de plus de 4 000 euros, les cadres supérieurs obtiennent des rémunérations plus élevées que toutes les autres catégories socioprofessionnelles : en moyenne, ils perçoivent environ 1 800 euros de plus par mois que les membres des professions intermédiaires, environ 2 400 euros de plus que les ouvriers (le salaire des ouvriers est ainsi inférieur de 59 % à celui des cadres supérieurs) et près de 2 500 euros de plus que les employés.

▸ Ensuite, le **sexe** contribue également aux inégalités de salaire. Une femme perçoit en moyenne un **salaire inférieur de 19 %** à celui des hommes. Quelle que soit la catégorie socioprofessionnelle, le salaire moyen des hommes est systématiquement supérieur à celui des femmes. C'est dans la catégorie des cadres supérieurs que l'écart entre les hommes et les femmes est le plus important : le salaire des femmes y est inférieur de 1 000 euros, soit inférieur de 21 % à celui des hommes. C'est, au contraire, dans la catégorie employés, que l'écart est le plus faible : les femmes perçoivent un salaire moyen inférieur de 8 % à celui des hommes. Les femmes ouvrières (les moins bien payées chez les femmes) perçoivent un salaire environ trois fois inférieur à celui des hommes cadres supérieurs (les mieux payés chez les hommes).

À NOTER

Attention : si les femmes ont un salaire moyen inférieur de 19 % à celui des hommes, on ne peut pas dire que les hommes ont un salaire supérieur de 19 % à celui des femmes !

Conclusion

Ainsi, plusieurs facteurs contribuent aux inégalités de salaire. La catégorie socio-professionnelle reste le déterminant principal. Le sexe est aussi une variable importante de différenciation sociale en matière de salaire, notamment dans les CSP supérieures.

SUJET 16 OBJECTIF BAC

RAISONNEMENT 2 h 30

Les évolutions de la structure socioprofessionnelle

Ce sujet vous permettra de remobiliser et d'organiser vos connaissances relatives aux mutations de la structure socioprofessionnelle depuis la seconde moitié du XXe siècle.

LE SUJET

Vous présenterez deux évolutions de la structure socioprofessionnelle en France.

Document 1 La loi française en matière d'égalité professionnelle entre les hommes et les femmes

Après la Seconde Guerre mondiale, l'objet de la législation n'est plus de protéger mais de **garantir l'égalité des droits entre les femmes et les hommes.** La loi de 1972 pose le principe de l'égalité de rémunération [...]. La loi du 11 juillet 1975 interdit de rédiger une offre d'emploi réservée à un sexe. [...] La loi du 13 juillet 1983 **réaffirme le principe de l'égalité dans tout le champ professionnel** (recrutement, rémunération, promotion ou formation). Enfin, la loi complète l'égalité de traitement par la notion d'**égalité des chances.** Cette dernière notion implique que des actions spécifiques soient engagées envers les femmes pour garantir une égalité réelle. [...] Dans le cadre des actions positives, a [...] été promulguée, le 27 janvier 2011, une loi fixant des quotas de femmes dans les conseils d'administration et de surveillance. [...] La loi relative au dialogue social du 17 août 2015 instaure également une obligation de représentation équilibrée au sein des instances représentatives du personnel dans l'entreprise. [...] En 2018, la loi pour la liberté de choisir son avenir professionnel a mis en place un outil d'évaluation pour **mesurer et corriger les différences de rémunération dans les entreprises.** Tous les ans, chaque entreprise d'au moins 50 salariés doit calculer et publier sur Internet son « **index d'égalité femmes-hommes** ».

Source : Vie.publique.fr.

Document 2 Répartition des actifs occupés selon la catégorie socioprofessionnelle (CSP, en %), 1962-2018

CSP	1962	1975	1982	1985	1995	2005	2015	2018		
	Ensemble							F.[1]	H.[2]	Ens.[3]
Agriculteurs exploitants	15,9	7,8	6,4	7,0	3,5	2,4	1,8	0,8	2,2	1,5
Artisans, commerçants, chefs d'entreprises	10,9	8,1	7,9	8,0	7,5	6,1	6,4	3,8	8,9	6,5
Cadres et prof. intel. sup.	4,7	7,2	8,2	8,5	12,5	15,6	17,7	15,7	20,8	18,4
Professions intermédiaires	11,0	16,0	17,0	21,1	22,4	23,1	25,4	28,3	23,3	25,7
Employés	18,4	23,5	26,9	25,4	27,8	29,3	28,0	42,7	12,6	27,2
Ouvriers	39,1	37,4	33,6	28,4	24,9	23,5	20,4	8,3	31,7	20,4
Non déterminé	–	–	–	1,7	1,3	0,1	0,3	0,4	0,5	0,4
Total	100,0	100,0	100,0	100,0	100,0	100,0	100,0	100,0	100,0	100,0

1. F. : Femmes.
2. H. : Hommes.
3. Ens. : Ensemble.

Source : Insee.

LES CLÉS POUR RÉUSSIR

Reportez-vous à la méthode générale du raisonnement p. 314.

Analyser les termes du sujet et mobiliser ses connaissances

Analyse du sujet

vous présenterez
On vous demande d'exposer, de formuler de manière approfondie.

structure socioprofessionnelle
Façon dont se distribue la population active dans les différents types d'emplois ou CSP.

deux évolutions
Ici, mobilisez les processus de féminisation des emplois et d'élévation du niveau de qualification qui ont conduit à des changements depuis la seconde moitié du XXe siècle.

Exploiter les documents

Document 1

Le document 1 est un extrait de texte issu du site Vie-publique.fr, présentant les principales lois depuis 1948 qui ont contribué à faciliter l'entrée des femmes sur le marché du travail et à **inciter ou contraindre à plus d'égalité professionnelle** entre les sexes. Sélectionnez les exemples de lois qui montrent la féminisation des emplois en France.

Document 2

Le document 2 est un tableau statistique de l'Insee, présentant l'**évolution de la distribution des actifs** dans les CSP de 1962 à 2018. Repérez les grandes transformations et mettez-les en corrélation avec les processus qu'elles illustrent.

Définir les arguments

Argument 1 La **féminisation des emplois** a modifié la structure socioprofessionnelle lors des 70 dernières années. **(doc. 1 et 2)**

Argument 2 L'**augmentation de la qualification** des emplois participe aussi aux transformations de la structure socioprofessionnelle depuis les années 1950. **(doc. 1 et 2)**

CORRIGÉ

Les titres en couleur ne doivent pas figurer sur la copie.

Introduction

La structure socioprofessionnelle correspond à la façon dont la population active se distribue dans les différents types d'emplois et dans les CSP. En France, plusieurs facteurs ont contribué à la transformer. Tout d'abord, nous verrons que la structure socioprofessionnelle s'est modifiée sous l'impulsion de la féminisation des emplois, puis nous verrons que l'augmentation de la qualification des emplois participe aussi à ces transformations depuis les années 1950.

I. La féminisation des emplois

LE SECRET DE FABRICATION

Il est important d'abord de bien définir la féminisation, pour ensuite montrer comment ce processus a modifié la structure des emplois depuis 70 ans.

▸ La féminisation des emplois a modifié la structure socioprofessionnelle au cours des 70 dernières années. Depuis la fin de la Seconde Guerre mondiale en France, l'augmentation des emplois est essentiellement due à une croissance continue des postes occupés par les femmes. Ce processus de **féminisation** des emplois est lié entre autres aux évolutions de la place des femmes dans la société et aux progrès dans la reconnaissance de leurs droits. Par exemple, dès 1975, la loi interdit de rédiger une offre d'emploi réservée à un sexe et, en 2018, elle contraint les entreprises à réduire les écarts de salaires entre les sexes (**doc. 1**).

▸ Cette féminisation des emplois est visible au travers du développement des **catégories socioprofessionnelles** « employés » ou « professions intermédiaires », qui ont vu leur poids dans la population active augmenter, notamment dans les emplois de services. Ainsi, entre 1962 et 2018, la part des employés a augmenté de **8,8 points de pourcentage**. Et la proportion des femmes dans cette CSP est forte : 42,7 % contre 12,6 % pour les hommes, en 2018 (**doc. 2**).

CONSEILS
Vous devez mobiliser des savoir-faire statistiques. On calcule l'**écart relatif en points de pourcentage** entre la part des employés dans la population active en 1962 et celle de 2018 en réalisant une soustraction.

II. L'augmentation de la qualification des emplois

▸ L'augmentation de la qualification des emplois participe aussi aux transformations de la structure socioprofessionnelle depuis les années 1950. La **qualification** d'un emploi renvoie aux qualités, compétences, niveau et type de diplôme considérés comme nécessaires pour occuper un poste. En France, on observe une nette progression des emplois qualifiés dans l'emploi total. Ainsi, par exemple, la part des cadres et professions intellectuelles supérieures en France a été **multipliée par environ 4** entre 1962 et 2018 (**doc. 1**).

CONSEILS
On peut aussi calculer un **écart relatif en calculant le coefficient multiplicateur :** ici, on divise la part des cadres et professions intellectuelles supérieures de 2018 par celle de 1962.

▸ Parallèlement, la part des emplois peu ou pas qualifiés a diminué, notamment en raison de leur recul dans le secteur secondaire. Ainsi, en 1962, sur 100 actifs, 39,1 étaient des ouvriers, contre seulement 20,4 en 2018 (**doc. 2**).

Conclusion

La structure des emplois a connu de grands bouleversements en France depuis 70 ans en raison de plusieurs facteurs. Parmi eux, nous remarquons que la part des emplois liés aux services a crû sous l'effet de la féminisation de la population active. Nous constatons également que le poids des cadres et professions intellectuelles supérieures et des professions intermédiaires a augmenté au détriment notamment des emplois d'ouvriers, sous l'effet de l'augmentation des qualifications des emplois proposés. Cependant, cette évolution ne doit pas cacher le développement d'emplois moins qualifiés dans les services.

Sociologie

7 L'action de l'École sur les destins individuels et sur l'évolution de la société

Le 2 septembre 2019, 12,4 millions d'élèves de l'école primaire au lycée ont fait leur rentrée, deux mois après la promulgation de la loi pour une École de la confiance (juillet 2019), qui fixe à 3 ans l'âge de scolarité obligatoire et à 18 ans l'obligation de formation.

TEST

Pour vous situer et identifier les fiches à réviser 156

FICHES DE COURS

28 Le rôle de l'École dans les sociétés démocratiques 158

29 L'évolution de l'accès à l'École et à l'enseignement supérieur 160

30 Les facteurs d'inégalités de réussite scolaire 162

MÉMO VISUEL 164

SUJETS GUIDÉS & CORRIGÉS

OBJECTIF BAC

17 RAISONNEMENT | Évolution de l'accès à l'École et aux études supérieures 166

18 DISSERTATION | Les facteurs d'inégalités scolaires 170

TESTEZ-VOUS

→ CORRIGÉS P. 318-320

Faites le point sur vos connaissances puis établissez votre **parcours de révision** en fonction de votre score.

1 Le rôle de l'École dans les sociétés démocratiques

→ FICHE 28

1. Quels sont les objectifs de l'École en France ?

☐ a. faire partager les valeurs de la République
☐ b. réduire les inégalités de chances
☐ c. répondre aux besoins des entreprises en travailleurs qualifiés

2. Associez chaque personnage ou événement à une date.

a. École des Ponts et Chaussées •	• 1881-1882
b. lois scolaires de Jules Ferry •	• 1975
c. collège unique •	• 1747

3. L'égalité des chances à l'École correspond...

☐ a. à un nombre maximum de diplômés.
☐ b. à une massification scolaire.
☐ c. à une réussite scolaire qui ne dépend que du mérite.

.../3

2 L'évolution de l'accès à l'École et à l'enseignement supérieur

→ FICHE 29

1. Que désigne la notion de « démocratisation qualitative » de l'École ?

☐ a. l'augmentation du taux de scolarisation d'une génération
☐ b. l'augmentation du taux d'accès à un diplôme d'une génération
☐ c. la réduction des inégalités de chances scolaires

2. Que désigne la notion de « massification scolaire » ?

☐ a. l'augmentation du taux de scolarisation d'une génération
☐ b. l'augmentation du taux d'accès à un diplôme d'une génération
☐ c. la réduction des inégalités de chances scolaires

3. Vrai ou faux ? Cochez la case qui convient. V F

a. En 2018, en France, le taux de bacheliers a atteint 80 % par génération. ☐ ☐

b. En 2018, en France, 80 % des enfants d'ouvriers ont obtenu un bac général. ☐ ☐

c. Entre 1968 et 2018, le taux d'accès au bac a été multiplié par quatre. ☐ ☐

d. Depuis 1960, le nombre d'étudiants a été multiplié par huit. ☐ ☐

4. En France, en 2017, parmi les élèves défavorisés…

☐ a. 25 % ne maîtrisaient pas les savoirs élémentaires.

☐ b. 21 % avaient redoublé au collège.

☐ c. 10 % en CE2 avaient des difficultés en français.

…/4

3 Les facteurs d'inégalités de réussite scolaire

→ FICHE 30

1. Que désigne la notion de « capital culturel » ?

☐ a. la ville d'un pays qui héberge le plus d'activités culturelles

☐ b. la culture dominante dans un pays donné

☐ c. les diplômes, les connaissances et les possessions d'objets culturels

2. Par quoi s'expliquent les inégalités scolaires selon Raymond Boudon ?

☐ a. par les stratégies scolaires des familles

☐ b. par le capital culturel

☐ c. par l'« effet maître »

3. Vrai ou faux ? Cochez la case qui convient. V F

a. Les filles réussissent mieux scolairement que les garçons. ☐ ☐

b. Les enseignants exercent une violence symbolique. ☐ ☐

c. Il n'est pas toujours avantageux de poursuivre ses études. ☐ ☐

d. « Effet maître » et « effet classe » sont des notions contraires. ☐ ☐

4. Complétez le texte avec les mots qui conviennent.

La ……………… selon le milieu social renforce les inégalités scolaires. Selon ………………, le ……………… hérité de la famille permet aux élèves favorisés de détenir des références culturelles et des manières de parler proches de celles des ………………, ce qui favorise leur réussite scolaire. Le sentiment d'être à leur place à l'école favorise alors le choix de poursuite d'études plus longues et ……………… .

…/4

Score total …/11

Parcours PAS À PAS ou EXPRESS ? → MODE D'EMPLOI P. 3

28 Le rôle de l'École dans les sociétés démocratiques

En bref *L'École transmet les savoirs qu'elle estime indispensables aux générations futures. L'École française est fondée sur un idéal républicain né de la Révolution française qui prône une éducation pour tous, formant des citoyens libres et éclairés.*

I La transmission de savoirs

Les savoirs sont des connaissances et compétences partagées par un groupe social. Les savoirs scolaires sont ceux que l'École enseigne.

1 Instruction élémentaire et savoirs rationnels

- L'instruction élémentaire désigne la lecture, l'écriture et le calcul, que l'on enseignait déjà dans les écoles de l'Égypte antique, ainsi que la pratique de la gymnastique.
- Les savoirs rationnels sont produits de façon méthodique, selon une logique scientifique, et validés par l'expérience (ex. : SES, sciences physiques, SVT). Ils diffèrent de la foi religieuse ou des goûts alimentaires.

2 Les valeurs républicaines

En France, le Code de l'éducation dit que : « outre la transmission des connaissances, la Nation fixe comme mission première à l'École de faire partager aux élèves les valeurs de la République. » Ces valeurs sont la liberté, l'égalité, la fraternité, la laïcité et le refus de toutes les discriminations.

3 Des savoirs utiles au développement techno-économique

- En 1747 est fondée l'École nationale d'ingénieurs des Ponts et Chaussées.
- Victor Duruy, ministre de l'Instruction publique de 1863 à 1869, crée pour les ouvriers un enseignement post-scolaire et fonde l'École pratique des hautes études pour former à la recherche par la pratique et le travail de cas concrets.
- Des instituts universitaires de technologie (IUT) sont ouverts en 1966 afin de faire face aux besoins de management intermédiaire des entreprises d'après-guerre en plein développement.

INFO + **Jules Ferry**

- Ministre de l'Instruction publique, il fait voter entre 1881 et 1882 les lois scolaires qui rendent l'école **gratuite, laïque et obligatoire** de 6 à 13 ans en France.
- Leur but est de généraliser l'instruction afin d'ancrer les **valeurs républicaines** dans la société française.

II Favoriser l'égalité des chances

1 Des chances de réussite scolaire inégales

■ Par son caractère sélectif, l'École française privilégie les meilleurs élèves tout au long de leur scolarité, jouant ainsi un rôle majeur dans l'accès aux emplois qualifiés.

■ Les sociétés démocratiques se caractérisent par leur souci de l'**égalité des chances** d'accès des individus aux différentes positions sociales, dans une logique méritocratique, donc en fonction des efforts et du travail de chacun. Cet objectif sera explicitement recherché par le gouvernement français à partir de la fin des années 1980.

MOT CLÉ

L'**égalité des chances** suppose que l'accès des individus aux différentes positions sociales ne résulte que de leurs mérites, et non d'avantages liés à leur origine sociale.

■ Les enquêtes PISA menées par l'OCDE mettent en lumière les inégalités de chances de réussite scolaire et rappellent régulièrement que la France est le pays de l'OCDE où l'appartenance sociale est la plus déterminante dans la réussite scolaire.

2 L'égalité des chances : l'objectif de l'École républicaine

De nombreuses réformes ont tenté de réduire les inégalités de réussite scolaire, parmi lesquelles : le collège unique en 1975 qui dispense un socle commun de connaissances à tous les élèves jusqu'à 16 ans en retardant l'orientation et la sélection des élèves, la carte scolaire visant à assurer une certaine mixité sociale ainsi que les politiques d'éducation prioritaire donnant plus de moyens aux établissements accueillant les élèves les plus en difficulté.

zoOm

Les classes en réseau d'éducation prioritaire (REP)

■ À partir de 2017, dans les réseaux d'éducation prioritaire, le dédoublement des classes de CP et de CE1 (12 élèves par classe) permet d'offrir un encadrement renforcé aux élèves.

■ L'évaluation de ce dispositif en fin de CP est positive puisque ces classes obtiennent des résultats supérieurs aux classes non dédoublées ne figurant pas en zone d'éducation prioritaire.

29 L'évolution de l'accès à l'École et à l'enseignement supérieur

En bref *Depuis les années 1950, l'allongement généralisé des études à toutes les catégories sociales a assuré une démocratisation quantitative de l'École – ou massification scolaire – qui peine encore à assurer une réelle démocratisation qualitative.*

I Une indéniable massification

La démocratisation désigne un processus consistant à rendre une ressource accessible à tous. La massification scolaire, c'est-à-dire l'augmentation des taux de scolarisation et d'accès aux différents diplômes, représente ainsi une démocratisation de l'École.

1 La hausse du taux de scolarisation

- Le **taux de scolarisation** est le rapport entre le nombre d'élèves et d'étudiants scolarisés d'un âge donné et le nombre d'individus de cet âge.
- En 1959, la loi prolonge l'**obligation scolaire** de 2 ans supplémentaires, jusqu'à 16 ans. Alors que 30 % des enfants de 16 ans étaient scolarisés en 1953, ils sont 96,1 % en 2020.
- L'urbanisation, le développement du travail féminin et la bonne réputation des **classes maternelles** entraînent une forte demande parentale de scolarisation des enfants, relayée par les communes. Entre 1960 et 1990, le taux de scolarisation des enfants de 3 ans passe de 60 % à presque 100 %.
- 80 % des **jeunes de 18 ans** sont aujourd'hui scolarisés, contre 15 % dans les années 1950. À partir de 2020, pour lutter contre le « décrochage » scolaire, les jeunes de 16 ans sans formation et sans emploi ont l'obligation de se former jusqu'à l'âge de 18 ans.

2 La hausse des taux d'accès

MOT CLÉ
Le **taux d'accès** désigne la part des individus d'une génération qui accèdent à un diplôme ou un niveau d'étude donné.

- Entre 1968 et 2020, le **taux d'accès** au bac a été multiplié par 4 : la part des bacheliers dans une classe d'âge est passée de 20 % à près de 87 %.
- Cette progression s'explique notamment par la création des **bacs technologiques** (1968) et **professionnels** (1985). Les transformations économiques et la demande des familles populaires pour la prolongation de la formation de leurs enfants en ont été les principaux moteurs.
- Parallèlement, le taux d'accès à l'enseignement supérieur a lui aussi augmenté. Ce phénomène s'explique par la **diversification de l'offre de formation**, notamment dans les filières technologiques et les filières longues. En 1960, l'enseignement supérieur comptait 215 000 inscrits, contre près de 3 millions en 2021.

II Une démocratisation inaboutie

1 Une réussite scolaire et des taux d'accès inégaux

- En France, 25 % des élèves **les plus défavorisés** ont des difficultés pour maîtriser les savoirs élémentaires. En 2017, en CE2, 58,1 % d'entre eux avaient le niveau requis en français, contre 87,3 % du quart des élèves les plus favorisés. Au collège, 21 % d'entre eux avaient redoublé, contre 5,1 % pour les élèves les plus favorisés.
- L'accès aux **différents bacs** témoigne également de cette inégalité. En 2018, 37,3 % des enfants d'ouvriers ont obtenu un bac général, contre 77,6 % des enfants de cadres supérieurs.
- En 2019-2020, les **enfants d'ouvriers** représentent près de 24,1 % des élèves au collège, mais seulement 10,9 % des étudiants à l'université et 7,1 % des élèves des classes préparatoires aux grandes écoles.

2 Une massification plus qu'une réelle démocratisation

- Des lois Jules Ferry à l'« École de la confiance » de l'actuel gouvernement, les principales réformes de l'École ont pour principal objectif sa **démocratisation**, c'est-à-dire le souci d'égaliser les chances d'accès des individus aux savoirs dispensés par l'Éducation nationale.
- Mais les inégalités demeurent, parfois en se reportant des niveaux primaire et secondaire vers le supérieur. La **démocratisation** semble ainsi plus quantitative que **qualitative** ; on parle alors de **massification** scolaire.

zoOm

Les bacheliers selon la génération et le milieu social des parents

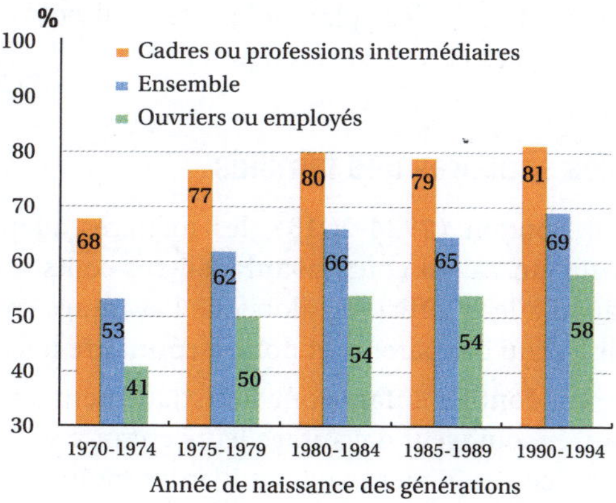

Source : Centre d'observation de la société, mai 2019.

68 % des enfants de **cadres supérieurs** nés entre 1970 et 1974 ont eu leur bac. 20 ans après, tous les taux de réussite ont augmenté, mais les écarts de réussite ont peu diminué : nous assistons donc à une massification scolaire.

30 Les facteurs d'inégalités de réussite scolaire

En bref *Malgré la gratuité de l'École, les inégalités persistent. Les sociologues l'expliquent par les différences de socialisation et les inégalités familiales, mais également par le fonctionnement de l'École elle-même.*

I Les facteurs familiaux aux sources des inégalités de réussite scolaire

Les origines sociales ainsi que les stratégies familiales, différentes selon le milieu d'origine, ont une influence déterminante sur la réussite scolaire.

1 La socialisation familiale

- La **socialisation selon le genre** renforce les inégalités scolaires. La socialisation des garçons les incite à choisir les filières les plus valorisées. D'après Christian Baudelot et Roger Establet (*Allez les filles !*, 1992), les filles ont des résultats scolaires supérieurs à ceux des garçons mais délaissent pourtant les filières valorisées et les grandes écoles.
- La socialisation selon le milieu social renforce également les inégalités scolaires. Selon Pierre Bourdieu (1930-2002), le **capital culturel** hérité de la famille permet aux élèves favorisés de détenir des références culturelles et un langage proche de celui des enseignants, ce qui favorise leur réussite scolaire. Le sentiment d'être à leur place à l'école incite ces élèves à faire des études plus longues et prestigieuses.

MOTS CLÉS

- La **socialisation selon le genre** correspond à l'intégration de valeurs et de normes différentes entre les filles et les garçons.
- Le **capital culturel** est une notion de P. Bourdieu qui désigne les diplômes, les connaissances (langage, capacités intellectuelles, savoir, etc.) ainsi que la possession d'objets culturels (livres, etc.).

2 Les stratégies scolaires des familles

- Selon Raymond Boudon (1934-2013), les ménages adoptent des stratégies scolaires fondées sur un calcul coûts-avantages. Les coûts sont associés au prix des études mais aussi à leur difficulté, alors que l'avantage consiste à obtenir un diplôme supérieur à celui des parents et donc à connaître une promotion sociale.
- Les ménages aisés, dont les enfants ont statistiquement les meilleures chances de réussite scolaire, encouragent davantage leurs enfants à poursuivre des études longues et coûteuses contrairement aux familles les moins favorisées.
- Les choix de résidence varient en fonction des origines sociales et jouent un rôle important dans l'orientation et la réussite scolaire. Les familles des milieux favorisés adoptent des stratégies pour contourner la carte scolaire et scolariser leurs enfants dans les meilleurs établissements, accentuant ainsi la ségrégation spatiale et scolaire.

II Le rôle de l'École dans les inégalités scolaires

1 La valorisation de la culture dominante

Selon Pierre Bourdieu, les **enseignants** ont tendance à valoriser la culture des classes dominantes. Eux-mêmes sont souvent issus de ces classes et doivent leur réussite à la mobilisation de cette culture dans leurs études. Dès lors, ils ont tendance à évaluer les élèves selon leur maîtrise de cette culture, privilégiant ainsi les élèves issus des classes dominantes. S'opérerait alors une « violence symbolique » sur les élèves, qui conduirait les moins « performants » à intérioriser le sentiment d'une certaine infériorité sociale.

2 Le contexte scolaire

À l'échelle de chaque établissement (« **effet établissement** », c'est-à-dire l'efficacité propre à chaque établissement) et de chaque enseignant (« **effet maître** »), certaines pédagogies peuvent être plus favorables à la progression des élèves que d'autres et ont une efficacité différente selon les élèves. Certaines ambiances de classes (« **effet classe** ») peuvent être également plus propices à l'apprentissage. Pour chaque effet, les établissements des zones favorisées sont privilégiés en raison de classes plus calmes, de professeurs plus expérimentés, etc.

zoom

Part des femmes en % dans l'enseignement supérieur (2021)

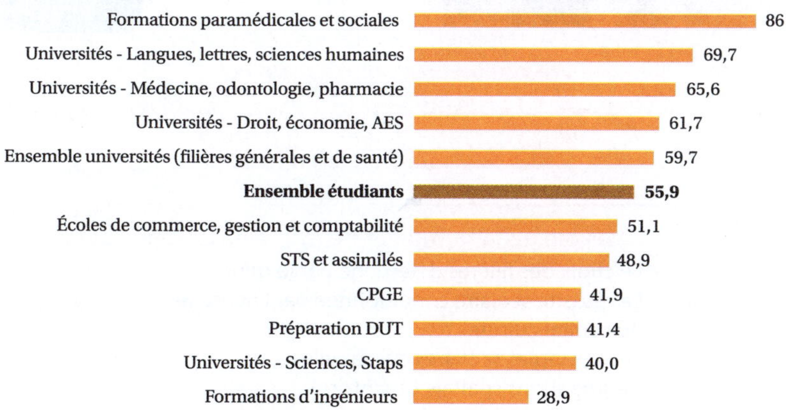

Champ : France métropolitaine + DOM. Source : MESRI-SIES.

Les femmes sont sur-représentées dans les **formations paramédicales et sociales**. Leur nombre augmente dans les **filières scientifiques**, mais elles ne représentent que 28,9 % des étudiants en écoles d'ingénieurs. Elles s'orientent moins souvent vers les filières scientifiques valorisées sur le marché du travail.

MÉMO VISUEL

L'ACTION

Le rôle de l'École dans les sociétés démocratiques

La transmission de savoirs
- Instruction élémentaire : lecture, écriture, calcul
- Valeurs républicaines : liberté, égalité, fraternité
- Savoirs techno-économiques

Favoriser l'égalité des chances
- Socle commun de connaissances (collège unique)
- Carte scolaire
- Politique d'éducation prioritaire

Les facteurs d'inégalités de réussite scolaire

Le rôle de la famille et de la socialisation
- Le choix des filières déterminé par le genre
- La réussite scolaire conditionnée par l'héritage du capital culturel
- Les stratégies scolaires des familles (ségrégations spatiale et scolaire)

Le rôle de l'École
- La valorisation de la culture dominante par les enseignants
- La « violence symbolique » selon P. Bourdieu
- Les « effets établissement » : « effet maître » et « effet classe »

Quels sont les facteurs d'inégalités de réussite scolaire ?

L'évolution de l'accès à l'École et à l'enseignement supérieur

Une massification

- Hausse du taux de scolarisation
- Hausse du taux d'accès au bac
- Hausse du taux d'accès aux diplômes de l'enseignement supérieur

La persistance des inégalités scolaires

- Des résultats inégaux selon l'appartenance sociale
- Des taux d'accès inégaux aux filières prestigieuses
- Une massification plutôt qu'une réelle démocratisation

Part des enfants de cadres et d'ouvriers selon les filières

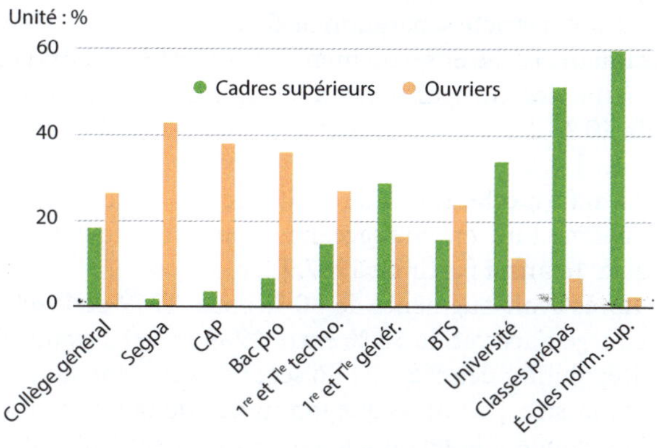

Source : Ministère de l'Éducation nationale, données 2017-2018, © Observatoire des inégalités.

DE L'ÉCOLE

SUJET 17 | OBJECTIF BAC

RAISONNEMENT 2 h 30

Évolution de l'accès à l'École et aux études supérieures

L'augmentation et l'égalisation des chances d'accès aux différentes étapes de la scolarisation permettent d'affirmer le caractère démocratique de l'École. Assiste-t-on à une telle évolution en France ?

LE SUJET

Décrivez l'évolution de l'accès à l'École et à l'enseignement supérieur depuis les années 1950 en France.

Document 1 La massification scolaire sous la Vᵉ République

Jusqu'à la fin des années 1950, le système scolaire français était encore fondé sur la stricte séparation de deux ordres d'enseignement : élémentaire et secondaire. [...] L'enseignement secondaire [est alors] l'apanage d'une minorité issue des groupes sociaux les plus aisés. [...] À la fin des années 1950, seuls 10 % des jeunes constituant une classe d'âge accédaient au baccalauréat. [...]

La réforme Berthoin de 1959 prévoit donc la généralisation de l'entrée en sixième tout en envisageant le prolongement de la scolarité obligatoire jusqu'à 16 ans à partir de 1967. [...]

Après avoir augmenté de 30 % entre 1959 et 1962, le nombre des élèves en collège s'accroît de 58 % entre 1968 et 1972 avant de se stabiliser [...].

L'évolution des effectifs du second cycle général et technologique est tout aussi massive. [...] Alors que moins de 400 000 élèves sont scolarisés au lycée de la seconde à la terminale en 1958, ils sont plus de 1,5 million au début des années 1990. [...]

En 1985, la création des baccalauréats professionnels favorise l'allongement des études des élèves de l'enseignement professionnel. [...]

En 2012, près de 80 % d'une génération obtient le premier grade de l'enseignement supérieur, dont un quart de bacheliers professionnels.

Source : F. Defresne, J. Krop, « La massification scolaire sous la Vᵉ République », in *Éducation & Formations*, n° 91, septembre 2016.

Document 2 **Évolution de la part des individus selon leur milieu social et les filières de l'enseignement supérieur (en %)**

	Enfants de cadres		Enfants d'ouvriers	
	2007	2017	2007	2017
Université	35,6	34,1	11,2	11,7
IUT	28,8	31,1	15,0	14,1
BTS	15,8	16,0	21,3	24,1
Classes préparatoires	52,2	51,8	5,3	7,2
Écoles normales supérieures	60,6	61,0	3,9	2,9
Proportion dans l'ensemble des étudiants	34,0	34,9	12,2	12,2

Source : Ministère de l'Éducation nationale.

LES CLÉS POUR RÉUSSIR

Reportez-vous à la méthode générale du raisonnement p. 314.

Analyser les termes du sujet et mobiliser ses connaissances

Analyse du sujet

décrivez
On vous demande de présenter des faits ; il ne s'agit pas de les expliquer.

depuis les années 1950 en France
Cadre spatio-temporel.

accès à l'École
Accès à un niveau ou à un certain type d'établissement scolaire.

évolution
Il faut comparer différentes années/périodes.

Exploiter les documents

Document 1

Le document 1 est un extrait d'article qui présente différentes grandes étapes de la **massification scolaire**, c'est-à-dire de l'augmentation des taux de scolarisation et d'accès aux différents diplômes, en France, entre les années 1950 et 2012. Quelles sont ces grandes étapes ?

Document 2

Le document 2 est un tableau qui montre l'évolution de la proportion des **enfants de cadres et d'ouvriers dans différentes filières** de l'enseignement supérieur entre 2007 et 2017. Observe-t-on un rapprochement entre ces deux catégories ?

Définir les arguments

Argument 1	Le **taux de scolarisation** a augmenté en France pour tous les niveaux d'études depuis les années 1950. **(doc. 1)**
Argument 2	Si les **chances d'accès** se sont égalisées à certains égards, elles restent très inégalitaires dans les filières les plus prestigieuses. **(doc. 1 et 2)**

CORRIGÉ

Les titres en couleur ne doivent pas figurer sur la copie.

Introduction

Comme la Loi pour une École de la confiance promulguée en 2019, de nombreuses réformes se sont succédé en France depuis les années 1950 pour réduire les inégalités d'accès et de réussite à l'École et dans l'enseignement supérieur. Ces réformes se sont-elles accompagnées d'une réelle démocratisation scolaire ?

Une première partie montrera que, depuis les années 1950, la proportion d'individus d'une génération accédant aux différents niveaux du système scolaire a bien augmenté, attestant d'une **démocratisation quantitative** de l'École ou massification scolaire. Une seconde partie insistera sur le fait que les inégalités de chances perdurent, la **démocratisation qualitative** semblant ainsi bien plus lente.

I. Une indéniable démocratisation quantitative

LE SECRET DE FABRICATION

Il s'agit ici de présenter un processus de démocratisation scolaire quantitative en s'appuyant sur des statistiques mesurant l'évolution de l'accès à l'École et à l'enseignement supérieur. Vous pouvez évoquer certaines raisons de la massification scolaire ; mais elles ne sont pas le cœur du sujet. Celui-ci demande simplement de décrire le phénomène. Ses raisons doivent donc être formulées de façon brève, comme ici la mention de la réforme Berthoin.

- Depuis les années 1950, une démocratisation quantitative certaine s'observe **au collège**. Après la réforme Berthoin de 1959, qui prévoit la généralisation de l'entrée en sixième tout en envisageant le prolongement de la scolarité obligatoire jusqu'à 16 ans à partir de 1967, le nombre de collégiens augmente de 30 % entre 1959 et 1962, puis de 58 % entre 1968 et 1972 (**doc. 1**).

- On observe également un mouvement de massification d'ampleur **au lycée**. Alors que moins de 400 000 élèves sont scolarisés au lycée de la seconde à la terminale en 1958, ils sont plus de 1,5 million au début des années 1990 (**doc. 1**).
- Ce mouvement se traduit par une **hausse du taux d'accès au baccalauréat** : alors que seuls 10 % des jeunes constituant une classe d'âge y accédaient, ils sont près de 80 % en 2012 (**doc. 1**). L'objectif fixé dans la première moitié des années 1980 est ainsi atteint.

II. Une démocratisation qualitative moins spectaculaire

- Certes, le **secondaire** n'est plus l'apanage des groupes sociaux les plus aisés (**doc. 1**), mais au lycée les catégories populaires sont surreprésentées dans les filières technologiques et professionnelles, et sous-représentées dans les filières générales, plus prestigieuses.
- On retrouve ce phénomène dans le **supérieur**. Ainsi, l'écart entre les proportions d'enfants de cadres et d'ouvriers parmi les étudiants à l'université se réduit un peu (**22,4 points** en 2017 contre **24,4 points** en 2007) mais reste non négligeable (**doc. 2**).

À NOTER
35,6 % – 11,2 % = 24,4 points. Un tel écart est d'autant plus parlant que les enfants de cadres ne représentent que 17 % d'une classe d'âge, contre près de 50 % pour les enfants d'ouvriers et d'employés en 2017.

- L'écart s'accroît même dans certaines **filières sélectives**. De 56,7 à 58,1 points concernant l'écart de leurs parts respectives parmi les étudiants des écoles normales supérieures ; écart qui représente pourtant déjà près de trois fois celui observé à l'université (**doc. 2**).

Conclusion

Ainsi, depuis les années 1950, l'École française a connu une indéniable démocratisation quantitative ; les taux d'accès aux différents niveaux de formation initiale ont augmenté, parfois considérablement. Cependant, des inégalités de taux d'accès demeurent entre les enfants issus de différents milieux sociaux, parfois à des niveaux élevés. Le mouvement de démocratisation scolaire est donc loin d'être achevé.

SUJET 18 | OBJECTIF BAC

DISSERTATION 4 h Les facteurs d'inégalités scolaires

Les inégalités scolaires mettent à mal les démocraties se revendiquant de l'idéal méritocratique. Pour pouvoir lutter contre ces inégalités, il faut au préalable en comprendre les causes.

LE SUJET

Comment expliquer les inégalités de réussite scolaire ?

Document 1 PISA et les inégalités scolaires en France

Le Programme international de l'OCDE pour le suivi des acquis des élèves (PISA) est une enquête administrée tous les trois ans depuis 2000 en vue d'évaluer les connaissances des élèves de 15 ans […].

Comme déjà observé lors des éditions précédentes du PISA, la France est l'un des pays de l'OCDE où le lien entre le statut socio-économique et la performance […] est le plus fort avec une différence de 107 points entre les élèves issus d'un milieu favorisé et ceux issus d'un milieu défavorisé. […] Nettement supérieure à celle observée en moyenne dans les pays de l'OCDE (89 points).

De nombreux élèves, et en particulier les élèves issus d'un milieu défavorisé, ont des ambitions moins élevées que ce à quoi on pourrait s'attendre compte tenu de leurs résultats scolaires. En France, parmi les élèves ayant de bons résultats dans PISA, un sur cinq ne prévoit pas de faire des études supérieures quand il vient d'un milieu défavorisé alors que cette proportion est très faible quand il vient d'un milieu favorisé.

Les attentes professionnelles des élèves de 15 ans […] reflètent de forts stéréotypes de genres. Parmi les élèves les plus performants en mathématiques ou en sciences, un garçon sur trois en France souhaite travailler comme ingénieur ou comme scientifique à l'âge de 30 ans, alors que seulement une fille sur six se projette dans ce type de professions. […]
La France est l'un des pays où les élèves ressentent le moins de soutien de la part de leurs enseignants pour progresser dans les apprentissages.

Source : PISA, OCDE, 2018.

Document 2 Répartition moyenne du temps de classe au cours d'une séance au collège selon les enseignants en 2012-2013 (en % du temps de classe)

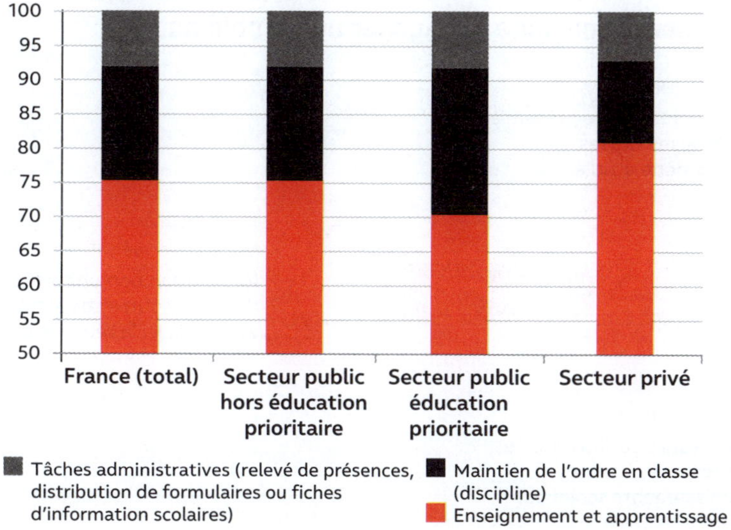

Source : « Comment l'École amplifie-t-elle les inégalités », Conseil national d'évaluation du système scolaire, septembre 2016.

Document 3 Pratiques culturelles selon le niveau de vie (en %)

	Les 20 % les plus pauvres	Les 20 % les plus riches	Ensemble de la population
Cinéma			
A été au cinéma plus de 3 fois en un an	17	42	28
N'a pas pu se permettre d'aller au cinéma en un an	17	1	6
Spectacle (théâtre, concert, spectacle vivant)			
A vu un spectacle plus de 3 fois en un an	10	31	18
N'a pas pu se permettre d'aller voir un spectacle en un an	17	1	6
Site culturel			
A visité un site culturel plus de 3 fois en un an	11	39	20
N'a pas pu se permettre de visiter un site culturel en un an	14	1	5

Source : Insee, données 2015.

LES CLÉS POUR RÉUSSIR

Reportez-vous à la méthode générale de la dissertation p. 316.

Analyser la consigne et dégager une problématique

Analyse du sujet

expliquer
On vous demande de présenter les raisons, les causes du phénomène étudié.

inégalités
Répartition non uniforme d'une ressource socialement valorisée, ici la réussite scolaire.

réussite scolaire
Elle se mesure au taux d'accès aux différents niveaux et établissements scolaires.

Problématique. Vous devez mettre en évidence l'idée que de nombreuses raisons peuvent expliquer les inégalités de réussite scolaire.

Exploiter les documents

Document 1

Le document 1 évoque plusieurs raisons pouvant expliquer les inégalités scolaires. L'origine sociale, première raison, détermine-t-elle cette réussite ou n'est-elle qu'un paramètre des stratégies des familles ? Même question pour le genre, deuxième raison évoquée. L'« effet maître », dernière raison, évoquée dans le dernier paragraphe, jouerait également un rôle.

Document 2

Le document 2 indique que les temps d'enseignement et d'apprentissage sont plus élevés dans les établissements du secteur privé que dans ceux du secteur public éducation prioritaire, où sont surreprésentés les élèves issus de milieux peu favorisés. Il évoque donc l'« effet établissement » ou l'« effet classe ».

Document 3

Le document 3 présente les pratiques culturelles selon le niveau de vie. Le fait que les plus riches puissent avoir davantage de pratiques culturelles socialement valorisées que les plus pauvres peut favoriser chez leurs enfants le développement de meilleures dispositions pour réussir à l'école, où ces pratiques sont valorisées par les enseignants.

Définir le plan

1 Les facteurs familiaux

- Présentez les différences de **dispositions intériorisées lors de la socialisation**, qui peuvent engendrer des inégalités de réussite scolaire, selon le milieu social et le genre. **(doc. 1 et 3)**
- Quelles **stratégies familiales** peuvent engendrer des inégalités scolaires ? **(doc. 1)**

2 Le rôle de l'École

- Montrez que l'évaluation des élèves peut privilégier ceux d'entre eux issus des **milieux favorisés**.
- Quel rôle peut jouer le **contexte scolaire** dans les inégalités de réussite scolaire ? **(doc. 1 et 2)**

CORRIGÉ

Les titres en couleur ou entre crochets ne doivent pas figurer sur la copie.

Introduction

[accroche] Depuis les années 1950, les réformes se sont multipliées afin de réduire les inégalités scolaires. L'enjeu est d'importance, car ces inégalités peuvent discréditer les démocraties qui fondent leur légitimité sur des discours méritocratiques, selon lesquels ce sont les efforts de chacun qui déterminent chaque destinée sociale. **[présentation du sujet et problématique]** Il est donc important d'analyser les raisons pour lesquelles les chances d'accéder aux différents niveaux et établissements scolaires sont inégales. Nous nous appuierons sur le cas français pour illustrer notre propos.

[annonce du plan] Une première partie analysera le rôle que peuvent jouer la famille et le contexte dans lequel ses membres sont socialisés ; une seconde partie présentera les raisons qui permettent de penser que l'École a également une responsabilité dans les inégalités de réussite scolaire.

I. Les facteurs familiaux

LE SECRET DE FABRICATION

Il s'agit, d'une part, de distinguer les effets de la socialisation selon le genre et le milieu social, qui peuvent avoir des effets sur la réussite scolaire ; d'autre part, d'identifier les stratégies spécifiquement scolaires des familles.

1. La socialisation familiale

- La socialisation **selon le genre** renforce les inégalités scolaires. La socialisation des garçons les incite à choisir des filières plus valorisées. D'après Christian Baudelot et Roger Establet, les filles ont des résultats scolaires supérieurs à ceux des garçons et pourtant délaissent les filières valorisées et les grandes écoles. Ceci peut s'illustrer par le fait que parmi les élèves les plus performants en mathématiques ou en sciences, un garçon sur trois en France souhaite travailler comme ingénieur ou comme scientifique à l'âge de 30 ans, alors que seulement une fille sur six se projette dans ce type de professions (**doc. 1**).

- La socialisation **selon le milieu social** renforce également les inégalités scolaires. Selon Pierre Bourdieu (1930-2002), le capital culturel hérité de la famille permet aux élèves favorisés de détenir des références culturelles et des manières de parler proches de celles des enseignants, ce qui favorise leur réussite scolaire. Le sentiment d'être à leur place à l'école favorise alors le choix de poursuite d'études plus longues et prestigieuses. Ce capital se développe par **inculcation ou imprégnation**, notamment à l'occasion de pratiques culturelles : 39 % des 20 % les plus riches ont ainsi visité un site culturel plus de trois fois en un an, contre 11 % des 20 % les plus pauvres (**doc. 3**).

MOTS CLÉS

Alors que l'**inculcation** implique un apprentissage méthodique conduit par l'entourage – la famille, ici –, l'**imprégnation** repose sur la simple imitation des pratiques observées chez celui-ci.

2. Les stratégies familiales

- Selon Raymond Boudon (1934-2013), les ménages adoptent des stratégies scolaires fondées sur un **calcul coûts-avantages.** Les coûts sont associés au prix des études, mais aussi à leur difficulté ; les avantages consistent à obtenir un diplôme supérieur à celui des parents et donc à connaître une promotion sociale. Les ménages aisés, dont les enfants ont statistiquement les meilleures chances de réussite scolaire, encourageront alors davantage leurs enfants à poursuivre des études longues et coûteuses, contrairement aux familles les moins favorisées pour qui les chances qu'un tel pari ait une issue favorable sont plus réduites. Ceci peut expliquer qu'en France, parmi les élèves ayant de bons résultats dans PISA, un sur cinq ne prévoit pas de faire des études supérieures quand il vient d'un milieu défavorisé, alors que cette proportion est très faible quand il vient d'un milieu favorisé (**doc. 1**).

- Le **choix de résidence**, visant à contourner la carte scolaire, ou encore le **contrôle des fréquentations** des enfants sont également des stratégies familiales permettant d'augmenter les chances de réussite scolaire.

II. Le rôle de l'École

1. La valorisation de la « culture dominante »

Selon Pierre Bourdieu, les enseignants ont tendance à valoriser la culture des **classes dominantes**. En effet, eux-mêmes proviennent le plus souvent de ces classes et doivent leur réussite à la mobilisation de cette culture dans leurs études. Dès lors, ils ont tendance à évaluer les élèves selon leur maîtrise de cette culture ; ce qui privilégie les élèves issus des classes dominantes. S'opérerait alors une « **violence symbolique** » sur les élèves, qui conduirait les moins « performants » à intérioriser le sentiment d'une certaine infériorité sociale.

MOT CLÉ

Pour Bourdieu, les **classes dominantes** sont celles qui possèdent le plus grand volume de capitaux économiques et culturels. Elles se caractérisent par leur souci de maintenir leur position dominante.

2. Le contexte scolaire

Certains établissements, certaines classes, peuvent être plus propices à la réussite scolaire que d'autres. Ces deux effets, « **effet établissement** » et « **effet classe** », peuvent résulter de projets pédagogiques spécifiques ou des caractéristiques sociales des élèves qui y sont scolarisés. C'est ce que suggère le **document 2** qui indique qu'en 2012-2013 en France, 80 % du temps d'une séance de cours dans un collège du secteur privé est consacré à l'enseignement et l'apprentissage, contre 70 % du temps dans un collège du secteur public éducation prioritaire. Ce dernier se caractérisant par le fait qu'y sont surreprésentées les catégories les moins dotées culturellement et que la réussite scolaire y est plus faible.

Il peut également exister un effet propre à chaque enseignant (« **effet maître** »). Le fait que l'origine sociale soit aussi déterminante dans la réussite scolaire en France n'est alors peut-être pas étranger au fait qu'il s'agit d'un des pays où les élèves ressentent le moins de soutien de la part de leurs enseignants pour progresser dans les apprentissages (**doc. 1**).

Conclusion

[bilan] Plusieurs raisons peuvent donc expliquer les inégalités de réussite scolaire. Elles peuvent se distinguer selon qu'elles relèvent du contexte ou des stratégies familiales, d'une part, ou d'une responsabilité de l'École elle-même, d'autre part.

[ouverture] Mais il y a de fortes chances pour qu'une prise en compte conjointe de ces différentes raisons soit indispensable si l'on souhaite obtenir une démocratisation effective de l'École en France.

Sociologie

8 Les caractéristiques contemporaines et les facteurs de la mobilité sociale

La famille Chedid, représentée ici, illustre bien les mécanismes sociologiques de la reproduction sociale intergénérationnelle. La mobilité sociale est un enjeu essentiel des sociétés démocratiques. Mais l'attribution des positions sociales repose-t-elle toujours sur les choix individuels, sur les efforts et le mérite de chacun ?

TEST

Pour vous situer et identifier les fiches à réviser 178

FICHES DE COURS

31 Définitions et formes de la mobilité sociale 180
32 Les tables de mobilité : instrument de mesure de la mobilité sociale 182
33 L'exploitation des tables de mobilité 184
34 Les déterminants de la mobilité sociale 186
MÉMO VISUEL 188

SUJETS GUIDÉS & CORRIGÉS

OBJECTIF BAC

19 MOBILISATION DES CONNAISSANCES | Les limites des tables de mobilité 190
20 ÉTUDE D'UN DOCUMENT | La mobilité sociale des femmes 192
21 DISSERTATION | Les déterminants de la mobilité sociale 194

TESTEZ-VOUS

→ CORRIGÉS P. 318-320

Faites le point sur vos connaissances, puis établissez votre **parcours de révision** en fonction de votre score.

1 Définitions et formes de la mobilité sociale

→ FICHE 31

1. La mobilité sociale intragénérationnelle désigne pour un individu…

☐ a. un changement de position sociale au cours de sa vie.

☐ b. un changement de position sociale par rapport à un de ses parents.

☐ c. un changement de statut professionnel.

2. Vrai ou faux ? Cochez la case qui convient.

	V	F
a. Un artisan fils d'agriculteur connaît une mobilité ascendante.	☐	☐
b. Une infirmière fille de professeure est en mobilité descendante.	☐	☐
c. Un cadre d'entreprise fils de médecin est immobile.	☐	☐
d. Une ingénieure fille d'inspecteur de police est immobile.	☐	☐

…/2

2 Les tables de mobilité : instrument de mesure de la mobilité sociale

→ FICHE 32

1. La table des destinées sociales indique pour les individus…

☐ a. de quelle position sociale d'origine ils proviennent.

☐ b. quelle position sociale ils occupent.

☐ c. vers quelle position sociale ils se sont dirigés.

2. Complétez le texte avec les mots qui conviennent

Les .... de mobilité permettent de mesurer la mobilité sociale ...., en comparant la .... des individus avec celle de leur .... La diagonale de la table des destinées indique le poids de .... Les tables permettent également d'évaluer la ...., par le calcul des odds ratio.

3. Indiquez pour chaque proposition s'il s'agit d'un intérêt ou d'une limite des tables de mobilité pour mesurer la mobilité sociale.

	Intérêt	Limite
a. Les tables s'appuient sur la position sociale à un moment donné.	☐	☐
b. Le prestige de certaines professions change dans le temps.	☐	☐
c. Les tables montrent le poids de l'immobilité sociale.	☐	☐
d. Le nombre de catégories détermine le degré de mobilité.	☐	☐

…/3

3 L'exploitation des tables de mobilité

→ FICHE 33

1. D'après les tables de mobilité…

☐ a. les immobiles représentent environ les 2/3 des individus.
☐ b. les professions intermédiaires connaissent la mobilité la plus forte.
☐ c. la mobilité ascendante est supérieure chez les femmes.

2. Complétez le texte avec les mots qui conviennent.

La mobilité sociale s'est .... entre 1977 et 1993, diminue depuis 1993 pour les ...., est stable chez les .... La mobilité verticale .... sur l'ensemble de la période. Chez les femmes, c'est la mobilité .... qui augmente le plus tandis que chez les hommes c'est la mobilité ....

3. Vrai ou faux ? Cochez la case qui convient.

	V	F
a. La fluidité sociale a augmenté depuis 1977.	☐	☐
b. Le lien entre origine sociale et position sociale a diminué depuis 1977.	☐	☐
c. Les déclassements ont augmenté depuis 1977.	☐	☐

…/3

4 Les déterminants de la mobilité sociale

→ FICHE 34

1. La mobilité structurelle désigne…

☐ a. l'évolution de la structure socioprofessionnelle.
☐ b. l'évolution des catégories socioprofessionnelles.
☐ c. les changements de position sociale dus aux transformations structurelles.

2. Vrai ou faux ? Cochez la case qui convient.

	V	F
a. Le capital économique joue le plus grand rôle dans la mobilité.	☐	☐
b. La position dans la fratrie influence la trajectoire sociale.	☐	☐
c. Le calcul coût-avantage est favorable à la poursuite d'études.	☐	☐

3. Associez chaque idée à son auteur.

a. La mobilité est due à la possession inégale de capitaux. •   • R. Boudon
b. La mobilité résulte de stratégies individuelles rationnelles. •   • P. Bourdieu
c. La mobilité est liée à la socialisation familiale. •

…/3

Score total …/11

Parcours PAS À PAS ou EXPRESS ? → MODE D'EMPLOI P. 3

31 Définitions et formes de la mobilité sociale

En bref *La mobilité sociale désigne le déplacement d'un individu au sein de la structure sociale. Diverses formes de mobilité peuvent être distinguées. La possibilité d'une mobilité sociale est une caractéristique des sociétés démocratiques.*

I Les diverses formes de mobilité

1 La mobilité sociale, une mobilité parmi d'autres

- La mobilité sociale désigne le changement de position sociale d'un individu, celle-ci étant évaluée par la catégorie socioprofessionnelle → FICHE 24.

- Par exemple, un travailleur du bâtiment (ouvrier) qui crée son entreprise artisanale connaît une situation de mobilité sociale et intègre la CSP artisan commerçant, chef d'entreprise.

- La mobilité d'un individu n'est pas toujours de nature sociale. Un individu qui change de profession ou de fonction sans que son **statut social** n'en soit affecté connaît une mobilité professionnelle.

MOT CLÉ

Le **statut social** désigne la position occupée dans un système social à laquelle sont associés un niveau et un mode de vie donnés, un prestige plus ou moins grand, des comportements et des aspirations attendus.

- La mobilité est également géographique lorsqu'un individu change de lieu de travail ou de résidence. Celle-ci se développe, pour certaines catégories de salariés, avec l'ouverture internationale et l'intégration croissante des économies.

2 Mobilité intragénérationnelle et mobilité intergénérationnelle

- Les études de mobilité sociale portent sur les changements de position sociale d'un individu au cours de sa vie et concernent la mobilité intragénérationnelle.

- Mais elles reposent plus souvent sur la comparaison entre la position sociale d'un individu et celle de ses parents : on parle alors de mobilité sociale intergénérationnelle.

3 Mobilité ascendante et descendante, immobilité

- Une mobilité sociale est ascendante lorsque l'individu acquiert un statut social plus élevé. Elle est descendante lorsque le statut social est en régression : on parle aussi de déclassement social. Cette distinction renvoie à une hiérarchie des positions sociales, dont certaines apparaissent plus prestigieuses que d'autres, hiérarchie variable selon les époques, les sociétés, les groupes sociaux.

- L'immobilité sociale est l'absence de changement de position entre position d'origine et position acquise.

II Une caractéristique des sociétés contemporaines

1 Démocratie et méritocratie

- Dans les sociétés traditionnelles, le statut social est donné à la naissance (il est hérité) et se présente comme un ordre naturel. Les sociétés d'ordres de l'Ancien Régime ou de castes comme en Inde fonctionnent selon ce principe.
- Dans les sociétés démocratiques, les principes d'égalité et d'autonomie des individus les conduisent à construire leur situation professionnelle future sur la base de leurs choix, de leurs talents et de leurs efforts.

2 École et égalité des chances

- L'École → CHAPITRE 7 joue alors un rôle central dans une société qui garantit la mobilité sociale en faisant reposer l'attribution des positions sociales sur le **principe méritocratique** et l'égalité des chances.

MOT CLÉ
Selon le **principe méritocratique**, les positions sociales sont attribuées selon les qualités personnelles et le travail de chacun.

- Les travaux de sociologie de l'École montrent cependant que le mérite scolaire est très inégalement réparti selon les groupes sociaux et que les meilleures positions scolaires restent en partie le produit d'un héritage familial.

zoOm

La mobilité professionnelle de quelques CSP (2014-2015)

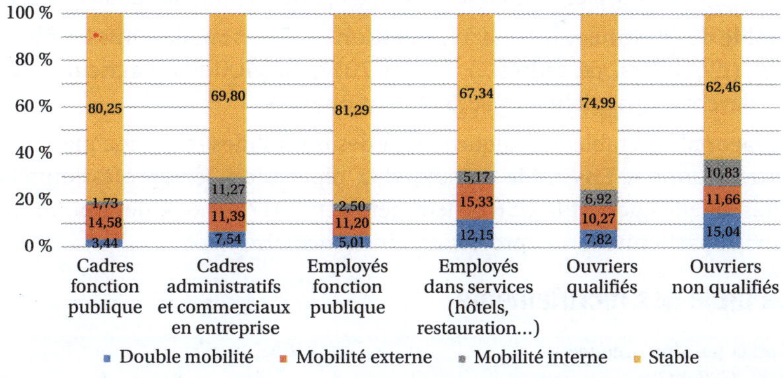

Source : Insee, Analyses Bretagne n°77, novembre 2018.

- Les travailleurs peuvent être concernés par une mobilité interne (changement de métier), externe (changement d'établissement) ou les deux simultanément.
- Les ouvriers non qualifiés et les employés des services apparaissent comme les deux CSP les plus touchées par une mobilité professionnelle entre 2014 et 2015, puisqu'un tiers d'entre eux ont connu une des trois formes de mobilité.

32 Les tables de mobilité : instrument de mesure de la mobilité sociale

En bref *La mobilité sociale intergénérationnelle se mesure grâce aux tables de mobilité qui permettent d'appréhender les déplacements entre milieu social d'origine et position sociale. Ces outils présentent des limites.*

I Les principes de construction des tables de mobilité

Les tables de mobilité croisent deux variables : la **CSP de l'individu** à un moment de son existence et la **CSP de son père** ou **de sa mère**. À partir d'une table de données en valeur absolue, on peut déduire deux tables en pourcentage.

1 La table des destinées

Selon la position d'origine	CSP du père						
CSP du fils	**1**	**2**	**3**	**4**	**5**	**6**	**Ensemble**
1. Agriculteurs exploitants	**24,6**	0,6	0,5	0,4	0,4	07	2,5
2. Artisans, commerçants, chefs d'entreprise	7,4	**19,3**	8,8	7,3	7,2	8,0	9,4
3. Cadres et professions intellectuelles supérieures	11,6	23,4	**49,3**	28,1	19,3	10,5	21,6
4. Professions intermédiaires	16,0	22,0	24,4	**32,2**	27,0	21,4	23,8
5. Employés	6,9	9,7	7,9	12,7	**17,9**	12,1	11,5
6. Ouvriers	33,5	25,1	9,2	19,2	28,2	**47,2**	31,4
Ensemble	**100,0**	**100,0**	**100,0**	**100,0**	**100,0**	**100,0**	**100,0**

Source : Site académie de Versailles, Insee, Hommes de 30 à 59 ans, 2017.

- La **table des destinées** répond à la question : « Que sont devenus les fils d'agriculteurs (d'ouvriers, de cadres…) ? » En 2017, sur 100 fils d'agriculteurs, 24,6 étaient devenus agriculteurs et 33,5 étaient ouvriers.
- La **diagonale** du tableau indique la part des **immobiles** selon chaque CSP d'origine. La colonne « **Ensemble** » indique la répartition socioprofessionnelle des enquêtés, quelle que soit la CSP de leur père : en 2017, 23,8 % des hommes de 30 à 59 ans appartiennent aux professions intermédiaires.

2 La table des recrutements

Selon la position occupée	CSP du père						
CSP du fils	**1**	**2**	**3**	**4**	**5**	**6**	**Ensemble**
1. Agriculteurs exploitants	**79,4**	3,1	2,9	2,6	1,7	10,3	**100,0**
2. Artisans, commerçants, chefs d'entreprise	6,3	**27,6**	13,5	12,1	7,9	32,7	**100,0**
3. Cadres et professions intellectuelles supérieures	4,3	14,6	**32,9**	20,3	9,2	18,7	**100,0**
4. Professions intermédiaires	5,3	12,5	14,8	**21,1**	11,7	34,6	**100,0**
5. Employés	4,8	11,4	9,9	17,3	**16,1**	40,6	**100,0**
6. Ouvriers	8,5	10,8	4,2	9,6	9,2	**57,8**	**100,0**
Ensemble	7,9	13,5	14,4	15,6	10,3	38,3	**100,0**

Source : Site académie de Versailles, Insee, Hommes de 30 à 59 ans, 2017.

■ La **table des recrutements** répond à la question : « D'où viennent les agriculteurs (les ouvriers, les cadres...) ? » 79,4 % des agriculteurs sont des fils d'agriculteurs et seulement 2,9 % sont des fils de cadres.

■ La diagonale de la table indique le poids de l'**auto-recrutement**, c'est-à-dire la part au sein de chaque CSP de ceux qui en sont eux-mêmes issus. La ligne « **Ensemble** » indique la **répartition des individus selon la CSP de leur père**. Ainsi en 2017, sur 100 hommes de 30 à 59 ans, 38,3 sont fils d'ouvriers.

II Intérêts et limites des tables de mobilité

■ Les tables de mobilité permettent de mesurer la **mobilité sociale intergénérationnelle**, en comparant la position sociale des individus avec celle de leur père ou mère.

■ Elles permettent d'évaluer la **fluidité sociale**, par le calcul des **odds ratio** (rapport des chances relatives) qui indiquent le lien plus ou moins fort entre la position sociale occupée et la position d'origine et ainsi le degré d'égalité des chances. Un odds ratio qui diminue indique une fluidité sociale qui augmente.

■ Cependant, les tables de mobilité présentent des limites.

- Le degré de mobilité ou d'immobilité est fortement lié au **niveau de détail** des CSP utilisées : plus les catégories utilisées sont nombreuses, plus les déplacements entre catégories apparaissent mécaniquement importants.
- On compare dans le **temps** des professions dont la représentation a pu changer : par exemple un professeur des écoles aujourd'hui n'a pas le prestige social d'un instituteur il y a 40 ou 50 ans.
- Les tables de mobilité ignorent souvent les **mères** majoritairement inactives dans les générations passées, ainsi que les parcours pas toujours linéaires des individus.

CHIFFRES CLÉS
10,3 % des hommes de 30 à 59 ans sont **employés**, ce qui n'est pas représentatif de l'ensemble de la population active. En effet les employés sont très majoritairement des femmes.

zoOm

Le calcul de l'odds ratio

CSP en 2017	1	2	3	4	5	6
Sur 100 fils d'ouvriers	0,7	8,0	10,5	21,4	12,1	47,2
Sur 100 fils de cadres	0,5	8,8	49,3	24,4	7,9	9,2

■ Un **enfant de cadre** a une probabilité de 49,3/100 de devenir cadre et de 9,2/100 de devenir ouvrier, soit 49,3/9,2 = 5,3. Un **fils d'ouvrier** a une probabilité de devenir cadre de 10,5/100 et de devenir ouvrier de 47,2/100, soit 10,5/47,2 = 0,22.

■ **L'odds ratio** est 5,3/0,22 = 24,1. Ce résultat signifie que les chances de devenir cadre plutôt qu'ouvrier sont 24 fois plus élevées chez les enfants de cadres que chez les enfants d'ouvriers.

33 L'exploitation des tables de mobilité

En bref *Si au sein de certaines catégories sociales l'immobilité intergénérationnelle est forte, celle-ci diminue au profit d'une mobilité sociale ascendante et descendante et d'une plus grande fluidité sociale.*

I Les tendances de la mobilité sociale actuelle

1 Le poids de l'immobilité sociale

- La part des individus **immobiles** est de l'ordre d'un tiers (36,6 % chez les hommes de 30 à 59 ans en 2017), avec des écarts importants en fonction des CSP. Cela reflète une forte **reproduction sociale**.

> **MOT CLÉ**
> Le concept de **reproduction sociale** désigne la tendance qu'a la structure sociale à se perpétuer de génération en génération.

- Ce sont les **enfants d'ouvriers et de cadres** qui connaissent l'**immobilité** la plus forte puisque respectivement 47,2 % des premiers et 49,3 % des seconds occupent la même CSP que leur père en 2017.
- Les **agriculteurs** sont marqués par un fort **auto-recrutement** puisque près de 80 % d'entre eux sont eux-mêmes enfants d'agriculteurs. C'est vrai aussi pour près de 60 % des **ouvriers**.

2 La mobilité ascendante et descendante

- Les **ouvriers** et **employés** connaissent mécaniquement une **mobilité ascendante** plus forte, étant situés en bas de l'échelle sociale. Ainsi 21,4 % des fils d'ouvriers ont intégré les professions intermédiaires en 2017 et 10,5 % sont devenus cadres.
- À l'inverse les **cadres et professions intellectuelles supérieures** connaissent une **mobilité descendante** mécaniquement plus forte : sur 100 fils de cadres, 24,4 sont professions intermédiaires, 7,9 sont employés et 9,2 sont ouvriers.
- La CSP **professions intermédiaires** est mécaniquement celle qui permet le plus de mobilité (ascendante et descendante).
- Ascendants ou descendants, les **trajets de mobilité** s'effectuent majoritairement au sein de CSP proches.

3 La mobilité sociale des femmes

- En 2015, 70,5 % des femmes de 35 à 59 ans occupent une CSP différente de celle de leur mère et 29,5 % occupent la même CSP. La mobilité des femmes est **supérieure** à celle des hommes (+5,3 points).
- Les femmes, comparées à leur mère, connaissent une **mobilité ascendante supérieure** à celle des hommes, comparés à leur père. En revanche, comparées à leur père, leur mobilité ascendante est plus faible de près de 6 points à celle des hommes.

II Les évolutions de la mobilité sociale

■ La mobilité sociale s'est accrue entre 1977 et 1993, particulièrement chez les femmes comparées à leur mère (+10 points). Depuis 1993, elle diminue pour les hommes (–2,2 points) et reste stable chez les femmes.

■ La mobilité verticale augmente sur l'ensemble de la période (+12 points chez les hommes, +29 points chez les femmes). Chez les femmes, c'est la mobilité ascendante qui augmente le plus tandis que chez les hommes c'est la mobilité descendante, caractéristique d'un phénomène de déclassement social.

MOT CLÉ

Outre la mobilité sociale descendante, le **déclassement social** désigne aussi une mobilité professionnelle descendante et l'occupation d'une position socioprofessionnelle inférieure à ce que le niveau de formation permet d'atteindre.

■ La fluidité sociale s'est globalement accrue depuis 1977 : la probabilité de devenir cadre plutôt qu'ouvrier était, en 1977, 91,7 fois supérieure chez les fils de cadres que chez les fils d'ouvriers, et en 2003, 28,8 fois supérieure.

■ Cet affaiblissement de l'effet de l'origine sur la position sociale s'est traduit en même temps par une hausse de la mobilité sociale ascendante et des déclassements plus nombreux.

zoOm

La famille Chedid, un exemple de reproduction sociale intergénérationnelle

■ La famille Chedid (Anna, Louis, Joseph et Matthieu en 2015) illustre parfaitement la transmission intergénérationnelle d'un statut social hérité, celui d'artiste : grand-mère poétesse, père auteur-compositeur-interprète, quatre enfants dans le monde du spectacle et de la création artistique.

■ Pour autant, tous les artistes renommés ne sont pas issus de parents artistes et certains connaissent une véritable ascension sociale.

34 Les déterminants de la mobilité sociale

En bref *Les mutations de la structure socioprofessionnelle et du système de formation jouent un rôle essentiel dans la mobilité sociale. La famille exerce également une action déterminante.*

I La structure socioprofessionnelle et les niveaux de formation

1 La mobilité structurelle

- La comparaison entre la répartition socioprofessionnelle des individus et celle de leur père permet d'observer les CSP en déclin et les CSP en expansion entre les deux générations. Ainsi 7,9 % des enquêtés sont fils d'agriculteurs en 2017, mais seulement 2,5 % sont agriculteurs eux-mêmes.
- Cette comparaison reflète une transformation de la structure socioprofessionnelle française, marquée par la baisse séculaire du poids du secteur de l'agriculture, une désindustrialisation depuis les années 1970 et un triple processus de salarisation, de tertiarisation et de féminisation de l'emploi → FICHE 25.
- Les CSP en déclin (agriculteurs, ouvriers, artisans-commerçants-chefs d'entreprise) ont généré une **mobilité structurelle** vers les CSP en expansion (cadres, professions intermédiaires), celle-ci expliquant l'essentiel de la mobilité et de son augmentation ces dernières décennies.

MOT CLÉ
La **mobilité structurelle** désigne les déplacements intergénérationnels, ascendants ou non, liés aux transformations de la structure socioprofessionnelle.

2 L'élévation du niveau de diplôme et de formation

- L'accès à un niveau de formation plus élevé est une condition essentielle d'une mobilité sociale ascendante → CHAPITRE 7.
- L'élévation globale du niveau de formation accompagne les transformations de la structure socioprofessionnelle et permet une mobilité sociale ascendante pour nombre d'enfants de catégories populaires et moyennes.
- Cependant un niveau de formation qui s'élève plus rapidement que la structure des emplois a des effets pervers. Il explique une moindre rentabilité des diplômes.

II Le rôle de la famille et de ses transformations

1 Ressources familiales et reproduction sociale

- La famille au travers de son rôle de socialisation crée des aspirations, différentes selon le milieu social, qui influencent la trajectoire sociale des individus, au travers des choix d'études notamment.

■ La famille met également en œuvre des stratégies qui influencent les choix d'études et les positions sociales futures. Selon le sociologue Raymond Boudon, ces **stratégies scolaires rationnelles** sont le fruit de décisions qui reposent sur un calcul coût/avantages encourageant l'inégalité des chances, les familles des catégories supérieures anticipant plus d'avantages aux choix de poursuite d'études que les familles de catégories inférieures.

■ Le sociologue Pierre Bourdieu a montré que la reproduction sociale était liée, selon les groupes sociaux, à la possession différente en quantité et en qualité de **capitaux économiques, culturels** → CHAPITRE 7 et **sociaux** qui ont une rentabilité scolaire plus ou moins forte. Le capital social joue en particulier un rôle majeur pour l'accession à certains types d'études ou à certains types d'emplois qui nécessitent la constitution d'un réseau.

2 Le rôle des configurations familiales

■ La **configuration familiale** a des effets sur la socialisation des individus, sur leurs aspirations et leurs projets, leurs choix d'études et leurs réussites et donc sur leurs **trajectoires futures**.

■ Les transformations de l'**institution familiale**, marquée par le développement des familles monoparentales et recomposées, peuvent avoir des effets sur les destins individuels.

MOT CLÉ
La **configuration familiale** désigne la composition et les modes de constitution de la famille, le nombre et l'âge des frères et sœurs, la position dans la fratrie, la place des grands-parents...

zoOm

CSP des personnes en emploi de 1982 à 2018

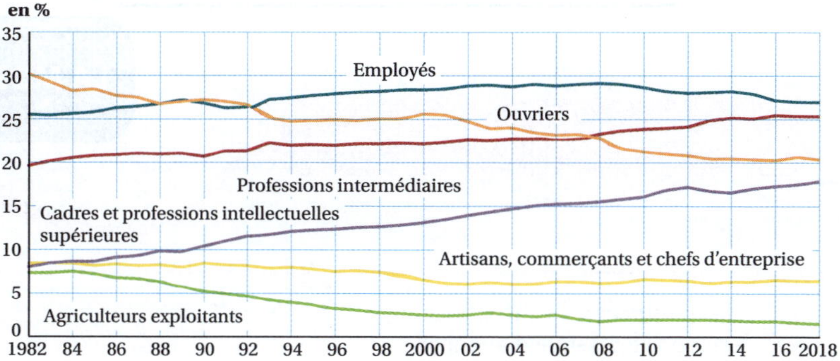

Source : Insee Références, édition 2019.

■ L'évolution des CSP depuis 1982 reflète les **transformations sectorielles** de la production et de la population active.

■ La **CSP cadres** connaît une **forte progression** tandis que celles des **agriculteurs** et des **ouvriers** connaissent la plus **forte baisse**.

MÉMO VISUEL

LA MOBILITÉ

Définitions et formes de la mobilité sociale

Diverses formes de mobilité

- Mobilité sociale
- Mobilité professionnelle
- Mobilité géographique

Diverses formes de mobilité et immobilité sociales

- Mobilité intragénérationnelle
- Mobilité intergénérationnelle
- Immobilité sociale
- Mobilité ascendante
- Mobilité descendante

Caractéristiques des sociétés démocratiques

- Principe d'égalité et d'autonomie
- Principe méritocratique

Lire les tables de mobilité sociale

- Elles mesurent :
  - la mobilité intergénérationnelle
  - la fluidité sociale
- Table des destinées : ce que deviennent les individus d'une même origine sociale
- Table des recrutements : d'où viennent les individus d'une même CSP
- Diagonales des tables : poids de l'immobilité sociale et de l'autorecrutement

Quels sont les principaux facteurs qui expliquent la mobilité sociale ?

Ce que montrent les tables de mobilité

- Poids de l'immobilité sociale, reflet d'une forte reproduction sociale au sein de certaines CSP (ouvriers, cadres)
- Augmentation de la mobilité ascendante et descendante
  - mobilité ascendante (ouvriers et employés)
  - mobilité descendante (cadres et professions intellectuelles)
  - mobilité ascendante et descendante (professions intermédiaires)
  - des trajets de mobilité entre CSP proches socialement
- Fluidité sociale en hausse entre 1977 et 2003
- Mobilité des femmes, comparées à leur mère, supérieure à celle des hommes et davantage ascendante

SOCIALE

Déterminants de la mobilité sociale

- Origine structurelle, liée à l'évolution de la structure socioprofessionnelle
- Élévation du niveau de formation
  - favorise une mobilité ascendante
  - génère une forme de déclassement
- Rôle important de la famille et de ses configurations (ressources économiques, culturelles, sociales)

SUJET 19 | OBJECTIF BAC

MOBILISATION DES CONNAISSANCES 30 min

Les limites des tables de mobilité

Les tables de mobilité constituent un instrument très utile de mesure de la mobilité sociale, mais sont-elles entièrement fiables et pertinentes ? Comportent-elles des limites ?

LE SUJET

Vous présenterez une limite des tables de mobilité comme instrument de mesure de la mobilité sociale.

LES CLÉS POUR RÉUSSIR

Reportez-vous à la méthode générale de la mobilisation des connaissances p. 312.

Définir les mots clés

- La **mobilité sociale** désigne les changements de position sociale d'un individu, soit au cours de sa vie (mobilité intragénérationnelle), soit par rapport à la position sociale de son père ou de sa mère (mobilité intergénérationnelle).
- Les **tables de mobilité** (des destinées/des recrutements) sont des tableaux à double entrée croisant la position sociale des hommes ou femmes avec celle de leur père ou mère, généralement appréhendées à partir des CSP.
- Les **limites** des tables sont liées à leur difficulté à évaluer correctement la mobilité sociale réelle ou vécue par les individus, du fait par exemple de ne pas prendre en compte les trajectoires des individus, seulement leur position à un moment donné.

Structurer la réponse

- On explicitera **une des limites** des tables de mobilité.
- On étayera l'argumentation en l'illustrant à partir d'un **exemple pertinent**.

CORRIGÉ

Les titres en couleur ne doivent pas figurer sur la copie.

Introduction

Les tables de mobilité sociale constituent l'instrument de mesure de la mobilité sociale intergénérationnelle. Si elles représentent un outil indispensable, elles comportent cependant des insuffisances pour appréhender pleinement les flux de mobilité réelle ou vécue par les individus. Nous allons montrer en particulier que le degré de précision des catégories sociales utilisées a un effet sur la mobilité constatée.

Développement

- Les tables de mobilité sociale sont construites à partir du croisement entre deux variables : la position sociale des individus et celle de leur père ou mère, généralement évaluées à partir de la **CSP**. Le degré de mobilité ou d'immobilité observé est ainsi en partie lié au niveau de détail des CSP utilisées. Si la nomenclature utilisée comporte **beaucoup de catégories**, les flux de mobilité entre catégories apparaissent nombreux. À l'inverse, une nomenclature avec **peu de catégories** entraîne une mobilité moindre.

> **MOT CLÉ**
> La nomenclature des **catégories socioprofessionnelles** (CSP) est construite par l'Insee pour classer les individus selon leur profession, leur statut, leur secteur d'activité… dans des groupes relativement homogènes socioéconomiquement.

- La CSP « cadres et professions intellectuelles supérieures » fournit une **bonne illustration** de cette idée. Cette catégorie agrège des professions et des statuts très différents, par exemple des professeurs, des médecins ou encore des directeurs de ressources humaines (DRH) de grandes entreprises. Si un enfant de professeur devient DRH, il est considéré comme immobile si on raisonne avec la seule CSP « cadres », alors que les statuts socioéconomiques d'un DRH et d'un professeur sont très différents. Mais si on distingue les cadres de la fonction publique et les cadres d'entreprise, alors une situation de mobilité apparaît.

Conclusion

Ainsi, plus les catégories utilisées pour mesurer la mobilité sont nombreuses et détaillées, plus les déplacements entre catégories apparaissent mécaniquement nombreux. C'est une limite importante à la qualité de l'information donnée par les tables de mobilité, qui restent cependant très utiles aux sociologues.

SUJET 20 OBJECTIF BAC

ÉTUDE D'UN DOCUMENT 1 h

La mobilité sociale des femmes

Les études de mobilité sociale se sont souvent intéressées aux hommes. Mais qu'en est-il du recrutement social des femmes salariées ? Est-il également marqué par le poids de l'autorecrutement ?

LE SUJET

Document **Évolution des origines sociales des femmes salariées entre 1977 et 2015 (femmes comparées à leur mère, en %)**

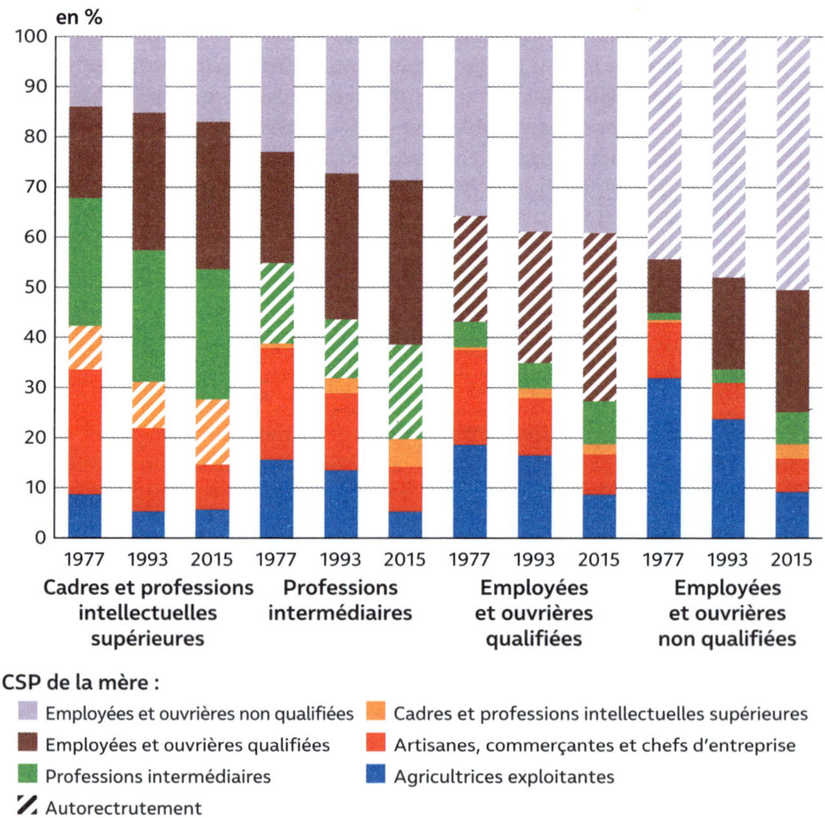

Source : *La mobilité sociale des hommes et des femmes : évolutions entre 1977 et 2015*, coll. « Insee Références », Insee, édition 2019.

1. Comment évolue la part des employées et ouvrières non qualifiées dont les mères occupaient la même position sociale, entre 1977 et 2015 ?

2. Dégagez les principales tendances de l'évolution des origines sociales des femmes salariées entre 1977 et 2015.

SAVOIR-FAIRE

• Pour **lire la 1re colonne** de cet histogramme empilé : la zone bleue représente 9 %, la zone rouge 24 % (33 – 9)… la zone mauve 15 % (100 – 85). Le total des valeurs vaut 100.

• Pour **exprimer un écart** entre deux parts qui ne se rapportent pas au même ensemble, on calcule une différence exprimée en points de pourcentage.

LES CLÉS POUR RÉUSSIR

Reportez-vous à la méthode générale de l'étude d'un document p. 313.

Définir les mots clés

- L'**origine sociale** est mesurée ici par la CSP de la mère.
- La population considérée est constituée des **femmes occupant un emploi salarié** et donc exclut les femmes occupant un emploi indépendant.

Comprendre le document

- Le graphique est un histogramme empilé dont les données sont des **pourcentages de répartition**. Il est construit à partir des tables de recrutement.
- Ainsi, sur 100 femmes cadres en 1977, 15 ont une mère employée ou ouvrière non qualifiée.

Structurer la réponse à la seconde question

- On observera, tout d'abord, l'évolution de l'**autorecrutement** des femmes salariées.
- Ensuite, on regardera les **origines sociales en déclin**, puis celles **en progrès**.
- On montrera, enfin, quels en sont les **effets sur le recrutement** dans les différentes CSP.

CORRIGÉ

1. Sur 100 femmes employées et ouvrières non qualifiées, 45 (100 – 55) ont une mère occupant la même CSP (autorecrutement) en 1977, 50 en 2015, soit une part en hausse de 5 points de pourcentage.

2. *Les titres en couleur ne doivent pas figurer sur la copie.*

Introduction

Les origines sociales des femmes salariées se sont fortement transformées entre 1977 et en 2015. Quelles sont les principales tendances de cette évolution ?

Développement

> **MOT CLÉ**
> L'**autorecrutement**, qui désigne les individus qui occupent la même CSP que celle de leur père ou mère, se repère dans la diagonale d'une table de recrutement.

- L'**autorecrutement**, qui représente une proportion plus forte chez les employées et ouvrières que chez les cadres et professions intermédiaires, augmente quelle que soit la CSP. Cette proportion augmente de 12 points entre 1977 et 2015 chez les employées et ouvrières qualifiées et de 5 points chez les cadres.
- Les salariées qui ont des mères agricultrices connaissent **la plus forte baisse** en proportion, quelle que soit leur CSP, suivies de celles dont les mères sont artisanes, commerçantes et cheffes d'entreprise. Pour les employées et ouvrières non qualifiées dont la mère est agricultrice, on constate une baisse de 21 points. Parallèlement, les salariées dont les mères sont employées et ouvrières voient leur part augmenter, quelle que soit la CSP.
- Le **profil des origines** de certaines CSP a en conséquence changé entre 1977 et 2015. Ainsi, les employées et ouvrières non qualifiées ont un recrutement qui s'homogénéise, puisque les trois quarts d'entre elles ont une mère employée ou ouvrière en 2015, contre un peu plus de la moitié en 1977. Un peu moins de la moitié des femmes cadres ont une mère employée ou ouvrière en 2015, contre environ 30 % en 1977.

Conclusion

L'évolution du recrutement des salariées depuis 1977 est marquée par la hausse de l'autorecrutement, d'une part, et par l'augmentation des origines employées et ouvrières, d'autre part.

SUJET 21 | OBJECTIF BAC

DISSERTATION 4 h Les déterminants de la mobilité sociale

La mobilité sociale est un enjeu majeur des sociétés démocratiques. Quelles sont les tendances de la mobilité en France ? Et comment pouvons-nous les expliquer ?

LE SUJET

Comment expliquer la mobilité sociale en France ?

Document 1 Destinées sociales des femmes selon l'origine sociale de leur mère en 2015 (en %)

Catégorie socioprofessionnelle de la mère	Catégorie socioprofessionnelle des filles						
	Agriculteurs exploitants	Artisans, commerçants et chefs d'entreprise	Cadres et professions intellectuelles supérieures	Professions intermédiaires	Employés et ouvriers qualifiés	Employés et ouvriers non qualifiés	Ensemble
Agriculteurs exploitants	8,0	3,0	11,2	19,1	33,2	25,5	**100,0**
Artisans, commerçants et chefs d'entreprise	1,3	10,1	15,4	28,0	27,9	17,3	**100,0**
Cadres et professions intellectuelles supérieures	0,3	4,6	41,7	31,6	11,6	10,2	**100,0**
Professions intermédiaires	0,1	3,9	29,0	37,7	19,0	10,4	**100,0**
Employés et ouvriers qualifiés	0,6	4,1	14,9	30,2	32,9	17,4	**100,0**
Employés et ouvriers non qualifiés	0,9	3,7	7,5	22,4	34,1	31,4	**100,0**
Ensemble	**0,9**	**4,4**	**15,2**	**27,5**	**30,0**	**21,36**	**100,0**

Mobilité non verticale — Mobilité de statut ; Mobilité horizontale
Mobilité verticale — Mobilité ascendante ; Mobilité descendante
Immobilité sociale

Source : *Insee Première*, n° 1739, février 2019.

Document 2 Catégorie socioprofessionnelle des personnes en emploi de 1982 à 2018

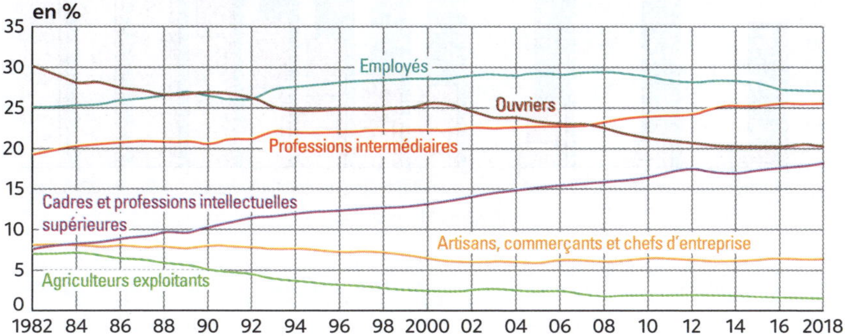

Source : *Emploi, chômage, revenus du travail*, coll. « Insee Références », Insee, édition 2019.

Document 3 Niveau de vie et taux de pauvreté selon le type de ménage en 2011

	Taux de pauvreté (en %)					Niveau de vie mensuel moyen en euros
	Ensemble	Un enfant	Deux enfants	Trois enfants	Quatre enfants ou plus	Ensemble
Ménages d'une famille avec au moins un enfant mineur	17,5	13,9	13,1	21,3	41,2	1 800
Couple avec au moins un enfant mineur	**14,0**	**9,9**	**10,1**	**17,8**	**35,2**	**1 880**
Familles « traditionnelles »	**13,5**	10,0	9,7	18,0	35,0	**1 910**
Familles recomposées	**17,6**	9,2	13,0	16,3	37,0	**1 660**
Familles monoparentales	**39,6**	**29,5**	**35,7**	**49,9**	**75,3**	**1 240**

Source : *Couples et familles*, coll. « Insee Références », Insee, édition 2015.

Document 4 Obtention du baccalauréat selon la génération et le milieu social (en %)

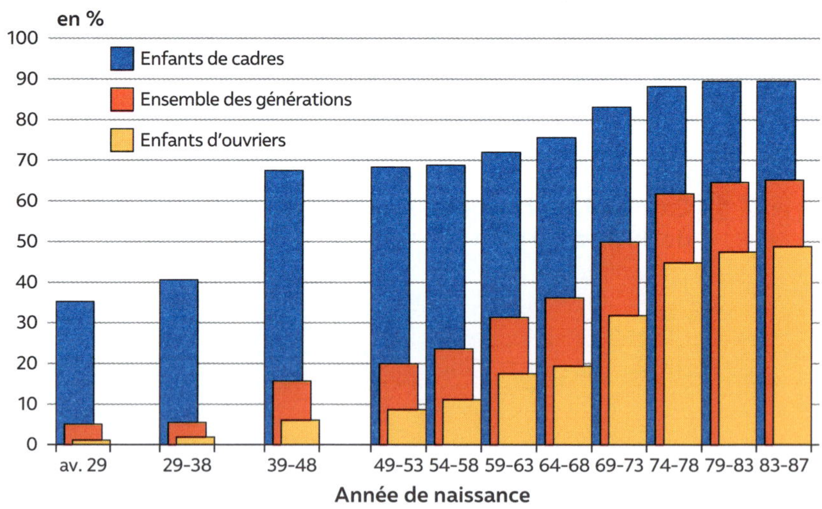

Source : *L'État de l'École 2010*, ministère de l'Éducation nationale et de la Jeunesse.

LES CLÉS POUR RÉUSSIR

Reportez-vous à la méthode générale de la dissertation p. 316.

Analyser la consigne et dégager une problématique

Analyse du sujet

comment expliquer
Sujet-analyse : il s'agit d'exposer les différentes causes de la mobilité sociale.

France
Le cadre spatial est la France, le cadre temporel est la période contemporaine, comme le confirment les documents.

mobilité sociale
On retient ici la mobilité intergénérationnelle : changements de position sociale d'un individu par rapport à ses parents.

Problématique. La mobilité sociale n'est pas le seul résultat de choix individuels. Elle s'explique par des facteurs socioéconomiques et sociologiques.

Exploiter les documents

Document 1

Le document 1 est une **table des destinées**. Que signifie cette appellation ? Comment en lire les données ? La mobilité sociale des femmes est présentée : quelles sont ses spécificités ? Aidez-vous du jeu de couleurs.

Document 2

Le document 2 révèle les **évolutions de la structure socioprofessionnelle** française depuis 1982. Quelle est la nature des données ? Quelles transformations expliquent une partie de la mobilité sociale ?

Document 3

Le document 3 compare le **niveau socioéconomique** des ménages **selon le type de ménages**. Quels sont les indicateurs socioéconomiques retenus ici ? À quelle notion du cours renvoie cette distinction entre types de ménages ?

Document 4

Le document 4 indique le **taux d'obtention du baccalauréat** selon l'origine sociale, à ne pas confondre avec le taux de réussite. Observez l'évolution générale et selon la CSP. Comment évolue l'écart entre les deux CSP ? Que peut-on en déduire sur le rôle de la formation dans la mobilité sociale ? Celle-ci joue-t-elle le même rôle pour toutes les CSP ?

Définir le plan

1 La mobilité sociale liée aux évolutions socioprofessionnelles

- Étudiez l'**évolution de la structure socioprofessionnelle**. Faites le lien entre les **documents 1 et 2** : où se situe une partie importante de la mobilité ?
- Étudiez l'**élévation du niveau de formation**. Quel est son effet ? **(doc. 4)**

2 L'action des ressources et des configurations familiales

- Étudiez le **rôle du milieu social familial**. Montrer que l'immobilité sociale représente une part importante des destinées **(doc. 1)**. Quel phénomène cela met-il en évidence ? Montrez les inégalités d'accès aux diplômes selon les CSP **(doc. 4)**.
- Étudiez les effets des **configurations familiales** **(doc. 3)**.

CORRIGÉ

Les titres en couleur ou entre crochets ne doivent pas figurer sur la copie.

Introduction

[accroche] Matthieu Chedid est un musicien issu d'une lignée d'artistes prestigieux. **[présentation du sujet]** Cette trajectoire sociale particulière est-elle à l'image de l'attribution des positions sociales ? Autrement dit, quels sont les facteurs de la mobilité sociale dans la société française contemporaine ? **[problématique]** Nous allons montrer que celle-ci ne résulte pas des seuls choix individuels, mais qu'elle s'explique par des facteurs socioéconomiques et sociologiques. **[annonce du plan]** Nous étudierons d'abord le rôle des évolutions socioprofessionnelles, puis nous montrerons le poids de la famille.

I. La mobilité sociale liée aux évolutions socioprofessionnelles

LE SECRET DE FABRICATION

Il s'agit de montrer que le phénomène de mobilité structurelle est dû aux évolutions de la structure socioprofessionnelle et des niveaux de formation liés.

1. La mobilité due aux évolutions de la structure socioprofessionnelle

- La structure socioprofessionnelle est marquée par des transformations importantes entre 1982 et 2018 (**doc. 2**) : la part des agriculteurs et ouvriers continue à diminuer (respectivement – 5 et – 10 points de %), tandis que celle des cadres et professions intermédiaires augmente (+ 10 points/+ 5 points). Cela génère une **mobilité structurelle**.

- Ces transformations expliquent que les catégories socioprofessionnelles (CSP) **en déclin** connaissent une mobilité forte de leurs fils et filles, tandis que les CSP **en expansion** sont marquées par une forte immobilité sociale et attirent des fils et filles issus d'autres CSP. Ainsi, comme le montre la table des destinées (**doc. 1**), en 2015 seulement 8 % des filles d'agricultrices sont agricultrices elles-mêmes (immobilité), tandis que 92 % sont mobiles. 41,7 % des filles de cadres sont cadres elles-mêmes et 31,6 % occupent des professions intermédiaires.

2. Le rôle de l'élévation du niveau de formation

- Les transformations de la structure socioprofessionnelle s'accompagnent d'une élévation du niveau de formation, nécessaire pour **favoriser l'accès** des individus aux positions socioprofessionnelles qui se développent.
- On constate ainsi, quelle que soit la CSP, une augmentation du taux d'accès au **baccalauréat** : **moins de 5 %** pour la génération née en 1929, plus de 60 % pour les générations nées entre 1983 et 1987 (**doc. 4**) et 75 % aujourd'hui.

> **CONSEILS**
> Étayez votre propos à l'aide des données des documents. Vous pouvez effectuer des calculs.

II. L'action des ressources et des configurations familiales

1. La transmission inégale des capitaux selon le milieu social de la famille

- L'**immobilité sociale** est un phénomène important à observer dans la table des destinées (**doc. 1**). Si celle-ci est faible chez les filles issues de mères indépendantes en raison de la mobilité structurelle, elle représente entre 31,4 % des filles d'employées et ouvrières non qualifiées et 41,7 % des filles de cadres en 2015.
- Ce phénomène s'explique par la transmission de **capitaux** (économique, culturel et social) **inégaux selon les CSP**. Le capital culturel joue un rôle déterminant dans la réussite scolaire et professionnelle : il favorise la reproduction des positions sociales tant dans les catégories populaires que supérieures. Ainsi, en dépit de la réduction des écarts, les enfants de cadres ont encore un taux d'accès au baccalauréat supérieur de 40 points à celui des enfants d'ouvriers pour les générations nées entre 1983 et 1987 (**doc. 4**).

> **MOT CLÉ**
> Les **capitaux** représentent ici des ressources mobilisables pour accéder à une position sociale. Ces ressources sont plus ou moins rentables et les individus peuvent investir pour les augmenter, comme le capital d'une entreprise.

2. Les effets des configurations familiales sur la mobilité sociale

- Les configurations familiales, qui désignent la composition et les modes de constitution de la famille (nombre et âge des frères et sœurs, position dans la fratrie, place des grands-parents...), ont des effets sur la **socialisation** des individus et sur leurs **aspirations** et leurs projets, leurs choix et leurs réussites d'étude et donc sur leurs trajectoires sociales futures.

▸ Certains types de famille apparaissent en difficulté pour assurer un avenir social à leurs enfants compte tenu de leurs **conditions de vie**, particulièrement les familles ayant quatre enfants et plus, et les familles monoparentales. En effet, 39,6 % de ces dernières et 75 % de celles qui ont quatre enfants et plus vivent en dessous du **seuil de pauvreté** en 2011, ce qui rend difficile le financement d'études supérieures ainsi que les conditions pour étudier (espace de travail, équipement numérique, accompagnement familial...) (**doc. 3**).

MOT CLÉ

La **pauvreté monétaire** est mesurée à partir d'un seuil de revenu, fixé à 50 ou 60 % du revenu disponible. La part des personnes en dessous de ce seuil définit le taux de pauvreté.

Conclusion

[bilan] La mobilité sociale ne dépend donc pas seulement du libre choix des individus d'une trajectoire sociale, mais aussi de contraintes socioéconomiques et sociologiques fortes, liées aux évolutions de la structure socioprofessionnelle et du niveau de formation ainsi qu'au rôle de la famille.

[ouverture] Le poids trop important de la reproduction sociale souligne le rôle majeur de l'école pour favoriser une attribution des positions sociales moins liée à l'origine sociale et davantage aux capacités et aux choix individuels.

Sociologie

9 Les mutations du travail et de l'emploi

Depuis les années 1980, les avancées technologiques, notamment numériques, ont contribué à brouiller les frontières de l'activité professionnelle (lieu de travail, relation employeur/employé…).

TEST

Pour vous situer et identifier les fiches à réviser 202

FICHES DE COURS

35 Les frontières de l'activité professionnelle 204
36 L'évolution des modèles d'organisation du travail 206
37 Les conséquences des nouveaux modes d'organisation du travail 208
38 Le rôle du travail et de l'emploi dans l'intégration sociale 210
MÉMO VISUEL 212

SUJETS GUIDÉS & CORRIGÉS

OBJECTIF BAC

22 **MOBILISATION DES CONNAISSANCES** | Essor du numérique et mutations de l'emploi 214
23 **ÉTUDE D'UN DOCUMENT** | Statut d'emploi et type de contrat 216
24 **DISSERTATION** | Travail et intégration sociale 219

TESTEZ-VOUS

→ CORRIGÉS P. 318-320

Faites le point sur vos connaissances puis établissez votre **parcours de révision** en fonction de votre score.

1 Les frontières de l'activité professionnelle

→ FICHE 35

1. Les formes atypiques d'emploi représentent…

☐ a. 5 % des emplois salariés.

☐ b. 15 % des emplois salariés.

☐ c. 30 % des emplois salariés.

2. Complétez le texte avec les mots qui conviennent.

Parmi les formes ……………… d'emploi (la norme étant le contrat à durée ……………… à temps plein) figurent notamment les emplois à temps ……………… (volontaire ou non) et les emplois précaires (saisonnier, intérimaire, en contrat à durée ………………).

3. Outre la rémunération, les principaux critères de qualité de l'emploi sont…

☐ a. les conditions de travail.

☐ b. la sécurité liée au contrat de travail avec l'employeur.

☐ c. le niveau de chômage dans le pays.

…/3

2 L'évolution des modèles d'organisation du travail

→ FICHE 36

1. Le taylorisme se caractérise par…

☐ a. un travail spécialisé et répétitif.

☐ b. une hausse de la productivité.

☐ c. une plus grande autonomie des travailleurs.

2. Reliez chaque idée à sa définition.

a. management participatif •	• séparation de la conception et de l'exécution des tâches
b. division horizontale du travail •	• spécialisation des travailleurs par poste de travail
c. division verticale du travail •	• mode de gestion valorisant l'implication des salariés

…/2

3 Les conséquences des nouveaux modes d'organisation du travail

→ FICHE 37

1. L'évolution des formes d'organisation du travail…

☐ a. a permis d'améliorer les conditions de travail.

☐ b. a réduit les contraintes du taylorisme ressenties par les travailleurs.

☐ c. a complètement fait disparaître le taylorisme.

2. Vrai ou faux ? Cochez la case qui convient.

	V	F
a. Le télétravail permet d'alléger la charge de travail.	☐	☐
b. L'usage des outils numériques est sans risque pour les salariés en télétravail.	☐	☐
c. L'essor du numérique réduit la séparation entre vie professionnelle et vie privée.	☐	☐
d. Le télétravail touche essentiellement les travailleurs qualifiés.	☐	☐

3. La polarisation de la qualité des emplois désigne…

☐ a. l'opposition croissante des emplois selon leur qualité, salaire, stabilité.

☐ b. l'augmentation des salaires pour la classe moyenne.

☐ c. les frontières incertaines entre emploi, chômage et inactivité.

…/3

4 Le rôle du travail et de l'emploi dans l'intégration sociale

→ FICHE 38

1. Le travail favorise l'intégration sociale…

☐ a. par le revenu qu'il procure.

☐ b. grâce aux relations entre collègues.

☐ c. en donnant un sentiment de fierté et d'utilité.

2. Vrai ou faux ? Cochez la case qui convient.

	V	F
a. La perte d'emploi entraîne une rupture de sociabilité.	☐	☐
b. La précarisation touche la population active occupée de manière égale.	☐	☐
c. Exercer un travail est une garantie contre la pauvreté.	☐	☐
d. La précarisation des emplois peut conduire à l'exclusion sociale.	☐	☐

…/2

Score total …/10

Parcours PAS À PAS ou EXPRESS ? → MODE D'EMPLOI P. 3

35 Les frontières de l'activité professionnelle

En bref *Les frontières entre emploi, inactivité et chômage sont moins marquées depuis vingt ans en raison du développement de formes atypiques d'emploi qui modifient la qualité de l'emploi.*

I Des frontières plus floues entre emploi, chômage et inactivité

1 Une diversité de situations possibles face à l'emploi

- La **population active** comprend toutes les personnes qui déclarent exercer un **emploi** ou qui sont sans emploi mais en recherchent un. Elle est donc composée de la « population active occupée » (personnes ayant un emploi) et de la population au chômage (en recherche d'emploi, selon différents critères).

> **MOT CLÉ**
> Un **emploi** (de statut salarié ou non salarié) correspond à un poste occupé pour exercer une activité professionnelle rémunérée en contrepartie du travail fourni (au sens de facteur de production).

- Il existe différentes définitions du **chômage**, selon l'organisme international (Bureau international du travail, BIT) ou national (Pôle Emploi) → FICHE 11.
- La **population inactive** comprend toutes les personnes qui ne peuvent pas légalement travailler et celles qui renoncent provisoirement à un travail rémunéré.

2 Un brouillage des frontières lié à l'évolution des formes d'emploi

- Les frontières entre emploi, inactivité et chômage sont moins marquées depuis vingt ans, en raison de l'augmentation des **situations intermédiaires**.
- Parmi ces **formes d'emploi atypiques** (la norme étant le contrat à durée indéterminée à temps plein) figurent notamment les personnes occupant un emploi à temps partiel (volontairement ou non) ou un emploi précaire (saisonnier, intérimaire, en contrat à durée déterminée).
- Certaines populations se trouvent à la croisée de l'emploi, de l'inactivité et du chômage (« **halo du chômage** ») contribuant ainsi à la difficulté de mesurer précisément le chômage. Des travailleurs potentiels sont catégorisés en inactifs car en formation, ou découragés par les recherches, voire radiés des statistiques, ou encore travaillant de manière non déclarée.

II La mesure de la qualité de l'emploi

1 Différentes définitions selon les organisations internationales

- Au cours des dernières décennies, avec l'augmentation des formes atypiques d'emploi, la thématique de la **qualité de l'emploi** a été notamment développée par les organisations internationales (Bureau international du travail, Commission européenne et OCDE) et nationales (DARES).

- Les études réalisées montrent que la **mesure de la qualité** de l'emploi importe autant que celle de sa quantité. La crise financière de 2008 → FICHE 15 a ainsi lourdement pesé sur le nombre d'emplois disponibles, mais aussi sur leur qualité.

2 Une notion analysée du point de vue des travailleurs

- La qualité de l'emploi se mesure grâce à des indicateurs répartis en **plusieurs dimensions** qui décrivent la qualité de l'emploi du point de vue du travailleur (et non celui de l'employeur).
- Si la **rémunération** (salaires, primes...) est un facteur essentiel, d'autres éléments liés à la qualité de vie et au bien-être individuel sont pris en compte.
- Le type de **contrat de travail** (permanent, temporaire) et l'aménagement du temps de travail (temps partiel, volontaire ou subi) permettent d'évaluer la **sécurité économique** ainsi que l'équilibre entre vie professionnelle et vie privée.
- Les **conditions de travail** (horaires, charge de travail, pénibilité, environnement) et la variété des tâches effectuées tiennent une place importante, ainsi que l'accès à la formation (possibilité pour les travailleurs d'acquérir de nouvelles qualifications et d'ouvrir leur horizon de carrière).

MOT CLÉ

Le **contrat de travail** est un contrat de type privé signé entre l'employeur et le salarié (qui s'engage à travailler contre une rémunération). Le contrat confère à chacun des droits et obligations à respecter.

zoOm

Le « halo du chômage »

Champ : France métropolitaine, personnes de 15 à 64 ans.

Source : Insee.

- L'**Insee** définit le « halo du chômage » comme les personnes sans emploi qui souhaiteraient travailler, mais qui ne sont pas classées comme chômeurs (car sans disponibilité immédiate ou recherche active), soit 1,8 million de personnes, dont 4,6 % de la population des 15-64 ans.
- L'économiste Jacques Freyssinet en donne une **définition plus large** en prenant en compte toutes les personnes qui recherchent un emploi typique et qui en sont privées.

36 L'évolution des modèles d'organisation du travail

En bref *Les modes de coopération des travailleurs au sein d'une organisation productive ont d'abord été marqués par une forte division technique du travail qui a fait l'objet de critiques au milieu du XXe siècle entraînant la mise en place de nouvelles formes d'organisation plus souples.*

I Le modèle d'organisation taylorien

L'ingénieur américain Frederick Winslow Taylor (1856-1915) met au point au tournant du XXe siècle une méthode de travail qu'il qualifie d'« **organisation scientifique du travail** » fondée sur une rationalisation et une optimisation des opérations de production.

1 Une division du travail horizontale et verticale

- La **division du travail** **horizontale** est fondée sur une organisation par postes de travail. Elle se traduit par une spécialisation des travailleurs qui doivent réaliser des tâches répétitives en un minimum de temps.

- Le principe de la division du travail **verticale** consiste à séparer la conception de l'exécution du travail : les ingénieurs dans les « bureaux des méthodes » sont les seuls capables de réaliser l'analyse scientifique des tâches, des gestes et des temps de travail et conçoivent la méthode de production la plus efficace (« the one best way »), notamment en observant la façon de faire des meilleurs ouvriers.

> **MOT CLÉ**
> La **division du travail** est la décomposition de la production en de nombreuses opérations ou tâches élémentaires, limitées et complémentaires, permettant d'augmenter l'efficacité du travail.

2 Une relation hiérarchique stricte

- La parcellisation des tâches accroît le caractère **substituable** des exécutants, soumis à une surveillance stricte des contremaîtres.

- Les méthodes de production s'imposent en effet aux ouvriers, qui sont **contrôlés et chronométrés** pour les amener à rester concentrés sur leurs tâches d'exécution et éviter toute « flânerie ». Les salariés sont par ailleurs encouragés par une rémunération au rendement.

II Le modèle d'organisation post-taylorien

Le modèle taylorien a permis d'importants gains de productivité et favorisé l'emploi massif de main-d'œuvre peu qualifiée. Dans la seconde moitié du XXe siècle, il fait néanmoins l'objet de contestations qui entraînent la mise en place de **nouveaux modèles** dits « post-tayloriens » relâchant la contrainte productiviste du taylorisme.

1 Une flexibilité accrue

Pour rompre la monotonie des tâches, une rotation du personnel d'exécution sur les différents postes de travail est aménagée. L'ouvrier devient ainsi plus **polyvalent**.

2 Une recomposition des tâches

Les ouvriers se voient confier le soin d'effectuer des tâches plus diverses et pointues (entretien et contrôle des machines par exemple, vérification de la qualité), restituant ainsi de l'intérêt au travail lui-même. Cet enrichissement des tâches et des responsabilités contribue à rendre à l'ouvrier **un plus grand contrôle** sur le processus de production.

3 Un management participatif

- Les modes de management ont également évolué avec le renforcement de l'**autonomie** des employés qui permet aux travailleurs d'organiser et de répartir eux-mêmes le travail au sein d'une équipe. L'objectif est de diminuer la division verticale du travail (moins de hiérarchie). La productivité du travail est désormais davantage collective.
- Ce **management participatif** s'illustre par exemple par la mise en place de **cercles de qualité** pour résoudre des problèmes de production et la mise en avant de démarches de communication et de concertation au sein de l'entreprise.

MOT CLÉ
Le **management participatif** désigne un mode de gestion des ressources qui valorise l'implication des collaborateurs dans la prise de décision au sein de l'entreprise.

zoOm

Le fordisme, un modèle inspiré du taylorisme

- Le fordisme, mis en place par Henry Ford dans ses **usines automobiles** au début du XXe siècle pousse à l'extrême la division technique du travail instaurée par l'organisation scientifique du travail de Taylor.
- Ford introduit des **innovations** dans le processus de production (chaîne de montage et production de masse comme l'illustre cette photo de 1935).

37 Les conséquences des nouveaux modes d'organisation du travail

En bref *L'évolution des modèles d'organisation, en particulier avec l'essor du numérique, a des effets contrastés à la fois sur les conditions de travail et le rapport au travail dans la société.*

I Les conséquences sur les conditions de travail

1 Des améliorations des conditions de travail

- La mise en place de nouveaux modes de travail post-tayloriens → FICHE 36 libère les salariés des contraintes imposées par le taylorisme et le fordisme, critiqués pour leurs conséquences néfastes (augmentation des maladies professionnelles, désengagement des travailleurs...).
- La baisse de la pénibilité (suppression des tâches les plus répétitives et dangereuses) et l'enrichissement du travail (davantage d'autonomie, de motivation et d'intégration des salariés) améliorent les **conditions de travail** et le bien-être des salariés.

MOT CLÉ
Les **conditions de travail** renvoient aux caractéristiques liées au poste et à l'environnement de travail : horaires et organisation des tâches, pénibilité et prévention des risques, contraintes psychosociales...

2 Des effets positifs à nuancer

- La polyvalence et l'autonomie dans le travail peuvent cependant rendre le travail plus intense. Le salarié subit une tension permanente et une charge mentale (plus que physique) pour produire, contrôler à la fois la qualité du produit et surveiller la machine.
- Le travail de l'employé reste contraint par la machine, la demande des clients ou le contrôle hiérarchique, et plus récemment le développement de nouvelles techniques numériques de contrôle de l'activité du salarié.
- De plus, le taylorisme demeure dans l'industrie (agroalimentaire, textile). Ses principes se sont même étendus au secteur tertiaire (restauration, centres d'appels...).

II L'impact du numérique sur le travail et l'emploi

En constante progression depuis les années 1990, l'usage des outils numériques se généralise et s'accompagne de modifications notables des conditions de travail.

1 L'essor du numérique brouille les frontières du travail

L'affranchissement des frontières spatiales et temporelles bouleverse l'activité professionnelle avec un décloisonnement de l'espace-temps entre travail/hors travail (accélération des échanges, connexion permanente, voire dépendance vis-à-vis des outils numériques).

2 Les conséquences sur les relations d'emploi

- L'usage de ces outils numériques pour un travail mobile ou à distance favoriserait l'exposition à plusieurs **risques psychosociaux** dus à une charge de travail et une charge mentale importantes, ainsi qu'à des situations de débordement sur la sphère privée (travail dans l'urgence, culture de la réactivité, surcharge informationnelle).
- Les outils numériques permettent en outre d'assurer un **contrôle** et une **traçabilité** forte de l'activité professionnelle.
- Ces conditions de travail exigeantes sont contrebalancées par une **plus grande autonomie** et récompensées par un sentiment de reconnaissance professionnelle.

3 Le risque de polarisation de la qualité des emplois

- Ces évolutions avec notamment le développement d'entreprises de l'économie numérique, se traduisent par une **polarisation de la qualité des emplois**. Des emplois très qualifiés (ingénieurs, développeurs…) côtoient des emplois de « gig economy » qui rassemblent tous les petits travaux précaires issus notamment de « l'ubérisation » (mise en relation d'entreprises, de travailleurs indépendants et de clients via une plateforme numérique).

MOT CLÉ

La **polarisation de la qualité des emplois** désigne la déformation de la structure de l'emploi où la part des emplois situés aux deux extrémités de l'échelle des qualifications augmente tandis que celle des emplois intermédiaires baisse.

zoOm

Le développement du télétravail avec la crise sanitaire

- En 2021, en moyenne chaque semaine, 22 % des salariés ont recouru au télétravail (contre 3 % en 2017 et 4 % en 2019). Parmi les cadres, 55 % ont télétravaillé. Le télétravail était quasi inexistant tout au long de l'année chez les employés peu qualifiés ou les ouvriers.
- La pratique du télétravail a fait l'objet de nombreuses mesures d'incitation voire d'obligation en raison de la crise sanitaire de la Covid-19.

38 Le rôle du travail et de l'emploi dans l'intégration sociale

En bref *Le travail représente un puissant facteur d'intégration sociale, mais ce rôle semble s'affaiblir. Les évolutions récentes du marché du travail accentuent les facteurs de précarité, la précarisation des emplois menant à la précarisation sociale.*

I Le travail, facteur d'intégration sociale

1 Une reconnaissance sociale

- Le travail exercé est un indicateur du **milieu social** auquel appartient l'individu (par le biais des catégories socioprofessionnelles) et procure à l'individu un sentiment d'utilité sociale.

- Le travail est aussi source de **socialisation** (par l'intériorisation de normes et de valeurs propres au milieu professionnel) et source de **sociabilité** (en permettant de nouer de nombreuses relations sociales). Le travail offre une vie ritualisée et rythmée par les obligations professionnelles.

> **MOT CLÉ**
> La **sociabilité** désigne l'ensemble des relations sociales choisies et réciproques que les individus souhaitent entretenir par le biais de discussions, rencontres, activités de loisirs communes, sorties…

2 Une source de revenus

- Le travail est également porteur d'**intégration économique** dans la mesure où il permet de bénéficier d'un revenu (un salaire pour le salarié, un revenu mixte pour un travailleur indépendant).

- Grâce à ce revenu, le travailleur peut satisfaire l'ensemble de ses besoins et intégrer la **société de consommation**. Dans une société qui connaît une forte division du travail et une forte spécialisation des activités et des travailleurs, l'acte de consommer est nécessaire. De plus, adhérer aux normes collectives de consommation permet de s'identifier, à travers ces pratiques, à ses semblables.

3 Une protection sociale

- Le travail, dans les pays développés, permet également de bénéficier d'une **couverture sociale** qui assure au travailleur, ainsi qu'à sa famille, une relative sécurité face à certains risques sociaux (chômage, maladie, accident, vieillesse).

- Cette couverture se caractérise par la distribution de **revenus sociaux** (pensions de retraite, allocation-chômage, remboursement de dépenses de santé), financés par un prélèvement sur les revenus d'activité qui alimente le budget de l'État ou des organismes de la Sécurité sociale → FICHE 12.

II Les effets de l'évolution de l'emploi

1 Le chômage affaiblit les liens sociaux

■ Le **chômage** persistant ainsi que l'alternance de périodes d'emploi et de chômage entraînent une perte de revenu, malgré les mécanismes d'indemnisation.

■ La perte d'emploi génère une perte de repères et des rythmes de travail, une rupture de sociabilité, ce qui peut être **source d'isolement**, d'affaiblissement des liens sociaux et de remise en cause du statut social (perte de dignité au travail et d'utilité sociale, risque de stigmatisation).

2 La précarisation des emplois fragilise l'intégration sociale

■ Le besoin de flexibilité du marché du travail a fait évoluer les normes du salariat avec le développement de formes particulières d'emploi → FICHE 35. Le travail ne fournit plus à l'individu les garanties de revenu, d'accès à la consommation, au logement et au crédit. Il existe ainsi de plus en plus de **travailleurs pauvres** dont les revenus irréguliers et/ou insuffisants ne permettent pas de vivre décemment ou de faire des projets.

■ Les **contrats précaires** plus instables compliquent également l'intégration dans des collectifs de travail (travail en équipe, organisations syndicales).

■ La **polarisation de la qualité des emplois** → FICHE 37 aggrave les inégalités entre emplois très qualifiés et peu qualifiés, que ce soit en termes de salaires ou d'exposition aux difficultés économiques que peut connaître l'entreprise.

■ Globalement, la rupture de liens relationnels et professionnels peut conduire à l'**exclusion sociale**.

zoOm

L'augmentation de la précarité de l'emploi

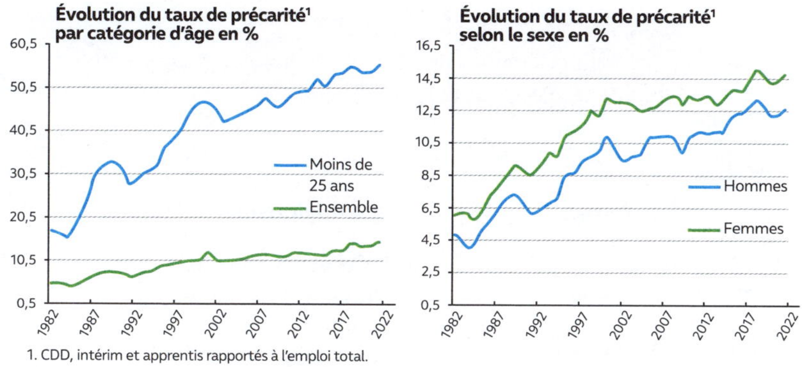

1. CDD, intérim et apprentis rapportés à l'emploi total.

Source : Calculs du Centre d'observation de la société, d'après l'Insee.

Le taux de précarité atteint **13,2 %** en 2021 contre 11,2 % en 2002 et demeure plus important chez les femmes, les jeunes et les individus peu qualifiés.

MÉMO VISUEL

MUTATIONS DU TRAVAIL

Les frontières de l'activité professionnelle

Des frontières floues entre emploi, chômage et inactivité

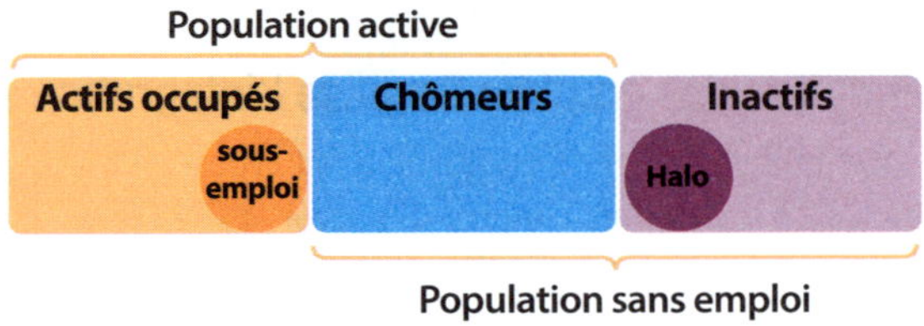

- Développement des formes atypiques d'emploi (emplois à temps partiel ou précaires)
- Halo du chômage (personnes en formation, chômeurs découragés, etc.)

La mesure de la qualité de l'emploi

- Statut de l'emploi
- Type de contrat
- Rémunération
- Variété des tâches
- Temps de travail
- Conditions de travail
- Accès à la formation

L'évolution des modèles d'organisation du travail

Taylorisme	Post-taylorisme
• Division horizontale du travail (spécialisation) • Division verticale du travail (« the one best way ») • Relation hiérarchique stricte	• Flexibilité et polyvalence • Enrichissement des tâches et responsabilisation • Management participatif

Le travail est-il toujours source d'intégration sociale ?

Les conséquences des nouveaux modes d'organisation du travail

Des effets nuancés sur les conditions de travail

Conséquences positives	Conséquences négatives
• Autonomie • Baisse de la pénibilité • Motivation et intégration accrues	• Intensification du travail • Tension permanente

Les impacts du numérique

- Décloisonnement espace-temps travail et hors travail
- Traçabilité de l'activité professionnelle
- Risques psychosociaux
- Polarisation de la qualité des emplois +/– qualifiés
- Nouvelles relations d'emploi (« ubérisation »)

ET DE L'EMPLOI

Le rôle du travail et de l'emploi dans l'intégration sociale

Intégration

- *Reconnaissance sociale et sentiment d'utilité*
- *Relations sociales*
- *Source de revenu*
- *Protection sociale*

Chômage persistant

- *Stigmatisation*
- *Perte de revenu*
- *Affaiblissement des liens sociaux*

+

Précarisation des emplois

- *Travailleurs pauvres*
- *Polarisation de la qualité des emplois*
- *Aggravation des inégalités*

Exclusion sociale

SUJEET 22 | OBJECTIF BAC

MOBILISATION DES CONNAISSANCES 30 min

Essor du numérique et mutations de l'emploi

L'essor du numérique a bouleversé nos modes de consommation et a aussi eu un impact sur les emplois d'aujourd'hui et de demain. Entre ingénieurs informatiques et chauffeurs de VTC, quels types d'emplois crée l'économie numérique ?

LE SUJET

Montrez que le numérique accroît la polarisation des emplois.

LES CLÉS POUR RÉUSSIR

Reportez-vous à la méthode générale de la mobilisation des connaissances p. 312.

Définir les mots clés

- Associé aux technologies de l'information et de la communication (TIC), le **numérique** désigne l'utilisation de nouveaux outils informatiques de travail ou de formation (ordinateurs, smartphones, logiciels, réseau Internet, plate-formes de services...).
- La **polarisation des emplois** désigne la déformation de la structure de l'emploi où la part des emplois situés aux deux extrémités de l'échelle des qualifications augmente, tandis que celle des emplois intermédiaires diminue.

Structurer la réponse

- On met en évidence que le numérique fait **disparaître certains emplois** fondés sur des actions automatisables.
- On montre que, parallèlement, l'économie numérique crée à la fois des **emplois très qualifiés** dans la conception et le développement des outils innovants, et des **emplois peu qualifiés et précaires** dans de nombreux secteurs.

CORRIGÉ

Les titres en couleur ne doivent pas figurer sur la copie.

Introduction

L'utilisation croissante de nouveaux outils informatiques de travail ou de formation (ordinateurs, smartphones, logiciels, réseau Internet, plateformes de services…) transforme l'organisation des entreprises et nos modes de consommation. Le numérique a donc des répercussions sur le travail et l'emploi.

Développement

- Si de nombreux marchés et emplois se créent à la faveur de l'économie numérique, beaucoup de métiers vont disparaître ou devront subir de profondes mutations. Le numérique peut conduire à remplacer des tâches routinières, répétitives qui seraient « numérisables » ou automatisables. Les **emplois à qualification moyenne**, tels que ceux des opérateurs de machines, des employés de bureau ou des chargés de service clientèle, sont menacés par l'automatisation et la robotisation.
- Parallèlement, le numérique crée des activités « non numérisables » qui relèvent soit d'une **très haute qualification** (conception, développement et commercialisation des outils innovants), soit de **peu de qualifications** mais nécessitant encore une intervention humaine (reconnaissance d'images par les « travailleurs du clic » ou livraison de colis). **« L'ubérisation »** de l'économie désigne notamment les nouveaux services s'appuyant sur des plateformes qui modifient quantitativement (création d'emplois) mais aussi qualitativement (précarisation) le marché de l'emploi en mettant en relation les consommateurs avec des travailleurs peu qualifiés.

À NOTER
On parle de *gig economy* pour désigner une économie, issue notamment de « l'ubérisation », ayant recours uniquement à des emplois en CDD et intérim ou à la sous-traitance avec des indépendants.

Conclusion

Le numérique modifie en profondeur le contenu et la structure des emplois dans notre société en diminuant les emplois de qualification intermédiaire et en accentuant les écarts en haut et en bas de l'échelle des qualifications, ce qui correspond à une « polarisation des emplois ».

SUJET 23 | OBJECTIF BAC

ÉTUDE D'UN DOCUMENT 1 h

Statut d'emploi et type de contrat

En plus du chômage persistant, la précarisation des emplois est une autre évolution importante du marché du travail. Certaines populations sont-elles plus touchées que d'autres par ce phénomène qui fragilise l'intégration sociale ?

LE SUJET

Document **Statut d'emploi et type de contrat en 2019**

	Ensemble		Sexe (en %)		Âge (en %)	
	en milliers	en %	Femme	Homme	15-24 ans	50 ans ou +
Indépendants	**3 297**	**12,1**	**8,8**	**15,3**	**2,7**	**10,8**
Salariés	**23 876**	**87,9**	**91,2**	**84,7**	**97,3**	**89,2**
Emploi à durée indéterminée	20 284	74,6	77,3	72,1	44,6	77,9
Contrat à durée déterminée	2 472	9,1	11,1	7,2	28,4	8,5
Apprentissage	454	1,7	1,3	2,0	17,4	0,3
Intérim	666	2,4	1,5	3,3	6,9	2,5
Ensemble des emplois	**27 173**	**100,0**	**100,0**	**100,0**	**100,0**	**100,0**

Champ : France hors Mayotte, population des ménages, personnes en emploi.

Source : Insee, enquête Emploi 2019.

1. Faites une phrase précisant le sens de la donnée entourée.

SAVOIR-FAIRE

- Une **proportion (ou part)** représente le rapport entre une partie d'un ensemble et l'ensemble de référence.
- Pour une lecture explicite d'une proportion, interrogez-vous sur la façon dont elle a été calculée.

2. Mettez en évidence que les emplois précaires sont occupés de manière inégale dans la population.

LES CLÉS POUR RÉUSSIR

Reportez-vous à la méthode générale de l'étude d'un document p. 313.

Définir les mots clés

- L'**emploi** correspond à un poste occupé pour exercer une activité professionnelle rémunérée.
- Le **statut d'emploi** désigne les conditions juridiques dans lesquelles un individu exerce son activité.
- Par **salariés**, il faut entendre toutes les personnes qui travaillent, aux termes d'un contrat, en échange d'un salaire ou d'une rétribution équivalente. Les indépendants ou non-salariés se distinguent des salariés par l'absence de contrat de travail ; ils sont rémunérés sous une autre forme qu'un salaire.
- Les **emplois précaires** désignent les emplois qui s'éloignent de la forme d'emploi typique qu'est le CDI (ou les emplois de la fonction publique).

Comprendre le document

Le document présente la **répartition des statuts d'emploi et types de contrat** selon le sexe et l'âge en France en 2019. Il s'agit de sélectionner les données (des proportions en pourcentages principalement) et de les comparer avec pertinence, afin d'identifier les caractéristiques des individus occupant des emplois précaires.

Structurer la réponse à la seconde question

- La question porte sur les emplois précaires. Il convient donc de se focaliser sur l'analyse des types de contrat. Dans un premier temps, on s'attache à analyser la **répartition selon les différentes tranches d'âge**, en les comparant entre elles et avec les données d'ensemble.
- Puis, dans un second temps, on effectue la même démarche pour l'autre variable (**selon le sexe**).

CORRIGÉ

1. En 2019, 12,1 % des personnes occupant un emploi en France sont indépendantes (travailleurs non salariés, des professions libérales, à leur compte, chefs d'entreprise). Ce chiffre a été calculé à partir des effectifs donnés en milliers dans la colonne adjacente. Sur 27 173 milliers d'emplois, 3 297 sont sous le statut d'indépendant, ce qui revient à dire que sur 100 emplois, 12 sont occupés sous ce statut.

2. *Les titres en couleur ne doivent pas figurer sur la copie.*

Introduction

Le document est un tableau à double entrée, publié par l'Insee, qui présente la répartition en pourcentage de la population en emploi selon le statut d'emploi et le type de contrat (pour les salariés), selon deux groupes d'âge et pour les deux sexes. Nous allons montrer l'inégale répartition des emplois précaires (CDD, apprentissage, intérim) selon ces variables : l'âge, puis le sexe.

Développement

- Les **moins de 25 ans** sont plus fréquemment en contrat à durée limitée, qu'ils soient en CDD (28,4 %), en intérim (6,9 %) ou apprentis (17,4 %). La proportion de jeunes en CDD est trois fois plus importante que celle de l'ensemble de la population en emploi. Concernant l'apprentissage, il faut préciser qu'à ces âges-là, les jeunes en emploi sont souvent peu diplômés ou suivent un cursus professionnalisant.
- Parmi l'ensemble des personnes occupant un emploi, les **femmes** sont plus souvent que les hommes en CDD (11,1 % contre 7,2 %, soit près de **4 points** de différence), mais elles sont peu concernées par l'intérim et l'apprentissage.

CONSEILS

Quand **on compare deux proportions**, on peut le faire :
- en utilisant un coefficient multiplicateur ;
- en exprimant l'écart sous forme de différence en point(s) de pourcentage.

Conclusion

En conclusion, la précarisation des emplois est inégalement répartie dans la population active occupée : cette évolution du marché du travail touche principalement les jeunes et les femmes.

SUJET 24 | OBJECTIF BAC

DISSERTATION ⏱ 4 h Travail et intégration sociale

L'intérêt de ce sujet est de présenter comment le travail peut favoriser l'intégration sociale, tout en nuançant l'analyse, car les évolutions de l'emploi affaiblissent ce rôle intégrateur.

LE SUJET

Le travail est-il toujours source d'intégration sociale ?

Document 1 Niveau de vie[1] et taux de pauvreté[2] selon le statut d'activité en France en 2019

	Niveau de vie médian (en euros 2017)	Personnes pauvres (en milliers)	Taux de pauvreté (en %)
Actifs occupés	24 440	2 136	8,1
Salariés	*24 410*	*1 564*	*6,8*
Indépendants	*24 840*	*573*	*17,6*
Chômeurs	15 310	897	38,9
Retraités	22 380	1 400	9,5
Autres inactifs	16 480	1 992	32,5
Ensemble	**22 040**	**9 244**	**14,6**

Champ : France métropolitaine.

1. Le niveau de vie correspond au revenu disponible d'un ménage en tenant compte de sa composition.
2. Le taux de pauvreté mesure la proportion d'individus appartenant à un ménage dont le niveau de vie est inférieur à un certain pourcentage du niveau de vie médian (ici 60 %).

Source : D'après *Insee Première*, n° 1875, octobre 2021.

Document 2 Le sens du travail

Cette quête de sens des salariés et travailleurs est-elle une tendance réelle ?

Bien sûr ! Quelles que soient les activités dans lesquelles nous sommes engagés, nous en attendons du sens. Pour le travail, c'est encore plus évident. Les enquêtes dont on dispose le montrent, les Français sont nombreux à affirmer que le travail est « très important » pour eux. Et ce, quel que soit leur emploi. Le travail possède à la fois une dimension relationnelle et expressive : on en attend non seulement la possibilité de rencontrer et coopérer avec d'autres personnes, mais aussi de pouvoir exprimer sa singularité, ses capacités, et d'obtenir de la reconnaissance. C'est la raison pour laquelle l'intérêt intrinsèque du travail (c'est-à-dire le contenu concret du travail) nous importe beaucoup. Dans les entretiens que nous avons menés dans plusieurs pays européens nous avons pu prendre la mesure à la fois de l'ampleur de ces attentes mais également de la désespérance qu'entraîne le travail lorsqu'il n'a aucun sens. Les salariés se réfugient alors dans des postures de retrait.

[...]. Ma thèse c'est que notre concept de travail est constitué de plusieurs couches de significations, de plusieurs dimensions. Le travail peut être considéré comme un facteur de production, ce qui importe alors n'est pas le travailleur mais la création de richesse et le profit. Pour le travailleur, il est l'essence de l'homme, c'est-à-dire une activité censée apporter du sens, de l'accomplissement, de l'épanouissement. Enfin, c'est aussi le système de distribution des revenus, des droits et des protections, le pivot de la société salariale.

Source : Entretien avec Dominique Méda, directrice de l'Institut de recherche interdisciplinaire en sciences sociales (IRISSO) et professeure de sociologie, Qqf.fr, octobre 2017.

Document 3 Répartition de l'emploi salarié selon le statut de 1982 à 2017

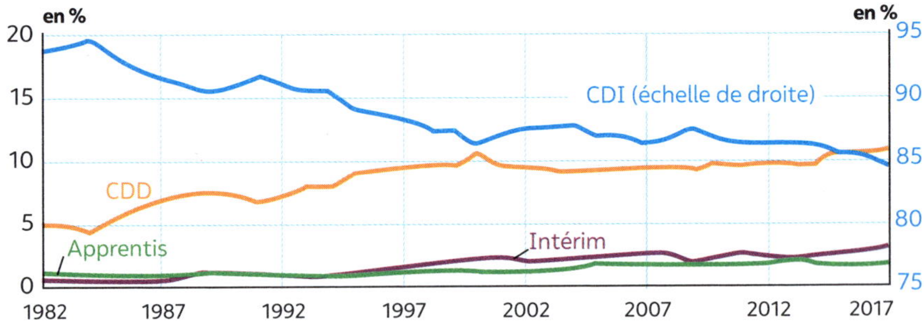

Champ : France métropolitaine jusqu'en 2013, France hors Mayotte à partir de 2014, population des ménages, personnes en emploi de 15 ans ou plus.

Note : les CDD comprennent les emplois aidés ; pour la fonction publique, les CDI comprennent les fonctionnaires et les contractuels en CDI.

Source : Insee, séries longues sur le marché du travail, enquêtes Emploi, septembre 2018.

Document 4 **Le sens donné au travail selon les catégories socioprofessionnelles**

Question : Diriez-vous que le travail, c'est d'abord... ? (réponses en %)

	Une façon de trouver sa place dans la société	Une contrainte pour gagner de l'argent	Un moyen d'épanouissement personnel
Ensemble	**37**	**33**	**30**
Cadres	36	28	36
Professions intermédiaires	31	37	32
Employés	29	44	27
Ouvriers	31	52	17

Source : Ifop, *Les Français et le bonheur au travail*, avril 2016.

LES CLÉS POUR RÉUSSIR

Reportez-vous à la méthode générale de la dissertation p. 316.

Analyser la consigne et dégager une problématique

Analyse du sujet

travail
Activité humaine socialement organisée visant à produire des biens et des services utiles à la satisfaction des besoins humains.

source
Il s'agit d'identifier les éléments constitutifs du travail qui favoriseraient l'intégration des individus.

intégration sociale
Processus par lequel la société (par l'action de la famille, de l'école, du travail) crée entre les individus des liens d'appartenance et de reconnaissance.

toujours
Nuancez le pouvoir intégrateur du travail, en introduisant une dimension temporelle. Le travail a évolué, son rôle intégrateur est-il remis en question ?

Problématique. Il s'agit de comprendre comment l'évolution de la place du travail dans la société modifie le rôle intégrateur du travail et sa capacité à contribuer à l'insertion des individus dans la société.

À NOTER
Cette problématique invite à formuler un plan sous une forme dialectique : oui..., mais (ou cependant)...

Exploiter les documents

Document 1

Le document 1 permet de **comparer les différents statuts d'activité** en termes de revenus, de taux de chômage ou de niveau de pauvreté. Est-ce que tous les statuts sont exposés de façon égale aux risques de chômage et de pauvreté ? Occuper un emploi rémunéré constitue-t-il une protection ? Ce document alimente la thèse de l'importance du travail dans notre système économique marchand (la détention d'un emploi permet de consommer davantage et ainsi d'accéder aux normes de la société de consommation).

Document 2

Le document 2 est un texte qui identifie les **différentes dimensions du rôle intégrateur du travail** (économique, sociale, symbolique...) et l'importance de la « valeur travail ». En creux, il mentionne les risques et les dangers pour l'individu qui ne pourrait pas compter sur le travail pour être intégré à la société.

Document 3

Le document 3 est un graphique qui illustre les mutations de l'emploi avec le **développement de formes atypiques d'emploi** (il peut être utile de caractériser l'évolution de la part de ces emplois). La fragilisation du statut salarial peut provoquer une précarisation économique et sociale de l'individu.

Document 4

Le document 4 est un tableau qui explique l'importance des **différentes dimensions du travail** (épanouissement et reconnaissance sociale, au-delà de la dimension économique) en montrant que la place du travail dans la société n'est pas la même pour tous les individus (ce qui renvoie aussi aux inégalités économiques et sociales qui existent entre les différentes catégories socioprofessionnelles).

Définir le plan

1 Le travail permet l'intégration économique et sociale des individus

- Une activité professionnelle rémunérée reste aujourd'hui encore un élément essentiel du processus par lequel l'individu participe à la vie collective et se sent appartenir à la société.
- Cette activité permet d'**accéder à la société de consommation**, et produit de la solidarité et une **identité sociale**. **(doc. 1, 2, 4)**

2 Les mutations du travail et de l'emploi peuvent affaiblir ce rôle intégrateur

Le **chômage**, la **précarisation** des emplois et les **évolutions du travail** font que les liens qui, par le travail, permettent aux individus d'appartenir à des groupes sociaux ou à la société, sont aujourd'hui moins solides. **(doc. 1, 2, 3)**

CORRIGÉ

Les titres en couleur ou entre crochets ne doivent pas figurer sur la copie.

Introduction

[accroche] Si le travail a été longtemps considéré comme une activité dégradante et contrainte, les sociétés modernes le valorisent au contraire et en ont fait une condition du bien-être des individus. **[présentation du sujet]** Ainsi, avec l'avènement de la société salariale, le travail, en tant que facteur de production qui s'inscrit dans une activité socialement organisée, apporte bien plus qu'un revenu, puisque le travailleur bénéficie d'un statut et de protections. Le travail est devenu de ce fait, avec la famille ou l'école, un vecteur important d'intégration, c'est-à-dire qu'il permet à l'individu de s'insérer dans la société, d'en partager les valeurs et d'instaurer des relations sociales durables. La peur du déclassement social et la stigmatisation des exclus donnent au travail une importance encore plus grande dans notre société. De plus, le droit au travail, qui participe de la dignité de l'être humain, a été repris dans la Constitution de 1958, qui affirme : « Chacun a le devoir de travailler et le droit d'obtenir un emploi. »

[problématique] Si le travail apparaît de façon évidente comme source de lien social, le chômage et les évolutions récentes de l'emploi nous amènent à interroger d'une autre manière le lien entre travail et intégration. Dans quelle mesure la montée du chômage et la précarisation de l'emploi fragilisent-elles de nos jours la capacité du travail à être facteur d'intégration et créateur de lien social ? **[annonce du plan]** Pour répondre à cette problématique, nous verrons dans un premier temps que le travail est toujours à l'heure actuelle une instance fondamentale d'intégration, parce qu'il contribue à l'identité sociale et permet l'insertion dans l'économie et la société marchande. Pour autant, nous verrons dans un second temps que l'intégration par le travail doit être nuancée par certaines évolutions de l'emploi et les mutations des formes d'organisation du travail apparues ces dernières années.

I Le travail permet l'intégration économique et sociale des individus

1. Le travail contribue à la construction de l'identité sociale

- Le travail fournit à chacun l'occasion de prouver son utilité sociale et de se créer un **statut social** (appartenance à une catégorie socioprofessionnelle, place dans le processus de production économique). D'après un sondage Ifop sur « Les Français et le bonheur au travail », 37 % des personnes interrogées estiment que le travail est avant tout un moyen de trouver sa place dans la société **(doc. 4)** et donc de s'attirer la reconnaissance d'autrui. Ces différents facteurs participent à la stabilité personnelle, à un sentiment de « vivre ensemble » et forment une protection contre l'isolement social.

> **CONSEILS**
> Dans chaque partie de votre dissertation, accompagnez vos exemples de **renvois aux documents** du dossier fourni.

▸ Le travail est aussi une source d'**identité collective** par l'appartenance à un collectif de travail (une entreprise, un syndicat) dont les membres partagent des conditions et des rythmes de travail. Le travail permet notamment de nouer de nombreuses relations sociales (collègues, clients, fournisseurs, syndicats, hiérarchie…) (**doc. 2**). Par ailleurs, la sociabilité professionnelle peut se prolonger par une sociabilité privée qui entretient un réseau amical et d'entraide.

▸ Le travail constitue une expérience sociale dans laquelle l'individu doit donner la mesure de ses qualités et de ses compétences. Il procure **estime de soi**, **épanouissement personnel** (pour 30 % des personnes sondées dans l'**enquête présentée dans le doc. 4**) et **reconnaissance (doc. 2)**.

CONSEILS
Il peut être intéressant de faire des liens entre plusieurs documents du dossier pour illustrer et appuyer vos arguments.

2. Le travail assure un revenu d'activité et des droits sociaux

▸ L'exercice d'un travail, qu'il soit indépendant ou salarié, s'accompagne de l'obtention d'une **rémunération**. Les actifs occupés ont ainsi un niveau de vie médian de 24 440 euros par an, bien supérieur aux autres statuts d'activité (chômeurs, retraités ou inactifs) (**doc. 1**). Cette rémunération donne à l'individu la possibilité de s'intégrer sur le plan économique, c'est-à-dire d'adhérer aux normes collectives de consommation et d'épargne et de s'identifier, à travers ces pratiques, aux autres individus. Cet aspect économique est différencié selon la catégorie socioprofessionnelle et d'autant plus vérifié pour les catégories populaires. 52 % des ouvriers considèrent avant tout le travail comme une contrainte pour gagner de l'argent (**doc. 4**).

▸ Grâce à un travail (**doc. 2**), l'individu accède également à une **protection sociale** qui couvre les risques sociaux (assurances chômage, maladie, accident, famille, retraite) et lui assure une continuité de revenu même après la fin de son activité professionnelle. Par ce système collectif de prélèvements et de prestations, l'individu se sent ainsi « relié » aux autres.

II Les mutations du travail et de l'emploi peuvent affaiblir le rôle intégrateur du travail

1. La dégradation du marché du travail limite la capacité intégratrice du travail

▸ La dégradation du marché du travail se caractérise par la persistance d'un niveau de **chômage** élevé et le développement de **formes particulières d'emploi**, plus « précaires » (CDD, intérim notamment) : la part de ces formes d'emploi est passée de 6 % à 16 % de l'emploi total entre 1982 et 2017, soit une hausse de 10 points de pourcentage (**doc. 3**).

▸ Le chômage (*a fortiori* de longue durée) et la hausse de la part des emplois précaires, caractérisés par des revenus faibles et instables, augmentent le risque de **pauvreté** (le taux de pauvreté des chômeurs s'élève à 37 %, soit plus de cinq fois plus que celui des salariés) et favorisent le développement des « travailleurs pauvres » (**doc. 1**). On dénombre près de 9 millions de pauvres en France, comprenant, pour 2 millions d'entre eux, des actifs occupant un emploi (**doc. 1**). L'exposition à la pauvreté et ses conséquences sur les modes de vie s'accroissent : difficultés d'accès au logement et au crédit, à établir des projets ainsi qu'à consommer selon les normes de la société.

▸ Ce type d'emplois « précaires » empêche également l'individu de s'inscrire dans des **actions collectives**, comme le syndicalisme, et de construire une identité d'appartenance à une entreprise, une équipe, un métier... Le chômage et la flexibilité de l'emploi, avec le recours croissant à des contrats atypiques comme les CDD, les contrats d'intérim ou d'apprentissage (**doc. 3**), mettent également de plus en plus en **concurrence** les travailleurs.

▸ Chômage et précarisation des emplois nuisent aussi à la sociabilité en dehors de la sphère du travail et fragilisent les relations sociales de l'individu, pouvant entraîner son **isolement**, voire son **exclusion sociale** (rupture familiale, perte de confiance en soi, risque de stigmatisation, perte des ressources utiles pour retrouver un nouvel emploi, perte éventuelle de droits sociaux et basculement dans un système d'assistance).

À NOTER
L'**exclusion sociale** est le contraire de l'intégration. Elle dépasse le concept de pauvreté et correspond à la non-réalisation des droits sociaux fondamentaux garantis par la loi et l'État (protection sociale, logement, éducation...), et à une rupture progressive des liens sociaux.

2. Les mutations des formes d'organisation du travail ont également un impact sur le rôle intégrateur du travail dans la société

▸ Les nouvelles formes d'organisation du travail peuvent se traduire par une **augmentation des contraintes** (rythme, performance, contrôle qualité...) qui pèsent sur le salarié, génèrent des situations de stress, de perte de sens et l'exposent à des risques psychosociaux. La recherche de performance et de compétitivité fait aussi qu'aujourd'hui, toute difficulté va être mal vécue, avec risque de stigmatisation. Ce phénomène peut se traduire par un relâchement du lien entre le salarié et l'entreprise et contrarier l'intégration de l'individu par le travail (**doc. 2**).

▸ Les mutations du travail et de l'emploi se traduisent aussi par l'**individualisation** et l'**isolement** par rapport au collectif de travail. La flexibilité des emplois et des salaires individualise ensuite les relations de travail : la diversification des contrats place parfois les membres d'un collectif de travail dans des situations si différentes qu'il leur est difficile d'éprouver une identité et des intérêts communs, et donc de s'engager dans une action collective.

▸ La **flexibilité horaire** a aussi des effets sur les emplois du temps des collectifs de travail et des familles. Elle complique l'engagement associatif et affecte les pratiques de sociabilité.

Conclusion

[bilan] Le travail demeure un fondement de l'organisation de la société d'aujourd'hui : en être privé, c'est être exclu de l'essentiel des fondements de la cohésion sociale. Porteur d'une dimension économique, sociale et symbolique, le travail contribue fortement à la pleine réalisation de l'individu dans la société. Les évolutions de l'organisation du travail dans les entreprises, la montée du chômage et le développement de formes atypiques d'emploi ont cependant réduit le rôle du travail comme instrument d'intégration sociale, en appauvrissant ou excluant certaines populations d'un accès à l'emploi, en fragilisant la relation salariale et les liens sociaux avec les collectifs de travail.

[ouverture] Lutte contre le chômage, la pauvreté ou l'exclusion, gestion des risques psychosociaux liés au travail... : comment la puissance publique, dans son action, peut-elle prendre en compte l'importance du travail dans toutes ses dimensions ? D'autres instances peuvent-elles compenser l'affaiblissement du rôle intégrateur du travail ?

Science politique

10 L'engagement politique dans les sociétés démocratiques

Les Zones à défendre (ZAD) comme celle de Notre-Dame-des-Landes, occupée par des zadistes de 2014 à 2018 pour préserver l'environnement et s'opposer à la construction d'un aéroport, illustrent les nouvelles formes de résistance et d'engagement face aux pouvoirs politiques.

TEST

Pour vous situer et identifier les fiches à réviser 228

FICHES DE COURS

39 Les formes de l'engagement politique 230
40 Les déterminants de l'engagement politique 232
41 Objets, acteurs et répertoires de l'action collective 234
MÉMO VISUEL 236

SUJETS GUIDÉS & CORRIGÉS

OBJECTIF BAC
25 **RAISONNEMENT** | Pourquoi s'engager ? 238
26 **DISSERTATION** | L'action collective 242

TESTEZ-VOUS

→ CORRIGÉS P. 318-320

Faites le point sur vos connaissances, puis établissez votre **parcours de révision** en fonction de votre score.

1 Les formes de l'engagement politique

→ FICHE 39

1. Qu'est-ce qui relève de l'engagement ?

- ☐ a. participer à une manifestation
- ☐ b. voter à une élection
- ☐ c. être délégué de classe

2. Vrai ou faux ? Cochez la case qui convient.

	V	F
a. Selon Hirschman, le boycott d'un produit est une forme de défection (*exit*).	☐	☐
b. Selon Tilly, les grèves font partie du répertoire d'actions moderne.	☐	☐
c. Signer une pétition est une action politique conventionnelle.	☐	☐
d. Acheter des produits bio est un acte de consommation engagée.	☐	☐

3. Qu'est-ce qui relève du militantisme ?

- ☐ a. adhérer à une association environnementale
- ☐ b. participer à un acte de désobéissance civile
- ☐ c. coller des affiches électorales

4. Quelles sont les actions de consommation engagée ?

- ☐ a. mettre en place des labels de produits (commerce équitable, agriculture bio…)
- ☐ b. développer l'économie circulaire
- ☐ c. mener une campagne de sensibilisation à l'obsolescence programmée

…/4

2 Les déterminants de l'engagement politique

→ FICHE 40

1. L'individu rationnel ne devrait pas s'engager…

- ☐ a. car il profitera des gains de l'action même s'il n'y participe pas.
- ☐ b. car il ne veut pas se comporter en passager clandestin.
- ☐ c. car le coût de son engagement est un frein.

2. Associez chaque idée à son concept.

a. faire grève par solidarité avec un groupe •	• opportunité politique
b. s'appuyer sur le relais de l'opinion pour faire avancer des revendications •	• incitation sélective
c. accorder une prime aux seuls salariés syndiqués •	• rétribution symbolique

3. Complétez le texte avec les mots qui conviennent.

L'engagement sous ses formes les plus conventionnelles est moins fort chez les .... et augmente avec .... À l'inverse, le potentiel .... est plus fort chez les jeunes, décroît avec l'âge mais augmente pour l'ensemble. Il est plus .... pour les femmes que pour les hommes.

4. Le taux d'adhésion aux associations…

- ☐ a. augmente avec le niveau de diplôme.
- ☐ b. est plus faible chez les cadres.
- ☐ c. est plus faible pour ceux qui ont un niveau de vie élevé.

…/4

3 Objets, acteurs et répertoires de l'action collective

→ FICHE 41

1. Les conflits du travail…

- ☐ a. se sont développés avec le mouvement ouvrier.
- ☐ b. ont pour principaux acteurs les partis politiques.
- ☐ c. incluent les mouvements étudiants.

2. Vrai ou faux ? Cochez la case qui convient.

	V	F
a. Le mouvement féministe défend des enjeux postmatérialistes.	☐	☐
b. Le taux d'adhésion aux organisations syndicales augmente.	☐	☐
c. La ZAD est une forme ancienne de protestation.	☐	☐
d. Les conflits du travail ont aujourd'hui disparu.	☐	☐

3. Complétez le texte avec les mots qui conviennent.

L'adhésion aux .... concerne une très faible minorité de citoyens et le taux de .... n'a cessé de .... depuis les années 1970. De nouveaux .... et de nouvelles formes d' .... émergent dans ce contexte.

4. Les nouvelles formes de militantisme…

- ☐ a. s'appuient principalement sur les organisations politiques et syndicales.
- ☐ b. mobilisent Internet et les réseaux sociaux.
- ☐ c. se traduisent par des formes d'engagement plus durables.

…/4

Score total …/12

Parcours PAS À PAS ou EXPRESS ? → MODE D'EMPLOI P. 3

39 Les formes de l'engagement politique

En bref *S'engager politiquement est essentiel au fonctionnement de nos démocraties. Cet engagement prend une pluralité de formes, impliquant plus ou moins durablement les individus qui souhaitent peser sur les choix de société.*

I Qu'est-ce que l'engagement politique ?

■ L'engagement politique revêt différentes formes de **participation individuelle et collective** à une activité politique au sens large, c'est-à-dire un ensemble d'actions qui visent à influencer de manière directe ou indirecte les décisions politiques et les règles de fonctionnement de la société.

■ L'engagement politique s'appuie sur des **valeurs** et se traduit par des **actes concrets** dont la temporalité et le degré d'implication individuelle sont variables : voter est une forme d'engagement limité ; militer au sein d'une organisation politique, d'un syndicat ou d'une association engage bien davantage au regard du temps mobilisé (pour débattre, organiser des actions collectives…).

MOT CLÉ
Une **valeur** est un principe, un idéal, qui oriente les actions et les comportements des individus au sein d'un groupe social ou d'une société.

■ L'économiste américain Albert Hirschman (1915-2012) a distingué trois types de réaction d'un citoyen ou consommateur mécontent : le choix de la défection (*exit*), celui de la soumission (*loyalty*) ou encore celui de la **prise de parole** (*voice*). L'engagement relève de ce dernier choix.

II Les diverses formes de l'engagement politique

1 La notion de répertoire d'actions politiques

■ Un **répertoire d'actions politiques** (ou collectives) représente les différents moyens d'action dont disposent les individus afin d'exprimer des idées, des revendications, un mécontentement, individuellement ou collectivement.

■ Le sociologue Charles Tilly (1929-2008) distingue le **répertoire d'actions ancien** qui a pour modèle les révoltes paysannes des XVIIe et XVIIIe siècles (mouvements localisés et peu organisés) du **répertoire moderne** qui émerge au XIXe siècle avec le mouvement ouvrier et apporte de nouveaux moyens d'action, comme la grève, avec des enjeux politiques plus larges, portés par des organisations (syndicats, partis).

2 Catégoriser les formes de l'engagement

■ On caractérise **différents registres** d'engagement politique, utilisés différemment selon les époques, les contextes, les groupes sociaux concernés : les pratiques liées aux élections ; le militantisme (partisan, syndical, associatif) et les pratiques militantes (assister à des réunions, coller des affiches, distribuer des tracts...) ; les actions de protestation (pétition, manifestation, grève, occupation, blocage...).

- On distingue traditionnellement les **formes conventionnelles** de la participation politique et les **formes non conventionnelles** : les premières sont liées au processus électoral → PROGRAMME DE 1re, les secondes prennent la forme d'actions protestataires contestant les pouvoirs en place et leurs décisions : participer à des manifestations, des grèves, des pétitions, des occupations de locaux, voire à des activités illégales ou violentes. Elles s'appuient de plus en plus sur la capacité d'Internet à mobiliser et à donner de la visibilité aux actions. Cette distinction est aujourd'hui moins pertinente avec l'affaiblissement des formes traditionnelles de l'engagement.
- La **consommation engagée** exprime une contestation sociale par des choix de consommation, en privilégiant ou boycottant certains produits, en participant à des actions anti-publicité, en encourageant l'agriculture biologique ou les circuits courts (AMAP) et en s'appuyant notamment sur les associations de consommateurs.

zoOm

Les moyens d'expression jugés les plus efficaces

Comparatif « En 1er + en 2nd » par rapport à la vague 11 (février 2020)

Source : Baromètre de la confiance politique, vague 12, CEVIPOF, février 2021.

- La majorité des citoyens considère que le **vote** est le **moyen le plus efficace** pour influencer les décisions politiques (54 % des personnes interrogées en 2018).
- Le **boycott**, la **manifestation** ou la **grève** apparaissent comme des moyens d'action, mais jugés globalement moins efficaces en 2021.

40 Les déterminants de l'engagement politique

En bref *S'engager repose sur des motivations individuelles et un contexte particulier, mais aussi sur des déterminants sociodémographiques qui favorisent ou non la probabilité de participer politiquement.*

I Pourquoi s'engager ?

1 L'individu rationnel n'a pas intérêt à s'engager…

- Mancur Olson (1932-1998) indique que l'individu considéré comme doté d'une rationalité parfaite, effectue un calcul coût-avantage qui l'incite à ne pas s'engager dans une action collective et à se comporter en passager clandestin. Il peut en effet bénéficier des gains d'une action collective sans avoir à s'y engager personnellement et à en supporter les coûts.
- Mais si tous les individus agissent de la sorte, l'action collective n'a pas lieu et il n'y a alors aucun espoir de gain. Pourtant, les actions collectives existent bien et des individus les mettent en œuvre : c'est le paradoxe de l'action collective.

2 … mais il peut être incité à s'engager

- Selon Olson si les individus s'engagent rationnellement dans des actions collectives, c'est parce que des **incitations sélectives** les encouragent à le faire, en réservant aux participants de l'action collective les avantages obtenus.

MOT CLÉ
Les **incitations sélectives** sont des avantages réservés aux participants d'une action collective : par exemple, la réservation de certains services (emploi, assurance, crèche…) aux seuls adhérents.

- Les individus sont aussi guidés par des rétributions symboliques les poussant à s'engager quel qu'en soit le coût : la défense d'une cause, le sentiment de solidarité et de partage... qui apportent des satisfactions non matérielles.
- La structure des opportunités politiques crée un contexte plus ou moins propice au succès des mobilisations qui influencent l'engagement. La proximité d'élections, le poids de l'opinion... agissent comme des facteurs ou des freins à l'émergence et au développement de mobilisations.

II Les déterminants sociologiques de l'engagement

1 Le rôle de l'âge, de la génération et du sexe

- L'engagement sous ses formes les plus conventionnelles est moins fort chez les jeunes et augmente avec l'âge, tout comme le taux d'adhésion à une association, un syndicat ou un parti politique. À l'inverse, le **potentiel protestataire** est plus fort

MOT CLÉ
L'indice de **potentiel protestataire** est construit à partir de plusieurs indicateurs de participation politique : signer une pétition, prendre part à un boycott ou une manifestation.

chez les jeunes, décroît avec l'âge mais augmente pour l'ensemble de la population. Certaines études montrent des **effets de générations**, la participation à des événements importants comme mai 1968 créant des générations plus politisées.

- L'**engagement politique des femmes** au travers du vote est proche de celui des hommes. Les enquêtes montrent en revanche un moindre intérêt des femmes pour la politique et un sentiment d'incompétence plus grand. Si l'indice de potentiel protestataire des femmes est plus faible, il augmente pour les hommes et les femmes et les écarts se réduisent.

CHIFFRES CLÉS

Taux d'adhésion aux associations en 2016 : 34 % des 16-24 ans, 46 % des 65 et plus. Il est supérieur chez les hommes (42,6 % d'hommes contre 39,1 % de femmes) et en baisse depuis 2013.

2 Le poids de la catégorie socioprofessionnelle et des diplômes

- L'appartenance à des CSP + et à des niveaux de diplômes élevés augmente la probabilité de s'engager. Les **ressources symboliques et culturelles**, liées au milieu social, à la socialisation politique familiale, aux compétences politiques différenciées que cela génère chez les individus, jouent donc un rôle important.
- Dans certains contextes, des « **mobilisations improbables** » peuvent s'organiser au sein de groupes sociaux qui n'ont pas les compétences et les ressources appropriées (mouvement des Gilets jaunes).

zoOm

Taux d'adhésion à des associations en 2013 (en %)

	Ensemble	**42**
Sexe	Hommes	44
	Femmes	40
Âge	16-24 ans	36
	25-39 ans	41
	40-49 ans	43
	50-64 ans	44
	65 ans ou plus	43
Niveau de diplôme	Aucun diplôme	22
	Inférieur au bac	36
	Bac	45
	Supérieur au bac	56

CSP	Agriculteurs	48
	Artisans, commerçants	37
	Cadres	60
	Professions intermédiaires	52
	Employés	37
	Ouvriers	32
	Autres inactifs	37
Niveau de vie	1er quartile (les plus modestes)	29
	2e quartile	39
	3e quartile	45
	4e quartile (les plus aisés)	55

Source : Insee Première n° 1580, *30 ans de vie associative*, 2016.

- Le **taux d'adhésion** diffère selon plusieurs critères (sexe, âge, CSP...).
- Le **diplôme** et le **niveau de vie** apparaissent les plus déterminants.

41 Objets, acteurs et répertoires de l'action collective

En bref *Les formes et les objets de l'engagement politique se sont transformés au cours du temps. Les conflits du travail, auparavant centraux, n'ont pas pour autant disparu, même si les modalités d'action sont largement renouvelées.*

I La transformation des enjeux de l'action collective

1 La prédominance des conflits du travail

- Depuis le XIXe siècle, l'action collective se construit essentiellement autour des **conflits du travail** et du mouvement ouvrier, porté par des organisations syndicales et des partis politiques, ce qui n'exclut pas d'autres types de conflits (lutte pour les droits des femmes…).

MOT CLÉ

Les **conflits du travail** opposent des collectifs ou des organisations de salariés et des patrons d'entreprises ou organisations patronales, pour l'obtention ou la sauvegarde de droits économiques et sociaux.

- Ces conflits qui ont pour enjeu les conditions de vie et de travail des salariés vont conduire à la conquête de nouveaux droits en matière de rémunération, temps de travail, congés payés, protection sociale…

2 De nouveaux enjeux de conflictualité sociale

- À partir des années 1960-1970 de nouveaux enjeux se développent. Qualifiés par certains sociologues de postmatérialistes car ne portant pas sur la sphère du travail et les conditions matérielles de l'existence, ils revendiquent de nouveaux droits (égalité homme-femme, droit au logement, mariage pour tous…) et la reconnaissance de minorités (ethniques, sexuelles…), le respect de l'environnement…
- Les conflits « matérialistes » ne disparaissent pas pour autant même s'ils peuvent évoluer dans leurs formes, comme le mouvement des Gilets jaunes (hiver 2018) qui a démarré pour protester contre la hausse des carburants due à l'instauration d'une taxe carbone, ou celui contre la réforme des retraites (hiver 2019).

II L'évolution des répertoires et des acteurs de l'action collective

1 Un élargissement du répertoire de l'action collective

- La grève reste un élément incontournable du répertoire d'actions → FICHE 39 même si, par définition, elle ne concerne que les salariés. De nombreux types d'action l'accompagnent (manifestations) et la complètent (occupations…).
- De nouveaux moyens d'action cherchent à mobiliser davantage les citoyens et à donner une visibilité plus grande aux revendications et aux groupes mobilisés

dans un cadre souvent international. Ils s'appuient sur l'usage des **médias** et des **réseaux sociaux numériques** et mettent en scène des actions spectaculaires à l'image d'Act Up dans les années 1980-1990 cherchant à alerter sur l'épidémie de sida et à défendre les droits des personnes homosexuelles. Les actions d'Extinction Rebellion prônant la désobéissance non violente illustrent ce renouvellement.

- Des mouvements plus **ponctuels** et **spontanés** émergent. S'appuyant également sur la capacité de mobilisation d'Internet, ils se développent en marge des structures hiérarchisées, manifestant une volonté de démocratie directe (mouvement des Stylos rouges chez les professeurs en 2019).

2 Une diversification des acteurs

- Les acteurs traditionnels de l'engagement traversent une **crise** : l'adhésion aux partis politiques concerne une très faible minorité de citoyens et le **taux de syndicalisation** n'a cessé de baisser depuis les années 1970.

> **MOT CLÉ**
> Le **taux de syndicalisation** représente la part des salariés adhérents d'une organisation syndicale (syndiqués) dans l'ensemble des salariés.

- De **nouveaux acteurs** (associations, collectifs...) et de nouvelles formes de militantisme (moins durables, moins hiérarchisées...) apparaissent en marge ou défiants à l'égard des organisations traditionnelles.
- Pour autant les partis – dans le cadre des élections – et les syndicats – dans leur **capacité** à organiser les conflits sociaux – restent des acteurs incontournables.

zoOm

Un renouvellement des formes d'action collective

- À l'image du combat des zadistes contre le projet d'aéroport à Notre-Dame-des-Landes, les ZAD illustrent les **nouvelles formes d'actions collectives** et d'engagement : cause circonscrite dans ses motifs et dans le temps ; mobilisation des réseaux sociaux et des médias ; organisation de temps forts festifs...
- Ces luttes renouvelant les **enjeux revendicatifs** sont portées par des collectifs défiants à l'égard des organisations hiérarchisées.

MÉMO VISUEL

L'ENGAGEMENT

Les formes de l'engagement

Ses caractéristiques

- Participation individuelle et collective à une activité politique
- Fondé sur des valeurs, se traduit par des actes concrets (voter, militer)
- Actes qui relèvent de la prise de parole (*voice*)

Des formes diverses d'engagement

- Un répertoire d'actions politiques
  - Le répertoire d'actions ancien (les soulèvements paysans du Moyen Âge)
  - Le répertoire moderne (à partir du XIXe siècle, lié au mouvement ouvrier)
- Différents registres d'action collective
  - Les formes conventionnelles (élections)
  - Les formes non conventionnelles

Les déterminants de l'engagement

Il n'est pas rationnel de s'engager

- Un coût individuel supérieur au bénéfice
- Une rationalité qui pousse à se comporter en passager clandestin

Des incitations favorables

- Les incitations sélectives
- Les rétributions symboliques
- La structure des opportunités politiques (contexte politique favorable)

Le profil sociologique

- Des hommes plutôt âgés, diplômés et de CSP +
- Mais des effets de générations et des mobilisations improbables

Comment l'action collective s'est-elle transformée ?

Les transformations de l'action collective

De nouveaux enjeux de conflictualité

- Enjeux postmatérialistes
- Évolution des conflits matérialistes

Le maintien des acteurs et des enjeux traditionnels

- Actions des partis politiques et des syndicats
- Conflits du travail (grèves, etc.)
- Luttes pour les droits des femmes

De nouveaux acteurs

- Crise des acteurs traditionnels (partis politiques, syndicats)
- Défiance à l'égard des organisations traditionnelles
- Associations et collectifs qui s'appuient sur les réseaux sociaux et les médias

POLITIQUE

Un élargissement des modalités d'action

- Nouvelles formes de militantisme souvent internationales (manifestations, occupations, désobéissances non violentes, etc.)
- Des actions ponctuelles et spontanées
- Des structures moins hiérarchisées

Activistes d'Extinction Rebellion couchés au sol devant le Centre Pompidou à Paris en 2019.

SUJET 25 OBJECTIF BAC

RAISONNEMENT 2 h 30 Pourquoi s'engager ?

Qu'est-ce qui pousse des individus à s'engager dans des actions collectives qui peuvent être coûteuses en temps et en argent pour des résultats incertains ?

LE SUJET

Pourquoi les individus s'engagent-ils malgré le paradoxe de l'action collective ?

Document 1 **« Au cours des 12 derniers mois avez-vous… ? » Proportion de réponses « oui » (en %)**

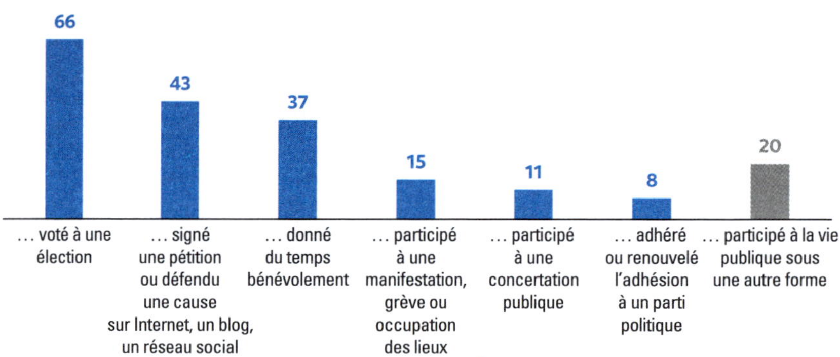

Champ : Ensemble des jeunes âgés de 18 à 30 ans.

Source : INJEP-CREDOC, Baromètre DJEPVA sur la jeunesse, 2018.

Document 2 **Le paradoxe de l'action collective**

Une […] opposition a la peau dure en matière d'engagement, celle entre désintéressement et recherche de gratifications personnelles. S'inscrivant dans le cadre de la théorie du choix rationnel, Mancur Olson pointait ainsi dans *Logique de l'action collective* (1965) un fameux paradoxe : si un individu peut bénéficier des retombées d'une mobilisation sans assumer les coûts de la participation, il a tout intérêt à se comporter en « passager clandestin ». Mais si tous font de même, l'action collective ne peut avoir lieu ! Pour éviter une telle situation, certaines organisations ont mis en place des « incitations sélectives », en rendant la non-participation plus coûteuse ou en réservant les avantages obtenus par la lutte à leurs seuls membres (c'est le principe du *closed-shop* syndical en vigueur dans certains pays, mais pas en France).

Une décennie plus tard, Daniel Gaxie va à son tour s'inscrire en faux contre une vision d'un engagement purement désintéressé et altruiste. Pour cela, il liste les rétributions, matérielles comme symboliques, que celui-ci peut apporter, sans être cependant nécessairement perçues ou recherchées comme telles. L'engagement peut ainsi apporter une image de soi valorisante, de nouvelles relations ou des compétences potentiellement valorisables dans d'autres sphères.

Source : Igor Martinache, « L'engagement politique, une valeur en déclin », *Alternatives économiques* n° 324, mai 2013.

Document 3 Les mobilisations s'inscrivent dans un contexte

Marco Giugni [...] considère que « le contexte politique structure de manière importante les nouveaux mouvements sociaux. Ainsi, leur mobilisation, leurs stratégies et leurs formes organisationnelles dépendent de certaines opportunités politiques qui, à leur tour, découlent de la configuration du système politique dans lequel les mouvements se trouvent ». Le concept de « structure des opportunités politiques » permet de désigner de façon synthétique les caractéristiques du contexte politique jugées pertinentes pour l'analyse des mouvements sociaux. [...]

Marco Giugni distingue trois dimensions au sein de la « structure des opportunités politiques » : la structure institutionnelle formelle (l'organisation des pouvoirs au sein de l'État) qui détermine « l'accès formel » des mouvements sociaux aux institutions étatiques, les procédures informelles et les « stratégies dominantes » des acteurs publics vis-à-vis des mouvements sociaux et des organisations militantes (répression ou facilitation, parfois utilisées successivement ou conjointement par les autorités), et enfin la configuration du pouvoir, c'est-à-dire le système des oppositions partisanes et en particulier la structuration de la « gauche » dont les partis, traditionnellement plus proches des mouvements de protestation, sont susceptibles d'apporter leur soutien aux actions collectives.

Source : Philippe Juhem, « Mobilisations et structure des opportunités politiques : réflexions sur l'exemple suisse », *Revue française de science politique*, vol. 47 n° 5, 1997.

LES CLÉS POUR RÉUSSIR

Reportez-vous à la méthode générale du raisonnement p. 314.

Analyser les termes du sujet et mobiliser ses connaissances

Analyse du sujet

pourquoi
Il s'agit de chercher les raisons de l'engagement.

s'engager
Prendre part à la vie politique sous toutes ses formes : en votant, manifestant, militant...

paradoxe de l'action collective
Les individus s'engagent, alors qu'ils n'ont pas rationnellement intérêt à le faire.

Exploiter les documents

Document 1

Le document 1 est un diagramme en bâtons qui montre diverses **formes d'engagement** des jeunes de 18-30 ans. Quelle est l'unité des données ? Que met-il en évidence par rapport à la question posée par l'énoncé ?

Document 2

Le document 2 est un texte qui soulève le paradoxe de l'action collective. Que signifie « se comporter en **passager clandestin** » en matière d'engagement ? Sur quel raisonnement s'appuie ce comportement identifié par Mancur Olson ? Daniel Gaxie montre que l'engagement n'est pas un acte désintéressé, mais s'appuie-t-il sur le même argument qu'Olson ?

Document 3

Le document 3 est un texte qui évoque le rôle des **structures d'opportunités politiques**. Illustrez chacune de leurs dimensions et montrez en quoi elles peuvent freiner ou au contraire favoriser l'engagement.

Définir les arguments

Argument 1 : Même si les individus sont considérés comme rationnels, le constat est établi qu'**ils s'engagent**. **(doc. 1)**

Argument 2 : Dans la perspective d'Olson, cet engagement est le fait d'**incitations**, mais celles-ci ne sont pas seulement matérielles, elles sont aussi symboliques. **(doc. 2)**

Argument 3 : Indépendamment des motivations individuelles, le **contexte politique et institutionnel** joue un rôle plus ou moins favorable à l'engagement. **(doc. 3)**

CORRIGÉ

Les titres en couleur ne doivent pas figurer sur la copie.

Introduction

D'importants mouvements sociaux ont marqué l'hiver 2019-2020 (actions contre la réforme du lycée, grèves des cheminots, contestations de la réforme des retraites). Comment expliquer que ces actions collectives aient pu voir le jour alors que les individus n'avaient pas toujours intérêt à s'y engager personnellement ?

I. L'individu rationnel s'engage

LE SECRET DE FABRICATION

Il s'agit de prendre comme point de départ la thèse d'Olson, qui doit être exposée précisément. Il faut ensuite s'appuyer sur des faits objectifs afin de montrer l'existence de diverses formes d'engagement.

- Selon la thèse de Mancur Olson, l'individu rationnel n'a pas intérêt à s'engager dans une action collective. En effet, celle-ci génère plus de coût (celui d'une grève, par exemple) que de bénéfice (celui d'une augmentation de salaire, par exemple), ce qui l'incite à se comporter en **passager clandestin**, c'est-à-dire à profiter des résultats de l'action collective sans s'y engager lui-même. Mais si tout le monde agissait de la sorte, alors il n'y aurait aucune action collective (**doc. 2**).
- Or, force est de constater que les individus **s'engagent de multiples manières**, en votant, en signant des pétitions, en adhérant à un parti politique... En 2018, sur 100 jeunes de 18-30 ans, 37 ont donné de leur temps pour une action bénévole et 15 ont participé à une manifestation ou à une grève (**doc. 1**).

II. L'individu s'engage grâce aux incitations et aux rétributions

- Selon Mancur Olson, ce sont des **incitations sélectives** qui poussent les individus à s'engager rationnellement en minimisant les coûts de l'action et/ou en maximisant ses bénéfices (**doc. 2**). Par exemple, les salariés misant sur une absence de retenue sur salaire pour fait de grève sont incités à s'y engager, d'autant plus si la perspective de gain, une hausse de salaires, est forte.

MOT CLÉ

Les **incitations sélectives** peuvent contraindre à s'engager, en réservant certains avantages obtenus aux seuls participants, par exemple des services fournis aux adhérents d'un syndicat, évitant ainsi tout passager clandestin.

- Daniel Gaxie élargit le propos en montrant que l'individu ne fonde pas ses décisions que sur le seul calcul économique. Il est également sensible aux rétributions symboliques de l'engagement au travers des sentiments de fierté, de solidarité et de partage que l'engagement génère (**doc. 2**).

III. Le contexte politique et institutionnel joue également un rôle

▸ La structure des opportunités politiques crée un contexte qui, quand il est favorable au succès de l'action collective, incite à l'engagement. Une situation de cohabitation, la proximité d'élections, la présence ou non de relais médiatiques, d'organisations plus ou moins puissantes, le poids de l'opinion… agissent comme des facteurs ou des freins à l'émergence et au développement de mobilisations **(doc. 3)**.

▸ À partir des années 1980, la mondialisation s'est traduite par une circulation accrue des biens, des services, des personnes, des idées. Avec le développement d'Internet et des réseaux sociaux, ce contexte a été favorable à la constitution d'un mouvement de contestation transnational tel que l'**altermondialisme**.

> **MOT CLÉ**
> L'**altermondialisme** est un mouvement social à l'échelle mondiale contestant la mondialisation libérale et les institutions qui en favorisent le développement.

Conclusion

Si des individus s'engagent dans des actions collectives alors que leur rationalité devrait les pousser à se conduire en « passagers clandestins », c'est donc parce que des incitations matérielles ou morales et un contexte favorable les y encouragent.

SUJET 26 OBJECTIF BAC

DISSERTATION 4 h L'action collective

Mouvement social contre la réforme des retraites, zones à défendre (ZAD), MeToo, mouvement LGBT, luttes écologiques… Qu'est-ce qui distingue ces diverses formes d'action collective ?

LE SUJET

Vous montrerez la diversité de l'action collective dans les sociétés occidentales contemporaines.

Document 1 Entreprises ayant déclaré au moins une grève et nombre de jours de grèves pour 1 000 salariés de 2005 à 2017

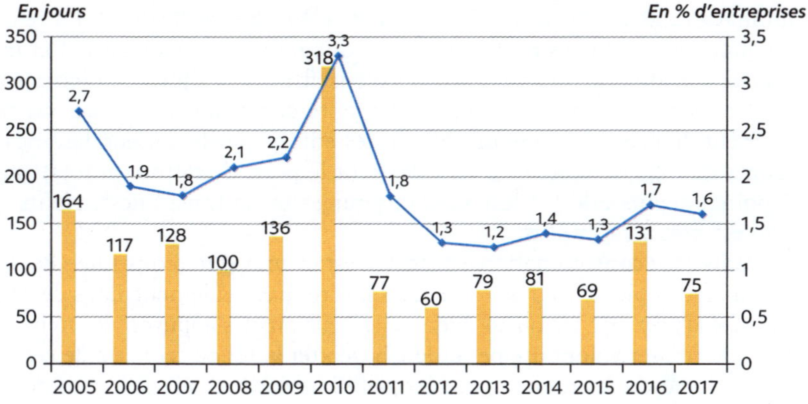

Champ : Entreprises de 10 salariés et plus du secteur marchand non agricole.

Source : Dares, enquête Acemo « Dialogue social en entreprise ».

Document 2 Les moyens d'expression les plus efficaces (en %)

« Selon vous, qu'est-ce qui permet aux citoyens d'exercer le plus d'influence sur les décisions prises en France ? » (Réponse « En Premier » + « En second »)

	2010	2018
Voter aux élections	67	55
Manifester dans la rue	23	42
Boycotter des entreprises ou des produits	35	37
Faire grève	20	27
Militer dans un parti politique	11	8
Discuter sur Internet, sur un blog ou un forum	4	5

Champ : Ensemble des jeunes âgés de 18 à 30 ans.

Source : Baromètre DJEPVA sur la jeunesse 2019.

Document 3 Des consommateurs engagés

La sensibilité des Français à la « consommation engagée » est relativement affirmée : 44 % d'entre eux déclarent tenir compte, lors de leurs achats, des engagements que prennent les entreprises en matière de « citoyenneté » [...]. Cette attention au comportement des firmes a progressé de 6 points depuis 2002. [...]

En fait, les Français sont sensibles à deux grandes causes, deux engagements principaux des entreprises quand il s'agit « d'acheter citoyen » : le non-recours au travail des enfants (dans 50 % des cas, cette cause est l'une des deux auxquelles les enquêtés sont les plus sensibles) et la fabrication du produit en France (37 %). L'absence de pollution dans le processus de fabrication (26 %) et le respect des conditions de travail des salariés (25 %) arrivent ensuite, largement devant tous les autres critères (souffrance des animaux, aide au tiers-monde, aide à la recherche médicale...). En réalité, en quatre ans, les trois premiers thèmes ont gagné en importance. Cet intérêt des consommateurs à l'égard des biens éthiques va jusqu'à inciter 61 % d'entre eux à envisager d'accepter, à qualité de produit identique, un supplément de prix de 5 % pour obtenir des entreprises le respect des engagements de « citoyenneté » qu'ils valorisent le plus. Ce taux a au total gagné 9 points depuis 2002. C'est surtout pour éviter le travail des enfants que l'on est prêt à payer plus.

Mais la « consommation engagée » est, à vrai dire, constituée de deux versants complémentaires : elle ne s'inscrit pas seulement dans le choix délibéré d'acquérir tel ou tel bien ; elle peut aussi s'appuyer, en creux, sur celui de refuser volontairement, de « boycotter », tel ou tel autre de ces produits. L'analyse des raisons pour lesquelles un boycott aurait le plus de sens confirme que ce qui insupporte le plus l'opinion aujourd'hui est le travail des enfants, puis les licenciements « abusifs » (dans la mesure où l'entreprise concernée fait, par ailleurs, des bénéfices). Enfin, la pollution générée par l'entreprise productrice prend la troisième place.

Source : *Représentations et pratiques de la consommation engagée, évolution 2002-2006*, Crédoc.

Document 4 Évolution du taux d'adhésion dans les associations de défense de droits ou d'intérêts[1] (en %)

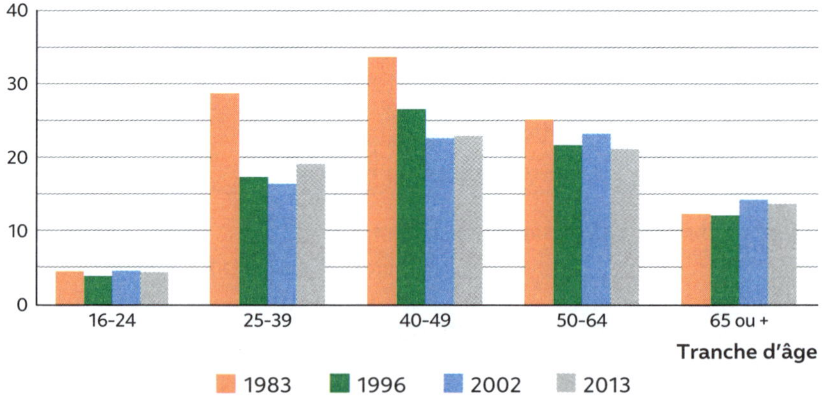

1. Action humanitaire et caritative, protection de l'environnement, syndicat, parti politique...

Source : *Insee Première*, n° 1580, janvier 2016.

LES CLÉS POUR RÉUSSIR

Reportez-vous à la méthode générale de la dissertation p. 316.

Analyser la consigne et dégager une problématique

Analyse du sujet

vous montrerez la diversité
Il n'y a pas de débat à ce propos : il faut chercher différents éléments caractérisant cette diversité.

société française contemporaine
Cadre spatio-temporel donné.

action collective
Action résultant de l'engagement de groupes de personnes pour défendre une cause ou faire valoir des idées ou des revendications.

Problématique. L'action collective s'est transformée au cours du temps et s'est diversifiée. Si celle-ci a été, un temps, dominée par les conflits du travail, d'autres formes d'action collective se sont développées, portées par de nouveaux acteurs sur de nouveaux enjeux avec de nouveaux moyens d'action.

Exploiter les documents

Document 1

Deux variables sont exposées d'un point de vue chronologique dans le graphique du document 1 : la part en pourcentage des entreprises de plus de 10 salariés touchées par une grève et le nombre de jours de grèves pour 1 000 salariés. Faites attention à la double échelle. À quel type de conflit renvoie l'usage de la grève ?

Document 2

Différents types d'engagement des 18-30 ans sont mis en lumière dans le tableau du document 1. Renvoient-ils aux mêmes répertoires d'action collective ? aux mêmes enjeux ?

Document 3

Le document 3 est un texte qui évoque la **« consommation engagée »**. En quoi porte-elle sur des enjeux, des registres d'actions et des acteurs différents ?

Document 4

Le document 4 est un diagramme qui montre comment évolue le taux d'adhésion à des associations portées sur la **défense de droits et d'intérêts**.

Définir le plan

1 La permanence des formes traditionnelles d'action collective

- Étudiez les actions liées aux **échéances électorales**. Lesquelles sont collectives ? **(doc. 2)**
- Présentez les actions liées aux **conflits du travail**. Quels en sont les acteurs ? **(doc. 1)**

2 Le développement de nouvelles formes d'action collective

- Abordez les **nouveaux enjeux** de l'action collective **(doc. 3)**. Quels sont les enjeux de la consommation engagée ?
- Exposez les **nouveaux acteurs** et nouvelles **modalités d'action**. Donnez-en des exemples. **(doc. 4)**

CORRIGÉ

Les titres en couleur ou entre crochets ne doivent pas figurer sur la copie.

Introduction

[accroche] Mouvement social contre la réforme des retraites, marches pour le climat, grève des salariés de Michelin... **[présentation du sujet]** L'actualité de la société française contemporaine est riche d'actions collectives qui résultent de l'engagement pour défendre une cause ou faire valoir des idées ou des revendications. **[problématique et annonce du plan]** Toutes ces actions sont-elles de même nature ? Nous montrerons que l'action collective s'est transformée et s'est diversifiée au cours du temps. Si les conflits du travail et des formes d'engagement traditionnelles existent toujours (partie I), des formes renouvelées d'action se sont développées (partie II).

I. La permanence des formes traditionnelles d'action collective

LE SECRET DE FABRICATION

Il s'agit de montrer le rôle des actions conventionnelles relevant du champ d'action de la politique électorale et du vote, puis d'évoquer le champ de l'action syndicale. Pour la 1re dimension, appuyez-vous sur ce que vous avez étudié en classe de première sur le vote.

1. Les actions collectives liées aux échéances électorales

- Les échéances électorales régulières génèrent un engagement politique citoyen et des actions collectives spécifiques. Le **vote** apparaît pour plus d'un jeune de 18-30 ans sur deux comme le moyen d'expression le plus efficace en 2018, même si cette proportion baisse significativement (– 12 points en 8 ans) et que force est de constater la montée régulière de l'abstention (**doc. 2**).

▸ En revanche, **militer dans un parti politique** apparaît comme un moyen d'expression efficace pour seulement 8 % des jeunes en 2018 **(doc. 2)**. Pourtant, le parti politique est aujourd'hui encore l'institution centrale du système électoral, sélectionnant et promouvant les candidats sur la base d'un programme.

2. Les actions liées aux conflits du travail

▸ Les actions collectives mises en œuvre dans le monde du travail restent notables en dépit de la tendance à la baisse du nombre de grèves par rapport aux années 1960-70. Depuis les années 2000, le nombre de jours de **grèves** pour 1 000 salariés oscille entre 164 en 2005 et 75 en 2017, avec des fluctuations conjoncturelles importantes (318 en 2010, mouvement social contre la réforme des retraites). Si 2,7 % des entreprises de 10 salariés et plus déclaraient au moins une grève en 2005, c'était le cas de 1,6 % des entreprises en 2017 et 3,3 % en 2010 (**doc. 1**).

▸ Les **syndicats** jouent un rôle important dans l'action collective des salariés et les conflits du travail, en dépit d'un **taux de syndicalisation** faible en France (la DARES évalue aujourd'hui le taux de syndicalisation des salariés – du privé et du public – à environ 10 %). Ils structurent les mouvements sociaux, portent les revendications, conduisent les négociations.

MOTS CLÉS
- Un **syndicat** est une organisation collective qui vise à défendre les intérêts des salariés.
- Le **taux de syndicalisation** est la part des salariés adhérant à un syndicat.

II. Le développement de nouvelles formes d'action collective

1. De nouveaux enjeux de l'action collective

▸ Les **motivations** de l'action collective se sont largement **diversifiées** depuis plusieurs décennies, s'orientant vers de nouveaux enjeux de société, réclamant l'accès à des droits nouveaux ou l'égalité des droits pour les femmes (IVG, salaires...) ou les minorités sexuelles, condamnant les atteintes environnementales et luttant contre le changement climatique.

▸ Les actions de la **consommation engagée** se sont largement développées. Une part importante des consommateurs déclare être attentive aux préoccupations sociales ou environnementales dans les décisions d'achats, utilisant le boycott à l'égard de produits issus du travail des enfants ou polluant et payant plus cher des produits respectant ces exigences (**doc. 3**).

À NOTER
La **consommation engagée** s'appuie depuis longtemps sur l'action de nombreuses associations de consommateurs dont l'objet est la défense de leurs intérêts.

2. De nouveaux acteurs et de nouvelles modalités d'action

▸ Ces formes renouvelées d'actions collectives s'accompagnent de l'émergence de nouveaux acteurs de mobilisation, souvent issus du monde associatif ou de collectifs. Même si le taux d'adhésion dans les **associations de défense de droits ou d'intérêts** a baissé entre 1983 et 1996, il est stable ou augmente selon les tranches d'âge, atteignant près de 25 % des 40-49 ans et près de 15 % des 65 ans et plus (**doc. 4**).

▸ Ces mouvements mettent en évidence les **nouveaux registres d'actions**. Utilisant des moyens spectaculaires pour frapper les esprits, s'appuyant sur les médias et les réseaux sociaux, ils cherchent à faire connaître au plus grand nombre leurs revendications et à les rendre légitimes. L'occupation de zones à défendre, comme à Notre-Dame-Des-Landes pour s'opposer à la construction d'un aéroport, apparaît également comme une forme nouvelle de mobilisation. Ces registres se révèlent complémentaires aux manifestations qui sont toujours considérées comme un moyen d'expression efficace pour 42 % des personnes en 2018, près de deux fois plus qu'en 2010 (**doc. 2**).

Conclusion

[bilan] On constate donc une grande diversité de l'action collective dans notre société contemporaine, les mobilisations traditionnelles côtoyant des formes nouvelles d'engagement et d'actions.

[ouverture] Le mouvement écologique serait-il devenu ce qu'a été un temps la lutte ouvrière, un élément central et structurant de l'ensemble des mobilisations collectives ?

Regards croisés

11 Des inégalités compatibles avec les différentes conceptions de la justice sociale ?

La question de l'égalité entre les femmes et les hommes reste centrale à notre époque, car les inégalités entre les sexes demeurent importantes dans la vie publique ou privée. La journée du 8 mars symbolise la lutte des femmes pour l'égalité des droits.

TEST

Pour vous situer et identifier les fiches à réviser 250

FICHES DE COURS

42 L'évolution des inégalités économiques depuis le début du XXe siècle 252

43 Le caractère multiforme et cumulatif des inégalités économiques et sociales 254

44 Les principaux outils de mesure des inégalités 256

45 Les différentes conceptions de la justice sociale 258

46 Pouvoirs publics et justice sociale 260

MÉMO VISUEL 262

SUJETS GUIDÉS & CORRIGÉS

OBJECTIF BAC

27 **MOBILISATION DES CONNAISSANCES** | Pouvoirs publics et justice sociale 264

28 **ÉTUDE D'UN DOCUMENT** | Indicateurs des niveaux de vie en France 266

29 **RAISONNEMENT** | Le caractère cumulatif des inégalités 269

TESTEZ-VOUS

→ CORRIGÉS P. 318-320

Faites le point sur vos connaissances puis établissez votre **parcours de révision** en fonction de votre score.

1 L'évolution des inégalités économiques depuis le début du XXe siècle

→ FICHE 42

1. Le patrimoine correspond…

☐ a. aux salaires.
☐ b. aux revenus de transfert.
☐ c. aux avoirs et aux dettes détenus par un agent économique.

2. Vrai ou faux ? Cochez la case qui convient.

	V	F
a. Les inégalités de revenu ont diminué au cours du XXe siècle.	☐	☐
b. L'apparition d'une classe moyenne fait diminuer les inégalités de patrimoine.	☐	☐
c. Les inégalités de patrimoine diminuent en France depuis les années 1980.	☐	☐
d. Les inégalités économiques au niveau mondial ont baissé depuis les années 1980.	☐	☐

…/2

2 Le caractère multiforme et cumulatif des inégalités économiques et sociales

→ FICHE 43

1. Les inégalités économiques peuvent concerner…

☐ a. le patrimoine immobilier.
☐ b. le niveau de vie.
☐ c. l'obtention d'un diplôme.

2. Les inégalités économiques…

☐ a. peuvent se cumuler entre elles.
☐ b. sont sources d'inégalités sociales.
☐ c. ne se transmettent pas d'une génération à une autre.

…/2

3 Les principaux outils de mesure des inégalités

→ FICHE 44

1. En France, les 10 % les plus riches…

☐ a. gagnent 25 % des revenus.
☐ b. gagnent 50 % des revenus.
☐ c. détiennent 50 % du patrimoine.

2. Vrai ou faux ? Cochez la case qui convient. V F

a. Plus le rapport inter-décile est élevé, plus les inégalités sont fortes. ☐ ☐

b. Plus l'indice de Gini est élevé, plus les inégalités sont faibles. ☐ ☐

c. La courbe de Lorenz permet de mesurer les inégalités sociales. ☐ ☐

d. Le rapport inter-décile est un outil dynamique de mesure des inégalités. ☐ ☐

.../2

4 Les différentes conceptions de la justice sociale

→ FICHE 45

1. Associez chaque idée à sa caractéristique principale.

a. égalité des droits • • mêmes probabilités d'accès aux positions sociales

b. égalité des chances • • situations similaires en termes de ressources socio-économiques

c. égalité des situations • • position identique par rapport à la loi

2. La conception libertarienne de la justice sociale...

☐ a. considère qu'il faut rechercher l'égalité des situations.

☐ b. privilégie le principe de liberté au principe d'égalité.

☐ c. considère que seule l'égalité des droits doit être respectée.

.../2

5 Pouvoirs publics et justice sociale

→ FICHE 46

1. Complétez le texte avec les mots qui conviennent.

Les administrations publiques, en effectuant des .... obligatoires, diminuent les inégalités en permettant notamment de financer la .... sociale, des services collectifs et la mise en place de mesures de lutte contre les ....

2. La contrainte de financement de l'action des pouvoirs publics signifie que...

☐ a. la conjoncture fait augmenter les dépenses publiques davantage que les recettes.

☐ b. les citoyens consentent de moins à moins à payer l'impôt.

☐ c. les prestations sociales versées n'incitent pas à travailler.

.../2

Score total .../10

Parcours PAS À PAS ou EXPRESS ? → MODE D'EMPLOI P. 3

42 L'évolution des inégalités économiques depuis le début du XXe siècle

En bref *Depuis le début du XXe siècle, on constate une tendance à la baisse des inégalités économiques (revenu, patrimoine) au niveau mondial entre les pays, alors que les inégalités au sein d'un grand nombre de pays (développés ou en développement) tendent à augmenter à nouveau.*

I Les différentes inégalités économiques

1 Les inégalités de revenu

- Le **revenu** est un flux de ressources issues directement ou indirectement de l'activité économique. Il est le plus souvent une ressource monétaire mais il peut correspondre à une ressource réelle (logement de fonction par exemple).
- On distingue les **revenus primaires** des **revenus de transfert**. Les premiers rémunèrent les facteurs de production travail et capital (salaires, intérêts, dividendes, loyers, revenus mixtes des travailleurs indépendants). Les revenus de transfert correspondent à des droits sociaux (santé, chômage, retraite) et se versent principalement sous la forme de prestations sociales.
- Les inégalités de revenu apparaissent lors de la **distribution** des revenus primaires, mais également après la **redistribution** des revenus de transfert.

MOT CLÉ

La **redistribution** des revenus correspond aux prélèvements obligatoires (impôts, cotisations sociales) et au versement de prestations sociales.

2 Les inégalités de patrimoine

- Le **patrimoine** correspond à l'ensemble des avoirs, financiers ou non (une action ou un logement par exemple), et des dettes d'un agent économique.
- Les **inégalités de patrimoine** dépendent principalement de la concentration de la propriété. Cependant, elles ont des effets sur les inégalités de revenu car la propriété du patrimoine donne lieu au versement de revenus : intérêts, dividendes ou loyers par exemple.

II L'évolution des inégalités économiques

1 L'évolution des inégalités de revenu en France

- Au XXe siècle, l'étude de l'évolution des inégalités de revenu permet de distinguer **deux périodes**. La première correspond à la période du début du siècle jusqu'au milieu des années 1970, au cours de laquelle les inégalités de revenu baissent. La part des revenus captée par les 10 % les plus riches passe de 50 % à 30 % du total.
- Depuis la fin des années 1970, les inégalités de revenu sont reparties légèrement à la **hausse**.

2 | L'évolution des inégalités de patrimoine en France

■ Au cours du XXe siècle, les inégalités de patrimoine ont tendance à baisser, essentiellement après la Première Guerre mondiale. Une **classe moyenne** se constitue qui détient une part grandissante du patrimoine.

■ Depuis le milieu des années 1980, les **inégalités de patrimoine** augmentent. Cette tendance est modérée, mais continue.

MOT CLÉ

La **classe moyenne** correspond aux personnes dont le patrimoine se situe « au milieu », entre les 10 % les plus riches et les 50 % les plus pauvres.

3 | L'évolution des inégalités dans le monde

■ Après deux siècles de hausse continue des inégalités entre les citoyens du monde, suite à la révolution industrielle, ce processus s'est ralenti, puis renversé depuis une vingtaine d'années : on observe un **recul des inégalités** entre pays du monde lié à la croissance des pays émergents et des pays en développement.

■ Parallèlement on assiste à la hausse des **inégalités internes** aux pays. Au niveau mondial, les 1 % les plus riches ont profité deux fois plus de la croissance des revenus que les 50 % les plus pauvres.

zoOm

Les inégalités de revenu et le niveau de vie

■ Selon l'Insee, en 2018, en moyenne, les **20 % des ménages français les plus aisés** disposent d'un revenu disponible 6,2 fois plus important que les 20 % des plus pauvres après impôts et prestations sociales.

■ Les inégalités économiques se mesurent aussi avec le niveau de vie qui permet de comparer les ressources des personnes vivant dans des ménages de taille ou de composition différentes. Les statisticiens vont également modifier ces indicateurs en les élargissant avec la valorisation des services publics → FICHE 46 ou en distinguant les ménages propriétaires de leur logement de ceux qui sont locataires.

43 Le caractère multiforme et cumulatif des inégalités économiques et sociales

En bref *Les inégalités présentent plusieurs dimensions car elles peuvent être économiques mais également sociales. Ces différentes dimensions ont un caractère cumulatif, une inégalité pouvant en engendrer une ou plusieurs autres.*

I Les différentes dimensions des inégalités

1 Les inégalités économiques

- Les **inégalités de revenu et de patrimoine** sont les principales formes d'inégalités économiques. Cependant, d'autres inégalités économiques sont constatées : l'accès à un emploi stable ou précaire, le chômage, la consommation, l'épargne.

- Les inégalités économiques englobent le phénomène de **pauvreté monétaire**. Est considérée comme pauvre en France toute personne ayant un revenu inférieur à 60 % du **revenu médian**. Ce seuil de pauvreté mesure une pauvreté relative dans le sens où elle évolue en fonction du revenu médian.

- La **pauvreté absolue** touche les personnes qui ne disposent pas des ressources qui leur permettent de satisfaire leurs besoins essentiels : se nourrir, se vêtir, se chauffer, se loger. Cette pauvreté peut être mesurée par un minimum vital.

MOT CLÉ

Le **revenu médian** est le revenu qui divise la population en deux parties égales : 50 % de la population a un revenu supérieur et 50 % un revenu inférieur.

2 Les inégalités sociales

- Les inégalités sociales sont des différences entre individus ou groupes sociaux portant sur des avantages ou des désavantages dans l'accès à des **ressources socialement valorisées** (la santé, l'obtention d'un diplôme qui favorise l'entrée dans une profession, l'accès à des fonctions politiques).

- Autant d'accès qui peuvent être **différenciés** entre hommes et femmes et selon les milieux sociaux.

INFO + **La pauvreté en France (2021)**

- Le seuil de pauvreté est de **1 102 €** par mois.
- **9,2 millions** de personnes sont considérées comme pauvres, soit 14,6 % de la population.
- Le revenu de solidarité active (RSA) est de **589,54 €** et concerne environ 1,9 millions d'allocataires.

II Le caractère cumulatif des inégalités sociales

■ Les inégalités économiques se cumulent. Les **inégalités de revenu** entraînent des comportements de consommation et d'**épargne** différents. Les détenteurs des revenus les plus élevés épargnent plus que ceux qui ont des revenus faibles. Cette épargne permet d'acquérir un patrimoine expliquant ainsi les **inégalités de patrimoine**. Le patrimoine génère des revenus qui se cumulent aux revenus de l'activité économique : ces revenus tendent à accroître les inégalités économiques.

> **MOT CLÉ**
> L'**épargne** est la partie du revenu non dépensée dans la consommation.

■ Les inégalités économiques entraînent des inégalités sociales. Les inégalités économiques ont des effets sur la **réussite scolaire**, celle-ci dépendant en grande partie des conditions matérielles d'existence des élèves → FICHE 30. Des revenus importants donnent aussi un meilleur **accès aux soins** expliquant ainsi les différences d'espérance de vie entre les catégories socioprofessionnelles : un cadre a une espérance de vie plus élevée qu'un ouvrier.

■ Les inégalités sociales engendrent des inégalités économiques. Les **inégalités scolaires** ont des conséquences sur le niveau de revenu. La réussite scolaire conditionne l'accès aux diplômes, et donc au type d'emploi occupé, engendrant ainsi des inégalités de revenu, de logement...

■ Ce **caractère cumulatif** des inégalités, qui touche les catégories défavorisées dans tous les domaines, se constate pour une même génération et se poursuit également d'une génération à l'autre avec une reproduction des inégalités.

zoom

Les inégalités salariales entre les femmes et les hommes

■ L'étude de l'Insee des inégalités dans le travail entre les hommes et les femmes permet d'expliquer les **inégalités de salaire** : les femmes sont moins présentes sur le marché du travail, elles occupent des emplois moins qualifiés dans des secteurs moins rémunérateurs, et le plus souvent des emplois à temps partiel.

■ Les femmes sont également victimes de **discrimination**. Leur salaire est souvent inférieur à celui des hommes à un poste équivalent, dans un même secteur et avec une qualification identique.

44 Les principaux outils de mesure des inégalités

En bref *L'étude des inégalités nécessite des outils pour les mesurer. On distingue les outils statiques des outils dynamiques, ces derniers permettant de savoir si les inégalités sont héréditaires.*

I La mesure statique des inégalités

1 Les rapports inter-quantiles

- Pour mesurer les inégalités de revenu, on classe la population en tranches, les quantiles, en fonction de leur revenu. Chaque tranche correspond au revenu maximum de la population de cette tranche. On mesure les inégalités de revenu en fonction du rapport de revenu entre ces tranches.

- Le rapport inter-quantile le plus utilisé est le rapport inter-décile. Le premier **décile** est le niveau de salaire qui sépare les 10 % des salariés les moins bien payés des 90 % les mieux rémunérés. Le décile D5 correspond au revenu partageant la population en deux (la médiane). Le rapport du dernier décile D9 et du premier décile D1 (donc D9 / D1) évalue l'inégalité des revenus.

MOT CLÉ
La population est divisée en tranches de 10 % selon le revenu ou le patrimoine, le **décile** est ainsi la valeur qui sépare chaque tranche, de 10 % en 10 %.

- On peut mesurer d'autres rapports inter-quantiles. Si on divise la population en groupes de 25 % en fonction des revenus, on obtient le rapport inter-quartile. Le rapport inter-centile mesure les écarts de revenu entre les 1 % les plus riches et les 1 % les plus pauvres.

2 La courbe de Lorenz et le coefficient de Gini

- La courbe de Lorenz est une représentation graphique permettant de visualiser la distribution d'une variable (patrimoine, revenu) au sein d'une population. Le plus souvent, pour construire la courbe, la population est divisée en déciles.

- Le coefficient de Gini est un indicateur synthétique d'inégalités de revenu. Il varie entre 0 et 1. Il est égal à 0 s'il y a égalité parfaite dans la distribution des revenus (tous les revenus sont égaux). Il est égal à 1 si un seul agent économique concentre l'ensemble des revenus. Entre 0 et 1, l'inégalité est d'autant plus forte que le coefficient de Gini est élevé.

3 Le top 1 %

Le top 1 % ou centile supérieur rassemble le 1 % de la population la plus riche. Cette population regroupe 500 000 personnes environ en France. La part du revenu (ou du patrimoine) détenue par le top 1 % est un instrument pour mesurer la concentration de richesses et les inégalités.

II La mesure dynamique des inégalités

1 Les limites de la mesure statique des inégalités

■ Rapports inter-quantiles, courbe de Lorenz ou coefficient de Gini sont des outils qui mesurent les inégalités à un moment donné. Ils offrent un **instantané** des inégalités en rassemblant les revenus de populations dont le niveau de revenu est transitoire.

■ Le niveau des inégalités peut être lié à des **facteurs transitoires** comme la composition de la population. Si celle-ci comporte de nombreux étudiants, le revenu de ces derniers a une grande probabilité d'augmenter dans les années qui suivent, réduisant ainsi les inégalités de revenu.

2 La corrélation des revenus parents-enfants

■ Une mesure dynamique des inégalités consiste à comparer les revenus des parents et des enfants. L'économiste Alan Krueger a construit une courbe, dite **courbe de Gatsby**, qui met en relation sur l'axe horizontal l'inégalité des revenus sur une génération et sur l'axe vertical la différence de revenu entre générations différentes.

■ La courbe de Gatsby montre que les pays ayant les plus grandes inégalités de revenu sont ceux où les enfants ont des revenus comparables à ceux de leurs parents, les inégalités devenant ainsi **héréditaires**.

zoOm

Courbe de Lorenz du patrimoine et du revenu disponible

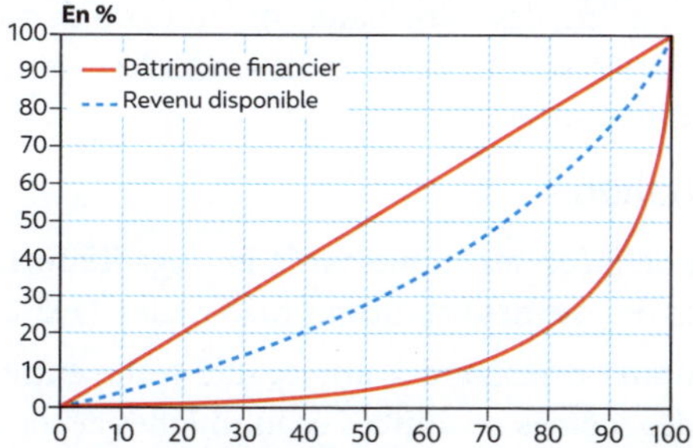

Source : Alexandre Baclet et Émilie Raynaud, « La prise en compte des revenus du patrimoine dans la mesure des inégalités », Économie et statistique, 2008.

■ Sur l'axe horizontal, figure le pourcentage cumulé de la population divisée en déciles et sur l'axe vertical, le pourcentage cumulé des revenus ou du patrimoine. La **droite rouge** représente une répartition égalitaire des revenus et du patrimoine : 50 % des ménages perçoivent 50 % des revenus.

■ La **courbe en pointillés bleus** mesure les inégalités de revenu. La **courbe rouge** indique que les 20 % des ménages les plus pauvres détiennent une part infime du patrimoine financier total, les 50 % les plus pauvres seulement 5 %.

45 Les différentes conceptions de la justice sociale

En bref *Égalité et justice sociale sont des principes fondamentaux des sociétés démocratiques. Cependant, on distingue différentes formes d'égalité conduisant à définir plusieurs conceptions de la justice sociale.*

I Les différentes formes d'égalité

1 Égalité des droits

- L'égalité des droits signifie que tous les membres de la société ont les mêmes droits (égalité devant la loi). Cette forme d'égalité apparaît en France avec la Révolution française et la Déclaration des droits de l'homme et du citoyen.
- L'égalité des droits implique qu'il est interdit de se fonder sur les caractéristiques personnelles des personnes pour les exclure ou les traiter différemment sous peine de **discrimination**.

MOT CLÉ
On parle de **discrimination** lorsqu'un individu ou un groupe d'individus est traité différemment en raison de caractéristiques personnelles : sexe, origine ethnique, handicap…

2 Égalité des chances

- L'égalité des chances signifie que tous les membres d'une société disposent des mêmes opportunités pour accéder aux positions sociales les plus élevées dans la hiérarchie sociale. Dès lors, la position sociale dépend des mérites des personnes et non de leur origine.
- Le système scolaire est l'un des principaux domaines où doit s'exercer l'égalité des chances → CHAPITRE 7. Les résultats scolaires dépendent en principe des mérites des élèves et non de leur milieu social.

3 Égalité des situations

- Si chacun est traité de façon identique par la loi (égalité formelle), tous les individus ne bénéficient pas des mêmes conditions matérielles d'existence (égalité réelle).
- L'égalité des situations correspond à une égalité réelle entre les membres d'une société qui disposent des mêmes ressources économiques et sociales (revenus, patrimoine, prestige, etc.). → impossible

II Les conceptions de la justice sociale

1 La conception « égalitariste »

- La conception « égalitariste » de la **justice sociale** prône une égalité politique, économique, sociale complète entre les membres de la société.

MOT CLÉ
La **justice sociale** est l'ensemble des principes et des valeurs permettant la répartition des ressources (économiques, sociales) essentielles d'une société et l'orientation des actions correctrices à mener.

■ Pour les **marxistes**, la justice sociale implique aussi bien l'égalité des droits que l'égalité des chances et surtout l'égalité des situations. Cette égalité « absolue » est la condition de la liberté. Celle-ci est incompatible avec l'inégalité car elle revient à la liberté d'une minorité d'exploiter et de dominer la majorité.

2 La conception « libérale »

■ La conception libérale de la justice sociale privilégie le **principe de liberté** au principe d'égalité. Les libéraux justifient ainsi l'existence d'inégalités. Les libéraux « utilitaristes » considèrent que la justice sociale consiste à maximiser le bien-être de la population grâce à la « main invisible » du marché qui permet d'obtenir un optimum social.

■ Les **ultralibéraux** ou « libertariens » estiment que la liberté est la valeur ultime qui doit être défendue dans toute société démocratique et que seule l'égalité des droits doit être respectée.

■ Le philosophe américain John Rawls (1921-2002) défend une **conception « libérale égalitaire »** de la justice sociale : le principe d'équité. Il combine le principe de liberté pour chaque individu si elle est compatible avec la liberté pour tous et le principe de différence : on peut justifier les inégalités si elles profitent aux plus défavorisés.

zoOm

La journée mondiale de la justice sociale

■ Si les États membres de l'ONU (Organisation des Nations unies) ont adopté la Déclaration universelle des droits de l'homme en 1948 à Paris, les Nations unies ont également mis en place récemment une **journée mondiale de la justice sociale**, observée le 20 février.

■ Le thème de cette journée en 2020, « Réduire les inégalités pour atteindre la justice sociale », privilégie l'**égalité des droits** et la **lutte contre la pauvreté**.

46 Pouvoirs publics et justice sociale

En bref *Dans les sociétés démocratiques, la lutte contre les inégalités est l'un des objectifs traditionnels de l'action des pouvoirs publics. Cependant, cette action connaît des limites entraînant des débats sur sa pertinence.*

I L'action des pouvoirs publics pour la justice sociale

1 Réduire les inégalités par la protection sociale

- Le système de **protection sociale** mis en place en France après la Seconde Guerre mondiale protège les individus contre les risques sociaux : maladie, vieillesse, chômage. Il est financé par les cotisations sociales et verse des prestations sociales suivant une logique horizontale : des bien portants vers les malades, des actifs occupés vers les chômeurs...

> **MOT CLÉ**
> La **protection sociale** est le système de solidarité permettant aux individus de faire face aux risques sociaux (maladie, charges de famille, vieillesse, perte d'emploi...).

- À l'origine, la protection sociale en France répondait à une logique d'**assurance** : ceux qui avaient cotisé (principalement les salariés) pouvaient en bénéficier. Mais l'évolution de la protection sociale répond de plus en plus à une logique d'**assistance** : même ceux qui n'ont pas cotisé (les plus démunis) perçoivent des prestations sociales.

2 Réduire les inégalités par la fiscalité et les services collectifs

- L'**impôt sur le revenu** est le prélèvement obligatoire qui corrige le mieux les inégalités économiques car c'est un impôt progressif : le taux d'imposition augmente lorsque le revenu augmente.
- Les **services collectifs** comme la Santé ou l'Éducation sont des productions non marchandes financées par les prélèvements obligatoires. En les fournissant à titre quasi gratuit, les pouvoirs publics favorisent l'égalité des chances et réduisent les inégalités face à la santé.

3 Réduire les inégalités par la lutte contre les discriminations

- Les pouvoirs publics adoptent des **lois** condamnant les discriminations → FICHE 45, permettant ainsi l'égalité des droits.
- Ils agissent aussi par l'octroi de **dotation** accrue de moyens matériels pour compenser une inégalité initiale (Éducation prioritaire par exemple).
- Ils peuvent également avantager des populations considérées comme discriminées en menant une **politique de discrimination positive** corrigeant les mécanismes de marché (recrutements préférentiels avec des quotas pour des catégories comme les personnes handicapées).

II L'action des pouvoirs publics en débat

1 Les contraintes pesant sur l'action des pouvoirs publics

- L'action des pouvoirs publics pour lutter contre les inégalités est soumise à des **contraintes de financement**. La conjoncture économique (ralentissement de la croissance, chômage élevé) freine la progression des ressources publiques.

- Cette action est également soumise aux **contraintes européennes** qui imposent une limitation du déficit budgétaire afin de réduire l'endettement public → FICHE 23. De plus, le cadre européen limite l'action des services publics soumis à la concurrence.

2 Les débats sur l'efficacité et la légitimité des pouvoirs publics

- La capacité des pouvoirs publics est remise en cause. En effet, ils peinent à limiter la **dégradation** du marché du travail (chômage, précarité) qui engendre une nouvelle pauvreté s'accroissant en période de crise → FICHE 38.

- Pour réduire les inégalités, les pouvoirs publics doivent disposer de ressources importantes notamment grâce à l'**impôt**. Or, on assiste à une dégradation du « consentement à l'impôt ». Le « citoyen-contribuable » est devenu un « usager-client » des services publics, perdant de vue la fonction sociale de l'impôt.

- Selon une logique libérale → FICHE 45, l'action des pouvoirs publics a des **effets pervers**. Le versement d'indemnités de chômage ou de minima sociaux peut encourager les chômeurs à ne pas occuper des emplois à bas salaire (« trappe à chômage » → FICHE 12).

zoOm

La création de la Sécurité sociale

- La Sécurité sociale est créée par l'ordonnance du **4 octobre 1945**, promulguée par le gouvernement provisoire dirigé par le général de Gaulle.
- L'esprit du projet résidait dans la « garantie donnée à chacun qu'en toutes circonstances il disposera des moyens nécessaires pour assurer sa **subsistance** et celle de sa famille dans des conditions décentes ».
- La Sécurité sociale a pour mission de protéger les Français contre les **risques sociaux** (maladie, accidents du travail...) occasionnant une perte de revenu ou une augmentation de dépenses.

MÉMO VISUEL

INÉGALITÉS ET

Inégalités économiques

Évolution (tendance)

- **en France**
  – Baisse des inégalités (1914-1970)
  – Accroissement des inégalités de patrimoine (depuis 1980)
- **dans le monde**
  – Hausse des inégalités entre pays (1870-1990)
  – Recul des inégalités entre pays (depuis 1990)

Mesure

- **statique**
  – Rapports inter-quantiles
  – Courbe de Lorenz
  – Coefficient de Gini
  – Top 1 %
- **dynamique**
  – Corrélation des revenus parents-enfants

Caractère multiforme et cumulatif des inégalités économiques et sociales

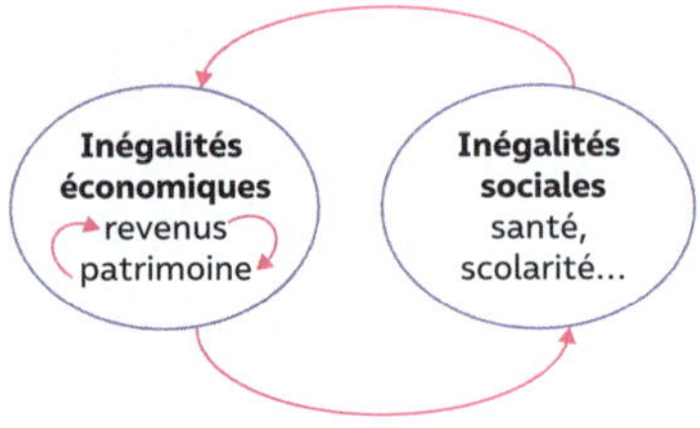

Comment les inégalités économiques et sociales se cumulent-elles ?

JUSTICE SOCIALE

Égalité et justice sociale

Différentes formes d'égalité

- Égalité des droits
- Égalité des chances
- Égalité des situations

Différentes conceptions de la justice sociale

- Égalitariste (marxiste)
- Libérales (utilitariste, libertarienne, libérale-égalitaire)

Action des pouvoirs publics

Réduction des inégalités

- Fiscalité
- Services collectifs
- Protection sociale

Limites de l'action publique

- Contraintes de financement
- Contraintes européennes
- Efficacité limitée
- Crise de légitimité

SUJET 27 | OBJECTIF BAC

MOBILISATION DES CONNAISSANCES ⏱ 30 min

Pouvoirs publics et justice sociale

Dans les sociétés démocratiques, la lutte contre les inégalités est l'un des objectifs traditionnels de l'action des pouvoirs publics.
Mais comment s'y prendre concrètement ?

LE SUJET

Présentez deux moyens par lesquels les pouvoirs publics peuvent contribuer à la justice sociale.

LES CLÉS POUR RÉUSSIR

Reportez-vous à la méthode générale de la mobilisation des connaissances p. 312.

Définir les mots clés

- La justice sociale est l'ensemble des principes et valeurs permettant la répartition des ressources (économiques, sociales) essentielles d'une société et l'orientation des actions correctrices à mener.
- Les pouvoirs publics désignent l'ensemble des autorités publiques qui détiennent le pouvoir dans l'État. Les principaux moyens par lesquels les pouvoirs publics peuvent contribuer à la justice sociale sont : la fiscalité, la redistribution et protection sociale, les services collectifs et enfin les mesures de lutte contre la discrimination.

Structurer la réponse

- Il faut en introduction définir la notion de justice sociale et les conceptions de l'égalité (ou des inégalités) qu'elle implique.
- Puis on présente, dans deux paragraphes, deux modalités d'intervention des pouvoirs publics pour lutter contre différents types d'inégalités.

LE CORRIGÉ

Les titres en couleur ne doivent pas figurer sur la copie.

Introduction

La justice sociale vise à une meilleure répartition des richesses, économiques ou sociales selon différentes conceptions de l'égalité : égalité des droits, des chances ou des situations. Si tous les citoyens ont les mêmes droits, les pouvoirs publics peuvent alors orienter leurs actions pour lutter contre des inégalités considérées comme injustes. Parmi ces interventions, on peut distinguer les politiques de « discrimination positive » et la protection sociale.

Développement

- On parle de discrimination lorsqu'un individu ou un groupe d'individus est traité différemment en raison de caractéristiques personnelles : sexe, origine ethnique, handicap… Ainsi, les pouvoirs publics, par la **discrimination positive**, peuvent favoriser certains groupes sociaux, qui n'ont pas les mêmes chances « initiales » de réussite que les autres. Par exemple, ils peuvent doter de moyens plus importants des établissements scolaires accueillant une population défavorisée. La loi sur la parité entre les hommes et les femmes est un autre exemple de discrimination positive qui permet de lutter contre des inégalités de situations.
- Les pouvoirs publics ont également mis en place un **système de protection sociale** pour protéger les individus contre les risques sociaux (maladie, vieillesse, chômage…). Il s'agit ainsi soit de financer un revenu de remplacement pour compenser l'impossibilité de travailler, soit d'effectuer un transfert de revenus des catégories ayant les revenus les plus élevés vers celles ayant les revenus les moins élevés.

À NOTER
À l'origine, la protection sociale en France bénéficiait à ceux qui avaient cotisé (**logique d'assurance**). Aujourd'hui, dans une **logique d'assistance**, même ceux qui n'ont pas cotisé (les plus démunis) peuvent percevoir des prestations sociales.

Conclusion

Pour lutter contre les inégalités qu'ils considèrent comme non souhaitables par souci de justice sociale, les pouvoirs publics peuvent, par exemple, mettre en place une discrimination positive pour davantage d'équité, ou une protection sociale pour une plus grande égalité de situations.

SUJET 28 | OBJECTIF BAC

ÉTUDE D'UN DOCUMENT 1 h

Indicateurs des niveaux de vie en France

La crise économique de 2008 a touché en premier lieu les ménages les plus modestes. Les statistiques peuvent-elles nous préciser si cette crise a réellement aggravé les inégalités de niveau de vie entre les ménages en France ?

LE SUJET

Document **Indicateurs des niveaux de vie[1] (2000-2017)**

	2000	2004	2008	2012	2016	2017
Niveau de vie médian (D5)	18 490	19 300	20 670	20 460	20 730	20 820
Niveau de vie moyen	21 480	22 380	24 060	23 950	23 820	23 920
1er décile (D1)	9 210	10 720	11 340	10 840	11 150	11 190
9e décile (D9)	32 210	35 240	38 160	38 370	37 950	38 210
Rapport inter-décile (D9/D1)	3,5	3,3	3,4	3,5	3,4	3,4
Indice de Gini	0,289	0,283	0,292	0,302	0,288	0,289

Champ : France métropolitaine, personnes vivant dans un ménage dont le revenu déclaré est positif ou nul et dont la personne de référence n'est pas étudiante.
Montants annuels en euros constants 2017.

1. Le niveau de vie correspond au revenu disponible en tenant compte de la composition du ménage.

Source : Insee, *Portrait social*, édition 2019.

1. Faites une phrase précisant le sens du rapport inter-décile en 2017.

2. Mettez en évidence comment ont évolué les inégalités de niveaux de vie en France depuis 2000.

SAVOIR-FAIRE
Pour mesurer l'ampleur des inégalités, on utilise l'**écart inter-quantile** (D9 – D1, pour une répartition en décile) ou le **rapport inter-quantile** (D9/D1).

LES CLÉS POUR RÉUSSIR

Reportez-vous à la méthode générale de l'étude d'un document p. 313.

Définir les mots clés

- Le **niveau de vie** correspond au revenu disponible en tenant compte de la composition du ménage. Le revenu disponible comprend les revenus d'activité et de remplacement (indemnités chômage, retraite…), les revenus du patrimoine, les prestations sociales perçues, en retranchant les principaux impôts directs (impôt sur le revenu, taxe d'habitation…).
- Le **niveau de vie moyen** correspond au montant total des revenus disponibles de la population, divisé par l'effectif de la population.
- Le **niveau de vie médian** correspond au montant partageant la population en deux : 50 % ont un niveau de vie supérieur, 50 % un niveau de vie inférieur à cette valeur médiane.
- L'**indice de Gini** mesure le degré d'inégalité de la distribution des niveaux de vie. Il varie entre 0 et 1 : la valeur 0 correspond à l'égalité parfaite (tout le monde a le même niveau de vie) et la valeur 1 à l'inégalité extrême (une seule personne a tout le revenu).

Comprendre le document

Le document est un tableau statistique qui présente différents indicateurs (niveau de vie médian, moyen, déciles, rapport inter-décile) permettant de **mesurer les inégalités de niveau de vie et leur évolution** entre 2000 et 2017, en France. Il s'agit de sélectionner des données de ces séries chronologiques et de les comparer avec pertinence (écart, coefficient multiplicateur, par exemple) pour caractériser leur évolution (hausse, baisse, stagnation, intensité des variations).

Structurer la réponse à la seconde question

- On met d'abord en évidence l'**évolution globale** : les inégalités de niveau de vie (après redistribution) sont globalement restées stables à un niveau faible sur la période 2000-2017.
- On observe ensuite l'évolution plus **en détail** : on remarque une dispersion plus importante dans le haut de la distribution ainsi qu'un léger accroissement des inégalités entre 2008 et 2012.

LE CORRIGÉ

1. Le rapport inter-décile D9/D1 permet de mesurer l'ampleur des inégalités (ici des niveaux de vie) en mesurant combien de fois le numérateur (D9, c'est-à-dire le niveau de vie plancher des 10 % d'individus les plus aisés, qui sépare donc les 10 % les plus riches des 90 % les plus pauvres) est plus important que le dénominateur (D1, le niveau de vie plafond des 10 % les plus pauvres, qui sépare les 10 % les plus pauvres des 90 % les plus riches). Ainsi, en France, en 2017, d'après l'Insee, le plus modeste des 10 % les plus riches a un niveau de vie 3,4 fois plus élevé que le plus « riche » des 10 % les plus pauvres.

2. *Les titres en couleur ne doivent pas figurer sur la copie.*

Introduction

Ce document, élaboré par l'Insee, représente l'évolution chronologique de 2000 à 2017 de différents indicateurs du niveau de vie en France. Ces indicateurs permettent de visualiser facilement à la fois le niveau des inégalités et leur évolution sur cette période. Après avoir dégagé le niveau et la tendance principale de l'évolution, nous soulignerons une évolution contrastée aux extrémités de la distribution ainsi qu'une légère variation pour l'année 2008.

Développement

- Les inégalités de niveau de vie se maintiennent à un **niveau plutôt faible** et restent **globalement stables** sur la période. Si les écarts inter-déciles (D9 – D1) sont certes croissants (de 23 000 euros en 2000 à 27 000 euros en 2017), le rapport inter-décile (D9/D1) est lui quasi stable et s'établit à environ 3,4 (voir la question **1**).
- Dans le détail, on peut mesurer la **dispersion**, c'est-à-dire l'écart par rapport à la médiane. Grossièrement, le rapport D5/D1 en 2000 est proche de 2 et plus faible en 2017, ce qui signifie que les inégalités en dessous de la médiane se réduisent. Inversement, on constate grossièrement que les inégalités s'accroissent dans le haut de la distribution avec un rapport D9/D5 qui augmente.
- On constate enfin en utilisant l'indice de Gini (qui s'avère ici plus précis que le rapport inter-décile) que les inégalités de niveau de vie ont légèrement **augmenté après la crise économique de 2008** : l'indice passe de 0,283 en 2004 à 0,292 en 2008, jusqu'à 0,302 en 2012, ce qui représente une hausse de près de **0,20 point, soit + 7 % environ**.

> **CONSEILS**
> Quand on compare deux données, on peut utiliser une valeur absolue (en euros ou en points) ou un pourcentage.

Conclusion

En conclusion, les inégalités de niveau de vie sont globalement stables sur la période 2000-2017, et si elles ont légèrement augmenté après la crise économique de 2008, elles se stabilisent à un niveau équivalent au début des années 2000.

SUJET 29 | OBJECTIF BAC

RAISONNEMENT | 2 h 30

Le caractère cumulatif des inégalités

Ce sujet traite des différentes formes d'inégalités, mais également des mécanismes de causalité et de renforcement existant entre elles.

LE SUJET

Vous montrerez que les inégalités économiques et sociales présentent un caractère cumulatif.

Document 1 Montants de patrimoine net début 2018 (en euros)

Revenu disponible[1]	Patrimoine moyen	Patrimoine médian (D5)	1er décile (D1)	9e décile (D9)
Inférieur au 1er quartile	97 900	21 800	1 000	256 500
Du 1er au 2e quartile	163 000	99 300	3 400	363 100
Du 2e au 3e quartile	234 100	178 900	10 000	491 800
Supérieur au 3e quartile	542 800	343 800	59 100	1 050 000
Ensemble	**239 900**	**117 000**	**2 600**	**549 600**

1. Revenu utilisable par un ménage pour la consommation ou l'épargne comprenant les revenus d'activité, de patrimoine et de transferts déduits des impôts directs.

Source : Insee, *Les revenus et le patrimoine des ménages*, 2021.

Document 2 Niveau de vie et espérance de vie

[...] Le niveau de vie[1] peut être la cause directe d'un état de santé plus ou moins bon, et donc d'une durée de vie plus ou moins longue. Ainsi, les difficultés financières peuvent limiter l'accès aux soins. Par exemple, d'après l'enquête Santé et protection sociale de 2014, 11 % des adultes parmi les 20 % les plus modestes disent avoir renoncé pour des raisons financières à consulter un médecin au cours des 12 derniers mois, contre 1 % des adultes parmi les 20 % les plus aisés.

[...] Le niveau de vie a aussi un effet indirect sur la santé, parce qu'il est lié à des facteurs également associés à une santé plus ou moins bonne comme la catégorie sociale, le diplôme ou la région de résidence. Les cadres ont un niveau de vie élevé et sont moins soumis aux risques professionnels (accidents, maladies, exposition à des produits toxiques) que les ouvriers. De même, les comportements moins favorables à la santé sont plus fréquents chez les non-diplômés que chez les diplômés. Par exemple, d'après le Baromètre Santé 2016, 39 % des personnes âgées de 15 à 64 ans sans diplôme fument quotidiennement, contre seulement 21 % des diplômés du supérieur. Par ailleurs, un faible niveau de vie peut également être la conséquence d'une mauvaise santé plutôt qu'en être la cause. Une santé défaillante peut freiner la poursuite d'études, l'exercice d'un emploi, ou l'accès aux emplois les plus qualifiés.

1. Revenu disponible d'un ménage en tenant compte de sa composition.

Source : *Insee Première*, 2018.

Document 3 Situation professionnelle trois ans après la fin des études, en fonction du diplôme obtenu

	Taux de chômage (unité : %)	Emploi à durée indéterminée (unité : %)	Emploi à temps partiel (unité : %)	Salaire médian (en euros)
Aucun diplôme	50	52	38	1 220
Diplômés du secondaire (CAP-BEP-Bac)	23	62	23	1 380
Diplômés du supérieur court (Bac + 2 à Bac +3/4)	12	77	13	1 620
Diplômés du supérieur long (Bac +5 et +)	9	85	5	2 260
Ensemble	**20**	**72**	**16**	**1 600**

1. CPIS : Cadres et professions intellectuelles supérieurs. PI : Professions intermédiaires. E : Employés. O : Ouvriers.

Source : Enquête 2020 auprès de la génération 2017, *Céreq Bref*, n° 422, mai 2022.

LES CLÉS POUR RÉUSSIR

Reportez-vous à la méthode générale du raisonnement p. 314.

Analyser les termes du sujet et mobiliser ses connaissances

Analyse du sujet

vous montrerez
Exposez des arguments, sans chercher de problématique.

inégalités
Définissez chaque type d'inégalité et ses caractéristiques en distinguant les inégalités économiques et les inégalités sociales.

caractère cumulatif
Montrez que chaque forme d'inégalité en engendre une ou plusieurs autres et que ces inégalités vont s'entretenir et se renforcer mutuellement.

Exploiter les documents

Document 1

Le document 1 est un tableau permettant de voir le **lien de corrélation entre patrimoine et revenu**. Il vous faut ensuite l'expliciter en lien de causalité avec les notions de revenu disponible, épargne…

Document 2

Le document 2 est un texte qui met en évidence les **liens entre différentes formes d'inégalités**. Faites un repérage exhaustif de toutes les formes d'inégalités selon différentes variables sociodémographiques (niveau de vie, santé, diplôme, emploi…) et repérez les mises en relation à effectuer.

Document 3

Le document 3 est un tableau qui présente le **lien entre le niveau de diplôme et les conditions d'insertion des jeunes** dans le monde du travail. Il montre que les inégalités sociales sont cumulatives et qu'elles peuvent avoir également des répercussions sur la situation économique.

LE CORRIGÉ

Les titres en couleur ne doivent pas figurer sur la copie.

Introduction

Malgré l'affirmation de la devise républicaine, « Liberté, Égalité, Fraternité », nous vivons dans une société où les inégalités réelles sont fortes. Les inégalités représentent les différences d'accès aux ressources rares et valorisées dans la société, qu'elles soient économiques ou sociales. Nous montrerons que les inégalités tant économiques que sociales peuvent s'entretenir mutuellement, d'où leur caractère cumulatif et auto-entretenu.

I. Les inégalités de revenus et de patrimoine se renforcent mutuellement

- Les inégalités économiques représentent les **inégalités de revenus** (flux issus de la rémunération du travail et du capital) et les **inégalités de patrimoine** (stock des actifs détenus). Elles peuvent se cumuler car les revenus alimentent, par la « mécanique » de l'épargne, le patrimoine. Plus les revenus sont élevés, plus les capacités d'acquérir du patrimoine, sous forme d'actions et de biens immobiliers par exemple, sont importantes.
- La répartition des patrimoines apparaît plus inégalitaire que la répartition des revenus : c'est ce que montre la comparaison des **courbes de Lorenz**. Ainsi les 10 % des ménages les plus riches possèdent près de 50 % du patrimoine en France. Ils

détiennent plus de 549 600 euros, contre moins de 2 600 euros pour les 10 % les moins bien dotés en patrimoine net (**doc. 1**).

- En outre, le patrimoine génère d'autant plus de revenus qu'il est important (dividendes, intérêts, loyers...). Enfin, il peut **se transmettre entre générations** par l'héritage, ce qui renforce son caractère cumulatif.

II. Les inégalités sociales sont cumulatives entre elles

- Les **inégalités en matière de santé** sont en corrélation avec le **statut social**. L'emploi et la position sociale déterminent des conditions de travail plus ou moins pénibles et dangereuses. Le niveau de diplôme détermine la fréquence des consultations de santé et les pratiques à risques (**doc. 2**). L'espérance de vie est moins élevée chez les ouvriers que chez les cadres.
- Il existe également une corrélation entre l'accès inégalitaire aux diplômes et le **taux de chômage**. Ainsi, en 2020, trois ans après la fin de leurs études, un jeune sur deux sans diplôme est au chômage, soit un taux cinq fois supérieur à celui des jeunes diplômés de l'enseignement supérieur long (**doc. 3**). Le niveau de diplôme est également important pour l'acquisition d'une position sociale décisive qui génère elle-même d'autres inégalités sociales.

III. Les inégalités économiques et sociales s'entretiennent mutuellement

- Les inégalités économiques **favorisent les inégalités sociales**. Les revenus faibles limitent l'accès aux soins de santé et à une alimentation de qualité (**doc. 2**). De la même façon, les familles aux faibles revenus ont de moindres possibilités pour financer les études de leurs enfants, générant ainsi une reproduction intergénérationnelle des inégalités d'accès aux diplômes. Enfin, les inégalités économiques ont des conséquences sur les conditions de vie (qualité du logement, lieu de résidence...) et sur les pratiques culturelles et de loisirs.
- Réciproquement, les inégalités sociales **favorisent les inégalités économiques**. Ainsi, l'origine sociale peut déterminer la possession d'un capital culturel plus ou moins favorable à la poursuite d'études, pouvant réduire les chances d'accès à un diplôme, à un emploi à durée indéterminée (**doc. 3**) et donc à un salaire élevé, car il existe une corrélation positive entre niveau de diplôme et salaire (**doc. 3**). Le niveau de santé peut également avoir un impact sur les possibilités de poursuivre des études ou d'exercer un emploi (**doc. 2**).

Conclusion

Les inégalités sont donc multiformes et s'auto-entretiennent les unes les autres, formant un cercle vicieux pour les plus défavorisés et un cercle vertueux pour les plus favorisés : accumulation des handicaps d'un côté et privilèges de l'autre. Ce système tend à se reproduire d'une génération à l'autre, entraînant une dynamique de creusement des inégalités qui peut menacer la cohésion sociale.

Regards croisés

12 L'action publique pour l'environnement

La marche des jeunes pour le climat est un vaste mouvement international. Celui-ci rassemble, comme ici à Lyon, le 20 septembre 2019, des écoliers et étudiants qui manifestent pour dénoncer l'inaction des gouvernements dans la lutte contre le réchauffement climatique.

TEST

Pour vous situer et identifier les fiches à réviser 274

FICHES DE COURS

47 Coopérations et conflits entre les acteurs 276
48 L'efficacité des instruments des pouvoirs publics 278
49 Les limites des instruments des pouvoirs publics 280
50 Les contraintes pesant sur les accords internationaux 282
MÉMO VISUEL 284

SUJETS GUIDÉS & CORRIGÉS

OBJECTIF BAC

30 **MOBILISATION DES CONNAISSANCES** | La difficile protection de l'environnement 286
31 **ÉTUDE D'UN DOCUMENT** | L'engagement des États en faveur de l'environnement 288
32 **RAISONNEMENT** | Les limites des instruments de la politique climatique 291

TESTEZ-VOUS

→ CORRIGÉS P. 318-320

Faites le point sur vos connaissances
puis établissez votre **parcours de révision**
en fonction de votre score.

1 Coopérations et conflits entre les acteurs

→ FICHE 47

1. Que désigne le terme « environnement » ?

☐ a. le capital naturel

☐ b. les ressources naturelles renouvelables et non renouvelables

☐ c. les innovations environnementales

2. Complétez le texte avec les mots qui conviennent.

Le grand nombre d'intervenants qui gèrent l'environnement est source de ...., parce que leurs intérêts sont parfois divergents.

Chaque intervenant essaye de maîtriser l' ...., c'est-à-dire les priorités politiques.

Cependant, plutôt que le conflit, les différents acteurs privilégient la ....

.../2

2 L'efficacité des instruments des pouvoirs publics

→ FICHE 48

1. Une externalité...

☐ a. n'est pas prise en compte par le marché.

☐ b. est forcément négative.

☐ c. est une défaillance de marché.

2. Associez chaque instrument à son mécanisme.

a. réglementation •	• utiliser des droits de propriété
b. taxation •	• internaliser les externalités
c. marché des quotas d'émission •	• interdire ou imposer les externalités

.../2

3 Les limites des instruments des pouvoirs publics

→ FICHE 49

1. Quelles sont les limites de la réglementation ?

☐ a. Elle est difficile à doser.

☐ b. Elle incite à faire toujours mieux.

☐ c. Elle est coûteuse à contrôler.

2. Quelles sont les limites de la taxation ?

- ☐ a. Elle est parfois coûteuse.
- ☐ b. Elle ne fixe pas un plafond maximum de pollution.
- ☐ c. Elle interdit certaines externalités négatives.

3. Quelles sont les limites du marché des quotas d'émission ?

- ☐ a. Il ne s'adresse qu'aux grandes entreprises.
- ☐ b. Les prix déterminés par le marché sont trop faibles.
- ☐ c. Il ne fixe pas de plafond maximum d'émission.

4. Vrai ou faux ? Cochez la case qui convient.

	V	F
a. Les instruments de la politique climatique sont complémentaires.	☐	☐
b. Les pouvoirs publics ne renoncent jamais aux avancées écologiques.	☐	☐
c. Les groupes d'intérêt influencent l'action publique.	☐	☐
d. L'action publique manque de continuité.	☐	☐

.../4

4 Les contraintes pesant sur les accords internationaux

→ FICHE 50

1. Quelles sont les caractéristiques d'un bien commun ?

- ☐ a. Il est non excluable.
- ☐ b. Il est non rival.
- ☐ c. Il a tendance à disparaître.

2. Lequel de ces comportements correspond à celui de passager clandestin ?

- ☐ a. exercer un travail non déclaré
- ☐ b. utiliser un bien sans payer
- ☐ c. polluer et payer une taxe pour réparer l'environnement

3. Vrai ou faux ? Cochez la case qui convient.

	V	F
a. L'équilibre climatique est un bien commun.	☐	☐
b. Les ONG font pression sur les États pour qu'ils respectent l'environnement.	☐	☐
c. Un Occidental riche pollue 300 fois plus qu'un habitant d'un pays pauvre.	☐	☐
d. Le niveau de pollution de la Chine a diminué depuis 1970.	☐	☐

.../3

Score total .../11

Parcours PAS À PAS ou EXPRESS ? → MODE D'EMPLOI P. 3

47 Coopérations et conflits entre les acteurs

En bref *Les biens communs que représentent l'environnement, les ressources naturelles, sont gérés par une grande diversité d'acteurs (États, citoyens, experts). Leurs actions complexes qui s'exercent à différentes échelles (locale, nationale, européenne et mondiale) ne sont pas toujours harmonisées.*

I Différents acteurs à différentes échelles

- À l'échelle internationale, les États, l'ONU et l'Union européenne prennent des mesures pour préserver l'environnement et contraindre les agents économiques à les respecter, en réduisant par exemple les émissions de gaz à effet de serre ou en réglementant la pêche du thon rouge.
- Les scientifiques du GIEC (Groupe d'experts intergouvernemental sur l'évolution du climat) prennent position et rendent leurs rapports sur le réchauffement climatique.
- Les organisations non gouvernementales (ONG) internationales ont pour rôle d'alerter et de former l'opinion publique sur les questions environnementales (Greenpeace, WWF).
- À l'échelle européenne, le programme de financement LIFE soutient des projets nationaux et transnationaux en faveur de l'environnement et du climat.
- À l'échelle nationale puis locale, les États mettent en place des collaborations avec les mouvements citoyens et parfois les entreprises. Les partis politiques ont tous intégré la question de l'**environnement** dans leur programme et les partis écologistes progressent lors des élections.

MOT CLÉ
L'**environnement** désigne le capital naturel qui regroupe l'ensemble des ressources renouvelables et non renouvelables de la planète.

- Les entreprises ont globalement adhéré au principe d'une responsabilité sociale et environnementale (RSE) et s'engagent à abandonner la production de voitures diesel comme le fait Toyota.
- Les mouvements citoyens, constitués principalement d'associations, s'organisent pour se faire entendre par des manifestations, des pétitions, etc.

II Les relations entre les différents acteurs

- La multiplicité des acteurs aux intérêts divergents est source de conflits. La protection de l'environnement réclamée par différents acteurs tels que les ONG peut nuire à la rentabilité des entreprises.
- Les mouvements citoyens, comme la Marche pour le climat, organisent des événements pour mobiliser la population et faire pression sur les gouvernements.

MOT CLÉ
Une « **mise à l'agenda** » correspond au passage d'un problème du domaine privé au domaine public.

- Leur objectif est la « **mise à l'agenda** » politique des problèmes environnementaux afin d'obtenir des solutions de la part des pouvoirs publics qui, seuls, peuvent proposer des lois protectrices de l'environnement.
- Les **propositions** de préservation de l'environnement diffèrent selon les acteurs. Les entreprises acceptent souvent une protection de l'environnement qui ne nuit pas à leur rendement alors que les ONG préconisent des solutions plus radicales, moins centrées sur les conséquences en termes d'emplois et de profits.
- Les différents acteurs internationaux collaborent aussi et privilégient la **coopération**. La Conférence des Nations unies sur les changements climatiques (COP 21) a ainsi adopté en 2015 l'Accord de Paris, entré en vigueur en 2016, prévoyant de contenir la hausse des températures sous la barre des 2°C.
- Au niveau national, les pouvoirs publics appliquent les **accords internationaux** en fonction de leurs spécificités. Ils associent à leurs prises de décisions les ONG comme Greenpeace. Ils s'inspirent également des rapports d'experts du GIEC. En France, le gouvernement a créé en 2019 un Conseil de défense écologique afin que l'ensemble des politiques menées par l'État respecte les objectifs du gouvernement en matière de protection du climat et de la biodiversité.

zoOm

Différences de températures selon le GIEC à la fin du XXIe siècle par rapport à la fin du XXe siècle

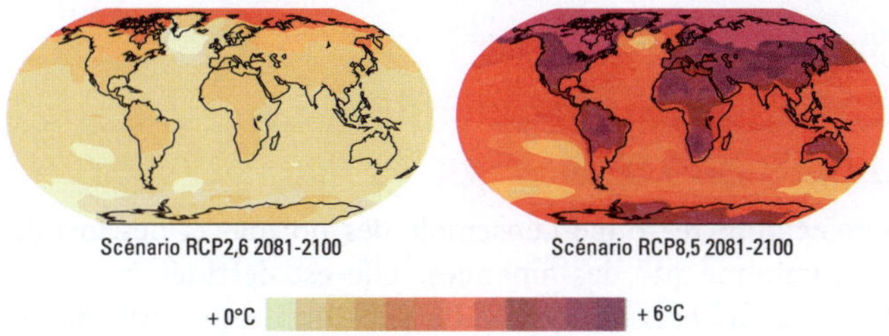

- Le GIEC présente plusieurs **scénarios** possibles : la première carte présente le scénario le plus favorable, la hausse des températures étant maîtrisée au prix de politiques environnementales radicales.
- La seconde carte illustre la hausse des températures prévue à la fin du siècle sans mesures effectives pour lutter contre le réchauffement climatique. Un réchauffement de plus de deux degrés entraînerait un **manque d'eau** pour tous les pays.

48 L'efficacité des instruments des pouvoirs publics

En bref *Le système économique international provoque un déséquilibre climatique par ses émissions de gaz à effet de serre. Ces externalités négatives sont combattues par les pouvoirs publics à l'aide de plusieurs instruments.*

I L'action publique pour contrôler les externalités

- Le marché ne tient pas compte des **externalités** parce qu'elles n'ont pas de prix associé. Une entreprise à l'origine d'externalités négatives n'est pas sanctionnée et ne verse pas de compensation monétaire. Il s'agit donc d'une **défaillance** de marché qui empêche ce dernier d'atteindre une situation optimale.

MOT CLÉ
Une **externalité** est une conséquence, positive ou négative, d'une activité économique, non prise en compte par le marché.

- Une production s'effectuant sans précaution (sans filtres ni recyclage) est polluante mais moins onéreuse qu'une production respectueuse de l'environnement. Les entreprises sont donc incitées à produire sans préserver l'environnement pour maintenir des **prix bas** tandis que les ménages sont amenés à consommer ces produits pour préserver leur pouvoir d'achat.

- L'**action publique** s'articule à différentes échelles. Par exemple, pour honorer ses engagements pris au titre de l'Accord de Paris, la France a adopté dans le cadre européen un programme de diminution des émissions de CO_2 d'ici 2030 d'au moins 40 % par rapport aux niveaux de 1990. À l'échelle nationale, la France implante des centres régionaux de recyclage comme en Bretagne ou propose aux particuliers des aides financières pour rénover écologiquement leur habitation.

II L'efficacité des instruments de la politique climatique

- La **réglementation** regroupe l'ensemble des normes et des lois dont le non-respect est sanctionné par des amendes. Elle est destinée à modifier le comportement des agents économiques. Elle peut limiter les externalités négatives (diminuer la vitesse de circulation) et imposer la production d'externalités positives (recyclage des déchets).

- Ces **normes** sont diverses : les normes d'émissions limitant les rejets de CO_2, les normes de procédé imposant l'utilisation de matières recyclées, les normes de produit comme le pot catalytique et les normes d'utilisation (interdisant la circulation des véhicules certains jours, par exemple).

■ D'après l'économiste britannique Arthur Cecil Pigou (1877-1959), il est possible d'**internaliser** les externalités, c'est-à-dire de taxer les externalités négatives qui nuisent à l'environnement et d'allouer une subvention aux externalités positives qui le préservent. Par exemple, le bonus-malus écologique impose une taxe sur les voitures les plus polluantes pouvant aller jusqu'à 20 000 euros. À l'inverse, la subvention à l'**innovation verte** consiste à récompenser financièrement les entreprises qui créent des innovations de produit (panneau solaire) ou de procédé (nouvelle manière de recycler) plus respectueuses de l'environnement, incitant ainsi les autres entreprises à se tourner vers ce type d'innovation peu polluant.

■ Pour maintenir l'équilibre climatique, c'est-à-dire la stabilité des températures, l'Union européenne a instauré le **marché des quotas** d'émission limitant les rejets de CO_2 provenant des externalités négatives. La Commission européenne fixe un plafond maximum d'émissions de CO_2 par an. Sur chaque tonne appelée « quota », un droit de propriété est posé. Les quotas sont distribués aux entreprises en fonction de leur degré de pollution.

MOT CLÉ

Un **marché des quotas** est un lieu d'échanges entre l'offre et la demande de quotas de CO_2 qui déterminent le prix de la tonne de carbone.

■ Une entreprise qui dépasse son nombre de quotas d'émission est contrainte d'en acheter aux **entreprises excédentaires** sur le marché des quotas au prix fixé par la loi de l'offre et de la demande.

zoOm

L'efficacité du bonus-malus écologique sur les véhicules neufs

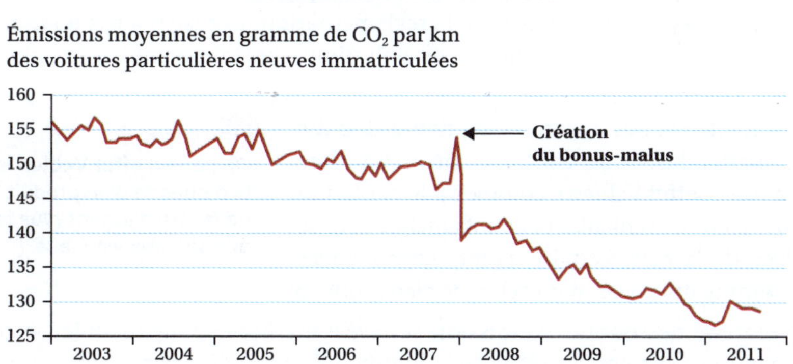

Source : *Focus sur quelques faits et chiffres*, Commissariat général au développement durable, octobre 2011.

■ Suite à la création du bonus-malus écologique, les véhicules particuliers neufs produits ont en moyenne **moins émis** de grammes de CO_2 par kilomètre.

■ L'émission moyenne de CO_2 par kilomètre est passée de quasiment 155 g/km à moins de 130 g/km, soit une **baisse** de plus de 25 g de CO_2 par kilomètre.

49 Les limites des instruments des pouvoirs publics

En bref *Les principaux instruments de la politique climatique peuvent réduire partiellement les externalités négatives, mais leur efficacité étant limitée, ils sont utilisés de manière complémentaire.*

I Les limites des instruments de la politique climatique

- La **réglementation** est souvent difficile à doser : trop laxiste, elle manque d'effet, trop ferme, elle peut inciter à frauder. Elle ne pousse pas les entreprises à poursuivre leurs efforts pour préserver l'environnement quand la norme est atteinte. La taxation paraît plus dissuasive.
- La mise aux **normes**, évoluant régulièrement, a un coût qui détériore la compétitivité-prix des entreprises, augmente les prix et creuse les inégalités entre ménages aisés et ménages pauvres. Ce coût pèse également sur les pouvoirs publics qui contrôlent leur application.
- La **taxation** peut être onéreuse quand elle ne compense pas les subventions versées (cas du bonus-malus écologique pour les véhicules neufs). Elle peut également peser lourdement dans le budget des ménages les plus pauvres. Enfin, la taxe, augmentant les coûts des entreprises, nuit à leur compétitivité-prix et potentiellement à leurs investissements en faveur de l'environnement.
- La taxe n'est qu'**incitative** (l'agent économique a le droit de polluer dès lors qu'il paye sa taxe), contrairement à la réglementation. La taxe n'a pas pour objectif d'établir un plafond maximum de pollution, contrairement au marché des quotas d'émission.
- Des effets rebonds apparaissent, c'est-à-dire des **effets inattendus**, voire contraires au mécanisme mis en place (**effet Veblen**), comme l'augmentation de la demande de véhicules polluants malgré la mise en place de la taxe, certains agents économiques souhaitant se distinguer par l'achat de biens coûteux.

> **MOT CLÉ**
> On parle d'**effet Veblen** lorsque la demande d'un produit peut être d'autant plus forte que son prix est élevé.

- Le **marché des quotas d'émission** se révèle inefficace pour modifier le comportement des entreprises (→ ZOOM), le prix du quota n'étant pas suffisamment élevé. Ce marché ne s'adresse pas aux petits pollueurs (ménages, artisans), mais seulement aux plus grandes entreprises, sachant que les quotas ont été trop généreusement distribués sur le marché européen.
- La **spéculation** se développe sur ce marché des quotas, ce qui fausse le prix du marché et modifie les quantités disponibles.

II Une mise en œuvre confrontée aux dysfonctionnements de l'action publique

- L'action publique s'exerce sous la pression des groupes d'intérêt. Les acteurs politiques sont parfois en conflits et ne défendent pas toujours l'intérêt général mais des **intérêts privés** (secteur bancaire, agricole...). Les **groupes d'intérêt** se positionnent aussi en experts pour influencer l'action publique, comme le géant pétrolier Exxon qui finance des études climato-sceptiques.

> **MOT CLÉ**
> Un **groupe d'intérêt** désigne une organisation qui tente d'influencer les pouvoirs et l'opinion publics pour obtenir des décisions en sa faveur.

- Les changements réguliers de gouvernement et de ministres désorganisent également l'action publique par **manque de continuité**.
- Dans une logique électoraliste, les pouvoirs publics ont régulièrement renoncé aux **avancées écologiques**, comme en 2013 où le gouvernement abandonne l'écotaxe touchant les poids lourds suite au mouvement de protestation breton des « Bonnets rouges ».

zoOm

Évolution du prix de la tonne de CO_2 sur le marché européen des quotas d'émission

Source : enoptea.fr.

- Le **prix** de la tonne de CO_2 dépend des quantités offertes et demandées sur le marché européen.
- On constate une **remontée des prix** passant de 8 euros la tonne en janvier 2016 à 16 euros en juillet 2018, soit une multiplication par 2.
- Le prix de la tonne apparaît bien trop bas pour agir sur le comportement des entreprises. Les experts estiment que le prix devrait être d'au moins **25 euros** par quota pour observer un changement.

50 Les contraintes pesant sur les accords internationaux

En bref *L'équilibre climatique est un bien commun difficile à sauvegarder : certains pays souhaitent mettre en place des accords environnementaux pour le préserver, d'autres les refusent pour privilégier leur croissance ou permettre leur développement.*

I L'environnement, un bien commun

■ L'environnement désigne le capital naturel formé de plusieurs composants dont les biens privés qui peuvent être privatisés et vendus sur un marché (poissons d'un étang privé par exemple).

■ L'environnement désigne également les **biens communs** mondiaux comme les forêts ou le climat (l'équilibre climatique) qui sont des biens rivaux et non-excluables. Les pays européens se sont accordés pour limiter les quantités d'émission de gaz à effet de serre et pour ne pas émettre plus de 2 000 milliards de tonnes de CO_2 dans l'atmosphère. Mais cet engagement s'avère difficile à contrôler, chacun pouvant émettre du CO_2 selon ses besoins (en faisant démarrer son véhicule par exemple ou en allumant un feu de cheminée).

MOT CLÉ
Un **bien commun** est non-excluable (on ne peut pas en contrôler l'accès) et rival (son utilisation par un individu empêche un autre de faire de même).

II La tentation du passager clandestin

■ En présence de biens communs, les agents économiques, s'ils sont rationnels, sont incités à adopter un comportement de **passager clandestin**, laissant les autres limiter leur consommation sans restreindre la leur ni en supporter les désavantages.

■ C'est ainsi que les États-Unis se sont désengagés dans la lutte contre le réchauffement de la planète et sont sortis de l'Accord de Paris en 2019.

MOT CLÉ
Un **passager clandestin** est un agent économique rationnel qui souhaite profiter d'un bien ou d'un service sans en supporter le coût.

■ Toutefois, la pression de l'opinion publique, les actions menées par les ONG, les sommets mondiaux sur le changement climatique incitent une grande majorité de pays (comme la Chine) à poursuivre leur engagement.

III Des pays très inégaux face à la question climatique

■ Tous les pays n'ont pas le même niveau de pollution. Ainsi, un individu riche en Occident pollue presque 3 000 fois plus qu'un individu dans un pays pauvre.

- Le niveau de pollution de la **Chine** a été multiplié par 4 depuis 1970. Ce pays est responsable de 30 % des émissions de CO_2 de la planète. Les États-Unis et la Chine émettent à eux deux presque 50 % des émissions mondiales.
- Les **pays pauvres** ont une faible **empreinte écologique** et sont les moins pollueurs : au Yémen ou à Haïti par exemple, l'émission de CO_2 par habitant est d'environ une demi-tonne, donc quarante fois moins qu'un Américain. Ces pays revendiquent auprès des pays riches qui polluent plus et de longue date leur droit à se développer et à user de leur « dette écologique ».

> **MOT CLÉ**
> **L'empreinte écologique** mesure la quantité de terres (en hectares) nécessaire à un habitant pour se nourrir et recycler ses déchets.

- Les **pays en développement**, plus que les pays développés, seront particulièrement exposés aux catastrophes naturelles découlant du réchauffement climatique (épidémies, famines, montée des eaux qui menacent notamment plus de 10 millions de Bangladais...). Pour respecter les accords internationaux sur l'environnement (COP 27, Kyoto...), ils devront s'endetter pour acquérir les équipements écologiques nécessaires à leur développement (énergies renouvelables, usines de recyclage...).

zoOm

Les émissions de gaz à effet de serre dans le monde

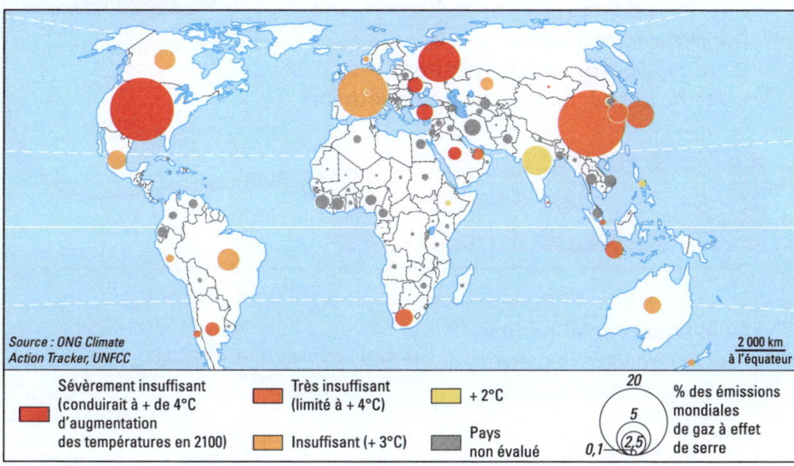

- Tous les pays émettent du gaz à effet de serre qui nuit au climat. Dans la carte, **31** pays ont été évalués (l'Union européenne comptant pour une seule unité) représentant **85 %** des gaz à effet de serre.
- Les **pays les plus pauvres** polluent moins que les pays riches. L'Amérique du Nord, l'Europe et l'Asie sont les **principaux pollueurs** alors que le continent africain ne pollue quasiment pas.

MÉMO VISUEL

L'ACTION PUBLIQUE

Les coopérations et conflits entre les acteurs

Les différents acteurs en présence
- Pouvoirs publics (États, ONU, UE)
- Entreprises
- Experts (GIEC)
- ONG et mouvements citoyens

Les relations entre les différents acteurs
- Conflits pour la mise à l'agenda politique
- Coopération au niveau local, national, européen et international

L'action publique pour lutter contre les externalités
- Défaillances du marché
- Lutte des pouvoirs publics contre les externalités négatives à différentes échelles

L'efficacité des instruments des pouvoirs publics

Les instruments de la politique climatique
- Bloquer par les normes les externalités négatives
- Taxer les externalités négatives
- Subventionner les innovations vertes
- Fixer un plafond maximum de pollution

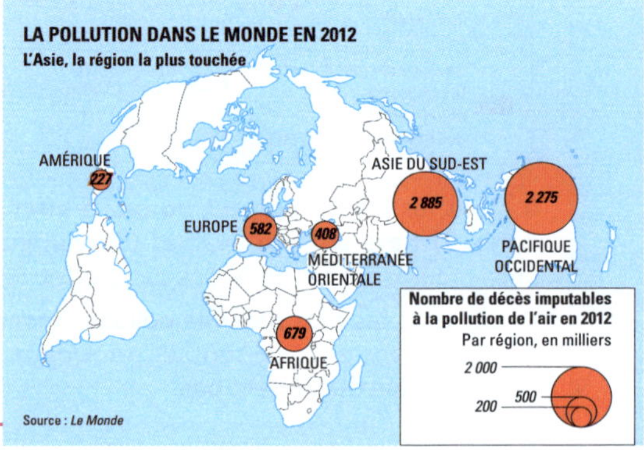

Les pouvoirs publics disposent-ils d'instruments efficaces pour protéger l'environnement ?

Les limites des instruments des pouvoirs publics

Les limites de la politique climatique

- Application de la réglementation difficile à vérifier
- Effets rebonds engendrés par la taxation
- Prix trop faibles fixés par le marché des quotas

Les dysfonctionnements

- Pression des groupes d'intérêt
- Changements fréquents des responsables politiques
- Logique électoraliste et renoncement aux avancées écologiques

POUR L'ENVIRONNEMENT

Le poids des contraintes sur les accords internationaux

L'environnement, un bien commun

- Existence de biens communs dans l'environnement
- Comportement de passager clandestin

Des pays inégaux

- Pays riches responsables de la majeure partie de la pollution
- Pays pauvres en manque de moyens pour acquérir les technologies vertes

COP 24 à Katowice

196 États représentés + ONG + institutions

États-Unis
Australie
Brésil

parmi les pays les plus réticents à la COP24

SUJET 30 OBJECTIF BAC

MOBILISATION DES CONNAISSANCES 30 min

La difficile protection de l'environnement

La préservation de l'environnement est certainement l'enjeu économique des années à venir. C'est parce qu'il est un bien commun, donc accessible à tous et en quantité limitée, que l'environnement est difficile à protéger.

LE SUJET

Pourquoi, en tant que bien commun, l'environnement doit-il être protégé ?

LES CLÉS POUR RÉUSSIR

Reportez-vous à la méthode générale de la mobilisation des connaissances p. 312.

Définir les mots clés

- Un **bien commun** est un bien qui est à la fois non excluable (on ne peut pas en contrôler l'accès) et rival (son utilisation par un individu en empêche l'utilisation par un autre).
- L'**environnement**, assimilable au capital naturel, correspond aux ressources naturelles renouvelables (ex. : les poissons) et non renouvelables (ex. : le pétrole).

Structurer la réponse

- Dans un premier temps, il faut démontrer que l'environnement est un **bien commun mondial** et qu'à ce titre, il est exposé à une surutilisation.
- Dans un second temps, il s'agit de prouver que ce bien commun est victime du comportement de **passager clandestin**, adopté par certains pays.

CORRIGÉ

Les titres en couleur ne doivent pas figurer sur la copie.

Introduction

La Chine prévoit de construire 30 % d'usines à charbon en plus dans la décennie à venir. Sachant que celles-ci sont les principales émettrices des gaz à effet de serre responsables du réchauffement climatique, cela entraînera une dégradation de l'environnement de tous les pays. L'environnement est un bien commun : il est impossible d'en bloquer l'accès (comme dans le cas chinois) et sa quantité est limitée. Nous montrerons qu'en tant que bien commun mondial, l'environnement doit être protégé, d'autant plus en raison du comportement de passager clandestin adopté par certains pays.

Développement

- L'environnement, soit l'ensemble des ressources naturelles renouvelables et non renouvelables, est accessible par tous et partout sur la planète, et il n'est pas possible d'en bloquer l'accès. Il constitue ainsi un **bien commun mondial**. Or, ses ressources non renouvelables peuvent être entièrement épuisées si elles sont surutilisées. Nous ne pouvons donc pas les consommer sans poser de limite. En tant que bien commun mondial, l'environnement peut donc être menacé de disparition en cas de **surutilisation** à travers le monde.

À NOTER
Il faut veiller à **répondre** au sujet « pourquoi protéger ce bien commun » et à ne pas seulement **réciter** la définition du bien commun.

- L'existence des biens communs conduit à l'apparition de **passagers clandestins** : agents économiques qui souhaitent profiter d'un bien sans en supporter le coût. Dans le cas de l'environnement, la Chine ne semble pas tenir son engagement en matière de limitation de pollution (accord de Paris sur le climat). Tandis que les autres pays baissent leurs émissions de CO_2, elle augmente les siennes sans payer pour les dégâts provoqués. Le comportement de passager clandestin peut contribuer à la disparition du bien commun.

Conclusion

L'environnement est un bien commun mondial et, à ce titre, il doit être protégé au niveau mondial. Pour cette raison, les pays s'unissent avec plus ou moins de succès, ce qui peut nous interroger sur l'efficacité des instruments de la politique climatique.

SUJET 31 | OBJECTIF BAC

ÉTUDE D'UN DOCUMENT 1 h

L'engagement des États en faveur de l'environnement

Les pays sont fiers d'annoncer qu'ils se coordonnent et mettent en scène leurs rencontres et leurs engagements. Mais leurs promesses sont-elles tenues ?

LE SUJET

Document **Engagements des pays en vertu du protocole de Kyoto et leur position en 2007 par rapport à leurs objectifs[1]**

Pays	Objectif d'émissions Kyoto (2008-2012)/ année de référence (1990)	Évolution des émissions depuis l'année de référence (1990) jusqu'en 2007[2]	Écart entre les émissions 2007 et l'objectif Kyoto
EU 15	– 8,0 %	**– 4,3 %**	**3,7**
Russie	0,0 %	– 33,9 %	– 33,9
Japon	– 6,0 %	8,2 %	14,2
Bulgarie	– 8,0 %	– 35,6 %	– 27,6
Slovaquie	– 8,0 %	– 35,9 %	– 27,9
Nouvelle-Zélande	0,0 %	22,1 %	22,1
Norvège	1,0 %	10,8 %	9,8
Lituanie	– 8,0 %	– 49,6 %	– 41,6
Estonie	– 1,8 %	– 47,5 %	– 39,5
Croatie	– 5,0 %	– 5,2 %	– 0,2
Islande	10,0 %	31,3 %	21,8
États-Unis[3]	– 7,0 %	16,8 %	23,8

1. Les objectifs de Kyoto sont des engagements pris par différents pays, signataires du protocole de Kyoto, en termes de réduction des émissions de gaz à effet de serre, de façon à réduire le réchauffement climatique.
2. Le calcul est réalisé sur la base des émissions 2006, les données 2007 n'étant pas disponibles.
3. Les États-Unis n'ont pas ratifié le protocole de Kyoto et ne sont dès lors pas légalement contraints de respecter leur objectif.

Source : CCNUCC, mission Climat de la Caisse des Dépôts, juillet 2009.

1. Comment ont été calculées les deux données en gras ?

SAVOIR-FAIRE

• Le **taux de variation** est égal à la valeur de départ à laquelle on soustrait la valeur d'arrivée. Le résultat est divisé par la valeur de départ. Pour obtenir des pourcentages, il faut multiplier le résultat par 100.
• Un **écart** se mesure grâce à la valeur d'arrivée à laquelle on soustrait la valeur de départ, l'unité obtenue étant le point de pourcentage.

2. Mettez en évidence le comportement de passager clandestin de certains pays vis-à-vis de la pollution.

LES CLÉS POUR RÉUSSIR

Reportez-vous à la méthode générale de l'étude d'un document p. 313.

Définir les mots clés

- Le **passager clandestin** est celui qui souhaite utiliser un bien (par exemple, le climat) sans en supporter les coûts.
- La **pollution** est comprise ici comme le niveau d'émission de gaz à effet de serre.

Comprendre le document

Le document est un tableau à double entrée composé de deux taux de variation (celui de l'objectif d'émission de gaz à effet de serre et celui des émissions réelles) et de l'écart entre les deux. Lorsque ce dernier est **positif**, le pays n'a **pas tenu son engagement**.

Structurer la réponse à la seconde question

- Dans la présentation du document, il faut expliquer comment il est construit et comment se lisent les données. Il faut ensuite **diviser les pays en groupes** avec, d'un côté, ceux qui ont tenu leur engagement (écart négatif) et, de l'autre, ceux qui ne l'ont pas tenu (écart positif).
- Il restera à montrer que certains pays imposent aux autres la baisse des émissions de gaz à effet de serre, mais ne s'y tiennent pas eux-mêmes. Ce sont les **pays riches** et en particulier les États-Unis qui n'ont finalement pas ratifié le protocole de Kyoto.

CORRIGÉ

1. Pour obtenir la donnée « – 4,3 % » :

$$\frac{(\text{émissions en 2007} - \text{émissions en 1990}) \times 100}{\text{émissions en 1990}}$$

Pour obtenir la donnée « 3,7 points de pourcentage » :

taux de variation entre 1990 et 2007 des émissions (colonne 2)

– taux de variation entre 1990 et 2007 de l'objectif d'émissions (colonne 1).

2. *Les titres en couleur ne doivent pas figurer sur la copie.*

Introduction

Nous sommes tous dépendant d'un même environnement et, face à sa dégradation, les pays tentent de s'entendre pour le préserver. Cependant, certains pays incitent les autres à moins polluer tout en continuant à le faire.

Développement

Le document est un tableau qui permet de comparer les objectifs que se sont fixés différents pays à la conférence Kyoto en termes de réduction des émissions de gaz à effet de serre sur la période 2008-2012 par rapport aux niveaux de 1990, et la réduction effective de ces émissions en 2007. La pollution est mesurée par le niveau d'émission de gaz à effet de serre.

Certains pays ayant ratifié le protocole de Kyoto (Japon, Norvège, etc.) ou non (États-Unis), n'ont pas tenu leur engagement en termes de pollution. L'écart entre l'évolution promise et l'évolution réelle des émissions est de 23,8 points de pourcentage pour les États-Unis. Ces pays se comportent en passager clandestin en promettant des baisses d'émission de gaz à effet de serre qu'ils ne respectent pas.

> **À NOTER**
> Il faut toujours transformer le document, en calculant de nouvelles données ou en formant des groupes.

Conclusion

L'environnement est un bien commun qui incite les pays à adopter un comportement de passager clandestin. Les accords internationaux servent davantage de vitrine au développement durable. En réalité, peu de pays sont prêts à renoncer à leurs intérêts économiques.

SUJET 32 OBJECTIF BAC

RAISONNEMENT 2 h 30

Les limites des instruments de la politique climatique

Les gouvernements s'efforcent de protéger l'environnement, mais les instruments qu'ils utilisent ne sont pas toujours efficaces...

LE SUJET

Vous montrerez que les instruments des pouvoirs publics ne protègent pas forcément l'environnement.

Document 1 **Évolution de la part de marché des SUV[1] dans les ventes de voitures neuves en France**

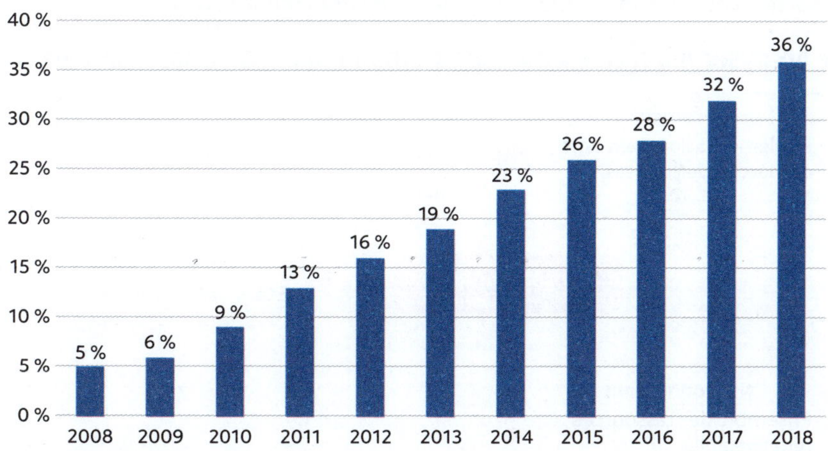

1. Un SUV (*Sport Utility Vehicle*) est une voiture dont les émissions de CO_2 sont supérieures à la moyenne.

Source : « Le monde croule sous les SUV, pourquoi c'est un problème et pourquoi ça risque de durer ? », *Alternatives économiques*, 17 janvier 2019.

Document 2 Certificats qualité de l'air : Crit'Air

Le certificat qualité de l'air est un autocollant sécurisé, à coller sur le véhicule, qui indique sa classe environnementale en fonction de ses émissions de polluants atmosphériques.

Il existe 6 classes de certificats. Le certificat qualité de l'air permet de favoriser les véhicules les moins polluants :
- modalités de stationnement favorables ;
- conditions de circulation privilégiées ;
- possibilité de circuler dans les zones à faibles émissions mobilité (ZFE-m) ou en cas de pic de pollution.

Le certificat qualité de l'air est obligatoire pour circuler dans les zones à faibles émissions mobilité instaurées par certaines collectivités (Paris et Grenoble) ou pour circuler lorsque le préfet instaure la circulation différenciée lors de certains épisodes de pollution.

Source : Site du ministère de la Transition écologique et solidaire, « Certificats qualité de l'air : Crit'Air », janvier 2020.

LES CLÉS POUR RÉUSSIR

Reportez-vous à la méthode générale du raisonnement p. 314.

Analyser les termes du sujet et mobiliser ses connaissances

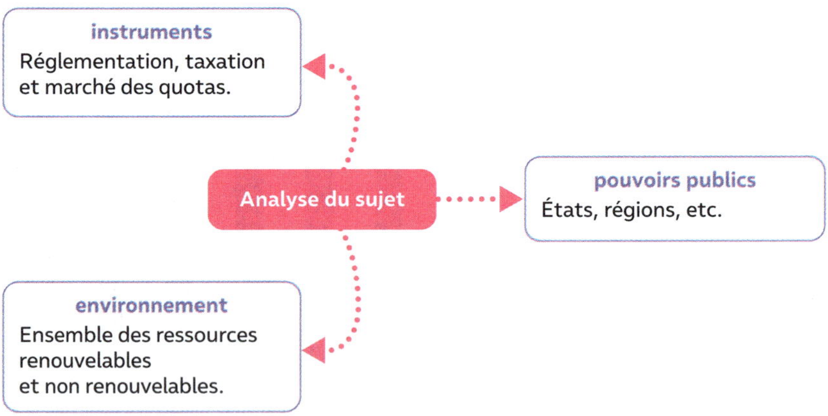

Exploiter les documents

Document 1

Le document 1 est un diagramme en bâtons qui représente l'évolution des ventes d'un modèle de voiture (SUV) dont la pollution est plus forte que la moyenne. Il prouve que, malgré les taxes et les réglementations qui pèsent sur l'automobile, la pollution continue à augmenter.

Document 2

Le document 2 est un article sur l'utilisation de la vignette Crit'Air qui est un **dispositif légal régulant la circulation** des véhicules en fonction de leur niveau de pollution.

Définir les arguments

Argument 1 La **réglementation** ne bloque pas toutes les externalités négatives. **(doc. 2)**

Argument 2 La **taxation** n'est qu'un principe désincitatif qui n'exerce pas assez de contraintes. **(doc. 1)**

Argument 3 Le **marché des quotas** fixe des prix trop bas pour modifier le comportement des grandes entreprises.

CORRIGÉ

Les titres en couleur ne doivent pas figurer sur la copie.

Introduction

Fin 2019, au sein de la Convention citoyenne pour la transition écologique, des citoyens tirés au sort travaillent sur de nouvelles lois et de nouvelles taxes. Ces dispositifs renvoient aux trois instruments de la politique climatique : réglementation, taxation et marché des quotas d'émission. Ils sont utilisés pour limiter les externalités négatives, mais sont-ils véritablement efficaces ? Nous étudierons successivement les limites de ces trois instruments.

I. La réglementation ne protège pas toujours l'environnement

- La réglementation a pour fonction d'interdire les **externalités négatives**. Il est difficile d'en fixer l'intensité : trop stricte, elle est impossible à respecter, et pas assez, elle n'a pas d'effets. De plus, elle oblige seulement les agents économiques à la respecter, mais ne les incite pas à faire mieux.

- La réglementation s'applique **à tous de la même manière** peu importe si les agents économiques polluent par nécessité ou non. Par exemple, seul le niveau de pollution de la voiture importe pour lui attribuer une classe de certificat qualité de l'air, pas le motif de son utilisation (**doc. 2**). De plus,

CONSEILS
Les documents du dossier illustrent des arguments mais ne démontrent rien. Évitez donc de commencer par un exemple tiré d'un document et n'hésitez pas à ajouter un exemple personnel.

le coût de contrôle du respect des restrictions de circulations liées aux classes de certificats pour une ville comme Paris peut être conséquent.

II. La taxation est parfois inefficace

- La taxation agit sur l'offre et la demande grâce à un changement de prix, mais ne reste qu'incitative. Tant que le pollueur paye la taxe, il peut donc **continuer à polluer**.
- La taxation n'arrêtera pas la consommation de certains biens polluants producteurs d'**externalités négatives**, comme les SUV, véhicules particulièrement émetteurs de CO_2, dont les ventes ne cessent de progresser (**doc. 1**). Cette hausse des ventes peut s'expliquer par un effet Veblen : lorsque le prix des véhicules augmente, certains consommateurs l'achètent pour montrer qu'ils en ont les moyens.

III. Le marché des quotas a un effet limité

LE SECRET DE FABRICATION

Pour cette partie, comme vous ne disposez pas de document, il faudra mobiliser vos propres exemples. Lors de vos révisions, il est important de préparer des exemples récents pour prouver au correcteur que vous suivez l'actualité.

- Un **marché des quotas d'émission** est un lieu d'échanges entre l'offre et la demande de quotas d'émissions de produits polluants, en particulier de CO_2. Sur ce marché est fixé un plafond maximum de pollution.
- Un tel système existe depuis 2005 à l'échelle de l'Union européenne, mais il ne s'adresse qu'aux grandes entreprises (environ 1 500 en France) qui bénéficient d'un nombre de quotas trop **généreux** pour modifier leur comportement polluant. De plus, le prix déterminé par le marché des quotas est **insuffisant** pour désinciter les entreprises à polluer. Enfin, il est apparu que les prix du marché sont influencés par des activités **spéculatives**, réduisant son efficacité.

Conclusion

Les pouvoirs publics s'appuient toujours sur les mêmes instruments de la politique climatique alors que ceux-ci ont des effets limités. Cela explique en partie notre échec collectif à protéger l'environnement. Des solutions alternatives existent cependant et sont souvent portées par les populations elles-mêmes dans un cadre plus local. Plutôt que de discuter de la mise en place de ces instruments, ne faudrait-il pas s'interroger sur la compatibilité entre la croissance économique et la préservation de l'environnement ?

13 Préparer le Grand Oral sur une question de SES

FICHES DE COURS

51 Choisir une question d'oral en SES 296
52 Concevoir sa présentation 298
53 Préparer efficacement l'exposé 300
54 Présenter la question au jury 302
55 Répondre aux questions en lien avec la présentation 304
56 Défendre son projet d'orientation 306

SUJET GUIDÉ & CORRIGÉ

OBJECTIF BAC

33 Simulation d'un Grand Oral sur une question de SES : la croissance est-elle compatible avec l'environnement ? 308

51 Choisir une question d'oral en SES

En bref *Selon le BO du 13 février 2020, qui définit le « Grand Oral », vous devez choisir une question pour chacun de vos deux enseignements de spécialité. Vous serez interrogé(e) sur l'une de ces deux questions le jour de l'épreuve.*

I Le « cahier des charges »

Le choix de la question doit répondre à ces trois conditions.

La question

1. met en lumière un des grands enjeux du programme de spécialité
2. se prête à une explicitation aisée, sans support et sans notes
3. permet de nourrir une réflexion sur votre projet d'orientation

II Des idées de sujets en SES

À NOTER
Les sciences économiques et sociales sont riches de sujets à la croisée des disciplines.

■ Quel rôle jouent les nouvelles technologies dans la croissance économique ?

Vous pourrez puiser dans le chapitre 1 « Les sources et les défis de la croissance économique » et dans le thème de spécialité HGGSP « L'enjeu de la connaissance ».

■ La mondialisation est-elle profitable à tous ?

Le chapitre 2 « Les fondements du commerce international et de l'internationalisation de la production » s'articule logiquement avec le grand thème de géographie « Les territoires dans la mondialisation : entre intégrations et rivalités ».

■ Comment les transformations de l'emploi nuisent-elles à la fonction intégratrice du travail ?

Deux chapitres du programme sont nécessaires pour répondre exhaustivement à ce sujet : le chapitre 3 « La lutte contre le chômage », qui revient sur les politiques de l'emploi et, en particulier, sur la flexibilisation du marché du travail, et le chapitre 9 « Les mutations du travail et de l'emploi », qui interroge directement le lien entre l'organisation du travail, ses mutations et l'intégration par le travail.

La structure sociale en France peut-elle être analysée en termes de classes sociales ?

Les arguments et les théories nécessaires sont présentés dans le chapitre 6 « La structure de la société française actuelle ».

Comment a évolué l'action collective depuis 1970 ?

La réponse peut être construite en articulant le chapitre 10 « L'engagement politique dans les sociétés démocratiques » et des références à l'art contestataire dans la littérature ou le cinéma.

En France, les inégalités économiques ont-elles diminué ?

À partir du chapitre 11 « Des inégalités compatibles avec les différentes conceptions de la justice sociale ? », vous analyserez les inégalités de salaire, de revenu, de niveau de vie et de patrimoine pour montrer, grâce aux outils statistiques (écarts et rapports interdéciles, moyennes, médianes, etc.), que l'évolution des inégalités dépend en partie de l'outil de mesure.

La croissance est-elle compatible avec l'environnement ? → SUJET 33

Dans le programme de SES, les chapitres 1 « Les sources et les défis de la croissance économique » et 12 « L'action publique pour l'environnement » soulèvent le problème et apportent des pistes de solution. Vous pourrez aussi vous appuyer sur le chapitre du programme de spécialité HGGSP qui aborde « L'environnement, entre exploitation et protection : un enjeu planétaire », ou celui d'enseignement scientifique portant sur les nouvelles énergies dans le thème 2 « Le futur des énergies ».

zoOm

« Pitcher » son sujet auprès de ses proches

- N'hésitez pas à **exposer brièvement** votre sujet à vos parents ou vos amis. Ce premier « pitch » vous aide à délimiter votre sujet et vous permet de tester l'intérêt qu'il suscite.
- Ainsi, dans le cadre du concours « Ma thèse en 180 secondes », les doctorants doivent résumer en trois minutes un sujet de recherche qu'ils ont développé dans une thèse de plusieurs centaines de pages.

52 Concevoir sa présentation

En bref *Les recherches sur les questions choisies peuvent débuter assez rapidement dans l'année. Pour chacune, vous devez vous documenter et organiser vos idées, au fur et à mesure, en vue d'un exposé structuré.*

I Se documenter, chercher des idées

1 Se constituer une bibliographie pertinente

- Pour chaque question, établissez une liste de mots-clés : ils vont vous permettre d'interroger Internet mais aussi le catalogue de votre CDI ou de la médiathèque de votre quartier.
- Consultez les documents ainsi sélectionnés, des plus généraux (manuels, encyclopédies) aux plus spécialisés.
- Dans le cas de recherches sur Internet, pensez à vérifier les sites que vous consultez à l'aide de ces questions :

1. Qui est l'auteur du site ?
Quelle est son expertise sur le sujet ?
2. De quand datent les informations ?
3. L'exposé est-il clairement construit, solidement argumenté ?

> **CONSEILS**
> Commencez par lire les informations données par la page de présentation du site, souvent intitulée « À propos ».

2 Garder la trace de ses recherches

- « Fichez » chacun des documents consultés : le support peut être, selon votre préférence, physique (fiche Bristol) ou numérique.
- Reformulez les idées qui vous paraissent essentielles, en distinguant bien les arguments des exemples.
- Pour les documents qui vous paraissent essentiels, pensez à rechercher le document original (article scientifique, livre...)

FICHE DOCUMENT

Source :

Sujet :

Idées clés :
-
-
-

Citation :

> **CONSEILS**
> Notez précisément la source : le titre de l'ouvrage ou du site, le nom de l'auteur, la date de publication, ainsi que les pages consultées.

II Organiser ses idées

1 Plusieurs méthodes de classement

■ Au fil de vos prises de notes, vous allez être conduit(e) à regrouper vos idées autour de lignes directrices : une organisation de votre exposé se dessine progressivement. Essayez de la traduire sous forme de « carte mentale ».

■ Si vous avez du mal à faire émerger les grands axes, vous pouvez recourir à la méthode des post-it.

1. Écrivez une idée clé par post-it.
2. Ajouter, le cas échéant, des exemples sur des post-it d'une autre couleur.
3. Sur un mur, déplacez les post-it jusqu'à ce qu'ils s'enchaînent logiquement.

2 Le choix du plan

Votre plan dépend de la question et du type de réflexion proposé. Le plus souvent, cependant, vous avez le choix entre un plan thématique et un plan dialectique.

	Objectif	Question
Plan thématique	Il permet d'approfondir les différents aspects d'un sujet.	Il correspond à une question qui se subdivise en différentes sous-questions.
Plan dialectique	Il oppose deux thèses puis opère une synthèse des points de vue.	Il correspond à une question qui implique une discussion, un dilemme.

zoOm

Mettre son plan sous forme de carte mentale

❶ Prenez une feuille blanche A4, en format paysage.

❷ Notez la question au centre, dans un « noyau ».

❸ Créez autant de « branches » que de grands axes (une couleur par axe).

❹ Ramifiez les branches de manière à faire apparaître les idées clés.

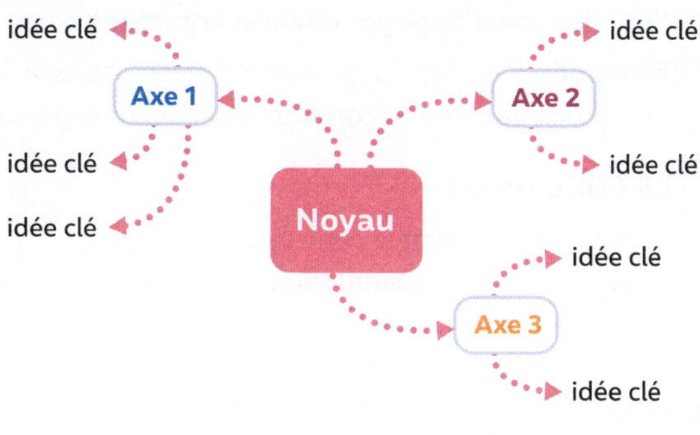

53 Préparer efficacement l'exposé

En bref *Le jour J, vous devrez faire votre présentation en cinq minutes, sans notes. Cela suppose un travail préparatoire important : de rédaction, de mémorisation et d'entraînement à la prise de parole.*

I Rédiger une trame précise

Une fois que vous êtes au clair sur la structure générale de votre exposé, vous devez mettre par écrit le déroulement de votre argumentation, sous la forme d'un **plan semi-rédigé**.

1 L'introduction

- L'introduction doit montrer :
  - que **votre sujet est intéressant** ;
  - que vous l'avez bien cerné ;
  - que votre plan découle de la question posée et y répond.
- Elle comprend **trois étapes** qui s'enchaînent logiquement.

1. L'accroche	En une ou plusieurs phrases, amenez progressivement votre sujet.
2. La question	Posez clairement la question à laquelle vous allez répondre et explicitez-la.
3. Le plan	Annoncez les deux ou trois grands axes, de manière que le jury comprenne d'emblée l'organisation de l'exposé.

2 Le corps de l'exposé

- Recopiez le plan que vous avez établi et remplissez-le de manière télégraphique, à l'aide de listes à puces.
- N'oubliez pas d'**appuyer chaque argument** par un exemple vérifié.
- Distinguez bien les informations nécessaires à la bonne compréhension du sujet de celles qui sont secondaires et que vous pourrez préciser dans l'entretien.

3 La conclusion

- Rédigez complètement la conclusion de l'exposé pour être sûr(e) qu'elle marque votre auditoire.
- Elle se compose de **deux parties** :

CONSEILS
Une fois cette trame mise au point, oralisez-la, de manière à vérifier qu'elle tient à peu près en 5 minutes.

1. Le bilan	Reprenez les étapes du développement et répondez à la question.
2. L'ouverture	Élargissez le champ de la réflexion à l'aide d'une citation, d'un fait d'actualité, d'une question proche.

II Mémoriser la présentation, puis simuler l'épreuve

Vous êtes désormais au clair sur le contenu de votre exposé. Il s'agit maintenant de préparer sa restitution orale.

1 Faire travailler sa mémoire

- Vous devez **posséder votre exposé « sur le bout des doigts »**, de telle manière que les idées se rappelleront à vous naturellement le jour de l'épreuve et que vous pourrez consacrer toute votre attention à votre auditoire.
- Pour ce faire, sollicitez vos différentes mémoires (visuelle, auditive, kinesthésique…) pour fixer le déroulement de l'exposé puis récitez-le **plusieurs fois**, de manière à vous en souvenir durablement.

À NOTER
Des chercheurs ont prouvé qu'il faut refaire au moins sept fois le chemin vers un souvenir pour l'ancrer durablement.

2 Simuler un Oral blanc

- C'est à ce moment-là, quand vous avez mémorisé votre exposé, que vous devez faire appel à votre entourage – vos professeurs, vos parents ou vos amis – pour leur demander de constituer votre premier auditoire.

À NOTER
S'enregistrer puis réécouter son exposé peut être aussi très utile.

- Demandez-leur d'évaluer votre présentation selon ces trois principaux critères :

1. Pertinence	Ai-je bien répondu à la question posée ?
2. Clarté	Qu'est-ce qui était clair ? moins clair ?
3. Efficacité	Ai-je retenu votre attention ? Comment puis-je le faire mieux ?

- N'hésitez pas également à leur demander de vous poser des questions sur le contenu de la présentation : cela vous entraînera pour l'entretien qui suit.

zoOm

Comment fonctionne la mémoire ?

- La mémorisation est le résultat d'un processus biochimique dans lequel les neurones jouent un rôle essentiel.
- Elle se déroule en trois étapes.
  1. L'encodage : enregistrement d'une nouvelle information.
  2. Le stockage : rangement, consolidation de l'information.
  3. Le rappel : recherche du souvenir afin de le restituer.

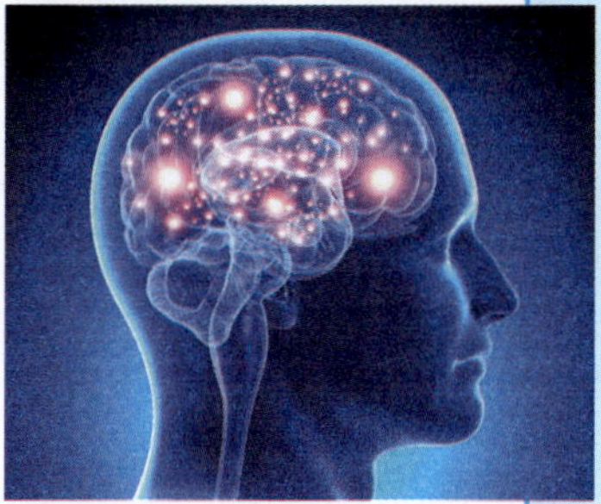

- Plus on rappelle un souvenir, plus on l'ancre durablement dans la mémoire.

54 Présenter la question au jury

En bref *Votre présentation doit être synthétique et rendre compte efficacement du questionnement. Le jury vous évalue principalement sur la solidité de vos connaissances et votre capacité à argumenter.*

I Optimiser le temps de préparation

Le jury vient de choisir l'une des deux questions préparées. Vous avez alors 20 minutes pour mettre en ordre vos idées et préparer – si vous vous sentez suffisamment sûr(e) de vous – un support pour le jury.

1 Mettre en ordre vos idées au brouillon

20 minutes de préparation, c'est à la fois long et court. Comment les utiliser ?

Pensez à...	Évitez de...
rédiger l'introduction et la conclusion	rédiger tout l'exposé
noter le plan	noter des idées en désordre
résumer les principales idées	ajouter du contenu au dernier moment

2 Préparer un support pour le jury

- Si vous avez bien en tête votre exposé, mettez à profit les 20 minutes pour préparer un support pour le jury.
- L'objectif est de permettre à votre auditoire de mieux suivre votre présentation. Votre support peut ainsi prendre des formes variées.

CONSEILS
Bien que non évalué, le support doit être pertinent et lisible pour bien disposer le jury.

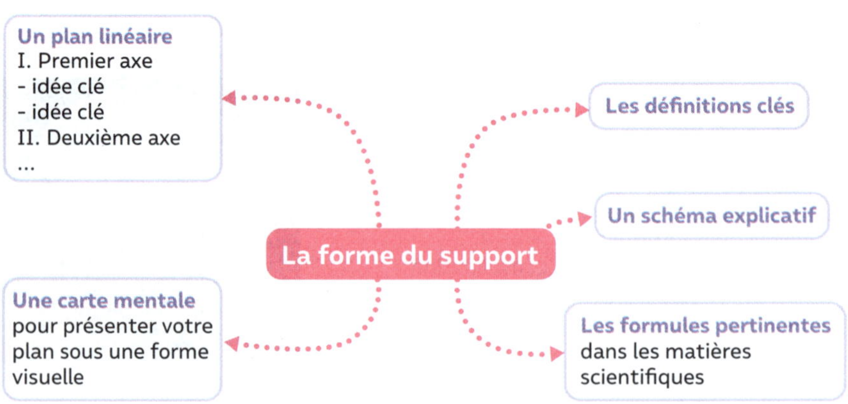

II Faire une présentation claire et fluide

1 Soigner les étapes clés de l'exposé

- Vous devez prêter une attention particulière à l'introduction et à la conclusion.

L'introduction	La conclusion
• amène la question • pose clairement la question • annonce le plan	• fait le bilan des recherches • répond à la question • ouvre de nouvelles perspectives

- Lorsque vous annoncez le plan, vous pouvez recourir à des formules telles que :
  - Tout d'abord nous nous intéresserons…
  - Puis nous étudierons…, avant de montrer que…

2 Mettre en évidence la progression de l'exposé

- Plus encore qu'à l'écrit, vous devez être attentif(ve) aux **transitions** de manière que votre auditoire comprenne bien la progression de votre présentation.

Les passages d'une partie à l'autre doivent être ainsi explicités :
  - Nous venons de voir que…
  - Nous allons maintenant essayer de comprendre comment ce processus…

CONSEILS
Tout au long de votre présentation, n'hésitez pas à rappeler le fil conducteur en reprenant les mots-clés de la question.

- Les **liens entre les idées** d'une partie doivent être clarifiés au moyen de connecteurs logiques : de cause (*car, en effet…*), de conséquence (*donc, c'est pourquoi…*), d'opposition (*mais, cependant…*), de concession (*certes…*), d'addition (*de plus, en outre…*).

zoOm

Parler debout

- Placez-vous face à votre jury, bien **au centre**.
- Ancrez **vos pieds au sol**, de manière à avoir une assise stable.
- Placez dès le départ **vos mains à hauteur de votre ventre**, sans les laisser pendre le long du corps. Vous pouvez les croiser devant vous et les dénouer lorsqu'il sera nécessaire d'appuyer le propos.

Image extraite du film *À voix haute* de Ladj Ly et Stéphane de Freitas, 2017.

55 Répondre aux questions en lien avec la présentation

En bref *Lors de la deuxième partie de l'épreuve, le jury revient sur la présentation et évalue plus largement vos connaissances dans les disciplines correspondant à vos spécialités.*

I Anticiper les questions

1 Les questions sur la présentation

■ Le jury va en premier lieu revenir sur certains points de la présentation pour vous **demander des précisions**.

- Vous avez affirmé que… : pouvez-vous donner un exemple ?
- Vous avez cité… : quelle est votre source ?
- Comment définissez-vous le mot… ?

■ Afin de ne pas être surpris(e), efforcez-vous de les anticiper lors de l'élaboration de l'exposé.

2 Les questions sur le programme

■ Cependant, le jury peut aussi vous poser des questions sur d'autres thèmes de vos **programmes de spécialité**.

■ C'est pourquoi vous devez travailler tout au long de l'année les notions au programme, en imaginant cette interrogation. Voici quatre conseils clés :

ATTENTION
Ces questions peuvent porter sur des thèmes hors du programme limitatif de l'épreuve écrite.

4 conseils clés

1. Faites des fiches pour chaque chapitre
2. Apprenez par cœur les définitions clés
3. Questionnez votre enseignant en cas d'incompréhension
4. Complétez le travail fait en cours avec des recherches personnelles

CONSEILS
Cette préparation vous servira également pour l'écrit !

II Développer une posture d'échange

1 Faire des réponses appropriées

■ Un seul des deux membres du jury est un spécialiste des domaines concernés par votre question. Votre réponse doit donc être **précise mais pas trop jargonneuse**.

■ D'autres conseils utiles :

Pensez à...	Évitez de...
prendre quelques secondes pour « ingérer » la question	vous précipiter : vous risquez de ne pas répondre à la question
donner des réponses brèves pour des précisions, plus longues pour un avis personnel	répondre par oui ou par non, ne pas développer
vous appuyer sur des connaissances précises, des chiffres, des dates...	rester dans les généralités, utiliser le pronom « on »

2 Gérer les difficultés

■ Si vous n'êtes **pas sûr(e) de comprendre** la question :
- reformulez-la à voix haute pour vérifier que vous avez bien compris ;

  Vous me demandez si... Vous voulez savoir comment...
- demandez des précisions ou un exemple.

  Qu'entendez-vous par... ? Pouvez-vous me donner un exemple ?

■ Si vous **ne savez pas quoi répondre**, osez le dire : vous pouvez toutefois commencer par faire remarquer la pertinence de la question.

Ce point me semble en effet très intéressant,
mais je n'ai pas eu le temps de l'approfondir.

zoOm

Éviter les gestes parasites

Apprenez à identifier les gestes que vous effectuez pour vous rassurer en situation de stress : ils brouillent la communication et traduisent votre inconfort.

Passer la main dans ses cheveux

Remonter ses manches, tirer dessus

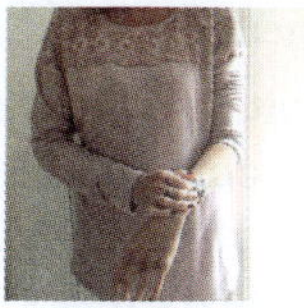
Toucher sa montre, un bijou

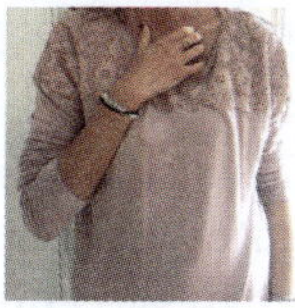
Se gratter avec insistance

56 Défendre son projet d'orientation

En bref *Au cours de cette partie de l'épreuve, vous exposez votre projet d'orientation : quel domaine vous intéresse, depuis quand, quels choix vous avez faits pour vous en rapprocher.*

I Faire le lien entre la question traitée et son projet d'orientation

■ Le jury va commencer par vous demander en quoi le travail sur la question traitée **a nourri votre réflexion sur votre projet d'orientation**. Voici quelques éléments de réponse, à adapter en fonction de votre sujet et de votre projet :

- En travaillant sur ce sujet au croisement de deux disciplines, j'ai acquis la certitude que je souhaitais continuer à les étudier l'une et l'autre : d'où le choix d'un cursus réunissant…
- La préparation de cet oral m'a permis de rencontrer des personnes travaillant dans le domaine de…, qui m'ont donné envie de suivre leur voie ; c'est pourquoi j'ai choisi des études dans la filière…

CONSEILS
Même si vous avez évidemment envisagé plusieurs choix, mettez plutôt l'accent sur celui permettant d'établir un lien avec la question traitée. Ainsi votre démarche paraîtra cohérente.

■ Vous pouvez aussi analyser les **compétences acquises** lors de la préparation de cette épreuve : mener un travail de recherche, confronter des données, faire un travail de synthèse, faire un exposé oral et montrer qu'elles vous seront **utiles pour la suite de vos études**.

II Expliquer les étapes de son projet d'orientation

1 Projet professionnel ou projet de poursuite d'études ?

■ Si vous avez une idée de métier précise, vous pouvez partir de ce **projet professionnel**, expliquer pourquoi il vous attire ; puis faire le lien avec les études qui y mènent.

■ Mais vous avez le droit, à 17-18 ans, de ne pas savoir quel métier vous aimeriez exercer. Contentez-vous alors d'expliquer quel domaine vous intéresse et **quels choix d'études** après le bac vous avez faits en conséquence.

CONSEILS
Quand vous vous êtes inscrit(e) sur Parcoursup ou si vous avez candidaté à des écoles, vous avez dû rédiger des lettres de motivation. Utilisez-les pour préparer cette partie de l'oral.

■ Si vous hésitez encore entre **deux voies**, vous pouvez exposer les différentes possibilités envisagées.

2 La genèse et la mise en œuvre du projet

- Pour retracer la **genèse** du projet, expliquez :
• comment l'idée de ce projet d'orientation vous est venue ;
• comment elle a guidé vos choix de spécialités ;
• comment elle s'est renforcée à travers différentes activités et expériences.

CONSEILS
N'hésitez pas à détailler des expériences vécues ou à rapporter une anecdote pour rendre votre présentation plus personnelle.

- Mentionnez la **filière choisie**, l'école ou l'université que vous souhaiteriez intégrer et les enseignements qui vous attendent. Décrivez concrètement la manière dont vous souhaitez mener ce projet : cursus envisagé, diplôme visé.

- Faites le bilan de vos atouts et de vos limites pour le domaine envisagé. Montrez que vous disposez d'une **bonne connaissance de vous-même** et de vos capacités.

zoOm
Développer une argumentation personnelle

Pour mieux convaincre le jury de votre motivation, vous devez mettre en évidence que **ce projet est vraiment le vôtre**.

Les composantes personnelles de votre projet

1. scolaires
• vos spécialités de 1re et Tle
• vos préférences pour certaines matières
• vos compétences scolaires

2. extrascolaires
• votre stage de 3e
• vos engagements (comme délégué de classe, dans un projet…)
• vos centres d'intérêt, vos convictions

SUJET 33 | OBJECTIF BAC | PRÉSENTATION, SUIVIE D'UN ENTRETIEN

20 min

La croissance est-elle compatible avec l'environnement ?

Nos sociétés contemporaines ont tendance à considérer que la croissance pourrait, grâce à l'innovation en particulier, sauver l'environnement. Cependant, les faits semblent prouver le contraire.

1. PRÉSENTATION D'UNE QUESTION (5 MIN)

Les titres en couleur mettent en évidence la structure de la présentation.

Introduction

[accroche] Début 2020, avec la crise du Covid-19, la production chinoise est au plus bas depuis 30 ans ! Mais c'est aussi la pollution de l'air qui a diminué et les bancs de poissons qui sont revenus dans les canaux de Venise ; en somme, c'est une amélioration globale de l'environnement qui a été constatée.

[présentation du sujet] L'environnement ? C'est notre planète tout entière, les ressources renouvelables, comme ces poissons vénitiens, et non renouvelables, comme le pétrole. Comment la croissance économique – c'est-à-dire l'augmentation soutenue du PIB –, pourrait-elle le préserver ? Par l'innovation ? Ou serions-nous fous de penser que la croissance est infinie ?

[formulation de la problématique] J'ai voulu étudier la question : « L'augmentation du PIB est-elle forcément compatible avec la préservation des ressources naturelles ? »

[annonce du plan] Dans un premier temps, je montrerai que certains économistes considèrent que la croissance préserve l'environnement, puis, dans un deuxième temps, je discuterai ce lien pour enfin, dans un troisième temps, « décortiquer » la politique climatique actuelle.

LE SECRET DE FABRICATION
Prouvez que vous avez une vision globale du programme de SES en « piochant » dans plusieurs chapitres. Les deux premières parties nourrissent une opposition théorique et la troisième une application pratique.

I. La croissance économique préserve l'environnement

■ Les théoriciens de la soutenabilité faible supposent que le capital naturel peut être substitué aux autres capitaux (technologique, physique, humain). Ainsi, le manque de pétrole sera compensé par le travail d'ingénieurs (capital humain) inventant les éoliennes (capital technologique) produites en grand nombre (capital physique).

■ L'innovation les rend optimistes ! Pour la financer, la développer, il faut aussi de la croissance économique. La croissance durable, voire une révolution verte, serait donc possible. De ce point de vue, la croissance économique n'est donc pas le problème mais la solution.

CONSEILS
À l'oral, comme à l'écrit, respectez la logique **A-E-I**. D'abord, **A**ffirmez une idée, puis **E**xpliquez (théories, mécanismes, auteurs…) et enfin **I**llustrez en utilisant l'actualité si possible.

[transition] L'innovation a bien bouleversé nos modes de production et parfois remplacé la nature, mais il faut admettre que la planète se porte mal et que son état s'améliore quand la croissance économique ralentit.

II. La croissance économique nuit à l'environnement

■ Les économistes de la soutenabilité forte s'opposent aux tenants de la soutenabilité faible. D'après eux, le capital naturel n'est pas substituable. Comment remplacer les grands glaciers qui assurent l'équilibre des températures ? Par un réfrigérateur immense ? Et la forêt amazonienne ?

■ La croissance économique produit systématiquement des externalités négatives, tout comme les innovations. Que penser de la voiture électrique si polluante à produire et à recycler en raison des métaux rares que nécessite sa batterie ?

[transition] Les gouvernements sont conscients de la dégradation de l'environnement et il serait injuste de dire qu'ils ne font rien. Mais font-ils assez ? Grâce aux sommets internationaux, aux initiatives nationales ou locales, des instruments climatiques existent.

CONSEILS
Vous devez enchaîner les idées de manière logique et fluide pour ne pas « perdre en route » votre auditoire.

III. L'exemple de la politique climatique

■ Le climat est un bien commun. Chacun d'entre nous peut le dégrader, mais nous en sommes tous dépendants, et son utilisation n'est pas illimitée.

■ Des réglementations nationales et internationales interdisent l'utilisation de gaz CFC nocifs à la couche d'ozone. Un marché européen des quotas d'émission de carbone a été créé en Europe. Enfin, presque tous les pays subventionnent l'achat des innovations écologiques.

■ Ces instruments de la politique climatique sont un moyen pour nos économies de continuer à consommer et produire, autrement dit un moyen de soutenir leur croissance économique, mais en limitant les externalités négatives qui affectent l'environnement. Malgré tout, le réchauffement climatique perdure…

Conclusion

[bilan] En somme, la théorie de la soutenabilité faible mise pleinement sur l'innovation, alors que celle de la soutenabilité forte s'inscrit dans une diminution volontaire de la croissance économique, et l'exemple du climat semble donner raison à cette dernière. **[ouverture]** La dégradation de l'environnement ne présage-t-elle pas de nouvelles formes d'inégalités ?

2. ÉCHANGE AVEC LE CANDIDAT (10 min)

Voici quelques-unes des questions que le jury pourrait poser en lien avec votre présentation ainsi que des réponses possibles. N'oubliez pas qu'on peut vous interroger sur d'autres thèmes du programme.

- **Si la croissance n'est pas une solution, quels changements économiques cela implique ?**

L'inverse de la croissance économique, c'est la décroissance : une diminution volontaire et organisée du PIB. Cela nécessite la production de biens durables, facilement réparables et surtout moins de consommation et moins d'importations.

> **CONSEILS**
> Le jury vous demande en priorité d'approfondir les points abordés dans votre présentation.
> En amont, vous devez donc repérer les questions possibles et préparer les réponses.

- **Pourriez-vous citer des exemples concrets de taxation en France ?**

L'exemple le plus important de taxation porte sur l'achat de voitures neuves. Si vous achetez une voiture électrique productrice d'externalités positives, alors vous toucherez une subvention ; à l'inverse, vous payerez une taxe si votre véhicule est responsable d'externalités négatives.

- **En proposant une définition de la notion d'inégalité, pourriez-vous préciser le sens de la question posée en ouverture de votre conclusion ?**

Une inégalité est une différence qui crée des hiérarchies dans l'accès aux ressources valorisées. Avec la dégradation de l'environnement, les ressources valorisées seront les ressources rares, comme l'eau.

3. ÉCHANGE SUR LE PROJET D'ORIENTATION (5 min)

Comment avez-vous choisi le sujet de votre exposé ? Celui-ci est-il en lien avec votre projet d'orientation ?

• C'est l'actualité qui a motivé mon choix. La crise du Covid-19 est impressionnante, mais ses conséquences sur l'environnement, importantes et rapides, m'ont vraiment marqué, d'autant plus que les effets ont été visibles autour de moi.

• Professionnellement, j'ai l'ambition de faire carrière dans l'environnement. Ce serait l'occasion d'allier une passion et une implication citoyenne. J'envisage des formations du type Master 2 dans une filière économique pour travailler, par exemple, dans la promotion des énergies vertes.

> **À NOTER**
> Les choix de métiers sont multiples, mais préférez un métier en lien direct avec les exemples mobilisés dans votre présentation et renseignez-vous précisément sur les réalités de ce métier (formation, salaire…).

Les méthodes de l'épreuve écrite

57 Mobilisation des connaissances

En bref *La mobilisation des connaissances est la première partie de l'épreuve composée. Elle est constituée d'une question notée sur 4 points.*

I Quels sont l'objectif de l'exercice et les pièges à éviter ?

- Répondez à la question en faisant appel à vos **connaissances personnelles**.
- Soyez précis dans l'utilisation du **vocabulaire** car vous devez montrer non seulement que vous avez des connaissances mais également que vous les maîtrisez.
- Un piège à éviter est de vouloir absolument montrer ses connaissances sans tenir compte de la **question posée**. Ne développez pas ce que vous avez appris en cours, mais faites appel à vos connaissances dans le cadre défini par la question.

II Comment se préparer à la mobilisation des connaissances ?

- Préparez-vous tout au long de l'année et privilégiez un **travail régulier**.
- Mémorisez vos cours au fur et à mesure, compte tenu du volume des connaissances à acquérir. À cet égard, il est utile de réaliser des **fiches de synthèse** comprenant, pour chaque chapitre, le plan détaillé, les définitions des notions clés, le rappel des mécanismes essentiels (sous la forme de schémas d'implication par exemple) et les informations principales.

LES ÉTAPES CLÉS

Répondre à une question de mobilisation des connaissances

Étape 1 Définir les mots clés

- Pour répondre à la question, commencez par l'**analyser** : définissez les termes importants et relisez attentivement la formulation.
- Si ce travail d'analyse n'est pas fait, vous risquez de développer des arguments qui ne permettent pas de répondre à la question posée et donc d'être **hors sujet**, ce qui peut être lourdement pénalisé.

Étape 2 Structurer la réponse

- Introduisez votre réponse en définissant précisément les **termes** du sujet.
- Organisez votre **développement** en deux ou trois paragraphes composés chacun d'une idée.
- En conclusion, synthétisez l'**essentiel** de votre réponse.

58 Étude d'un document

En bref *Le document étudié dans la deuxième partie de l'épreuve composée est de nature statistique (graphique, tableau, carte, radar, texte…). Il donne lieu à deux questions notées sur 6 points.*

I Quels sont les objectifs de l'exercice et les pièges à éviter ?

- Adoptez une **démarche méthodologique** de collecte et de traitement de l'information.
  - La première question vise à évaluer votre capacité à lire et à **comprendre** un document, en vous appuyant éventuellement sur un **calcul**.
  - La seconde question vous demande d'**exploiter** le document en mobilisant si besoin vos connaissances. Ne relevez pas tous les aspects du document, mais prélevez uniquement les informations susceptibles de répondre aux questions posées.
- Il est impératif de vous appuyer sur des **données** du document et de les **citer**.

II Comment se préparer à l'étude d'un document ?

Tout au long de l'année, travaillez sur les **savoir-faire** applicables aux données quantitatives et aux représentations graphiques qui sont indispensables à l'analyse des documents statistiques.

LES ÉTAPES CLÉS

Étudier un document

Étape 1 Définir les mots clés

Ce travail d'analyse des notions est indispensable pour **éviter le hors sujet**.

Étape 2 Comprendre le document

- Vous devez d'abord préciser les **unités** qui peuvent être des valeurs absolues (milliers, millions) ou des valeurs relatives (pourcentages, indices…).
- Il peut être nécessaire de faire des **calculs** simples.
- La règle pour étudier des données statistiques est d'aller **du général** (l'ensemble ou les dates extrêmes) **vers le particulier**.

Étape 3 Structurer la réponse à la seconde question

- Présentez rapidement la question et l'**information** apportée par le document. Pour interpréter le document en fonction de la question posée, appuyez-vous sur les données appropriées et si besoin sur vos connaissances.
- En conclusion, **résumez** votre réponse en une phrase ou deux.

59 Raisonnement s'appuyant sur un dossier documentaire

En bref *Le raisonnement est la troisième et dernière partie de l'épreuve composée (10 points). Le libellé du sujet vous invite à développer un raisonnement, à rassembler et mettre en ordre des informations pertinentes issues du dossier documentaire (2 ou 3 documents de nature différente) et de vos connaissances personnelles.*

I Quels sont les objectifs du raisonnement ?

Vous devez traiter le sujet :
- en développant un raisonnement ;
- en exploitant les documents du dossier ;
- en faisant appel à vos connaissances personnelles ;
- en composant une introduction (analyse du sujet), un développement (2 à 3 paragraphes argumentés s'appuyant sur tous les documents fournis et vos connaissances), une conclusion (synthèse de vos arguments). Votre réponse rédigée doit donc être structurée sans pour autant faire l'objet d'une dissertation.

À NOTER
La clarté de l'**expression** et le soin apporté à la **présentation** comptent aussi dans la note.

II Comment bien utiliser le dossier documentaire ?

■ Le dossier documentaire est là pour vous aider à construire votre argumentation. Ne pas prendre en compte un document vous pénalisera. Mais un devoir qui se limiterait aux seuls documents serait insuffisant. Il faut donc analyser le dossier documentaire en mobilisant vos connaissances.

■ Pour chaque document, posez-vous les questions suivantes :
- Quelles sont la nature et la source du document ?
- Quelles informations le document apporte-t-il ?
- Comment puis-je approfondir le document à l'aide de mes connaissances ?
- Quels liens puis-je établir avec le sujet ?
- Quels liens puis-je établir entre ce document et les autres documents ? Se complètent-ils ou s'opposent-ils ?

III Comment se préparer au raisonnement ?

■ Tout au long de l'année, travaillez la maîtrise des méthodes (étude d'un document, construction d'un raisonnement, rédaction d'un paragraphe argumenté).

■ Revoyez également les corrigés des évaluations donnés par votre professeur et refaites-les si nécessaire.

LES ÉTAPES CLÉS

Construire un raisonnement

Étape 1 Analyser les termes du sujet et mobiliser ses connaissances

- Repérez les **notions** du sujet et définissez-les au brouillon.
- Faites appel à vos connaissances en sélectionnant celles **utiles** pour comprendre le phénomène analysé.

Étape 2 Exploiter les documents

- **Identifiez** les documents : nature, source, date...
- Efforcez-vous de comprendre les informations apportées par les documents et de les **mettre en relation**.
- Relevez, pour chaque document, les **éléments utiles** pour traiter le sujet.
- Mobilisez vos connaissances pour y apporter des **éléments d'explication**.

Étape 3 Définir les arguments

- **Regroupez** les éléments (informations tirées des documents, connaissances ...) par thème. Classez-les selon une **progression logique** afin de construire un raisonnement en deux ou trois arguments.
- Vous devez construire une **démonstration** organisée en plusieurs paragraphes structurés (un paragraphe par argument). Chacun de ces paragraphes peut être construit suivant le principe « AEI ».

Rédiger un paragraphe argumenté (AEI)

- **Formuler une affirmation (A)**
  L'affirmation doit répondre à la question posée par le sujet.
- **Expliquer en mobilisant les connaissances (E)**
  Il faut faire appel à des notions, des faits, des mécanismes qui permettent de justifier l'affirmation.
- **Illustrer à l'aide d'un exemple (I)**
  Une donnée ou un exemple factuel tiré des documents proposés ou de vos connaissances.

60 Dissertation s'appuyant sur un dossier documentaire

En bref *L'épreuve de dissertation consiste à répondre à la question en utilisant 3 ou 4 documents de nature strictement factuelle, dont un texte au plus.*

I Quels sont les objectifs de la dissertation ?

Il vous est demandé :
- de répondre à la **question** posée par le sujet ;
- de construire une **argumentation** à partir d'une problématique que vous aurez élaborée ;
- de mobiliser des **connaissances** et des **informations** pertinentes pour traiter le sujet, notamment celles figurant dans le dossier ;
- de rédiger, en utilisant le vocabulaire spécifique et approprié à la question, un **développement cohérent** en ménageant l'équilibre des parties.

II Comment structurer la dissertation ?

■ L'**introduction** comporte cinq phases :
- une accroche pour montrer l'actualité et la pertinence du sujet ;
- la définition des termes importants du sujet ;
- la définition du cadre spatio-temporel ;
- la reformulation du sujet qui l'explicite et la présentation de la problématique ;
- l'annonce du plan dans laquelle vous précisez les grandes parties de votre argumentation (trois au maximum).

■ Composé de deux ou trois parties, le **développement** constitue le « corps » de votre dissertation. Il repose sur le plan que vous avez préalablement élaboré. Chaque partie doit se structurer autour de trois temps :
- une introduction partielle présentant l'idée directrice de la partie ainsi que les deux ou trois sous-parties que vous développerez ;
- des sous-parties : un paragraphe pour chaque sous-partie ;
- une conclusion partielle synthétisant l'idée directrice de la partie.

> **CONSEILS**
> Prévoyez une **transition** qui permet de passer logiquement d'une partie à l'autre. La transition peut faire partie de la conclusion partielle ou bien constituer un paragraphe à part.

■ La **conclusion** comporte deux phases :
- un bilan de l'argumentation reprenant les grandes idées de chaque partie et apportant une réponse à la problématique ;
- une ouverture vers d'autres questions en lien avec le sujet.

LES ÉTAPES CLÉS

Construire une dissertation

Étape 1 Analyser la consigne et dégager une problématique

- Pour analyser le sujet, définissez d'abord les **termes**. Relisez attentivement la **formulation** du sujet. Que vous demande-t-on ? De présenter un phénomène ou de discuter une affirmation ?
- Dégagez une **problématique** à laquelle le développement doit répondre. Cette problématique est le résultat de l'analyse du sujet et doit bien prendre en compte les différents questionnements qu'il pose.
- **Reformulez le sujet** (éventuellement sous la forme d'une question) en l'explicitant et définissez ensuite votre problématique qui présente les deux ou trois axes de votre démonstration.

Étape 2 Exploiter les documents

- Comme pour le raisonnement sur dossier documentaire, identifiez les documents puis analysez les **informations** apportées et expliquez-les à l'aide de vos **connaissances**.
- **Rattachez** les informations extraites des documents aux différents axes de la problématique et **mobilisez** les connaissances complémentaires.

Étape 3 Définir le plan

- Après avoir analysé le sujet, étudié le dossier documentaire et mobilisé vos connaissances, vous disposez d'un ensemble d'arguments qu'il faut maintenant ordonner en élaborant un **plan**.
- Fixez-vous un objectif (la réponse au sujet), puis cherchez les moyens dont vous disposez pour l'atteindre. L'exposé de ces moyens constitue la **trame** de votre dissertation, c'est-à-dire votre plan.
- Organisez votre réponse en **deux** ou **trois parties** (les axes de la problématique), puis définissez l'organisation interne de chaque partie en deux ou trois sous-parties. Il est essentiel de vérifier la cohérence de votre argumentation et de vous assurer qu'elle réponde bien au sujet posé.

CONSEILS

L'**introduction** et la **conclusion** constituent deux moments forts de votre devoir (prise de contact, dernière impression) qu'il faut soigner tout particulièrement en les rédigeant une première fois au brouillon.

CORRIGÉS DES TESTS

1 Les sources et les défis de la croissance économique → P. 10-11

1 **1.** c • **2.** **a.** Vrai ; **b.** Vrai ; **c.** Vrai ; **d.** Vrai. **3.** c.

2 **1.** a et b • **2.** moteur – majeures – mineures – grappes – expansion.

3 **1.** a • **2.** droits de propriété – monopole – protègent – incitent – investir – institutions.

4 **a.** Faux ; **b.** Faux ; **c.** Vrai ; **d.** Vrai.

5 **1.** b • **2.** **a.** capitaux non substituables – le progrès technique compense la dégradation du capital naturel ; **b.** capitaux substituables – le capital naturel doit être préservé.

2 Les fondements du commerce international et de l'internationalisation de la production → P. 36-37

1 **1.** a, b et c • **2.** **a.** David Ricardo – modèle HOS ; **b.** modèle HOS ; **c.** Raymond Vernon.

2 **1.** b et c. • **2.** **a.** Vrai ; **b.** Vrai ; **c.** Vrai **3.** b et c.

3 prix – hors-prix – productivité – travail – infrastructures.

4 **1.** a, b et c • **2.** **a.** transfert d'une activité à l'étranger ; **b.** investissement à l'étranger ; **c.** sous-traitance.

5 **1.** a • **2.** protectionnisme – concurrence – hausse – normes.

3 La lutte contre le chômage → P. 62-63

1 **1.** a. • **2.** **a.** Vrai ; **b.** Faux ; **c.** Faux ; **d.** Faux.

2 **1.** b • **2.** frictionnel – imparfaite – coûts – mobiles • **3.** a, b et c.

3 **1.** c • **2.** demande – ralentissement – conjoncturel – débouchés – production – emploi • **3.** **a.** Vrai ; **b.** Vrai ; **c.** Vrai ; **d.** Faux.

4 **1.** b. • **2.** **a.** baisse des taux d'intérêt ; **b.** baisse des charges sociales ; **c.** recours facilité aux heures supplémentaires – assouplissement des règles de licenciement.

4 Les crises financières et la régulation du système financier → P. 84-85

1 **1.** b • **2.** **a.** Faux ; **b.** Vrai ; **c.** Vrai ; **d.** Vrai.

2 **1.** a • **2.** bulle spéculative – réelle – financier – endettement – taux d'intérêt **3.** **a.** décisions des investisseurs influencées par celles d'autres investisseurs ; **b.** baisse brutale du prix d'un actif.

3 **1.** **a.** Vrai ; **b.** Faux ; **c.** Faux **2.** crédit – titres – systémique.

4 **a.** Faux ; **b.** Vrai ; **c.** Vrai ; **d.** Faux.

5 **1.** b. • **2.** Bâle – solvabilité – information – bancaire.

5 Les politiques économiques dans le cadre européen → P. 110-111

1 **1.** a • **2.** **a.** Vrai ; **b.** Faux ; **c.** Vrai ; **d.** Vrai.

2 **1.** a • **2.** **a.** fait de profiter de sa position de leader sur le marché ; **b.** entreprises pouvant faire face à la concurrence internationale ; **c.** activité d'intérêt général assurée par les pouvoirs publics.

3 **1.** b • **2.** directeur – monétaire – crédit – publiques – l'endettement **3.** a.

4 **1.** c • **2.** **a.** Vrai ; **b.** Faux ; **c.** Vrai • **3.** a.

6 La structure de la société française actuelle → P. 134-135

1 **1.** a, b et c • **2.** **a.** Faux ; **b.** Vrai ; **c.** Faux.

2 **1.** b • **2.** **a.** Faux ; **b.** Faux ; **c.** Vrai.

3 **1.** **a.** K. Marx ; **b.** M. Weber • **2.** a et b **3.** **a.** Vrai ; **b.** Vrai ; **c.** Faux.

4 classes sociales – moyennisation – inter-classes – augmentent – intra-classes – sentiment d'appartenance.

7 L'action de l'École sur les destins individuels et sur l'évolution de la société → P. 156-157

1 **1.** a, b et c • **2.** **a.** 1747 ; **b.** 1881-1882 ; **c.** 1975 • **3.** c.

2 **1.** c • **2.** a et b • **3.** **a.** Vrai ; **b.** Faux ; **c.** Vrai ; **d.** Vrai • **4.** a et b.

3 **1.** c. • **2.** a. • **3.** **a.** Vrai ; **b.** Vrai ; **c.** Vrai ; **d.** Faux • **4.** socialisation – Pierre Bourdieu – capital culturel – enseignants – prestigieuses.

8 Les caractéristiques contemporaines et les facteurs de la mobilité sociale → P. 178-179

1 **1.** a • **2.** **a.** Faux ; **b.** Vrai ; **c.** Vrai ; **d.** Faux.

2 **1.** c. • **2.** tables – intergénérationnelle – position sociale – père ou mère – l'immobilité – fluidité sociale • **3.** **Limite :** a ; b et d. • **Intérêt :** c.

3 **1.** b et c. • **2.** accrue – hommes – femmes – augmente – ascendante – descendante • **3.** **a.** Vrai ; **b.** Vrai ; **c.** Vrai.

4 **1.** c. • **2.** **a.** Faux ; **b.** Vrai ; **c.** Vrai et faux • **3.** **a.** Bourdieu ; **b.** Boudon ; **c.** Bourdieu.

9 Les mutations du travail et de l'emploi → P. 202-203

1 **1.** b • **2.** atypiques – indéterminée – partiel – déterminée • **3.** a et b.

2 **1.** a et b • **2.** **a.** mode de gestion valorisant l'implication des salariés ; **b.** spécialisation des travailleurs par poste de travail ; **c.** séparation de la conception et de l'exécution des tâches.

3 **1.** a et b • **2.** **a.** Faux ; **b.** Faux ; **c.** Vrai ; **d.** Vrai • **3.** a.

4 **1.** a, b et c • **2.** **a.** Vrai ; **b.** Faux ; **c.** Faux ; **d.** Vrai.

CORRIGÉS DES TESTS

10 L'engagement politique dans les sociétés démocratiques → P. 228-229

1 **1.** a, b et c • **2.** **a.** Faux ; **b.** Vrai ; **c.** Faux ; **d.** Vrai • **3.** b et c • **4.** a, b et c.

2 **1.** a et c • **2.** **a.** rétribution symbolique ; **b.** opportunité politique ; **c.** incitation sélective • **3.** jeunes – l'âge – protestataire – faible • **4.** a.

3 **1.** a • **2.** **a.** Vrai ; **b.** Faux ; **c.** Vrai et faux ; **d.** Faux • **3.** partis politiques – syndicalisation – baisser – acteurs – engagement/action collective • **4.** b.

11 Des inégalités compatibles avec les différentes conceptions de la justice sociale ? → P. 250-251

1 **1.** c. • **2.** **a.** Vrai ; **b.** Vrai ; **c.** Faux ; **d.** Vrai.

2 **1.** a et b. • **2.** a et b.

3 **1.** a et c. • **2.** **a.** Vrai ; **b.** Faux ; **c.** Faux ; **d.** Faux.

4 **1.** **a.** position identique par rapport à la loi ; **b.** mêmes probabilités d'accès aux positions sociales ; **c.** situations similaires en termes de ressources socio-économiques **2.** b et c.

5 **1.** prélèvements – protection – discriminations • **2.** a.

12 L'action publique pour l'environnement → P. 274-275

1 **1.** a et b • **2.** conflits – agenda politique – coopération.

2 **1.** a et c • **2.** **a.** interdire ou imposer les externalités ; **b.** internaliser les externalités ; **c.** utiliser des droits de propriété.

3 **1.** a et c • **2.** a et b • **3.** a et b **4.** **a.** Vrai ; **b.** Faux ; **c.** Vrai ; **d.** Vrai.

4 **1.** a et c • **2.** b • **3.** **a.** Vrai ; **b.** Vrai ; **c.** Faux ; **d.** Faux.

Maquette de principe : Frédéric Jély
Mise en pages : Nord Compo, Soft Office
Schémas : Nord Compo, Soft Office
Cartographie : Légendes Cartographie
Iconographie : Brigitte Hammond / Hatier Illustration
Édition : Clothilde Diet

TABLE DES ILLUSTRATIONS

3 ph © Danita Delimont Stock / Agefotostock • **4** ph © Fox Photos / Getty-Images • **5** ph © Gilles Bassignac / Divergence • **6** ph © Jean-Sébastien Évrard / AFP Photo • **7** ph © Bruno Amsellem / Divergence • **9** ph © Danita Delimont Stock / Agefotostock •**17** ph © Nicolas Tavernier / REA • **19** ph © Joe Klamar / AFP Photo • **22** ph © Nicolas Tavernier / REA • **23** ph © Danita Delimont Stock / Agefotostock • **35** ph © K. Lamarque / Reuters • **43** ph © G. Van der Hasselt / AFP Photo • **61** ph © Lcham / Sipa Press • **67** ph © Lcham / Sipa Press • **71** ph © Sébastien Salom-Gomis / Sipa press • **72** ph © Lcham / Sipa Press • **83** ph © Fox Photos / Getty-Images • **89** ph © Deligne / Iconovox • **91** ph © Louis Lanzano / AP / Sipa Press • **95** ph © Ralph Orlowski / Reuters • **96** ph © J. Sullivan / iStock / Getty-Images • **97** ph © Louis Lanzano / AP / Sipa Press • **109** ph © Ullstein Bild / Akg-Images • **115** ph © Thomas Samson / AFP Photo • **133** ph © Dmitry Kostyukov / The New York Times / REA • **141** ph © Dmitry Kostyukov / The New York Times / REA • **144-g** ph © Sputnik / Akg-Images • **144-d** ph © Adoc-Photos • **145** ph © Benoît Decout / REA • **155** ph © Gilles Bassignac / Divergence • **158** ph © Albert Harlingue / Roger-Viollet • **159** ph © Philippe Desmazes / AFP Photo • **164** ph © Philippe Desmazes / AFP Photo • **177** ph © Dalle • **185** ph © Dalle • **201** ph © Eugenio Marongiu / Agefotostock • **207** ph © Akg-Images • **209** ph © Eugenio Marongiu / Agefotostock • **227** ph © Jean-Sébastien Évrard / AFP Photo • **235** ph © Jean-Sébastien Évrard / AFP Photo • **237** ph © Lucas Barioulet / AFP Photo • **249** ph © Greg Looping / Hans Lucas • **253** ph © Deligne / Iconovox • **254** ph © Mychèle Daniau / AFP Photo • **255** ph © Greg Looping / Hans Lucas • **259** © Organisation Internationale du Travail • **261** ph © L'Illustration / Photo12 • **263** ph © L'Illustration / Photo12 • **273** ph © Bruno Amsellem / Divergence • **295** ph © DEEPOL by plainpicture • **297** Doc. Ma Thèse en 180 secondes : la science pour les nuls • **301** ph © pankajstock123 - stock.adobe.com • **303** Coll. Prod DB © Ingrid Chabert - My Box Productions / DR • **307** ph © DEEPOL by plainpicture • **311** ph © Eric Feferberg / AFP Photo.

Achevé d'imprimer en Italie par L.E.G.O. S.p.A. - Lavis (TN)
Dépôt légal : 09463-5/01 - Mai 2023